Von Allan Massie

Ich Augustus

Allan Massie

ICH TIBERIUS

Erinnerungen eines Tyrannen

Roman

Aus dem Englischen von
Rainer Schmidt

Schneekluth

Die Deutsche Bibliothek – CIP-Einheitsaufnahme
Massie, Allan:
Ich, Tiberius: Erinnerungen eines Tyrannen;
Roman/Allan Massie. Aus dem Engl. von Rainer Schmidt.
– München: Schneekluth, 1994
Einheitssacht.: Tiberius ‹dt.›
ISBN 3-7951-1386-5

Die englische Originalausgabe erschien
unter dem Titel
TIBERIUS
THE MEMOIRS OF THE EMPEROR

ISBN 3-7951-1386-5

Satz: FotoSatz Pfeifer, Gräfelfing
Gesetzt aus der 10/12,5 Punkt Garamond Mediäval
Druck und Bindung: Mohndruck, Gütersloh
Printed in Germany 1994 b

Für Allison
wieder; selbstverständlich, für immer

ZEITTAFEL

VOR CHRISTI GEBURT

Geburt des Augustus 63
Bürgerkrieg; Caesar wird Diktator. 49
Caesar Diktator und Konsul (zum zweiten bzw. dritten Mal). 46
Ermordung Caesars. 44
Errichtung des ersten Triumvirats mit Augustus, Antonius und Lepidus. 43
Geburt des Tiberius. Brutus und Cassius begehen Selbstmord nach der Niederlage bei Philippi. 42
Belagerung von Perusia. Antonius in Kleinasien, Begegnung mit Kleopatra. 41
Vereinbarung von Brindisi teilt römische Welt. Antonius heiratet Schwester des Augustus, Octavia. 40
Tiberius' Familie kehrt aus der Verbannung wegen ihrer Unterstützung für Antonius nach Rom zurück. Augustus schließt mit Antonius und Sextus Pompejus den Frieden von Misenum. 39
Augustus heiratet Livia. 38
Antonius heiratet Kleopatra. 37
Augustus wird Tribunsgewalt verliehen. Sextus wird besiegt. Lepidus scheidet aus dem Triumvirat aus. 36

Antonius läßt sich von Octavia scheiden. 32
Augustus besiegt Antonius bei Actium. 31
Antonius und Kleopatra begehen Selbstmord. 30
Augustus' dreifacher Triumph konsolidiert
seine Macht. 29
Augustus erhält das *imperium* für zehn Jahre. Tiberius lernt
in Gallien das Soldatenhandwerk. Augustus bis 25 in
Gallien und Spanien. 27
Tiberius heiratet Agrippas Tochter Vipsania.
Marcellus heiratet Augustus' Tochter Julia. 25
Augustus krank. Verschwörung des Caepio und
des Murena; Tiberius als Vertreter der Anklage.
Verfassungsmäßige Neuordnung. Augustus tritt vom Amt
des Konsuls zurück und erhält volle Tribunatsgewalt.
Marcellus stirbt. Agrippa wird in den Osten entsandt. 23
Agrippa heiratet Julia. 21
Tiberius erhält sein erstes militärisches Kommando,
erringt großen Ruhm in seinem Parther-Feldzug, bei dem er
die Standarten des Reiches zurückgewinnt. Marschiert in
Armenien ein und krönt Tigranes zum König. 20
Augustus' *imperium* wird um fünf Jahre verlängert. Agrippa
als Mit-Regent mit *maius imperium* und
tribunicia potestas eingesetzt. 18
Augustus adoptiert seine Enkel Gajus und Lucius. 17
Tiberius und Drusus besiegen die Raeti und die Vindelici
und erreichen die Donau. 15
Augustus' *imperium* um weitere drei Jahre verlängert.
Tiberius wird Konsul. 13
Augustus wird Pontifex Maximus. Agrippa stirbt. Tiberius
in Pannonien. Drusus auf Feldzügen in Britannien und
Germanien. 12
Tiberius zur Scheidung von Vipsania und zur Hochzeit
mit Julia gezwungen. 11

Drusus stirbt an der Elbe. Tiberius übernimmt
Kampfeinsätze fern von Rom. 9
Tiberius in Germanien. 8
Tiberius erhält die *tribunicia potestas* für fünf Jahre.
Er zieht sich nach Rhodos zurück. 6
Augustus zum zwölften Mal Konsul. Julia fällt in
Ungnade und wird verbannt. 2

NACH CHRISTI GEBURT

Tiberius kehrt von Rhodos nach Rom zurück.
Lucius stirbt. 2
Gajus stirbt in Lykien. Augustus adoptiert Tiberius, und
dieser erhält die *tribunicia potestas* für zehn Jahre.
Tiberius adoptiert Germanicus und geht an die
germanische Front. 4
Tiberius rückt bis zur Elbe vor. 5
Pannonischer Aufstand beginnt, später von Tiberius
niedergeschlagen. 6
Aufstand in Dalmatien. Varus verliert in Germanien
drei Legionen. 9
Tiberius in Germanien vollends erfolgreich. 12
Imperium des Augustus für weitere zehn Jahre erneuert.
Tiberius erhält *tribunicia potestas* für zehn Jahre
und *proconsulares imperium,* dem des Augustus
koordiniert. 13
Augustus stirbt. Tiberius wird sein Nachfolger, Sejanus
Prätorianerpräfekt. Tiberius' Sohn Drusus nach
Pannonien zur Niederschlagung des Aufstandes.
Germanicus überquert den Rhein. 14

Germanicus dringt weiter nach Germanien ein. 15
Germanicus wird nach weiterer Germanien-Invasion zurückberufen. 16
Triumphzug für Germanicus. Piso als Legat nach Syrien entsandt. 17
Tiberius zum dritten Mal Konsul, jetzt zusammen mit Germanicus, der nach Ägypten geht. 18
Germanicus stirbt. 19
Prozeß gegen Piso; dieser begeht Selbstmord. 20
Tiberius zum vierten Mal Konsul, diesmal zusammen mit seinem Sohn Drusus. Tiberius zieht sich nach Campania zurück. Revolten in Gallien, Aufruhr in Thrakien. 21
Drusus erhält Tribunatsgewalt. 22
Drusus stirbt. 23
Aufruhr in Afrika und Thrakien niedergeschlagen. 24-26
Tiberius zieht sich nach Capri zurück. Sejanus' Macht nimmt zu. 27
Livia stirbt. Agrippina die Ältere wird verbannt. Tiberius' Gesundheit verschlechtert sich. Gerüchte über monströse von ihm praktizierte Handlungen beginnen. 29
Tiberius wird zum fünften Mal Konsul, zusammen mit Sejanus. Gajus Caligula erhält die *toga virilis*. Macro wird Prätorianerpräfekt. Sejanus stirbt auf Befehl des Tiberius, unter Mitwirkung von Macro. Der Senat fügt sich. 31
Agrippina stirbt auf Pandateria. Caligula wird Quästor. Finanzprobleme in Rom. 33
Tiberius' Ruf wird immer schlechter: Man bezichtigt ihn zahlreicher Mordtaten. 36
Tiberius erkrankt; Caligula wird, unterstützt von der Prätorianergarde, zu seinem Nachfolger ernannt. Tiberius erholt sich, Panik kommt auf, doch er wird vom Prätorianer Macro erstickt 37

VERZEICHNIS DER WICHTIGSTEN PERSONEN

TIBERIUS
geboren als
TIBERIUS JULIUS CAESAR GERMANICUS

SEINE FAMILIE UND VERWANDTEN

AUGUSTUS
Stief- und Adoptivvater.

LIVIA
Mutter, Ehefrau des Augustus.

DRUSUS
sein Bruder.

VIPSANIA
seine erste Ehefrau, Tochter des Agrippa.

JULIA
seine zweite Ehefrau, Tochter des Augustus.

GERMANICUS
sein Neffe und Adoptivsohn, Ehemann der älteren Agrippina und Vater des Caligula.

AGRIPPINA d. Ä.
seine Stieftochter, Tochter von Agrippa und Julia, Frau des Germanicus, Mutter des Caligula.

CALIGULA
sein Großneffe und Nachfolger.

ANTONIA
seine Schwägerin, Frau des Drusus, Tochter des Marcus Antonius und der Augustus-Schwester Octavia.

AGRIPPA
sein Schwiegervater, Augustus' größter General und Vater von Gajus und Lucius, Augustus' Enkeln und Adoptivsöhnen, den Stiefsöhnen des Tiberius.

DRUSUS
sein Sohn mit Vipsania.

(JULIA) LIVILLA
seine Schwiegertochter, verheiratet mit Drusus, Tochter der Antonia und des älteren Drusus, seines Bruders, und somit auch seine Nichte.

DRUSUS und NERO
seine Großneffen, Söhne des Germanicus und der Agrippina, Brüder des Caligula und der jüngeren Agrippina.

TIBERIUS GEMELLUS und LIVIA JULIA
seine Enkel, Kinder des Drusus und der Julia Livilla. Livia Julia wurde mit Nero, dem Sohn des Germanicus, verheiratet.

ANDERE PERSONEN

(GAJUS) JULIUS CAESAR
Römischer Patrizier, General und Staatsmann. Alleiniger Diktator nach dem Sieg über Pompejus. Onkel und Adoptivvater des Augustus

OCTAVIA
Augustus' Schwester, verheiratet mit Marcus Antonius. Mutter des Marcellus.

MARCUS ANTONIUS
Anhänger Caesars und sein Mitkonsul im Jahre 44 v. Chr. Zusammen mit Lepidus und Octavian (Augustus) im Triumvirat. Führer der Streitkräfte im Ostreich. Besiegt in der Schlacht von Actium. Selbstmord in Ägypten.

MARCELLUS
Neffe des Augustus, später durch Heirat mit Julia sein Schwiegersohn. Octavias Sohn aus der Ehe mit Gajus Marcellus, Liebling des Augustus.

AGRIPPA POSTUMUS
Enkel des Augustus, Bruder von Gajus und Lucius. Julias Sohn mit Agrippa.

ANTONIUS MUSA
ein Arzt.

TERENTIUS VARRO MURENA
ein Konsul, von Tiberius verfolgt wegen einer Verschwörung gegen Augustus.

FANNIUS CAEPIO
ein Mitverschwörer des Murena.

GNAEUS CALPURNIUS PISO
ein Konsul, später Statthalter von Syrien, einer von Tiberius' engsten Freunden bis zum Tode des Germanicus, als Piso bezichtigt wurde, diesen vergiftet zu haben.

JULLUS ANTONIUS,
SEMPRONIUS GRACCHUS und
MARCUS FRISO
junge Aristokraten und Liebhaber Julias.

TIMOTHEUS
ein Lustsklave und Geheimagent.

TITUS LIVIUS
römischer Autor und Historiker.

PUBLIUS VERGILIUS MARO
römischer Dichter und Mentor des Augustus

P. OVIDIUS NASO
römischer Dichter, wegen Immoralität verbannt.

SEGESTES
ein germanischer Prinz, von Tiberius »gefangengenommen« und später in seine Obhut nach Rom gebracht.

SIGISMUND (SIGMUND)
ein germanischer Prinz, von Römern gefangengenommen, von Tiberius in einem Gladiatorenkampf gerettet und in seinen Haushalt aufgenommen.
Diente Tiberius bis zum Tode des Kaisers.

Lucius Aelius Sejanus
Sohn des Lucius Sejanus Strabo, ehemals Führer der Prätorianergarde und später Prokonsul von Ägypten. Schützling des Tiberius, Prätorianerpräfekt, Soldat und Informant, am Ende Opfer eines von Tiberus in Szene gesetzten Handstreichs.

Macro
Prätorianerpräfekt, Nachfolger des Sejanus

EINLEITUNG
in Form eines Dementis

Ich kann mich nicht erinnern, je etwas mit größerem Zögern in Angriff genommen zu haben als dieses Vorwort, das mein Verlag von mir verlangt hat. Er hat es getan, weil er nicht, wie man sich ausdrückte, den Wunsch habe, »mit einer Sache in Verbindung gebracht zu werden, die sich als Fälschung entpuppen kann, ohne ihren Zweifel an der Authentizität der Veröffentlichung bekannt zu machen«.

Dagegen ist natürlich nichts zu sagen; aber was soll ich machen, wenn noch das stärkste Dementi die Zweifel des Lesers kaum beruhigen wird? Schließlich – wenn das Buch selbst nicht ist, was es zu sein vorgibt, weshalb sollte man dann der Einleitung glauben?

Und dennoch begreife ich, weshalb sie es so wollen. Das ist das Ärgerliche. Es ist dieser Zufall nicht minder als irgend etwas anderes, was sie stört.

Ich will es also erklären, so gut ich kann.

1984 wurde in dem mazedonischen Kloster der Heiligen Kyrill und Methodius die Autobiographie des Kaisers Augustus entdeckt (nicht im Kloster des Hl. Cyrill Methodius, wie Prof. Aeneas Fraser-Graham in seiner Einführung zu meiner englischen Fassung des Buches irrtümlich angibt). Diese Autobiographie, die seit der Antike verloren, indes von Suetonius und anderen Autoren bezeugt war, wurde mir zur Übersetzung anvertraut. Es sollte eine populäre Ausgabe sein; sie sollte vor der großen wissenschaftlich annotierten Edition erscheinen, die seinerzeit vorbereitet wurde und, soweit ich weiß, immer noch vorbereitet wird, ja, höchstwahrscheinlich noch lange Zeit im Zustande der Vorbereitung verbleiben wird. Das aber soll nicht meine Sorge sein.

Als ich nun vor achtzehn Monaten Neapel besuchte, wurde ich in der Galleria Umberto von einem untersetzten Mann mittleren Alters in einem schäbigen Anzug angesprochen. Er trug ein schwarzes Buch unter den linken Arm geklemmt. Die Art, wie er es hielt, lenkte meine Aufmerksamkeit auf ein Loch im Ellbogen seiner Jacke. Er redete mich mit meinem Namen an und bedachte mich nach italienischer Gepflogenheit mit einem Doktortitel, auf den ich keinen Anspruch habe – dies infolge (wenn mir die Abschweifung gestattet ist) einer Meinungsverschiedenheit mit den Autoritäten des Trinity College zu Cambridge im Jahre 1960.

Dann stellte er sich mir als Graf Alessandro di Caltagirone vor; die Bedeutung dieses Namens begriff ich nicht unverzüglich. Er erzählte mir, meine Übersetzung der Augustus-Memoiren habe ihn zutiefst beeindruckt, wenngleich ihm natürlich klar sei, daß sie nicht authentisch seien.

»Wie kommen Sie darauf?« sagte ich.

»Das ist für mich keine Frage«, antwortete er und bestellte sich einen Brandy mit Soda auf meine Rechnung.

»Anders als bei dem, was ich Ihnen anzubieten habe«, fügte er hinzu.

»Und was ist das?«

»Die authentischen Memoiren des Kaisers Tiberius«, antwortete er.

»Kommen Sie«, sagte ich. »Das wäre ja ein allzu toller Zufall...«

»Im Gegenteil, es ist nur zu einem gewissen Grad ein Zufall, denn es stand geschrieben, daß es so sein sollte...«

»Geschrieben?« sagte ich.

»In Ihrem Horoskop, das ich selbst gestellt habe, vor mehr als zweihundert Jahren...«

Inzwischen war ich, wie Sie sich vorstellen können, zu dem Schluß gekommen, daß ich es mit einem Wahnsinnigen zu tun hatte, und ich versuchte, mich so unauffällig wie möglich zu entfernen. Er aber ließ sich nicht abschütteln. Er hängte sich regelrecht an mich, und – um es kurz zu machen – schließlich gelangten wir zu einer Vereinbarung, deren genaue Einzelheiten zu enthüllen mir nicht erlaubt ist. Kurz und gut: Ich kam in den Besitz des lateinischen Manuskripts, das ich nun übersetzt habe und hier präsentiere.

Ich werde mich nicht zu seiner Echtheit äußern; darüber hat der Leser zu befinden. Wenn es ihn oder sie überzeugt, dann ist das ein Zeugnis, dem kein Wissenschaftler widersprechen kann. (Und mein eigener Glaube an die Wissenschaft ist, ich muß es gestehen, in den letzten Jahren erschüttert worden. Wissenschaftler sind genau wie andere Menschen: Sie glauben, was ihnen in den Kram paßt, und dann finden sie Gründe dafür.)

Aber es gibt gewisse Vorbehalte, die ich zum Schutz meines guten Namen anmelden möchte.

Erstens: Das Manuskript, nach dem ich gearbeitet habe, ist wahrscheinlich das einzige existierende, und es ist auf einem Papier geschrieben, das aus dem achtzehnten Jahrhundert stammt.

Zweitens: Graf Alessandro die Caltagirone ist, wie ich festgestellt habe, ein Mann von dubioser Reputation. Zum einen heißt er ganz gewiß nicht so, und es ist zweifelhaft, daß er wirklich ein Graf ist. Aufmerksamere Leser werden sofort einen Zusammenhang bemerkt haben, der mir einige Monate lang entgangen ist: Caltagirone war der Name des Klosters, in dem Giuseppe Balsamo, besser bekannt unter dem Namen Graf Alessandro di Cagliostro, von 1760 bis 1769 erzogen wurde. Cagliostro freilich – Arzt, Philosoph, Alchimist und Geisterbeschwörer – behauptete, das »Elixier der ewigen Jugend« zu besitzen, eine Wendung, die ich auch von den Lippen meines Freundes Caltagirone gehört habe, wiewohl ich hinzufügen muß, daß sein Aussehen dazu in Widerspruch steht.

Als ich ihn nach der Herkunft des Manuskriptes befragte, zeigte er sich erst ausweichend; dann aber sagte er, mit Sicherheit könne er über seinen Weg seit 1770 Rechenschaft geben. Was soll man davon halten?

Selbst bei oberflächlicher Lektüre der Memoiren müssen dem kritischen Leser Zweifel kommen. Es gibt Augenblikke, da Tiberius eine Empfindsamkeit zeigt, die man mit der Aufklärung des achtzehnten Jahrhunderts verbindet, weniger aber mit dem antiken Rom. Auch findet sich ein wunderlicher Mangel an Einzelheiten über den Alltag im kaiserlichen Rom und das Fehlen jenes Religionsbewußtseins, welches – Hinweisen auf das Gegenteil zum Trotz – einen so integralen Bestandteil des abergläubischen römischen Charakters bildete. Soweit es Verweise auf diese zentrale Erfahrung römischen Geistes überhaupt gibt, sind sie beiläufig und oberflächlich, als habe der Autor des Manuskripts das Ganze als eine langweilige Angelegenheit empfunden, der er nichtsdestoweniger gelegentlich Beachtung schenkte. Wenn wir uns erinnern, daß das achtzehnte Jahrhundert die erste Abkehr von Tacitus, dem Verleumder Tiberius', erlebte, eine Abkehr, die beispielsweise von Voltaire und von Napoleon zum Ausdruck gebracht wurde, dann erscheint der Gedanke plausibel, daß wir es hier mit einem »Anti-Tacitus« zu tun haben, verfaßt von irgendeinem boshaften Intellektuellen jener Zeit zu seiner eigenen Unterhaltung.

Andererseits – wenn man die Identifikation Caltagirone/Cagliostro akzeptiert (was mir sehr gegen den Strich geht), dann steckt vielleicht eine okkulte Botschaft darin, die ich bisher nicht habe entziffern können.

Dies ist in der Tat eine Möglichkeit; aber gäbe es eine solche Botschaft, ist sie wahrscheinlich nur für die ägyptischen Freimaurerlogen verständlich, die von Cagliostro selbst gegründet wurden. Es gibt eine in Palermo, eine andere in Neapel selbst, eine dritte in St. Petersburg (inaktiv, wie ich höre), sowie eine vierte und zugleich die größte und stimmgewaltigste in Akron, Ohio. Aber sogar die Loge in Akron hat es unterlassen, auf meine Bitte um Unterstützung zu reagieren.

Eine Woche, nachdem Caltagirone mir das Manuskript aufgedrängt hatte, meldete Il Mattino, die wichtigste neapolitanische Tageszeitung, auf der ersten Seite seinen Tod. In der freimütigen Art der italienischen Presse wurde er als »notorischer Schwindler« beschrieben.

So war mir also das Manuskript geblieben, und fasziniert machte ich mich an die Arbeit.

Weitere Diskrepanzen taten sich auf, und mir war bald klar, daß die Memoiren, ungeachtet ihrer Herkunft, ungeachtet des Elements ihrer Authentizität, das Werk mehrere Hände aus verschiedenen Perioden waren. Allmählich gewann ich die Überzeugung, daß sogar das aus dem achtzehnten Jahrhundert stammende Papier ein Blendmanöver, eine falsche Spur, eine absichtliche Täuschung sei. Seltsam erschien beispielsweise auch, daß Tiberius auf Seite 187 des Manuskripts Nietzsche zitieren soll. Dies im Verein mit dem Tonfall einiger Passagen brachte mich zu der Frage, ob nicht irgend jemand auf Capri etwa im ersten Jahrzehnt unseres Jahrhunderts das Original (falls es existierte) ein wenig überpoliert hat. Dieser Verdacht verstärkte sich noch, als mein alles sehender Agent, Giles Gordon, bemerkte, daß eine Episode anscheinend dem Buch Der Arzt von San Michele von Axel Munthe entnommen sei.

Dagegen ist der Zufall aber auch erklärlich, wenn man bedenkt, daß die Gestalt, die Munthe erscheint, ebenfalls behauptet, viele Jahrhunderte zuvor keinem anderen als Tiberius selbst erschienen zu sein. Man hat immer angenommen, daß Munthe diesen genius loci erfunden habe; was aber, so dachte ich unversehens, wenn er es nicht getan hatte? Könnte eine solche Vermutung nicht die Authentizität der Memoiren bestätigen?

Dann gibt es noch eine andere Geschichte – über Sirenen –, die an Giuseppe di Lampedusa erinnert. Das aber würde die Erfindung der Memoiren auf einen unannehmbar späten Zeitpunkt verlegen, dachte ich; außerdem ist das Mittelmeergebiet reich an Sirenengeschichten, und es ist bekannt, daß Tiberius ein besonderes Interesse an diesem Mythos hegte. Und dann ist da noch das Postscriptum, das entschieden merkwürdig ist, wenngleich es vorgibt, eine Erklärung für das Überleben des Originalmanuskripts dieser Memoiren zu liefern.

Letzten Endes bleibe ich unschlüssig. Ich behaupte nicht, daß dies die Memoiren des Tiberius sind; sie sind es wenigstens nicht unzweifelhaft. Ich glaube, das blanke Gerippe der Erzählung könnte authentisch sein, aber nachfolgende Versionen haben es verfeinert, erweitert und poliert.

Und unversehens frage ich mich, ob es darauf ankommt. Was wir hier vor uns haben, in eindringlicher und bewegender Form – denn sonst hätte ich mir nicht die Mühe gemacht, das Werk zu übersetzen –, ist das bemerkenswerte

Porträt eines der größten und sicher des unglücklichsten unter den römischen Kaisern. Letzten Endes, sage ich mir, kann uns die Fiktion – falls dies eine Fiktion ist – Wahrheiten eröffnen, die weder eine Biographie noch eine Autobiographie zu erreichen hoffen kann. Wer kennt sich selbst oder einen anderen Menschen schon so gründlich, wie ein Künstler sich ein Leben vorzustellen vermag? Wessen Identität steht schon fest? Ein großer und bösartiger Künstler, Tacitus nämlich, hat ein schreckliches Porträt des Tiberius an die Wand der Geschichte gehängt. Wenn eine andere Hand sich bemüßigt gesehen hat, dieses Bild auszubessern, so soll es sein. Es war Napoleon mit seiner unheimlichen Begabung, die Motive der Menschen zu durchschauen, der den großen Historiker als le pote abtat; und doch hatte Tacitus' lügenhafte Wahrheit jahrhundertelang die Vorherrschaft. Der Autor dieser Autobiographie – wer immer er sein mag – ist, so möchte ich behaupten, selber manchmal ein Dichter, und ich hoffe, daß seine Version der Geschichte, eine Version, die sicher das Plädoyer der Verteidigung darstellt, ebenfalls ihren Einfluß haben wird. Tiberius hat lange auf Gerechtigkeit warten müssen; vielleicht ist es Zeit, die betrügerische Abmachung, die der göttliche Knabe im Garten ihm anbot, als er dem betagten Kaiser Seelenfrieden im Tausch gegen das Opfer seines Rufes verhieß, zu tilgen.

A.M.

ERSTES BUCH

I

Trockenheit behagt mir, und das ist nicht verwunderlich: Zu viele Jahre habe ich auf Feldzügen in den regnerischen Tälern von Rhein und Donau verbracht. Meilenweit bin ich durch knöcheltiefen Schlamm marschiert, und geschlafen habe ich in Zelten, die am Morgen durchnäßt waren. Aber mein Genuß an dem, was trokken, ist von anderer Natur: Ich verabscheue Sentimentalität und zur Schau getragenes Gefühl; ich verabscheue Schauspielerei. Ich verabscheue Selbstmitleid sowie jene Gefühlswallung, bei der das eine Auge nicht weint, sondern die Wirkung der Tränen auf die Zuschauenden beobachtet.

Sprache, die mein Gefallen findet, ist präzise, hart und grausam.

Dies macht mich zu einer schwierigen und ungemütlichen Person. Meine Anwesenheit bereitet meinem Stiefvater, dem Princeps, Unbehagen. Ich weiß das, seit ich ein Jüngling war. Jahrelang habe ich es bedauert, denn ich habe seinen Beifall gesucht, vielleicht sogar seine Liebe. Dann erkannte ich, daß ich weder das eine noch das andere jemals würde haben können: Er war empfänglich für den falschen, spontanen Charme des Marcellus, wie heute für den seiner Enkel, Gajus und Lucius, die auch meine Stiefsöhne sind.

Nichts ist leicht für mich gewesen, und es wäre nicht überraschend, wenn ich in Selbstmitleid verfallen wollte.

Die Versuchung besteht, denn meine Verdienste sind seit jeher zu Unrecht mißachtet worden, weil es mir an Charme ermangelt. Nie habe ich es vermocht, Wolken mit einem Lächeln und einem Scherz zu zerstreuen, und es ist nur natürlich, daß Neid mich durchzuckt, wenn ich sehe, daß Mindere als ich es können. Doch am Selbstmitleid hindert mich mein Stolz. Ihn habe ich geerbt. Es ist der Stolz der Claudier.

Augustus war es stets unwohl bei dem Gedanken an seine unwürdige Geburt. Nur dem Zufall einer Ehe hat er seine Karriere zu verdanken, dem Zufall zweier Ehen, sollte ich wohl sagen, denn es ist keine Frage, daß seine Ehe mit meiner Mutter ihm den Weg zur Macht geebnet hat.

Es war indessen die Ehe seines Großvaters M. Atius Balbus mit Julia, der Schwester des Gajus Julius Caesar, dem späteren Diktator, was seine Familie aus ihrem obskuren provinziellen Stand erhoben hat. Der leibliche Vater des Princeps war das erste Mitglied der Familie im Senat. Man sehe diesen Kontrast zu meinem Erbe.

Ich will nicht mit der claudischen gens prahlen: Unsere Leistungen glitzern auf jeder Seite im Geschichtsbuch der Republik.

Marcus Antonius – ein Lügner freilich – pflegte sich daran zu ergötzen, daß er über die Vorfahren meines Stiefvaters spottete. Dann behauptete er wohl, daß der Urgroßvater seines Kollegen im Triumvirat ein Freigelassener und Seiler gewesen sei und sein Großvater ein unehrlicher Geldwechsler. Es ist gar nicht nötig, daß man solche Vorwürfe glaubt, um zu verstehen, weshalb Augustus gegenüber der alten Aristokratie Roms zwiespältig eingestellt war: Er ist ebenso beleidigt wie beeindruckt.

Ich, als Claudier, kann diese Dinge besser beurteilen. Ich

kenne die Nichtsnutzigkeit meiner adeligen Standesgenossen. Ich erkenne, daß ihre Dekadenz sie zum Regieren unfähig gemacht und so die Freiheit in Rom zerstört hat. Obwohl das Römische Reich sich jetzt über die ganze zivilisierte Welt bis zu den Grenzen des Partherreiches im Osten erstreckt, liegen unsere großen Tage hinter uns; gezwungenermaßen haben wir uns in die Unterdrückung der Freiheit gefügt.

Ich schreibe dies zurückgezogen auf Rhodos, in der Ruhe meines Landhauses über dem Meer. Mein Leben ist heute dem Studium der Philosophie und der Mathematik gewidmet und meinen Erwägungen über die Natur der Erfahrung. Dementsprechend überrascht es nicht, daß ich auf den Gedanken komme, meine Autobiographie zu verfassen. Es gibt gute Beispiele dafür, und jeder Mann von forschender Intelligenz muß oftmals staunend vor dem Schauspiel seines eigenen Lebens stehen und den Wunsch verspüren, seinen Sinn zu ergründen.

Ich bin zweiundvierzig Jahre alt. Mein öffentliches Leben ist durch die Umstände und meinem eigenen Verlangen entsprechend zu Ende. In meinem Privatleben habe ich Demütigung erfahren. Ich bin entehrt, nicht infolge eigener Schuld, sondern durch die Ränke anderer und durch meine eigene Gleichgültigkeit. Ich habe, so die Götter es wollen, vielleicht noch einmal so lange zu leben, wenn ich auch jede Nacht bete, es möge anders sein. Selbst aus dieser Entfernung kann ich den Schiffbruch des Alters nicht mit Gleichmut betrachten.

Mein Vater war Tiberius Claudius Nero und ist jetzt seit über dreißig Jahren tot. (Ich war neun, als er starb. Sie zwangen mich, seine Grabrede zu halten. Mehr davon später, wenn ich es über mich bringe, es niederzuschreiben.) Meine Mutter, die noch lebt, ist Livia Drusilla. Sie wurde verführt von Triumvir Caesar Octavianus, der jetzt als Augustus angeredet wird. Die Tatsache, daß sie schwanger war, schreckte ihn nicht ab. Mein Bruder Drusus wurde drei Tage nach der Hochzeit geboren. Er kannte keinen Vater außer Augustus, und unser wirklicher Vater weigerte sich, ihn zu empfangen: Es gefiel ihm, so zu tun, als sei Drusus nicht sein Sohn. Das war Unsinn. Vielleicht hat es seinen Stolz beschwichtigt.

Ich habe ihn immer besucht, auf seinem Anwesen in den Sabiner Bergen, wohin er sich zurückgezogen hatte. Ich wünschte, ich könnte lebhafte Erinnerungen vorweisen. Aber ich habe nur wenige, von solchen an die Mahlzeiten abgesehen. Er tröstete sich mit Völlerei; sein Mittagsmahl dauerte den ganzen Nachmittag. Es gefiel ihm, wenn ich – schon als ich erst sechs oder sieben Jahre alt war – Wein mit ihm trank.

»Du darfst ihn nicht verwässern«, sagte er. »Das verzögert die Wirkung...«

Wenn die Sonne unterging, verfiel er in lange Monologe, denen ich kaum zuhörte und die ich ohnehin nicht verstanden hätte.

Er war ein unglücklicher Mann von kläglicher Urteilskraft und einem gewissen Ehrgefühl. Nachdem Fortuna ihn entehrt hatte, suchte er Zuflucht vor der Reue, die ihn ankam, im Essen und Trinken. Im Laufe der Jahre habe ich allmählich Verständnis für ihn gewonnen. Und Mitgefühl.

»Warum das Leben verlängern, wenn nicht, um das Vergnügen zu verlängern?« pflegte er wohl zu seufzen, einen Becher Wein hebend, und eine Träne rann ihm über die fette Wange.

Vor ein paar Jahren fing mein Vater an, mir in meinen Träumen zu erscheinen. Ich sah ihn dann auf einem Uferfelsen stehen und auf das Meer hinausschauen. Er hielt Ausschau nach einem Segel. Auch ich starrte auf das blaue Wasser hinaus, wagte aber nicht, mich ihm zu nähern. Dann verfinsterte sich die Sonne wie bei einer Eklipse, und als das Licht zurückkehrte, war mein Vater verschwunden; an seiner Stelle stand ein weißer Hahn, der am Halse blutete. Diesen Traum hatte ich in immer gleicher Form vielleicht siebenmal. Endlich befragte ich Thrasyllus, aber selbst er, der scharfsinnigste Deuter der Träume, war außerstande, mir eine Erklärung zu liefern.

Vielleicht wagte er es auch nicht. In meiner Stellung hat man nur wenige – selbst unter den vertrauten Freunden –, die den Mut haben, zu sagen, was sie denken.

Drusus, wie gesagt, durfte unseren Vater nie besuchen. Tatsächlich glaube ich, daß er nie an ihn gedacht hat, außer wenn ich das Thema mit Gewalt zur Sprache brachte. Aber dann hatte er keine Erinnerungen an ihn, und zur Innenschau neigte Drusus nie. Ich hingegen kann mich erinnern, wie mein Vater auf den Knien lag und die Fußgelenke meiner Mutter umklammerte, und wie er schluchzend von seiner Liebe stammelte. Sie entwand ihm ihre Beine – er fiel bäuchlings auf den Marmorboden, und ich begann zu heulen. Ich war damals drei.

Meine Mutter betete ich an, um ihrer Schönheit und um ihrer selbst willen. Mit honigsüßer Stimme pflegte sie mich in den Schlaf zu singen; ihre Finger berührten meine Lider wie Rosenblätter. Sie erzählte mir Geschichten von meinen Vorfahren und von den Göttern, von Troja und Orpheus, und von den Wanderungen meines Urvaters Aeneas. Als

Fünfjähriger weinte ich um Dido, die Königin von Karthago, und sie sagte:

»Du hast unrecht, wenn du weinst. Aeneas erfüllte sein Schicksal.«

»Ist das Schicksal so grimmig, Mama?«

»Schlafe jetzt, Kind.«

Drusus kletterte immer an unserem Stiefvater herum, und der küßte ihn und warf ihn in die Luft und lachte über sein Gejauchze. Aber ich hielt Abstand. Meine Liebe galt Mama, und ich wußte, daß ich ihr Liebling war. Das war mir wichtig, und es bestätigte mich in der vielleicht instinktiven Überzeugung, daß die Welt nichts von Gerechtigkeit weiß; denn ich wußte, daß Drusus einen Charme besaß, der mir fehlte, und überdies erkannte ich in ihm eine sonnige Tugend, die in meinem Charakter nicht vorhanden war. Sein Temperament war gutartig. Nichts versetzte ihn in Erregung. Er war stets wahrheitstreu und großzügig. Schon als kleines Kind pflegte er ein geliebtes Spielzeug mit glücklichem Lächeln fortzugeben. Ich aber war habgierig und unehrlich, und ich fürchtete mich vor dunklen Orten und vor der Nacht. (Und zugleich war mir die Nacht auch willkommen, und nie ging ich widerstrebend zu Bett, denn ich wußte, die Schlafenszeit verhieß mir die ungeteilte Aufmerksamkeit meiner Mutter, verhieß mir Geschichten und die kühle Berührung ihrer süßduftenden Hand; in einer Welt pflegte ich zu liegen und des Schlafes zu harren, aus der alle außer uns beiden verbannt waren...)

Weil ich ihr Liebling war, züchtigte sie mich. Sie peitschte mich für meine Verstöße noch wenige Jahre, bevor ich die toga virilis anlegte. In ihren klatschenden Hieben, die sich mit beißendem Frohlocken in mein Fleisch schnitten, erkannte ich den seltsamen Ausdruck ihrer Liebe: Jeder

Schlag tönte davon, daß ich ihre Kreatur sein solle, ihre allein. So waren wir vereint in einem wilden Ritual: Claudier-Stolz geißelte Claudier-Stolz und forderte einen Schrei nach Gnade, der doch niemals kam. Und dann, nachher – wie süß und honigmild die Versöhnung!

Wir waren vereint in Leidenschaft, um so inniger, da wir beide redescheu sind. In der Öffentlichkeit gefiel es ihr manchmal, mich zu verspotten; als ich älter wurde, hielt sie mir vor, ich sei ein großer, täppischer Tropf. Von solchen Ausbrüchen sprachen wir nie, wenn wir allein waren. Ich wußte, sie wurden hervorgerufen durch die Innigkeit ihrer Liebe, die ihren Unwillen erregte. Es ärgerte sie, nein, es machte sie wütend, zu wissen, wieviel ihr an mir lag.

Als ich Kind war, gewöhnte sie mir mit Spott und Peitschenhieben mein Stottern ab. »Man denkt, du seist ein Trottel«, sagte sie. »Willst du, daß die Welt dich für einen Dummkopf hält?« Und so überwand ich meine Behinderung durch Willenskraft.

Ihre Launen wechselten so schnell wie das Wetter in den Bergen. Ihre Unbeständigkeit war ein wilder Zauber. Wenn sie lächelte, dann war die Welt voll Frühlingssonnenschein; ihr Stirnrunzeln aber verfinsterte jede Gesellschaft. Infolgedessen bekriegten wir uns ständig. Ich fand sie bezaubernd, lehnte es jedoch ab, mich ihren dunklen Launen zu unterwerfen. Aber in meiner Reaktion auf Livia spürte ich zum erstenmal meine Überlegenheit gegenüber meinem Stiefvater: Er hatte Angst vor ihr, ich hatte keine.

Natürlich liebte er sie, war von ihr abhängig, konnte sich – wie er oft ausrief – ein Leben ohne sie nicht vorstellen. Sehr schön; ich will das nicht bestreiten. Gleichwohl war er stets geringer in ihrer Anwesenheit, schüchterner, umsichtiger, voller Angst, sie könnte ihm die kalte Schulter weisen und sich weigern, mit ihm zu sprechen. Das war alles, was Livia je tun mußte, um Augustus strammstehen zu lassen: sich weigern, mit ihm zu sprechen. Ich hingegen weiß, daß ich ihr ebenbürtig bin; und tatsächlich hat Livia, seit ich erwachsen bin, sogar ein bißchen Ehrfurcht vor mir.

Ich bin mir, bin meiner Geschichte vorausgeeilt. Doch es ist schwer zu sehen, wie eine Autobiographie es vermeiden kann, diskursiv zu verlaufen. Alles, woran man sich erinnert, fördert Reflexionen. Ich schreibe über Menschen, ohne die mein Leben unvorstellbar wäre.

Vielleicht wird es leichter, bei der Sache zu bleiben, wenn ich über die Kindheit hinweggekommen bin. Denn wenn ich auf meine Kindheit zurückschaue, sehe ich eines ganz deutlich: Es gibt hier keine narrative Linie. Die Kindheit ist ein Zustand, keine Geschichte. Ich will daher versuchen, meine Kindheit in vier klaren Episoden zu offenbaren.

Ich war, wie gesagt, neun Jahre alt, als mein Vater starb. Natürlich weinte ich nicht.

»Du bist jetzt das Oberhaupt der Familie«, sagte Livia.

»Was muß ich tun, Mama?«

»Als erstes wird es deine Aufgabe sein, die Grabrede deines Vaters vorzutragen...«

Ich weiß nicht, wer sie geschrieben hatte, aber ich wage zu sagen, daß der Autor sein Bestes getan hatte. Diese Leute haben schließlich einen gewissen Berufsstolz. Aber viel gab es über den armen Mann nicht zu sagen, und es regnete – ein Novembertag mit dicken Wolken, die den Palatin verdunkelten. Ich übte die Rede so gut, daß ich mich noch heute an Teile erinnere.

Mein Vater war ein Opfer. Heute sehe ich das, wenngleich ich ihn in meiner Jugend unbarmherzig als Schwächling und

Versager betrachtete. Seine öffentliche Vergangenheit war durch nichts ausgezeichnet. Er kämpfte mit Julius Caesar im Krieg gegen Pompejus und befehligte die Flotte des Diktators in Alexandria. Aber diese Verbindung war ihm zuwider, denn er sah, daß Julius ein Feind der traditionellen Freiheiten des römischen Volkes war. Zu zaghaft, um sich der Verschwörung zu den Iden des März anzuschließen, und vielleicht gehemmt vom Bewußtsein dessen, was er selbst von dem Diktator empfangen hatte, frohlockte er nichtsdestominder ob ihres Erfolgs. Im Senat schlug er vor, die Liberatoren öffentlich zu belohnen. Dieser Vorschlag genügte, ihm den unsterblichen Haß meines Stiefvaters einzutragen. Wohlgemerkt: Nicht, daß Augustus (wie man ihn tunlichst nennt, wenngleich ihm dieser Ehrentitel noch nicht verliehen worden war) selbst irgendwelche Zuneigung zu Julius gehegt hätte. Aber er wußte, daß es geboten war, seinen Namen öffentlich in Ehren zu halten. Weshalb sollten Caesars alte Soldaten sonst für ihn kämpfen?

Es widerstrebte meinem Vater, Italien zu verlassen, wo er die Beschlagnahme seiner Ländereien zu befürchten hatte, und ohnehin war er davon überzeugt, daß die Liberatoren der caesarischen Streitmacht niemals würden widerstehen können, und so hing mein Vater dem Antonius naturgemäß eher an als dem Augustus. Außerdem war er – und persönliche Loyalität bedeutete ihm viel – ein alter Freund des jüngeren Antonius, Lucius, der ihn zur Teilnahme an dem Feldzug verleitet hatte, der mit der schrecklichen Belagerung von Perusia hatte enden sollen. Nie vergaß er die Strapazen dieser Belagerung; Markus Antonius' Weib, die grausige Fulvia, brauchte man bis zu seinem Tode nur zu erwähnen, und schon schauderte ihn. Verzweifelt jetzt, beging er den nächsten Patzer und tat sich mit Sextus Pompejus zusammen, dem prinzipienlosen Sohn eines Vaters von zweifelhafter Größe. Bald hatte er seine Illusionen verloren, und er kehrte zu Antonius zurück. Dann kam der Frieden von Misenum. Während der Verhandlung, an deren Ende dieser Frieden stand, lernte Augustus Livia kennen; er verliebte sich in sie und schleppte sie davon.

Wie konnte man über ein solches Leben noch Elogen halten? Selbstverständlich nur mit leeren, hochtönenden Phrasen, mit viel Gerede über private Tugenden (an denen es dem armen Mann in der Tat nicht fehlte) und mit edlen, nicht unglaubhaften Platitüden über die Bosheit des Schicksals. Diese Platitüden bedurften gleichwohl einiger Mäßigung, da sie ja in keiner Weise den Sieger und Günstling des Schicksals berühren durften, Augustus, seinen Nachfolger als Ehemann Livias, der zur Rechten des Redenden stehen würde.

Dementsprechend bestand meine Einführung in die Kunst der öffentlichen Rede darin, daß ich unaufrichtige Rhetorik abspulte.

Heuchelei.

Seitdem habe ich ein Mißtrauen gegen die Rhetorik, auch wenn ich anerkenne, daß ihre Meisterung ein notwendiger Teil der Bildung ist.

Vier Jahre später, nach Actium, schickte mein Stiefvater sich an, den Triumph zu feiern, den der Senat und das römische Volk ihm zu Ehren seiner Leistungen im Krieg gegen Ägypten gewährt hatte. Auch hier war Heuchelei im Spiel, denn niemand durfte uns daran erinnern, daß vor allem römische Bürger die Opfer seiner Kriege gewesen waren. Statt dessen richtete sich alle Aufmerksamkeit auf Ägypten.

»Wird Kleopatra in Ketten gehen, Mama?«

»Was wißt ihr Kinder von Kleopatra?«

»Daß sie eine böse Pfrau ist, die Römer pferpführt«, lispelte Julia.

»So spricht ein kleines Mädchen nicht. Soll ich dir den Mund mit Seife ausspülen?«

»Das hat Onkel Marcus Agrippa gesagt; ich hab's gehört.«

Sie zog einen kleinen Schmollmund, die erdbeerrosafarbenen Lippen offen und vorgeschoben. Ich war damals zwölf; also muß Julia zehn gewesen sein. Aber sie wußte schon – hatte es von Natur aus immer gewußt –, wie man sich verstellt, andere reizt und provoziert. Zu jener Zeit gefiel es Augustus, wenn wir drei uns benahmen, als wären wir tatsächlich Geschwister – Julia ist aber natürlich das Kind aus seiner zweiten Ehe mit der abscheulichen Scribonia, einer der wenigen Frauen, denen ich je begegnet bin, die ganz so unsympathisch und insgesamt gräßlich sind wie der Ruf, der ihnen vorausgeht. Livia war nie so sicher, daß man uns dazu ermuntern sollte, uns als Geschwister zu betrachten.

»Was bedeutet pferpführt?« wollte Drusus wissen.

»Es heißt ›verführt‹«, antwortete ich. »Julia sagt bloß pferpführt, weil sie einen Vorderzahn verloren hat. Aber weißt du, Julia, Marcus Agrippa ist nicht wirklich unser Onkel. Das kann er nicht sein, denn er ist ein Plebejer.«

»Ganz recht«, sagte Livia und wechselte das Thema.

Augustus hatte es jedoch gern, wenn wir von Agrippa als unserem Onkel sprachen; er war immer eifrig darauf bedacht, seinen Anhängern das Gefühl zu geben, sie seien eine Familie. Später, als Livia nicht zugegen war, maßregelte er mich, weil ich so von seinem Freund gesprochen hatte.

»Wenn du als Mann nur die Hälfte dessen wirst, was Agrippa ist«, sagte er, »so bist du zweimal der Mann, der dein Vater war. Und sprich nicht auf diese alberne Weise von Plebejern. Wenn das Plebejerblut nicht wäre, hätte Rom kein Imperium...«

Natürlich hatte er recht, und ich lernte Agrippa später auch schätzen, aber damals konnte ich nur denken, daß mein Stiefvater selbst im Grunde ein Plebejer war. Ich betrachtete seine Verärgerung als einen weiteren Hinweis auf sein Minderwertigkeitsgefühl gegenüber den Claudiern und seinen Mangel an wahrem Adel.

Er rächte sich bei der Gestaltung seines Triumphzuges. Seinem Neffen Marcellus wurde die Ehre zuteil, das vordere Gespannpferd zu reiten, während ich auf eine untergeordnete Position verwiesen wurde.

Kleopatra ging natürlich nicht in Ketten, wie sie es verdient hatte. Sie war ihm entkommen, vermittels der inzwischen berühmten Natter.

Zwei Jahre später erklärte Augustus, daß er die Republik wiederhergestellt habe. (Ich werde dies umfassender und auf philosophische Weise an passenderem Ort in meiner Historie behandeln.) Marcellus war in Ekstase.

»So etwas hat es noch nie gegeben«, sagte er wieder und wieder. »Daß jemand solche Macht aufgab.«

»Ich verstehe nicht, wie Papa beschließen kann, seine Macht aufzugeben«, sagte Julia. »Das kommt mir merkwürdig vor, nachdem er so lange gekämpft hat, um sie zu erringen.« Sie hatte ihr Lispeln durchaus verloren, wie man bemerken wird.

»Ja«, sagte ich. »Sehr merkwürdig.«

Ich hebe den Blick von der Terrasse, auf der ich dies schreibe, und schaue auf das abendliche Meer hinaus, und es ist, als könnte ich dort das Spiegelbild unserer Kindergesichter sehen, wie wir uns mit dem Heraufdämmern unseres politischen Verständnisses mühen. Ich sehe Marcellus, sechs Monate älter als ich – und wieviel jünger? –, offenherzig, schön, fad. Er ruht auf einem Sofa, in einer schlaffen Haltung, die seine animalische Energie nicht verhüllen kann, und sieht doch, wie immer, so aus, als habe er sich in diese Pose fallen lassen, um einen Bildhauer zu entzücken. Ich sehe Julia, deren kindlich goldenes Haar sich bereits zu jener Farbe verdunkelt, für die ich nie das rechte Epitheton gefunden habe, die blauen Augen ziemlich weit auseinanderliegend und in den Winkeln feucht, die Lippen stets ein wenig geöffnet. (Livia pflegte zu behaupten, sie habe Schwierigkeiten beim Atmen, aber ich habe schon immer vermutet, daß diese Gewohnheit auf ihre Gier nach Erfahrung hindeutete.) Und ich selbst? Wenn ich versuche, mich selbst vor mir zu sehen, sinkt ein Schatten herab, und mein Gesicht weicht zurück in die Dunkelheit.

So erörterten wir die Angelegenheit, und ich habe vergessen, was wir sagten, aber der Eindruck jenes Abends ist immer noch warm. Wir hörten Lärm und Getriebe vom Forum herauf. Julia aß einen Pfirsich, und der Saft rann ihr übers Kinn, nur um von dieser schnellen, spitzen Zunge wieder eingefangen zu werden. Marcellus bemühte sich, uns von der Vornehmheit und Großmut zu überzeugen, die Augustus veranlaßte, dem römischen Volk die Republik wiederzugeben, und Julia lachte.

»Papa ist nicht vornehm, er ist schlau, und dazu ist er viel zu schlau. Ich bin nur ein Mädchen, und mein Interesse an diesen politischen Angelegenheiten ist streng begrenzt, aber ich weiß sehr wohl, daß man nicht fünfzehn Jahre lang Bürgerkriege führt, um die Würfel dann den Feinden zurückzugeben und sie das Spiel von neuem auf ihre eigene Weise spielen zu lassen. Wenn du die Dinge so nimmst, wie sie sich zeigen, Marcellus, bist du ein Dummkopf. Aber natürlich, du bist ja ein Dummkopf. Das hatte ich vergessen.«

Sie hatte ganz recht. Marcellus war ein Dummkopf, ein schöner Dummkopf, gewiß, aber ein Dummkopf um so mehr, denn er verzehrte sich vor Liebe zu sich selbst. »Er ist ganz wie Narcissus oder Hyacinthus, nicht wahr?« sagte Julia einmal zu mir. »Einer von diesen blöden Griechenjungen, der sich in sich selbst verliebt.« Und von diesem Tag an nannten wir ihn »die Hyazinthe«.

»Du bist anders«, sagte sie zu mir und legte mir die Arme um den Hals. »Du sitzt da wie ein Weiser und sagst gar nichts. Niemand weiß, was du denkst, Tiberius, nicht wahr? Ich finde das schlau.«

Und sie küßte mich. Es war kein Kinderkuß. Nicht der Kuß einer Schwester. Er verharrte auf meinen Lippen.

Aber Augustus hielt Marcellus nicht für einen Dummkopf. Er hielt ihn für einen goldenen Jüngling und betete ihn an. Ich glaube, Livia versuchte ihn davor zu warnen, daß er sich wie ein Esel benahm, aber er war verschossen in den Jungen. Natürlich war Marcellus der Sohn seiner Schwester Octavia, die er immer für vollkommen gehalten hatte und die jetzt Schuldgefühle in ihm erweckte, weil er sie aus politischen Gründen zur Heirat mit Marcus Antonius gezwungen hatte; der Vater des Jungen, C. Claudius Marcellus, war einer seiner frühesten Anhänger gewesen. (Die Claudii Marcelli waren selbstverständlich meine Vettern.) Aber das war nicht der eigentliche Grund für den Zauberbann, in den Augustus sich von seinem Neffen hatte schlagen lassen, und der Häme römischer Tratschweiber zum Trotz war es auch keine lasterhafte Zuneigung. Die Wahrheit ist, daß Augustus in Marcellus das sah, was er so gern gewesen wäre, während er natürlich wußte, daß er es nicht sein konnte: ein Aristokrat von Natur aus, spontan, großzügig, idealistisch, impulsiv – ein Wesen, zur Anbetung geboren. In seiner stupiden Liebe zu Marcellus versinnbildlichte sich seine Kapitulation vor einem unterdrückten Teil seines Charakters, versinnbildlichte sich der Wunsch, das Leben möge nicht sein, was es ist, sondern ein Idyll.

Er nahm uns auf einen Feldzug nach Gallien mit, als wir beide noch sehr jung waren. Schon da – wenngleich ich davon noch nichts wußte – hatte er beschlossen, daß Marcellus und Julia heiraten sollten. Auf diese Weise, so dachte er zärtlich, würde er fortfahren können, die beiden Menschen zu besitzen, die die unreife Seite seiner Natur am meisten verehrte. (Eine andere, würdigere Seite war es, mit der er Livia liebte.) Natürlich verlangte er das Unmögliche: Er vergaß, daß beide nicht in Ewigkeit achtzehn bleiben würden.

Er liebte es, uns des Abends zu befragen, uns unsere Ansichten zum Leben zu entlocken und sie dann zu korrigieren; er war immer ein Lehrer von Natur aus. Er erzählte uns, Sache der Regierung sei es, zu dienen. »Die einzige Befriedigung«, sagte er, »ist die Arbeit selbst. Der einzige Lohn ist die Fähigkeit, die Arbeit fortzuführen. Es ist unsere Aufgabe, den Barbaren Gesetz und Zivilisation zu bringen. Die wahren Helden unseres Reiches sind die zahllosen Administratoren, deren Namen die Geschichte niemals kennen wird...«

Ich war fasziniert. Das war ein anderer Augustus, den ich da sah. Zum erstenmal erkannte ich, wie meine Mutter ihn verkleinerte; in ihrer Anwesenheit hätte er nie gewagt, zu sprechen, als habe er Autorität. Männer, sagte ich mir, werden erst dann ganz sie selbst, wenn sie fern von Frauen sind: im Lager, in ihrer Kanzlei, wo sie sich verantwortlich fühlen für Handlungen und Entscheidungen, die über Leben und Tod bestimmen. Marcellus aber langweilte sich.

»Caesar ist auf der Insel Britannien gelandet, oder?« unterbrach er.

Hätte ich auf eine solche Weise unterbrochen, die erkennen ließ, daß ich seinen Worten nicht zugehört hatte, dann hätte er mich getadelt. Marcellus aber strahlte er an und lachte.

»Das weißt du doch. Du hast seine Erinnerungen gelesen, oder...?«

Marcellus stöhnte. »Nicht viel davon. Er ist schrecklich langweilig, weißt du.«

»Ich kann mir vorstellen, daß du es so siehst.« Er lehnte sich hinüber und zauste meinem Vetter das Haar. »Ist das auch deine Meinung?« fragte er mich dann.

»Er schreibt bewundernswert klar«, antwortete ich. »Ich habe natürlich keinerlei Erfahrung, aber ich finde seine Schlachtbeschreibungen sehr überzeugend. Bis auf eines: Er ist immer der Held. War er wirklich so?«

Er lächelte uns an, als denke er nach. Ich knabberte an einem Rettich. Marcellus nahm einen Schluck Wein, und bevor Augustus etwas sagen konnte, erklärte er: »Mir gefällt es, wie Britannien klingt; da gibt's Perlen, und die Krieger malen sich blau an. Sie müssen komisch aussehen, aber trotzdem können sie anscheinend ganz schön kämpfen. Warum setzen wir Caesars Werk nicht fort und erobern die Insel?«

»Was meinst du dazu, Tiberius?«

Ich zögerte, um zu zeigen, daß meine Meinung wohlerwogen war, dabei hatte ich keinen Zweifel. »Mir scheint, wir haben genug Schwierigkeiten mit dem Reich, wie es einmal ist. Ich denke, es ist wohl groß genug. Sollten wir es nicht lieber konsolidieren, ehe wir einen neuen Bissen abbeißen...?«

Und wie reagierte Marcellus auf solche Vernunft?

Er nannte mich ein altes Weib. Wären wir allein gewesen, hätte ich vielleicht erwidert, es sei besser, wie ein altes Weib zu reden denn wie ein albernes Mädchen. Aber angesichts der Umstände lächelte ich nur.

Zu meiner Überraschung pflichtete Augustus mir bei.

»Caesar war ein Abenteuer«, sagte er, »und ich bin keiner. Eine Eroberung Britanniens wäre wertlos, denn die Insel ist von Nebel bedeckt, und wenig weist darauf hin, daß die Perlenfischerei dort sonderlich ertragreich ist...«

Marcellus seufzte. »Aber es wäre solch ein Abenteuer.«

Und Augustus lachte und zauste ihm von neuem das Haar.

II

Augustus war zuvorderst und von Natur aus ein Dynast. Das Wort ist griechisch und bedeutet: Ein Mann von Macht. Es war dieses starrsinnige Streben nach Macht, was ihn in den Bürgerkriegen siegreich sein ließ; es war dieses Machtstreben, was dem römischen Volk den Krieg gegen Antonius und Kleopatra aufzwang. Dennoch war er nie ein kompetenter Soldat. Seine Triumphe schuldete er Marcus Agrippa und der Göttin Fortuna.

Agrippa schätzte ich nicht, bis er mein Schwiegervater wurde. Das kann ich mir nicht zum Vorwurf machen. Bemerkenswerter wäre es gewesen, hätte ich seinen Genius begriffen, denn er war alles, was mir von Natur aus Argwohn einflößte: Er war rauh und ungehobelt, sprach mit starkem provinziellen Akzent und hatte die Neigung, lauthals über seine eigenen (schlechten) Witze zu lachen. Er hatte jene Vorliebe für unflätige Geschichten, die ein so nützliches Mittel ist, um Wohlbehagen unter Männern zu schaffen; mein Pech ist es, daß ich in diesen Dingen heikel bin und Zotenreißerei verabscheue.

Augustus verließ sich ganz und gar auf ihn. Sie ergänzten einander vollständig. Keiner wäre zu des anderen Leistungen imstande gewesen. Nichtsdestoweniger pflegten wir Kinder uns über ihn lustig zu machen, Julia vor allem. Damals ahnte ich nicht, daß Augustus bereits seine Vorkehrungen für meine Vermählung mit Agrippas Tochter Vipsania getroffen hatte. Ich hätte in höchstem Maße Anstoß genommen, denn ich fand sie fade.

Gewisse Szenen aus unserer Jugend stehen so klar wie ein Wandgemälde vor uns. Ein Sommerabend in den Gärten eines Landhauses am Meer, von Neapel an die zwanzig Meilen entfernt. Ich lese Homer und lausche einer Nachtigall, denn es ist fast zu dunkel, um die Worte zu entziffern. Eine Hand schiebt sich von hinten über meine Augen. Ich habe niemanden kommen hören. Die Hand ist kühl und trocken.

»Julia«, sage ich, ohne mich zu rühren, und fühle, wie die Finger herabgleiten, um meine Wange zu streicheln.

»Ich wünschte, du würdest nicht immer lesen. Ich weiß nicht, was du an den Büchern findest.«

»Sie sagen uns«, beginne ich, »wie das Leben...«

»Nein, Liebling«, unterbricht sie mich. »Sei nicht so geschwollen...«

Schon in jenem Alter – wie alt, dreizehn? –, wenn die meisten von uns sich auf scheue und unbeholfene Weise ihrer selbst bewußt sind, wußte Julia das Wort »Liebling« ebenso natürlich zu verwenden wie ein kleines Kind oder eine Liebende.

Aber sie war verstört in jenem Sommer, an jenem Abend.

»Leg dein Buch weg«, sagte sie. »Ich will mit dir sprechen.«

»Nun, es ist auch zu dunkel zum Lesen...«

»Bitte sei ernst.«

»Was ist das? Du forderst mich auf, ernst zu sein?«

»Ich habe Neuigkeiten. Papa sagt, er will, daß ich Marcellus heirate.«

»Gratuliere.«

»Sei nicht albern.«

»Es ist mein Ernst. Marcellus wird noch großen Ruhm erringen. Dafür wird dein Vater schon sorgen...«

»Das meine ich ja. Ich würde einen Mann vorziehen, der seinen Ruhm selbst erringt. Oder vielleicht auch nicht? Was ist schließlich Ruhm?«

»Aber Marcellus ist auch charmant«, gab ich zu bedenken. »Das sagt jeder.«

»O ja«, sagte sie. »Aber ich will ihn nicht...«

Sie beugte mich vor, küßte mich auf den Mund und rannte lachend weg.

Und sie sollte – in Abständen – während ihrer Ehe mit Marcellus immer wieder lachen. Er verstand es als einen Tribut an seinen Charme. Aber Lachen war bei Julia nicht unbedingt ein Zeichen dafür, daß sie glücklich war.

Es zeigte sich, daß meine Mutter ebenfalls gegen diese Ehe war. Sie machte ihre Ansicht deutlich, aber dies war eine der wenigen Schlachten mit Augustus, die sie verlor.

»Der Junge hat ihn ganz närrisch gemacht«, erzählte sie mir später. »Das hat ihn in seinem Urteil verblendet und ihn störrisch wie ein Schwein werden lassen.«

Seltsamerweise hatte auch Marcellus' eigene Mutter, Augustus' Schwester Octavia, Einwände gegen die Ehe. Sie fürchtete, ihr Sohn könnte dadurch der Eifersucht von Männern ausgesetzt werden, die fähiger und skrupelloser wären als er; sie wußte, daß er ein Federgewicht war, auch wenn sie ihn anbetete. Tatsächlich ist es möglich, daß Marcellus gerade aus diesem Grund die Anbetung seiner Mutter und seines Onkels genoß.

Gleichwohl nahm die Vermählung ihren Lauf. Augustus war läppisch vor Freude. Marcellus putzte sich. Julia schmollte. Bald jedoch fand sie heraus, daß auch einiges für ihren neuen Status sprach. Als verheiratete Frau hatte sie

Privilegien, die einer Jungfrau verwehrt waren. Sie hatte ihren eigenen Haushalt, und sie stellte fest, daß sie die Freiheit genoß, und auch die Gelegenheit, Befehle zu erteilen, die sich ihr damit bot.

Aber sie war nicht glücklich, und sie hatte Grund zur Unzufriedenheit. Eines Abends lud sie mich zum Essen ein. Zu meiner Überraschung stellte ich fest, daß wir allein waren.

»Sie nicht albern, mein alter Bär«, sagte sie. »Schließlich sind wir praktisch Bruder und Schwester.«

Sie spielte mit ihrem Essen, knabberte ein wenig Dörrfisch und ein paar grüne Trauben, eine Scheibe geräucherten Schinken und zwei purpurne Feigen, die sie zwischen Daumen und Zeigefinger hochhielt, bevor sie sie ganz in den Mund schob. Sie trank zwei oder drei Becher Wein und drängte mich, gleichfalls zuzulangen. Dann entließ sie die Sklaven, und wir waren unter uns.

Sie streckte sich auf ihrer Couch aus, hob ihren Arm, um die Form ihrer Hand zu bewundern, und ließ mich dabei einen Blick auf ihre Brüste erhaschen. Dann zog sie die Säume ihres Gewandes hoch, um mir ihre Beine zu zeigen.

»Sie werden besser, nicht wahr?« sagte sie. »Noch vor ein paar Wochen waren sie ganz fett. Wie findest du sie, alter Bär?«

»Hör auf damit«, sagte ich.

»Warum?«

»Weil es nicht recht ist...«

»Es ist nicht meine Schuld, daß du mir gefällst und nicht mein Mann. Oder etwa doch?«

Sie streichelte ihre Schenkel und lächelte.

»Katze«, sagte ich; aber ich rührte mich nicht.

»Alter Bär. Bist du eine Jungfrau, alter Bär?«

Ich bin sicher, daß ich errötete.

»Zufällig nicht«, antwortete ich.

»Oh, gut. Die Hyazinthe kann es nämlich nicht«, sagte sie. »Jedenfalls nicht mit mir. Ich glaube, er hat es nötig, daß man ihm sagt, wie hübsch er ist, und das tue ich nicht. Weißt du übrigens, wo er heute ist...?«

Ich schüttelte den Kopf. Ich konnte meinen Blick nicht von ihren Beinen wenden, von den Bewegungen ihrer Hände....

»Er ißt zu Abend mit Maecenas«, sagte sie.

»Wird die Konversation dort nicht sein Fassungsvermögen übersteigen?« fragte ich, denn Augustus' etruskischer Minister war gefeiert als Patron von Dichtern und Künstlern.

»Maecenas gibt auch andere Partys, weißt du. Mit Tänzern und bemalten Chorknaben. Zu denen lädt er Marcellus ein. Das tut er schon seit Jahren, und niemand wagt es meinem Vater zu sagen, nicht einmal seine bezahlten Spitzel.«

Sie richtete sich auf.

»Schau mich an. Ich bin ein schönes Mädchen, die Tochter des mächtigsten Mannes der Welt, und der Ehemann, den mein Vater mir aufgezwungen hat, bevorzugt jeden hergelaufenen Phrygierbengel, der mit seinem Hintern vor ihm herumwackelt.«

Sie warf sich schluchzend nieder. Ich sah, wie ihre Schultern sich hoben und senkten, und der Mund wurde mir trokken. Ich berührte rissige Lippen mit der Zungenspitze. Ich näherte mich ihr, um sie zu trösten. Im nächsten Moment waren ihre Arme um meinen Hals geschlungen, und ihre Zunge suchte die meine. Ich schmeckte Tränen, Wein und warme, eifrige, parfümierte Haut; sie war sanft wie Rosenblätter und fest wie ein galoppierendes Pferd. Sie schrie laut vor freudvollem Schmerz, und ich versank in unvorstellbares Entzücken...

»Alter Bär, alter Bär, du haarige Bestie...«

»Laszive Katze...«

So war es damals. Die Nacht stirbt über dem Meer. Der Mond quillt hinter den Bergen Asiens herauf, die sich, Welle um Welle, bis an die Grenzen des Reiches erstrecken. Ich gieße mir Wein ein und stürze ihn hinunter, suche wütendes Vergessen, das nicht kommen will.

III

Am nächsten Morgen ließ meine Mutter mich in ihre Gemächer rufen. Sie empfing mich mit dem, was Drusus und ich ihren Medusablick nannten.

»Du bist ein Dummkopf«, sagte sie, »und du siehst schrecklich aus...«

»Ich fürchte, ich habe gestern abend zuviel Wein getrunken...«

»Das ist nicht alles, was du gestern abend getan hast. Vermutlich bist du zum Auspeitschen zu alt...«

»Ja«, sagte ich. »Das bedauerst du sicher, aber in der Tat bin ich zum Auspeitschen zu alt.«

»Dann werde ich meine Zunge benutzen müssen. Ich habe dich nicht gebeten, dich zu setzen.«

»Nein, das hast du nicht. Trotzdem...«

»Sei nicht unverschämt. Füge nicht noch Unverschämtheit zu deiner ersten Torheit.«

»Wenn ich wüßte, wovon du sprichst...«

»Du weißt es sehr wohl... und grinse nicht. Du hast dich selbst und alles, wofür ich um deinetwillen gearbeitet habe, in Gefahr gebracht – für ein kleines Honigtöpfchen mit der Moral eine Straßenkatze...«

»Ah«, sagte ich, »ich hätte es wissen müssen, Mutter, daß du einen Informanten in Julias Haushalt hast...«

»Das hättest du in der Tat. Soll ich dir etwas erzählen, was du niemals vergessen solltest? Der Erfolg im Leben und in der Politik – was für unsereinen mehr oder weniger das gleiche ist – hängt von Informationen ab. Naturgemäß unternimmt man daher Schritte, welche zu bekommen. Ich hatte nicht gedacht, daß du ein solcher Dummkopf sein könntest.«

Ich nahm einen Apfel und biß hinein. Ich wußte, daß zur Schau getragene Gleichmut Livia zu noch hitzigerer Wut anstacheln würde, aber ich hatte schon vor langer Zeit herausgefunden, daß scheinbare Gleichgültigkeit meine beste Waffe gegen sie war. Oder, wenn keine Waffe, doch wenigstens ein Schutzschild.

»Tiberius«, sagte sie, »ich frage mich, ob dir klar ist, was der Princeps tun würde, wenn er erführe, was ich weiß...?«

Es ärgerte mich, wenn sie so von ihm sprach.

»Er sollte mir dankbar sein, weil ich seine Tochter glücklich mache«, erwiderte ich. »Das ist nämlich mehr, scheint mir, als sein geliebter Marcellus vermocht hat...«

»Kümmert es mich, ob sie glücklich ist?«

»Kümmert es dich, ob überhaupt jemand glücklich ist, Mutter?«

»Sei nicht albern. Du weißt, daß meine unablässige Sorge deiner und Drusus' Zukunft gilt. Aber im Gegensatz zu dir kenne ich die Welt. Dir kann man deine Ignoranz nicht vorwerfen. Du hast nicht wie ich gesehen, wie der beste Teil einer ganzen Generation vernichtet wurde. Deshalb begreifst du nicht, wie wichtig es ist, Umsicht walten zu lassen, jede Aktion zu planen, alle Torheit zu meiden – vor allem die Sorte, deren du dich schuldig gemacht hast. Du begreifst nicht, daß das Leben eines öffentlichen Menschen – das heißt, eines jeden Angehörigen der römischen Adelsklasse – gefahrvoll ist. Hältst du dich für sicher in einer Welt, in der Caesar, Antonius, Pompejus, Cicero und Marcus Brutus allesamt am Ende machtlos vor der Bosheit des Schicksals gestanden haben? Kannst du dir das vorstellen? Dann hätte ich dich für intelligenter gehalten.«

»Aber Mutter«, sagte ich. »Ich genieße doch sicheren Schutz. Die Liebe, die der Princeps zu dir hegt, ist mein Schild...«

Die Ironie in meinem Tonfall ärgerte sie. Livia ist immer empfindlich gegen Ironie gewesen. Die Annahme der Überlegenheit, die darin liegt, ist ihr zuwider.

»Natürlich liebt er mich«, sagte sie, »und ich liebe ihn auch. Darum geht es nicht. Wir sind keine Privatleute, und wir haben andere Ambitionen für unsere eigenen Kinder. Glaube ja nicht, daß die Liebe des Princeps zu mir dich schützen wird, wenn du seine Kreise störst. Er ist sehr wohl in der Lage, in einer geheimen Welt zu operieren, von der ich ausgeschlossen bin, und dann voller Reue über seine Taten zu sein, wenn sie mich betrüben. Ein Dynast, ein Mann der Macht, wie dein Vater...«

»Mein Stiefvater, Mutter...«

»Also schön, dein Stiefvater, wenn du darauf bestehst, lebt auf zwei verschiedenen Ebenen, die beide real genug sind. Hier ist der Familienvater, voller Fürsorge und warmherziger Zuneigung, und da ist der Politiker, der weder Zuneigung noch Loyalität oder Skrupel kennt. Er liebt seine Schwester Octavia. Das hat ihn nicht daran gehindert, sie zur Ehe mit Marcus Antonius zu zwingen, obwohl er genau wußte, wie grausam Antonius sie behandeln würde. Und da du schon einmal darauf bestehst, denke immer daran, er ist in der Tat dein Stiefvater und nicht dein Vater. Er hegt – da ich nun schon einmal offen spreche – nicht mehr Zuneigung zu dir als ich zu diesem kleinen Flittchen, seiner Tochter. Überdies muß ich dir sagen, daß sie durchaus imstande ist, sich selbst zu vernichten. Ich würde es vorziehen, wenn sie dich nicht mit sich hinunterrisse...«

Ich kann natürlich nicht sicher sein, daß meine Erinnerung mir über diesen langen Zeitraum hinweg die genauen Worte unseres Gespräches wiedererstehen läßt. Unsere Vergangenheit, so scheint es mir manchmal, ist eine Unterart des Traums; so wie der Traum uns so oft einen Blick in die Zukunft eröffnet, die wir erst erkennen können, wenn sich uns jene angekündigten Augenblicke unversehens verwirklichen. Die Erfahrung ist wie eine Reise durch ein nebeliges Flußtal: Für kurze Momente wird vielleicht die Hügelkette sichtbar, doch dann verbirgt der Dunst sie wieder. Wir wissen nie recht, wo wir sind oder was uns umgibt. Selbst die Geräusche, die wir hören, können trügen. Unser Leben ist zusammengesetzt aus einer Kette von Illusionen, von denen wir einige des Namens Wirklichkeit würdigen, aber unsere Wahrnehmungen sind niemals wahrer als die Schatten, die auf der Wand von Platos Höhle flackern.

Erfolgreiche Menschen sind oft Schlafwandler. Augustus glaubte an seine Bestimmung. Das befreite ihn von der Selbstprüfung, in die ich mich verwickelt habe.

Woran er sich erinnert, das wird für ihn wahr. Ich sitze hier und frage mich, ob ich dieses Gespräch mit meiner Mutter nicht nur geträumt habe.

Aber habe ich auch ihren letzten Satz geträumt?

»Glaube mir, mein Sohn, die Liebe deines Stiefvaters zu mir sichert dir nicht mehr Schutz, als Thetis für ihren geliebten Achill bekam...«

Und wenn ich ihn geträumt habe, war dann nicht mein Traum eine wahre Warnung?

IV

Ich trat in meinem zwanzigsten Jahr ins öffentliche Leben ein, als ich zum Quaestor gewählt wurde. Ich hatte das Recht verliehen bekommen, für jedes Amt fünf Jahre vor dem rechtmäßigen Mindestalter zu kandidieren. Rückblickend beklage ich dieses Beispiel von Begünstigung, muß allerdings darauf hinweisen, daß ich weniger begünstigt wurde als Marcellus, dem zehn Jahre am vorgeschriebenen Alter erlassen wurden. Nichtsdestoweniger kann ich meiner Mißbilligung zum Trotz Augustus' Entscheidung verstehen. Zwei Gründe lassen sich vortragen. Zum ersten ist es immer schwer, zuverlässige Männer zu finden, die notwendige Arbeiten übernehmen, und es war natürlich, daß Augustus sie zunächst unter den Mitgliedern seiner eigenen Familie suchte, denen er vertrauen zu können glaubte. Zweitens, wie Agrippa in seiner groben Muttersprache zu sagen pflegte: »Euch junge Knilche hält man am besten beschäftigt. Dann kommen euch auch keine Faxen in den Kopf.«

Das Quaestorenamt war keine hohle Ehrung. Wie jeder Schuljunge weiß, ist es ein wesentlicher, aber wenig glanzvoller Teil unserer politischen Körperschaft. Es ließe sich vergleichen mit der Position des Quartiermeisters in der Armee: Er führt keine Strategie, gewinnt keinen Ruhm, doch die Armee kann ohne ihn nicht funktionieren. Wer von militärischen Angelegenheiten nichts versteht, stellt sich den

Quartiermeister – sofern er es überhaupt tut – als einen stumpfsinnigen Burschen mit einer stumpfsinnigen Arbeit vor. Jeder aktive Soldat aber weiß, daß seine Bequemlichkeit und seine Sicherheit davon abhängen, wie tüchtig dieser stumpfsinnige Bursche seine Arbeit tut.

Meine erste Aufgabe als Quaestor war es, Unregelmäßigkeiten zu untersuchen, die sich im Hafen von Ostia mit den für Rom bestimmten Getreidelieferungen zutrugen. Die Sicherstellung einer regelmäßigen Getreideversorgung für die Hauptstadt ist eine der notwendigsten Aufgaben der Regierung; wenn die Versorgung ausfällt, kann die bürgerliche Ordnung nicht mehr garantiert werden. Augustus schärfte mir die Bedeutung dieser Aufgabe ein, die er mir anvertraut hatte.

»Ich weiß, du bist jung«, sagte er. »Aber du hast einen Vorteil: Du bist noch nicht durch Erfahrung verdorben. Ich habe festgestellt, daß jeder, der lange in diesem Geschäft tätig ist, mit der Zeit die Argumente von Maklern und Monopolisten akzeptiert.«

Ich fand bald heraus, daß es bei gewissen Reedereiagenten in Ostia üblich war, den Transport der Ladung vom Hafen zur Stadt zu verzögern, bis sie sich vergewissert hatten, daß der Preis zufriedenstellend war. Wenn jemand sie überreden wollte, doch schneller zu liefern, taten sie es nur, wenn ihnen eine persönliche Kommission gezahlt wurde. Außerdem waren die Aufseher in den Docks, Freigelassene zumeist, ebenfalls bereit, das Löschen einer Schiffsladung nach eigenem Belieben zu verzögern. Kurz, es gab dort eine Kette der Korruption, welche, indem sie zum Vorteil zahlreicher, namhaft zu machender Individuen gereichte, einer Verschwörung gegen das öffentliche Interesse gleichkam.

Doch ich war nicht sicher, wie ich vorgehen sollte. Es ist eine Sache, den Grund für eine Fehlfunktion zu ermitteln, eine andere aber, ihn zu beseitigen. Einer meiner Mitquaestoren schlug vor, wir sollten dafür sorgen, daß jedem Getreidehändler, der innerhalb einer bestimmten Zeit sein Getreide von Ostia nach Rom lieferte, eine Prämie gezahlt werde.

»Auf diese Weise«, meinte er, »werden wir die Lieferungen beschleunigen.«

Ich widersprach seinen Argumenten nicht, aber ich hatte ihn in traulicher Unterredung mit einigen Händlern gesehen, die ich zu den korruptesten zählte, und es schien mir wahrscheinlich zu sein, daß diese Prämien mindestens zum Teil ihren Weg in seine eigenen Truhen finden würden. Zudem fand ich es aus allgemeinen Grundsatzerwägungen falsch, der Korruption mit einer Aktion Einhalt gebieten zu wollen, die selber in ihrem Wesen korrupt war.

Da ich Augustus mit meinem Problem nicht behelligen wollte – denn ich war überzeugt, dies würde seine Einschätzung meiner Fähigkeiten verschlechtern –, ging ich zu Agrippa. Im Rückblick finde ich das bezeichnend. Trotz meiner jugendlichen Vorurteile gegen ihn erkannte ich in dem imperialen Koadjutor einen Mann, der sich der Tüchtigkeit geweiht hatte.

Er empfing mich in seinem Büro, umgeben von Karten und Plänen des Wassersystems für die Stadt Rom, das er gerade neu zu organisieren versuchte. Ich umriß mein Problem, wie ich es sah. Er hörte mir schweigend zu, etwas, das Augustus niemals gekonnt hätte.

»Wozu neigst du selbst?« fragte er. »Da dir ja der Vorschlag deines Kollegen mißfällt.«

»Meine Gründe dafür habe ich bereits dargelegt«, sagte ich. »Aber mir scheint doch, daß man in diesen Dingen eine Wahl hat. Man kann belohnen, oder man kann bestrafen.

Was mein Kollege vorschlägt, läuft auf Bestechung hinaus. Ich würde lieber Bußgelder auferlegen.«

»Warum?«

»Ich glaube nicht, daß man die Menschen gut machen kann, aber ich glaube, man kann sie dazu bringen, sich gut zu benehmen.«

»Und du hältst die Angst vor Bestrafung für wirkungsvoller als die Verheißung einer Belohnung?«

»Ja, wenn die Belohnung gewissermaßen als Vergebung der Missetat angeboten wird.«

»Du hast ganz recht.«

Er tippte sich an die Nase.

»Ich bin Soldat«, sagte er, »und ich glaube an Disziplin. Vielleicht hast du selbst auch das Zeug zu einem Soldaten. Das wäre mal was anderes in eurer Familie.«

Durch seine Zustimmung bestärkt, entwarf ich ein Verzeichnis von Strafen für jegliche Verzögerung bei dem Transport von Getreide. Mein Kollege war entsetzt; er sah seine eigenen Aussichten auf einen Gewinn schwinden. Ich blieb fest. Die Verordnung wurde durchgeführt. Für kurze Zeit waren die Blockaden beendet. Aber ich muß leider sagen, daß die alten Praktiken bald wieder aufgenommen wurden, als meine Zuständigkeiten mich anderswohin führten.

Dennoch habe ich diese Erfahrung nie vergessen. Es ist mir sehr bewußt, daß Rom von der Versorgung aus dem Ausland abhängig ist und daß das Leben des römischen Volkes nicht nur wie ein Spielball der Gnade des Windes ausgeliefert ist, sondern auch den habgierigen Launen der Händlerklasse und ihrer Unterlinge. Diese treiben die Preise hoch und schaffen die Gefahr eines Volksaufstandes. Wenn der Staat in Ordnung bleiben soll, wie es der inständige Wunsch aller Guten sein muß, dann muß die Getreideversorgung sichergestellt sein. Die Beliebheit der Regierung ruht auf vollen Bäuchen. Ein hungriges Volk gibt nichts auf Vernunft.

Ich bekam eine neue Aufgabe, die überaus interessant und darüber hinaus von großer Wichtigkeit war. Auf Agrippas Vorschlag hin, wie ich glaube, setzte man mich an die Spitze einer Kommission, die den Zustand der Sklavenbaracken in ganz Italien untersuchen sollte.

(»Wie abscheulich«, sagte Julia, als ich ihr von meiner Ernennung erzählte. »Wenn du damit fertig bist, kommst du lieber erst dann zu mir, wenn du etliche gründliche Bäder genommen hast. Jeder weiß, daß wir Sklaven brauchen, aber gewiß müssen wir doch nicht auch noch über sie nachdenken, oder?«)

Der unmittelbare Auftrag der Kommission war, wie ich beim Lesen der schriftlichen Anweisungen erfuhr, zu ermitteln, ob in diesen Baracken widerrechtlich auch Freie festgehalten wurden und ob Armeedeserteure dort Unterschlupf fanden. Aber ich sah bald, daß es nötig war, über diese Anweisungen hinauszugehen, und mein abschließender Bericht sollte eine neues Kapitel in der Geschichte dieser unglückseligen, aber notwendigen Institution markieren.

Was können wir über die Sklaverei sagen? Sie ist eine bei allen Völkern, jedenfalls bei allen zivilisierten Völkern, verbreitete Einrichtung. (Es gibt, glaube ich, ein paar Barbarenstämme, bei denen sie unbekannt ist, und zwar infolge von Armut oder schwächlichem Charakter.) Gleichwohl muß man zugeben, daß die Sklaverei gegen ein Naturgesetz verstößt. Unsere Vorfahren waren nicht dieser Ansicht: Marcus Porcius Cato, dieser tadelnswerteste aller Menschen, fand, ein Sklave sei nicht mehr als ein lebendes Werkzeug. Das waren seine genauen Worte. Ich finde sie abscheulich. Ein Sklave hat die gleichen Gliedmaßen und Organe wie ein Freigelassener er hat den gleichen Verstand und die gleiche Seele. Ich habe immer sorgsam darauf geachtet, meine Sklaven als menschliche Wesen zu behandeln. Tatsächlich betrachte ich sie als unprätentiöse Freunde. Ein Sprichwort sagt: »So viele Feinde, wie du Sklaven hast.« Aber sie sind an sich nicht unsere Feinde. Wenn Sklaven ihren Herren gegenüber Feindseligkeit verspüren, dann sind es zumeist die Herren, die dies hervorgerufen haben. Zu viele Römer sind hochmütig, grausam und beleidigend gegen ihre Sklaven; sie vergessen, daß wie sie selbst auch diese armen Kreaturen atmen, leben und sterben. Ein weiser Mann – und das heißt auch: ein guter Mann – behandelt seine Sklaven, wie er selbst von denen behandelt sein möchte, die an Autorität über ihn gestellt sind. Mich hat es immer mit einem Gemisch aus Belustigung und Verachtung erfüllt, zu hören, wenn Senatoren beklagten, daß in Rom die Freiheit verschwunden sei (was leider stimmt), und doch gleichzeitig zu sehen, wie dieselben Männer Freude daran finden, ihre Sklaven zu demütigen und auszubeuten.

Dies sind Ideen, die ich mir im Laufe der Jahre angeeignet habe. Ich hatte sie nicht alle schon, als man mich mit der Kommission zur Überprüfung der Sklavenbaracken betraute. Aber die Saat war vorhanden, und jene Erfahrung ließ sie keimen. Ich sah in diesen Baracken die Erniedrigung des Menschen.

Die Natur des Menschen lernte ich schnell und mit zunehmender Abscheu kennen. Das Jahr nach meiner Quaestorenschaft sah die beklommene Stabilität, die auf die Bürgerkriege gefolgt war, bedroht durch Ehrgeiz und Unzufriedenheit. Fannius Caepio, dessen Vater ein Anhänger des Sextus Pompejus gewesen war, betätigte sich als Urheber einer Verschwörung gegen das Leben des Princeps. Sein

Hauptkomplize war Tarentius Varro Murena, in jenem Jahr Konsul. Er war ein Schwager des Maecenas. Zwietracht vergiftete somit das Herz der Republik. Die Verschwörung wurde durch Augustus' Geheimpolizei entdeckt – sie selbst durch die bloße Tatsache ihrer Existenz ja schon ein Beweis dafür, wie Rom sich zum Schlechteren verändert hatte. Für uns war eine Zeit angebrochen, da wir, wie Titus Livius im Vorwort zu seiner Geschichte Roms bemerkte, »weder unsere Laster noch die Mittel dagegen ertragen konnten«. Ich selbst bekam die Aufgabe, die Anklage gegen Caepio zu vertreten, und ich tat es mit einer Tüchtigkeit, die – zumindest in der Öffentlichkeit – von vielen bewundert wurde, und mit einer Bestürzung, die ich zu verbergen trachtete.

In jenem Jahr heiratete ich Vipsania. Wir waren seit vielen Jahren verlobt gewesen, und ich hatte mich an den Gedanken gewöhnt, daß wir Mann und Frau sein würden. Früher einmal hatte ich gegen die Aussicht rebelliert. Die Verbindung erschien mir unpassend für einen Claudier. Aber ich hatte mich damit versöhnen lassen, als ich ihren Vater Agrippa kennenlernte und dadurch in die Lage kam, mir ein gerechteres Bild von seinen überragenden Fähigkeiten zu machen.

»Ich werde dich nicht fragen, wie ihr zurechtkommt«, sagte er ein paar Tage nach der Hochzeit zu mir. »Aber du sollst wissen, daß ich dich als Verbündeten willkommen heiße.«

»Als Verbündeten?«

Er lehnte sich auf seinem Stuhl zurück und streckte die massiven, muskulösen Beine vor sich aus.

»Tu nicht so, als ob du mich nicht verstehst. Ich beobachte dich seit Jahren – seit deine Mutter und ich diese Ehe vereinbarten. Du weißt ganz genau, daß eine solche Heirat mehr als eine familiäre Vereinbarung ist. Sie ist ein politischer Akt. Ich hoffe natürlich, daß du und Vipsania zusammen glücklich werdet: Sie ist meine Tochter, und ich habe sie gern. Aber ich hoffe auch, daß diese Ehe es uns beiden erleichtern wird, zusammenzuarbeiten. Du bist jung, aber du hast einen Kopf auf deinen Schultern, und ich bin bereit zu schwören, daß du einigermaßen begreifst, wie die Dinge liegen. Mindestens deine Erfahrung als Ankläger in dem zurückliegenden Verfahren dürfte dir die Augen geöffnet haben. In was für einem Staat, würdest du sagen, leben wir?«

»Mein Stiefvater hat mir oft erzählt, wie stolz er darauf ist, die Republik wiederhergestellt zu haben.«

»Scheißdreck. Und das weißt du auch. Oder?«

»Na ja...«

»Genau.«

»Natürlich ist mir klar, daß dies nicht die Republik ist, die es früher gab, und daß er es sich selbst auch nicht vormacht.«

»Das ist schon besser. Wir haben keine Republik, und die Republik wird auch nie wiederhergestellt werden. Ihre Zeit ist vorüber. Ein Imperium kannst du nicht auf der Grundlage von Abstimmungen auf dem Forum Romanum führen, und auch nicht mit langstieligen Beratungen im Senat. Es ist also keine Republik. Was ist es dann?«

»Sagen wir, es ist das Imperium.«

»Schon richtig. Aber was ist das Imperium? Ist es eine Monarchie?«

»Nicht genau.«

»Eine Diktatur?«

»Das Amt des Diktators ist doch abgeschafft, oder?«

Agrippa lachte, trank einen Schluck Bier, fixierte mich. Sein Blick war hart, schwer, gebieterisch. Ich fühlte seine Kraft.

Er wartete. Ich blieb ruhig.

»Also, was ist das Imperium?« fragte er noch einmal.

»Du bist einer seiner beiden Architekten, Herr.«

»Und selbst ich weiß es nicht. Aber eins kann ich dir sagen: Nur ein unreifer Staat kann entweder eine Demokratie oder eine Monarchie sein. Wir sind über beide Regierungsformen hinausgewachsen. Die klassische Staatstypen-Definition der Griechen gilt nicht mehr, denn wir sind nicht einmal eine Oligarchie, wie sie den Ausdruck verstanden. Wir sind vielleicht eine Konstellation von Mächten...«

Agrippa hatte nicht den Ruf eines Theoretikers. Im Gegenteil, wenn man ihn reden hörte, hätte man ihn für eine bloße Naturgewalt halten mögen, für einen Exponenten brutaler Kräfte. Doch nein.

»Der Princeps ist ein bemerkenswerter Mann«, sagte er. »Aber das weißt du. Gleichwohl mußt du auch sehen, daß er seinen Erfolg nicht ausschließlich seinen eigenen Qualitäten zu verdanken hat.«

»Auch das weiß ich.«

»Und er hat seine Fehler.«

Wieder sagte ich nichts. Wir waren in seinem Landhaus am Meer, nördlich der Stadt, in einem Gartengemach. Die Sonne beschien einen Pfad dahinter, und eine Brise von Westen trug den Duft von Buchsbäumen und Rosmarin auf der Terrasse herüber. Unten, in einem tiefer gelegenen Garten, standen Maulbeer- und Feigenbäume. In den Pausen unseres Gesprächs hörte ich das Meer gegen die Mauer branden.

»Sein Hauptfehler«, sagte Agrippa, »ist seine gütige Natur. Oft läßt er zu, daß sie seinen Intellekt beherrscht, sein Urteil verzerrt. Das ist seltsam – wo er doch zu anderen Gelegenheiten so rücksichtslos sein kann.«

»Marcellus ist höchst bezaubernd«, erwiderte ich. »Es ist kein Wunder, daß mein Stiefvater ihn so gern mag.«

»Ja«, sagte Agrippa. »Er ist ein entzückender Junge, nicht?«

Er stand auf.

»Wir haben genug gesagt, oder? Ich bin froh, daß du es bist und nicht Marcellus, der mit meiner Tochter verheiratet ist. Deine Mutter ist ebenfalls besorgt wegen der Zuneigung des Princeps zu dem Jungen. Ihr ist ebenso klar wie mir, daß es nicht angehen kann, ihn noch weiter zu fördern. Nicht allzu rasch. Dies ist, wie wir übereinstimmend feststellten, keine Monarchie. Wir sind eine Gruppe, die Macht hat, eine Partei. Es gibt immer welche, die uns beseitigen würden, wenn sie könnten, wie Caepio, den du so tüchtig angeklagt hast, und sein Freund Murena – und du weißt, wessen Schwager der war. Das war ein bißchen dicht vor unserer Haustür. Marcellus trifft sich etwas zu oft mit diesem Sodomiten, meinem alten Freund Maecenas. Das reicht; ich brauch's ja wohl nicht zu buchstabieren, oder? Und noch etwas. Denke daran: Die Basis unserer Macht sind die Legionen. Ich glaube, du hast das Zeug zu einem Soldaten. Ich bin verdammt sicher, Marcellus hat es nicht.«

Dieses Gespräch ließ mich nachdenken.

Ein paar Wochen später wurde Augustus krank. Er war tatsächlich dem Tode nah. Es hieß, er tobe im Delirium. Livia floh aus dem Gemach, entsetzt über das, was er in seinem Wahn äußerte. Sie zog sich in den Tempel der Vesta zurück, um zu beten und den Göttern zu opfern, auf daß sie sich erbarmen und ihrem Gemahl seine Gesundheit wiedergeben möchten. In einem kurzen Augenblick der Klarheit, da er befürchtete, auf der Schwelle des Todes zu stehen, ließ er Agrippa und Calpurnius Piso, der Murena als seinen Mitkonsul ersetzt hatte zu sich rufen und gab die Republik in ihre Obhut. Ein neuer Arzt und eine neue Behandlung erwiesen sich als wirksam. Er genas, und alles war gut.

Aber wenn auch alles gut war, so war doch ein Geheimnis zutage getreten: Die Revolution, die er bewerkstelligt hatte, war von seinem Leben abhängig. Die Verschwörer des Sommers waren postum gerechtfertigt. Hätten sie Augustus getötet, wäre das Regime zerfallen.

Aus diesem Grund begann er in jenem Herbst mit seiner Neugestaltung, ließ sich vom Senat ein *maius imperium* verleihen und gab die Praxis auf, selbst eines der Konsulate innezuhaben. Was wichtiger war: Er band Agrippa enger in die Regierung ein, verlieh ihm die Macht eines Prokonsuls über alle Provinzen des Reiches sowie – noch wichtiger – die *tribunicia potestas*: die Tribunatsgewalt.

Livia und Agrippa hatten ihren Willen gegen die Neigungen meines Stiefvaters durchgesetzt. Marcellus stand im Schatten. Und in diesem Winter starb er, ganz plötzlich.

V

Julia hatte beim Tod ihres Gemahls eine Fehlgeburt erlitten und ihren Vater damit um den Enkel betrogen, nach dem er sich so sehr sehnte. Aber seine Trauer um Marcellus machte ihn für eine Weile blind für diesen anderen Verlust. Das war zuviel. Um ihm eine Freude zu machen, fand Vergil sich bereit, eine Bemerkung zu Marcellus in seine Aenaeis unterzubringen, in lächerlicher Übertreibung, wie ich leider sagen muß.

Aber etwas ist sonderbar: Auch Julia schien von Schmerz überwältigt zu sein. Das fand ich erstaunlich, denn ich hatte doch bezweifelt, daß das Kind, das sie im Leibe getragen und verloren hatte, wirklich von ihrem Gemahl gewesen war. (Tatsächlich fragte ich mich sogar, ob es nicht von mir habe sein können; möglich war es schon.) Livia tat Julias zur Schau getragene Gefühlswallungen selbstverständlich als Schauspielerei ab, aber sie war von Natur aus flatterhaft und jetzt vielleicht aufrichtig. Vipsania sagte mir, sie habe zwar gewußt, daß es zwischen den beiden Schwierigkeiten gegeben habe, aber sie habe den Eindruck gehabt, in den letzten Monaten sei es mit ihnen besser gegangen. Vielleicht war das wirklich so; Vipsania verstand sich gut darauf, diese Dinge zu beurteilen. Andererseits wußte ich im Gegensatz zu ihr, wie dicht Marcellus daran gewesen war, von der Verschwörung im Frühjahr angesengt zu werden. Er hatte sich zwar nicht direkt beteiligt, aber die Verschwörer waren seine Freunde gewesen. Er hatte einen Schrecken bekommen, und so war es ihm vielleicht klug erschienen, den Eindruck hingebungsvoller Treue zu seiner Gattin zu erwecken. Schließlich war Marcellus in Anbetracht seiner geringfügigen Talente unbedingt vom Wohlwollen seines Onkels abhängig.

Man fragt sich, woher ich von seiner Beteiligung wußte? Aus zweierlei Quellen.

Erstens versuchte Fannius Caepio im Verhör einen Verdacht auf ihn zu lenken. Ich erkannte dies als Versuch, zu einem Handel zu kommen, als man mir in meiner Eigenschaft als Ankläger das »Beweismaterial« vorlegte. Daher entschied ich, daß ich damit nichts zu tun haben wolle, und um zu verhindern, daß auch nur eine Andeutung dieses Vorwurfs dem Gericht zu Ohren käme, ließ ich ihn auch aus den Protokollen des Verhörs tilgen. Vorher aber stellte ich Marcellus wegen der Bezichtigungen zur Rede. Er wäre fast in Ohnmacht gefallen. Als ich ihm sagte, daß ich kein Wort davon glaubte und dafür sorgen wollte, daß Caepios Beschuldigungen auch nicht weitergetragen würden, zeigte er sich in seiner dankbaren Erleichterung lächerlich und abstoßend. Er schmeichelte mir, und ich verspürte ein gewisses Entzücken, als ich erkannte, wie tief sein Entsetzen gewesen war, und genoß das Wissen, daß er sich mir gegenüber in jeder Hinsicht als Unterlegener bekannt hatte. Er umarmte mich vor lauter Dankbarkeit.

»Wie konnte er mir so etwas antun?« sagte er wieder und wieder. »Ich kenne ihn ja nicht einmal, außer von einer Party.«

»Eine von Maecenas' Partys?« fragte ich.

Aber eben nicht nur dort war Marcellus mit den Verschwörern zusammengekommen. Das erfuhr ich aus meiner zweiten Quelle.

Eines Tages während der Vorbereitungen zum Verfahren gegen Caepio erhielt ich eine Botschaft, die mich verwirrte. Ihr Gehalt war der, daß der Verfasser Informationen im Zusammenhang mit dem Fall besitze, die er mir nur persönlich zugänglich machen könne; indessen zögere er, mich offen anzusprechen. Nun sind solche Botschaften unter solchen Umständen freilich nichts Besonderes, und anfangs neigte ich dazu, sie zu ignorieren: Wenn einer Angst hat, seine Informationen offen weiterzugeben, ist er wahrscheinlich nicht vertrauenswürdig und sein Material unsauber. Aber dann spürte ich instinktiv, daß es in diesem Fall anders sein könnte. Ich stimmte daher einem geheimen Treffen zu.

Es fand statt, bei Nacht, im Hinterzimmer einer miesen Taverne in dem Labyrinth enger Sträßchen zwischen dem Campus Martius und dem Fluß. Die Taverne war offensichtlich ein verrufenes Lokal, die Gästeschaft der Abschaum der Stadt: Prostitutierte beiderlei Geschlechts und ihre Kuppler. Ich war wirklich froh, daß ich mein Gesicht verhüllt hatte, und einen Augenblick lang fragte ich mich, ob es töricht gewesen war, herzukommen. Aber ich nannte dem Wirt das Losungswort und wurde, wie vereinbart, ins Hinterzimmer geführt.

Ein Mann lag auf einer Couch und hatte einen lockigen Jungen auf dem Schoß. Keiner der beiden rührte sich, als ich eintrat, und ich glaubte mich getäuscht und wollte schon erbost hinausstürmen. Da richtete der Mann sich auf und schob den Jungen von sich.

»Zeit ist um, Schätzchen«, sagte er. »Hol uns Wein.«

Er entfaltete sich und stand auf.

»Du kommst früher, als ich erwartet habe, mein Herr«, sagte er.

»Ich bin pünktlich.«

»Meine Güte, bist du steif.«

Er lispelte: ein Grieche, ein paar Jahre älter als ich, mit parfümiertem Ringelhaar und weibischem Benehmen. Er schwitzte, und er strich sich die Tunika glatt und bat mich emsig, am Tisch Platz zu nehmen. Der Junge brachte Wein und verschwand, nicht ohne einen kessen Blick über die Schulter zu werfen. Ich fühlte leichten Ekel.

»Mein Name ist Timotheus«, sagte der Mann. »Ich arbeite viel für den Princeps, obgleich du noch nicht von mir gehört haben wirst, und ich habe ein Problem, das ich gern mit dir besprechen würde. Es betrifft den Fall, mit dem du befaßt bist.«

Er lächelte geziert und wand sich in den Schultern.

»Ich habe dich hergebeten, weil ich die Dinge im dunkeln halten möchte. Ich bin in einer Zwickmühle. Ich bin der Privatagent des Princeps, und die Informationen, über die ich verfüge, sind so, daß ich, offen gesagt, nicht wage, sie ihm zu geben. Verstehst du allmählich?«

»Nein. Vielleicht sollest du mit dem Anfang beginnen und aufhören, in Rätseln zu sprechen.«

»Rätsel sind heutzutage oft das einzige, was man gefahrlos von sich geben kann.«

»Hör zu«, sagte ich, »ich ermittele in dem Fall, von dem du sprichst. Wenn du Informationen hast, kann ich dich – schmerzhaft – zwingen, sie mir zu offenbaren.«

Er nippte an seinem Wein und schob mir den Krug über den Tisch hinweg zu. Überrascht sah ich, daß ich meinen ersten Becher schon ausgetrunken hatte. Es war ein süßer Wein mit einem Hauch von Harz, wie die Griechen ihn bevorzugen.

»Das wäre nicht klug«, meinte er. »Dem Princeps würde das noch weniger gefallen. Er wird kaum wollen, daß es sich herumspricht, wenn er Typen wie mich beschäftigt. Außerdem muß ich dir sagen – und sei es nur, um meine Position zu sichern –, daß wir unsere Verbindung unter Umständen knüpften, an die er gewiß nicht gern erinnert werden möchte. Offen gestanden, mein Lieber: Ich weiß einfach zuviel. Warum kommst du also nicht von deinem hohen Roß herunter und hörst mir zu wie ein braver Junge? Ich werde mit dem Anfang beginnen, wie du es vorschlägst.«

Seine Art widerte mich an. Zu gern hätte ich ihn auspeitschen lassen, und doch war ich neugierig. Ich hob meinen Becher an die Lippen und nickte.

Er erzählte mir seine Geschichte auf affektierte Weise und mit mancherlei Abschweifung. Aber ihr Kern war simpel. Er war ein Spitzel, dessen spezielles Talent das war, was er als Provokation bezeichnete. »Wenn ich ein Fünkchen Unzufriedenheit schnuppere, fächele ich es an...« Der Princeps hatte Mißtrauen gegen seinen Kollegen Murena verspürt, und er hatte Timotheus dieses Mißtrauen offenbart und eine Untersuchung befohlen. Timotheus hatte daraufhin seinen eigenen Agenten als Diener im Hause des Konsuls eingeführt, »einen richtigen Ganymed, du verstehst« – er sah mich wimpernflatternd an. »Aber natürlich kann ein Diener, so süß er auch sein mag, nicht alles herausbekommen, obgleich ich den Princeps in dem Glauben ließ, daß alle meine Informationen von dem Jungen kämen.« Kamen sie aber nicht. Er hatte außerdem einen jungen Adeligen namens Fannius Cotta angeworben, einen Vetter Caepios. Die Art, wie er redete, ließ mir keinen Zweifel daran, daß dieser Cotta der Liebhaber des Schuftes gewesen sein mußte. Cotta – er müßte schwachsinnig gewesen sein, dachte ich, daß er auf Timotheus' Ansinnen hereingefallen war – hatte seinen Vetter und den Konsul zu ihrem Verrat ermuntert und die ganze Zeit über jede Einzelheit dem Griechen berichtet. Aber jetzt war Cotta mit den anderen Verschwörern verhaftet worden; das wußte ich natürlich, denn ich hatte Vorkehrungen getroffen, ihn zu verhören.

»Und?« sagte ich.

Der Grieche betupfte sich die Augen, als habe seine eigene Erzählung ihn bewegt. Er wollte, daß Cotta freigelassen werde; das war offensichtlich.

»Ich habe nur dein Wort, was seine Rolle in dem Spiel angeht«, sagte ich. »Und angesichts dessen, was du mir über deine Beziehung zu ihm gesagt hast, sehe ich keinen Grund, weshalb ich dir glauben sollte.«

»Aber ich denke, ich kann dich noch überreden«, sagte er. »Ich habe einen Brief, geschrieben von einem gewissen Herrn, der dem Princeps nicht ganz unverbunden ist. Er ist an Cotta adressiert, und unfreundlich gesonnene Menschen könnten ihn so deuten, daß er eine Ermutigung an die Verschwörer enthalte.«

»Ich verstehe.«

Und ich verstand. Ich wußte genau, von wem er sprach.

»Warum bietest du den Brief nicht dem Princeps an?«

»Sei nicht albern, mein Lieber. Das würde ich nicht wagen. Zum einen würde er ihn für eine Fälschung halten. Zum anderen würde ich damit meinem Freund nicht helfen. Und zum dritten bin ich Grieche, ein armer Freigelassener, und – nun, wir Griechen haben schon immer mit den Persern zu tun gehabt, und du weißt ja, wie die Perser mit dem Überbringer schlechter Neuigkeiten verfahren. Mein Leben stände auf dem Spiel. Aber ich hatte in Anbetracht der Beziehungen innerhalb der kaiserlichen Familie den Eindruck, daß du vielleicht etwas damit anfangen könntest...«

»Ich mißbillige den Ausdruck 'kaiserliche Familie'. So etwas gibt es nicht, und die bloße Idee ist anstößig.«

»Wie du willst.«

»Hast du den Brief hier?«

»Sei nicht albern. Ich habe eine Kopie...«

»Du sprichst zuversichtlich für einen Mann in deiner Lage.«

Er lächelte. »Das ist deine Deutung.« Er schob die Hand in seine Tunika und zog den Brief hervor.

»Aber das ließe sich auf mehr als eine Weise interpretieren«, stellte ich fest.

»Und auf jede Weise wäre es unheilvoll, nicht? Aber du siehst mein Dilemma, das ich jetzt mit dir teile. Ich möchte meinen Freund retten, aber ich kann den Brief unmöglich dem Princeps geben.«

»Bist du nicht selbst schuld daran, weil du verheimlicht hast, daß er in deinem Auftrag arbeitete, um die Verschwörung zu provozieren?«

»Vielleicht, aber nun ist es einmal so.«

Ich war natürlich naiv. Das sah ich sofort. Cotta war selbstverständlich ein echter Verschwörer, und vielleicht hatte sich sein Verhältnis mit dem Griechen aus der Verschwörung entwickelt. Nichtsdestoweniger mußte ich die Gewandtheit des Plans, den der Grieche da vortrug, bewundern. Und der Brief – sollte er tatsächlich von Marcellus' Hand sein – war in der Tat vernichtend. Ich würde froh sein, ihn zu bekommen. Es müßte sich daher eine Einigung finden lassen, die für alle Beteiligten zufriedenstellend sein würde. Ich machte eine entsprechende Andeutung.

»Aber ich muß Cotta trotzdem verhören«, sagte ich. »Das verstehst du? Nichtsdestoweniger...«

Fannius Cotta war ein großer, gutgebauter junger Mann mit großen Augen und einem schlaffen Mund. Das Grauen hatte ihn entmannt und ihn abwechselnd verstockt und niedergeschlagen werden lassen. Zweimal im Verlauf unseres Gesprächs warf er sich schluchzend auf seine Pritsche. Er trug eine kurze Tunika, und Schweiß glitzerte hinten auf seinen Schenkeln, während seine Schultern zuckten. Er versicherte mir, er könne Marcellus noch mehr belasten, wenn es das sei, was ich wolle.

»Du mißverstehst mich«, sagte ich. »Ich will diese Sache zu einem Ende bringen. Eine Möglichkeit, dies zu tun, bestände darin, dich von einem unglücklichen Unfall ereilen zu lassen.«

Er warf sich vor mir auf den Boden, umklammerte meine Knöchel und bettelte um Gnade.

»Steh auf«, sagte ich. »Hast du keine Würde?«

Es widerstrebte mir, aber ich sorgte dafür, daß er entlassen wurde. Ich wußte, daß Timotheus den Brief eher vernichten als abliefern würde, wenn ich unsere Vereinbarung bräche. Aber sosehr er mir auch zuwider war, wußte ich doch auch, daß er über genügend Intelligenz verfügte, um seine Verteidigung gegen jede meiner möglichen Maßnahmen gegen ihn vorbereitet zu haben. Zwei Bedingungen stellte ich jedoch: Cotta müsse Italien für einen Zeitraum von fünf Jahren verlassen. Er dürfe nie wieder mit Marcellus in Verbindung treten. Ich sprach Drohungen aus, obgleich ich wußte, daß ich bald keine Mittel mehr haben würde, sie in die Tat umzusetzen. Aber ich war sicher, daß Cotta ein Feigling war, der nicht wagen würde, mir zu trotzen.

Ich hielt den Brief geheim. Vielleicht würde in der Zukunft eine Zeit kommen, da er mir bessere Dienste würde leisten können als jetzt. Timotheus' Benehmen bei der Übergabe war beunruhigend; das sah ich.

Er hatte mich überlistet. Er hatte mich zu seinem Komplizen seiner Täuschungen gemacht. Immerhin hatte er mir eine Waffe in die Hand gegegeben. Dafür war ich ihm zu Dank verpflichtet.

Marcellus' Tod beraubte mich dieser Waffe, machte sie obsolet. Aber ich stand noch immer in der Schuld des Griechen.

Noch etwas: Der Arzt, der Marcellus behandelte, war ein gewisser Antonius Musa, derselbe, der Augustus geheilt hatte. Timotheus hatte ihn in den Haushalt eingeführt. Ein paar Jahre später ging er aus gesundheitlichen Gründen in den Ruhestand und wohnte in einem Landhaus mit Timotheus zusammen. Ihr Benehmen war ein Skandal für die Bauern der Gegend, aber Augustus hielt seine schützende Hand über sie.

Es lag eine angenehme Ironie in dem Gedanken daran, wie Timotheus gearbeitet hatte, um den Liebling des Princeps zu vernichten, und daß Musa ihn womöglich ermordete.

VI

Manche Leute glauben, der Charakter sei konstant. Wir werden, behaupten sie beharrlich, nur das, was wir schon sind; der uns innewohnenden Natur können wir niemals entrinnen. Jegliche Veränderung, die etwa stattzufinden scheint, enthüllt nur Züge, welche die betreffende Person bisher zu verbergen vorzog; wechselweise mag sie auch aus der heuchlerischen Annahme einer bestimmten Tugend resultieren. Dieses Argument muß die Philosophen in Ratlosigkeit versetzen, und es ist eines, auf das sich nicht mit Bestimmtheit antworten läßt. Zum Beispiel zeigte Augustus sich rücksichtslos in seinem Streben nach Macht; er schreckte vor keiner Grausamkeit zurück, die ihn für die Erreichung seiner Ziele notwendig dünkte. So opferte er seinen Mentor, Marcus Tullius Cicero, zur Zeit der Proskriptionen. Obwohl er wußte, daß er ihm viel zu verdanken hatte, hielt er es für nötiger, Marcus Antonius zu versöhnen, indem er sich vor dem Haß verbeugte, den Antonius gegen den alten Orator hegte, als darauf zu bestehen, daß man gegenüber dem Manne, den sogar Julius als »Zierde der Republik« bezeichnet hatte, Milde walten lasse. In gleicher Weise liebte Augustus seine Schwester Octavia mit einer Wärme, die er nur wenigen entgegenbrachte. (Wäre sie nicht so betont tugendhaft gewesen, hätten die Klatschweiber, dessen bin ich sicher, hinsichtlich der Natur ihrer Beziehung mancherlei Andeutung zu machen gewußt.) Und doch opferte er ihr Glück den Erfordernissen seiner Allianz mit Antonius und zwang sie, diesen brutalen Trunkenbold zum Manne zu nehmen. Wer der Meinung anhängt, daß der Charakter konstant sei, muß also fragen, ob Augustus sich zwang, eine Grausamkeit zu üben, die seiner Natur ein Greuel ist, oder ob er seitdem eine Tugend vorgibt, die nichts weiter ist als die Manifestation angeborener Heuchelei.

Ich für meinen Teil halte diese Auffassung von der menschlichen Natur für falsch und unangemessen. Mir scheint, daß es in unserem Charakter einerseits Abgründe gibt, die wir nicht verstehen, die wir vielleicht fürchten und die manchmal überraschend ans Licht kommen, und daß wir uns andererseits in einem Zustand unaufhörlicher Schöpfung befinden. Heraklit, man wird sich erinnern, stellte die Frage, ob es denn möglich sei, daß einer zweimal im selben Flusse bade. Seine Schüler bekräftigen, es sei unmöglich, alles sei in einem Zustand des Fließens, der Fluß verändere sich vor unseren Augen. Andere indessen, die ich einmal die philosophische Schule des gesunden Menschenverstandes nennen will, halten dies für bloße Kasuistik. Sie sagen: Auch wenn das Wasser wechselt, bleibt doch der Fluß derselbe; das Dauerhafte sei wirklicher als die Veränderungen, die sie als oberflächlich bezeichnen.

Mir scheint jedoch, daß es möglich ist, beiden Argumenten Rechnung zu tragen, zu sagen, daß zwar alles sich verändert, daß aber doch vieles, was darin enthalten ist, dasselbe bleibt. Ein Mensch ist stets er selbst, aber er ist nicht notwendigerweise immer derselbe Mensch.

Was mich zu diesen Reflexionen veranlaßt, sind Erinnerungen an meine Ehe mit Vipsania. Ich trat in diese Ehe ein, weil ich den Wünschen meiner Mutter gehorchte und weil ich begriff, daß die von ihr getroffene Wahl meiner Gattin politisch klug war. Aber ich empfand weder Wärme noch Begeisterung. Überdies waren wir in anderer Hinsicht ein ungelenkes Paar; Vipsanias keusche Schamhaftigkeit machte sie ebenso schüchtern wie meine Zurückhaltung mich. Zwar kannten wir einander schon unser Leben lang, aber wir wußten nicht, wie wir miteinander reden sollten. Im Laufe der Jahre hatten wir vielleicht nie mehr als ein paar Sätze gewechselt, bedeutungslose noch dazu. Jetzt waren wir miteinander allein, wie wir es nie gewesen waren. Vipsanias Unterwürfigkeit störte mich. Sie lag steif im Bett, die Decke bis zum Hals heraufgezogen. Ich dachte – wie hätte ich es vermeiden können? – an Julia, wie sie ihre Schenkel liebkoste und meinen Blick auf ihren Körper lenkte. Vipsania empfing mich wie einen, der seinen Willen durchsetzt. Ihr Pflichtgefühl zwang sie, sich mir hinzugeben – aber als Opfer, nicht als Frau. Wochenlang schienen wir in Reglosigkeit zu erstarren. Ich wußte, daß sie unglücklich war, und weil ich selbst unglücklich war, ging mir ihr Unglück gegen den Strich. Wenn ich sie in Tränen aufgelöst fand, war ich unfähig, sie in die Arme zu nehmen.

Ich hatte niemanden, mit dem ich mich hätte beraten können. In meiner innigen Beziehung zu Livia war die Erörterung moralischer Angelegenheiten doch stets ausgeschlossen geblieben. Mein Bruder Drusus, den ich um seiner Spontaneität und Tugend willen liebte, wäre außerstande gewesen, mein Dilemma zu verstehen. Vipsania und ich waren in Verständnislosigkeit füreinander verhaftet; wir wagten beide nicht, den Schlüssel umzudrehen, den wir vielleicht auch ohnehin nicht erkannten.

Aber heute, mehr als zwanzig Jahre später, blickte ich mit ähnlich verständnislosem Staunen auf die ersten Tage unserer Ehe zurück. Denn das alles ist anders geworden. Sie wurde die Arznei für meine Seele, das Licht, dem ich mich zuwandte. Und ich kann nicht sagen, warum oder wie es geschah. Es gab keinen einzelnen Augenblick, da die Schranken fielen, keinen einzelnen Augenblick, da unser beider Persönlichkeiten die Rüstung ablegten. Es war eher, als habe die Gewöhnung die Bastionen bröckeln lassen. Ohne daß ich merkte, wie es geschah, ließ ich mich durch ihre Sanftmut und Tugend erweichen. Es kam die Zeit, da genügte eine Wendung ihres Kopfes, die kühle Berührung ihrer Haut, ihre leise Stimme, um jede bange Sorge zu beschwichtigen.

Kein Zweifel, daß die Geburt unseres Sohnes, des jungen Drusus, zu dieser Entwicklung beitrug. Wenn ich sah, wie sie das Baby in den Armen hielt oder es, über seine Wiege gebeugt, mit einem alten Schlaflied einlullte, dann erlebte ich all das, was Menschen im Laufe der Jahrhunderte ersehnt haben: Ich fühlte mich umhüllt von einer Liebe, die allumfassend war.

Noch etwas trug zu unserer wachsenden Vertrautheit bei: Sie respektierte meinen Wunsch nach Zurückhaltung. Es hat mir stets Unbehagen bereitet, Gefühle auszudrücken, sei es durch Worte, sei es durch Taten. Sie versuchte nicht, mein Vertrauen zu erringen, und auf diese Weise gewann sie es allmählich.

Unterdessen wurde Julia zum Problem. Sie glaubte einen Anspruch auf mich zu haben. Sie wußte, daß sie mich in Wallung bringen konnte, und betrachtete mich aus diesem Grund als ihr Eigentum. Meine Ehe bedeutete ihr nichts. »Sie ist doch nur zweckmäßig, oder?« sagte sie wohl, und dann sah sie mich durch den Schleier ihrer Wimpern an und berührte ihre Brust oder streichelte ihren Schenkel. »Freilich, wenn du sie ernst nehmen willst, ist das unzweckmäßig. Aber nur ein bißchen. Du könntest doch dieses fade Mädchen nicht mir vorziehen, oder?«

So gesehen hatte sie ganz recht. Ihr Körper war für mich, was die Weinflasche für den Trinker ist: eine Versuchung, die mich zittern ließ. Ein halbes Dutzend mal schlüpfte ich in dem Winter nach Marcellus' Tod in ihr Bett, erfuhr die Intensität des Entzückens und hernach die Pein der Reue und der Selbstverachtung. Ich habe es nie vermocht, den Geschlechtsakt als etwas zu betrachten, das sich vom Gemüt trennen ließe.

Livia wußte, was vor sich ging, und machte mir Vorwürfe.

»Du bist ein Schwächling«, sagte sie. »Ein verächtlicher Schwächling. Willst du alles zerstören, wofür ich um deinetwillen gearbeitet habe?«

Darauf gab es nichts zu antworten. Die Scham lähmte mir die Zunge.

»Weißt du«, sagte sie, »daß Augustus mir vorgeschlagen hat, du solltest sie heiraten? Dem habe ich gleich einen Riegel vorgeschoben. Außerdem müsse er verrückt sein, daran nur zu denken, habe ich gesagt. Wie er nur in Erwägung ziehen könne, Agrippa derart zu kränken, indem er seine Tochter entehrte. Und jetzt, du Dummkopf, riskierst du genau das. Und wofür? Für ein kleines Honigtöpfchen, dem man lieber den Hintern versohlen sollte.«

Zu jener Zeit ging Julias Benehmen knapp am Skandal vorbei. Trotzdem sprach der Spitzel Timotheus mich an; er habe, wie er behauptete, nur mein Bestes im Auge. Ich sei nicht Julias einziger Liebhaber; sie stehe im Mittelpunkt einer ganzen Koterie von jungen Adeligen, von denen einige, wie er sagte, »gefährliche Vorfahren« hätten. Ich täte gut daran, vorsichtig zu sein.

Als er ging, schwebte der Duft von Rosenessenz im Raum, und auch der haltbarere Gestank der moralischen Verkommenheit.

Ich war erschrocken. Ich konnte mir in Julias Nähe selbst

nicht vertrauen. Ich hatte Verstand genug, meine Abordnung zur Armee zu beantragen.

Man schickte mich nach Spanien, wo die Bergstämme revoltierten. Es ist nichts Glanzvolles an solcher Kriegführung, die ja eher eine Art Polizeiaktion ist. Aber sie ist die beste Übung für einen jungen Offizier: Sie lehrt ihn den wahren Zweck der Armee, nämlich die Bewahrung Roms und all dessen, was römische Ordnung bedeutet. Außerdem lernt er bei solchen Feldzügen die Bedeutung der Fürsorge für seine Männer kennen. Das ist die erste Regel der Generalskunst: daß die Truppen ordentlich ernährt, gekleidet, bewaffnet und behaust werden. Wir rekrutieren Soldaten und fordern sie auf, zur Verteidigung fetter Steuerzahler ihr Leben zu riskieren. Das mindeste, was wir dafür tun können, ist, daß wir uns um die Lebensumstände kümmern, zu denen sie sich verurteilt haben. Man zeige mir den General, der die Wohlfahrt seiner Männer nicht an die erste Stelle setzt, und ich deute auf einen Mann, der von Eitelkeit beherrscht ist. Ich habe nie vorgegeben, ein militärisches Genie zu sein, aber ich habe doch Erfolg gehabt, weil ich meine Männer niemals vernachlässigt, weil ich mich bei meinen Aktionen niemals über die Berichte meiner Aufklärer hinweggesetzt und weil ich niemals vergessen habe, daß meine Männer mir ihr Leben anvertraut haben. Das ist eine Verantwortung, die manche Befehlshaber gern ignorieren.

Wo immer ich meine Feldzüge führte, baute ich Straßen. Die Straße, den Barbaren unbekannt, ist das Zeichen Roms, Zeichen der Zivilisation und des Imperiums. Die Straßen sind es, die das Imperium zusammenbinden, auf den Straßen wird der Handel getrieben, durch die Straßen werden die Barbarenstämme unterworfen. Wo immer man die Majestät Roms sucht, wird man Straßen finden.

Ein Brief von meiner Mutter:

Geliebter Sohn,
wir vernehmen Gutes von Deinem Fleiß und Deiner Tüchtigkeit. Bedenke stets, daß Du ein Claudier bist, und als solcher allen überlegen; daher geziemt es Dir, den Menschen zu dienen. Zu diesem Zweck haben die Götter einen hochstehenden Menschenschlag geschaffen.

Das Problem Julia ist gelöst. Erstaunlicherweise war es Maecenas, der Deinen Stiefvater von der besten Lösung überzeugte. Sie soll Agrippa heiraten. Nun – ich wußte, das würde Dich überraschen. Es wird eigenartig für Dich sein, sie als Deine Schwiegermutter willkommen zu heißen. Aber es ist am besten so. Vielleicht kann er sie am Zügel halten. Überdies ist es klug, ihn durch Liebe und Verpflichtung noch enger an Deinen Stiefvater zu binden. Glaube mir, große Männer wie Agrippa sind den Versuchungen des Ehrgeizes stets unterworfen. Um so eher, wenn sie nicht aus vornehmem Hause stammen.

Vipsania sagt, sie will den Winter mit Dir in Gades verbringen. Ich bin entzückt, das zu hören. Es ist nicht gut, wenn Mann und Frau lange Zeit voneinander getrennt leben. Zudem kenne ich vom Hörensagen die Versuchungen des Feldlagers.

Du bist von schwieriger Natur, mein Sohn. Du bedarfst der Unterstützung durch ein liebendes und tugendsames Weib.

Ich habe das immer gewußt. Aus diesem Grunde habe ich Deine Ehe mit Vipsania befördert, denn sie hat alles, was eine Mutter sich bei der Gattin ihres Sohnes wünschen könnte. Ich spreche von ihren persönlichen Qualitäten. Den Vorzügen ihres Vaters zum Trotz hätte ihre Herkunft sie in normalen Zeiten nicht in Frage kommen lassen. Aber wir haben keine normalen Zeiten, und sie werden auch nie wiederkehren.

Augustus und ich erfreuen uns guter Gesundheit.

Ein Brief von Vipsania:

Liebster Gemahl,

ich brenne darauf, mit Dir zusammenzusein. Du fehlst mir. Ich wage nicht zu fragen, ob ich Dir auch fehle, aber da ich Dir vertraue, hoffe ich, daß es so sei.

Du wirst die Neuigkeiten über meinen Vater und Julia gehört haben. Es ist sehr merkwürdig, aber vielleicht kommt etwas Gutes dabei heraus. Natürlich tut mir meine Mutter leid, die sich hat scheiden lassen müssen. Aber sie ist gut entschädigt worden; sie hat, um die Wahrheit zu sagen, in den letzten Jahren so wenig von meinem Vater gesehen, daß sie sich wahrscheinlich nur entehrt, aber nicht verlassen fühlen wird. Und sie ist, wie Du weißt, eine hingebungsvolle Gärtnerin: Der Schöpfung ihrer Gärten in der Bucht gilt ihr Hauptinteresse. »Niemand«, hat sie einmal zu mir gesagt, »kann unglücklich sein, wenn er Blumen pflanzt...«

Julia hat getobt, als die Verbindung zum erstenmal vorgeschlagen wurde. Du kannst Dir denken, warum. Aber inzwischen hat sie sich damit versöhnt. Sie begreift, daß mein Vater ein großer Mann ist.

»Ich werde dich nicht über Julia befragen«, sagte Agrippa zu mir, »denn ich glaube nicht, daß mir die Antwort gefallen würde. Aber von jetzt an wird sie sich benehmen; das wirst du sehen. Was sie braucht, ist Autorität...«

Ich sah sie zwei Jahre lang nicht.

VII

Ich habe nicht die Absicht, mich in diesen kurzen Erinnerungen ausführlich über meine militärischen Leistungen zu verbreiten. Mir ist aufgefallen, daß Berichten über Feldzüge eine gewisse Gleichförmigkeit eignet und daß es beinahe unmöglich ist, zwischen dem Dienst des einen Jahres und dem des nächsten zu unterscheiden. Tatsächlich verwischt sich auch die Erinnerung. Doch insofern, als ich den größeren Teil meines Erwachsenenlebens – bis ich mich ins philosophische Privatleben zurückzog – in militärischen Lagern zugebracht habe, würde ich ein irreführendes Bild von meinem Leben geben, wollte ich meine Erinnerungen an das Soldatendasein vollständig übergehen.

Aber ich schreibe dies nicht in der Erwartung, daß es gelesen werde. Ich hoffe sogar, daß es nicht gelesen wird. Ich schreibe zu meiner eigenen Befriedigung, in Verfolgung meiner persönlichen Untersuchung über die Natur der Wahrheit, in dem Versuch, zwei bestürzende Fragen zu beantworten: Was für ein Mensch bin ich? Was habe ich mit meinem Leben angefangen?

Wenn meine Gedanken jetzt rückwärts schweifen, dann sind es Bilder anstelle einer zusammenhängenden Erzählung, die mir vor Augen kommen: Dunst, der von den Reihen der Pferde aufsteigt, im dünnen, scharfen Wind eines Morgens an der Donau; lange Märsche, die Männer bis an die Knöchel im Schlamm hinter knarrenden Wagen, während die Buchen und Eschen Germaniens uns umschließen; ein Berggipfel im Norden Spaniens, wo unter uns im Tal der Schnee fiel, wir aber auf trockenem, eisenhartem Boden unter den Sternen ruhten; graubärtige Centurione, die mit Peitschen auf die Lastpferde einschlugen und die Legionäre anbrüllten, sie sollten sich mit den Schultern gegen ein Rad stemmen, das sich auf der Stelle drehte, als wolle es ihre Anstrengungen verhöhnen; ein Junge, dem das Blut aus dem Munde quoll, während sein Kopf im Sterben auf meinem Arm ruhte und ich zusah, wie sein Bein nach meinem Pferd trat, das vor einem Busch zurückscheute, der sich teilte, um einen bemalten Krieger zu offenbaren, der selber vor Entsetzen stammelte; das Seufzen des Windes, der von einem stillen Meer herüberwehte. Das Soldatenleben ist eine bloße Erinnerung an Augenblicke.

Mein erster unabhängiger Oberbefehl indessen war glorreich. Ich benutze das Wort im vollen Bewußtsein des Umstandes, daß es sich selten ohne Ironie verwenden läßt, selbst wenn das Verständnis für diese Ironie den Göttern vorbehalten bleibt.

Jeder weiß, daß die größte Macht der Welt nach Rom Parthien heißt. Dieses gewaltige Reich, das sich bis an die Grenzen Indiens erstreckt und seinen Einfluß über sie hinaus ausübt, ist zum Glück durch eine weite und unwirtliche Wüste von uns getrennt. In jener Wüste war es, daß der Millionär und Triumvir Marcus Crassus, als er danach trachtete, dem Ruhm seiner Kollegen Caesar und Pompejus nachzueifern, dank seiner Eitelkeit und Unfähigkeit die größte Katastrophe erlitt, die römisches Militär je ereilte. Seine Truppen wurden zu Carrhae zerschlagen, alle Soldaten fielen, sofern sie nicht in Gefangenschaft gerieten, seine Standarten wurden erobert, er selbst wurde erschlagen. (Seinen Kopf warf man auf die Bühne des Theaters, in dem der parthische Kaiser einer Aufführung der Bacchen beiwohnte.) Später führte Marcus Antonius eine zweite Expedition gegen Parthien, die beinahe ebenso katastrophal endete.

Die Wüste trennt die beiden Reiche; im Norden aber dient das Königreich Armenien als Puffer zwischen ihnen. Nach Abstammung und Kultur sind die Armenier den Parthern eng verwandt, aber diese Ähnlichkeit vertieft nur den Haß, den sie ihnen entgegenbringen. Armenien ist jedoch von großer strategischer Bedeutung, denn es sitzt wie ein Dolch in jedem der beiden Reiche. Es ist im römischen Interesse, das Land zu kontrollieren, denn damit können wir die Sicherheit unseres Reiches verteidigen; aber die gleiche Überlegung gilt umgekehrt auch in Parthien. Daher ist die Beherrschung Armeniens ein Hauptstreitpunkt zwischen den beiden Reichen und eine Sache von höchster Wichtigkeit für Rom.

Das hat Augustus erkannt. Ich habe schon angemerkt, daß sein Scharfsinn bewundernswert war, wann immer es ihm gelang, seinen Intellekt von seinen persönlichen Vorlieben zu trennen. Nun begab es sich, als ich zweiundzwanzig war, daß König Artaxes von Armenien von seinen Landsleuten, die er schändlich mißhandelt hatte, ermordet wurde. Man bat Rom um Hilfe. Zu meiner Überraschung erhielt ich den Oberbefehl.

»Ich habe keine Befürchtungen, was deine Fähigkeiten angeht«, sagte Augustus. »Außerdem sind diese Orientalen durch die Stellung eines Mannes leicht zu beeindrucken. Sie werden wissen, daß du mein Sohn bist...«

Ich war berauscht von der klaren Luft der Berge, von der Lebenskraft der Hochlandbewohner, der Schönheit ihrer Frauen. Abstoßend fand ich die Unaufrichtigkeit, die alle zur Schau trugen, mit denen ich zu tun hatte. Es gab nicht einen einzigen Mann, auf dessen Wort Verlaß war. Wir nutzten die konfuse Lage, um den Bruder des toten Königs, einen gewissen Tigranes, auf den Thron zu setzen. Er war ein widerlicher Kerl, der aus freien Stücken mit seiner Schwester schlief, aber er verdankte uns alles, und seine Angst vor den Parthern wie vor seinen eigenen Untertanen war so groß, daß er bereitwillig zustimmte, als wir eine Legion in seiner Hauptstadt stationierten. Die Lage in Parthien war unterdessen beinahe ebenso konfus, denn der Staatsstreich in Armenien hatte auch hier zu einem Putschversuch inspiriert. Es fügte sich, daß der Sohn des Kaisers ein paar Jahre zuvor als Geisel nach Rom gebracht worden war. Ich ließ ihn jetzt herkommen und begann die Verhandlungen mit seinem Vater. Sie zogen sich in die Länge, wie Verhandlungen mit Orientalen dies immer tun.

Unerbittlich verfolgte ich mein Ziel, und bei meiner Reise durch Syrien hatte ich an klarem Verständnis gewonnen. Ich sah, wie diese reiche und dichtbevölkerte Provinz ganz und gar auf den sicheren Schutz durch die Legionen angewiesen war. Wir hatten dort eine Garnison von vier Legionen, mehr als zwanzigtausend Mann, eine stehende Wache, abgesehen von den überall bei den Turmfestungen verteilten Hilfstruppen, die die Übergänge an dem großen Fluß, dem Euphrat, zu beschützen hatten. Hinter uns lag Antiochia, die lieblichste Stadt der Welt, so sagten die Leute, mit ihren Blumenpalästen, ihren sogar nachts erleuchteten Straßen, ihren nie versiegenden Springbrunnen, ihren Märkten und Basaren. Niemand, der einmal am Euphrat gestanden und über die schwarzen Wasser hinausgeschaut hat, niemand, der den Mond dort hinter fernen Bergketten hat untergehen sehen, kann umhin, die Majestät und die Güte Roms zu spüren.

Mein Ziel war Genugtuung. Da war ein alter Makel zu

beseitigen. Als die parthischen Diplomaten Ausflüchte gebrauchten, fegte ich die Dokumente vor mir vom Tisch und blieb beharrlich. Phraates' Sohn würde nicht zurückgegeben werden. Statt dessen würde ich, Armenien als Stützpunkt benutzend – was mir den Marsch durch die Wüste ersparen würde –, die Flußtäler hinunter tief ins Herz Parthiens vorstoßen: Es sei denn, ich bekäme meinen Willen.

Meine Forderungen waren einfach. Erstens: Meine Niederlassung in Armenien wurde anerkannt, und als Unterpfand ihrer guten Absichten wurden mir neue Geiseln ausgeliefert. Zweitens, das Wichtigere: Die Standarten, die bei Carrhae erobert worden waren, wurden zurückerstattet.

Mancher wird sich vielleicht fragen, was daran wichtiger war. Wer so fragt, versteht aber nichts von der orientalischen Denkweise, die sich von Symbolen noch tiefer beeindrukken läßt. Diese Standarten waren das Sinnbild für das Scheitern, die Schmach, die Unterlegenheit Roms in einer historischen Situation. Indem wir sie zurücknähmen, würden wir diese Erinnerung auswischen, das Emblem umstürzen. Ich schäme mich nicht, zu bekennen, daß Augustus selbst auf der Bedeutung meiner Forderung beharrte und mich über die Denkweise der Orientalen aufklärte.

Endlich und voller Schrecken fügten sie sich. Danach aber offenbarten sie uns etwas, wovon wir nichts geahnt hatten.

Dies ist ein kurioser Zug der Orientalen: Wenn sie ihre Halsstarrigkeit aufgeben und beschließen, dem anderen seinen Willen zu lassen, dann ist ihre Unterwerfung vollständig, und sie gehen über das Maß des Notwendigen hinaus, denn sie glauben dadurch, daß sie einen in die Pflicht nehmen, etwas damit zurückzugewinnen, was sie »Gesicht« nennen. Also sagte ihr Gesandter, ein hagerer Kerl, dessen Namen ich vergessen habe – wenngleich ich mich an seine öligen Ringellocken und den Minzeduft, den er verbreitete, erinnern kann –, mit scheelem Blick: »Es existieren da gewisse menschliche Trophäen, die ebenfalls zurückgegeben werden müssen.«

Ich verstand ihn nicht sofort, doch er klatschte in die Hände, und ein Sklavenjunge verschwand, um kurz darauf mit einer Gruppe alter Männer zurückzukehren, von denen etliche auf die Knie fielen, als sie des parthischen Fürsten ansichtig wurden.

»Sie haben gelernt, wer ihre Herren sind«, sagte der Gesandte. »Aber jetzt, da Frieden und Ruhe zwischen unseren beiden großen Reichen herrschen, ist es an der Zeit, daß sie nach Hause gehen.«

Sie schauten uns an, als rechneten sie damit, daß sich alles als Scherz erweise. Es waren Soldaten aus des Crassus Armee, Männer, die fast vierzig Jahre in der Sklaverei verbracht hatten. Sie umdrängten mich schnatternd. Ich fand später heraus, daß drei von ihnen den Gebrauch des Lateinischen verlernt hatten. Sie bejubelten mich als ihren Wohltäter, und das setzte mich in Verlegenheit. Ich fühlte mich nicht wie ein Wohltäter. Im Gegenteil – auf eine dunkle Art fühlte ich mich schuldig, und diese Schuld ist seitdem nicht von mir gewichen. Wir beginnen große Feldzüge, rufen mächtige Armeen ins Leben – für einen Staatszweck, den selbst wir, die wir ihn entstehen lassen, kaum verstehen können. Unsere eigenen Soldaten sind unsere Opfer. Diese Männer waren ihres Lebens beraubt worden, so sicher, wie wenn sie getötet worden wären, und noch sicherer, denn sie hatten sich über die Jahre das Bewußtsein dessen bewahrt, was sie verloren hatten. Die Hauptursache für diesen Raub aber war Marcus Crassus' Entschlossenheit, zu zeigen, daß er ein ebenso großer Mann sei wie seine Kollegen Caesar und Pompejus... Und so sorgte ich dafür, daß sie in die Heimat gebracht und auf Ländereien in einer Veteranenkolonie in der Basilicata angesiedelt wurden. Aber vergessen habe ich sie nie, und ebensowenig habe ich vergessen, daß Krieg eine schreckliche Notwendigkeit ist. Seine Triumphe, die ich genossen habe, wie es für jemanden meines Standes und meiner Leistungen angemessen ist, sind eine Illusion. Aber seine Katastrophen sind Wirklichkeit. Es gibt fast nichts weiter über den Krieg zu sagen. Ich hoffe nie wieder in einen verwickelt zu werden. Ich gedenke den Rest meines Lebens hier auf Rhodos zu verbringen und die Freuden des Geistes zu genießen, die Gespräche intelligenter Menschen und die Schönheiten des Meeres und der Landschaft.

VIII

Mein Weiser riskiert es, den Zorn der Götter auf sich zu laden, indem er die religiösen Pflichten und Vorschriften vernachlässigt, die uns zu Recht auferlegt sind. Es ist wohlbekannt, daß es die Gewohnheit des großen Scipio war, sich vor Morgengrauen den Schrein des Jupiter Capitolinus aufschließen zu lassen, damit er dort hineingehen und sich allein – in heiliger Einsamkeit, wie er selbst zu sagen pflegte – mit dem Gott über die Staatsgeschäfte beraten konnte. Die Wachhunde, die andere Besucher anbellten, behandelten ihn stets mit Respekt. Wir wissen auch, daß bestimmte Orte unter der Obhut gewisser Götter stehen, daß bestimmte Stunden des Tages für bestimmte Unternehmungen besonders günstig sind und daß ein kluger Mann unterschiedliche Götter befragt, um festzustellen, ob sie eine jeweils geplante Handlung billigen.

Nichtsdestoweniger ist mir auch klar, daß unmöglich irgend jemand durch Gebete und Opfer überwinden oder nach seinem Geschmack oder Vorteil verändern kann, was von Anfang an feststeht; was uns zugedacht ist, wird geschehen, ohne daß wir dafür beten; was uns das Schicksal aber nicht bestimmt, wird nicht passieren, da mögen wir noch so sehr beten.

Ist es möglich, diese beiden Überzeugungen zu verbinden? Das ist eine Frage, über die ich häufig Philosophen habe debattieren hören, und obschon ich viel profundes Interesse an diesen Debatten gefunden habe – und es in der Tat gelegentlich auch unternommen habe, sogar eigene Beiträge dazu zu unterbreiten, die, wie ich beglückt sagen kann, nicht einmal übel aufgenommen wurden –, muß ich doch bekennen, daß ich zwischen den beiden eine fundamentale Unvereinbarkeit zu erkennen meine. Tatsache ist, daß wir in diesem Schattenleben außerstande sind, die volle Wahrheit über die Natur der Dinge zu empfangen oder zu verstehen, wie wir in gleicher Weise ja auch unfähig sind, unsere eigene Natur vollständig zu erfassen. Klar ist, daß einerseits jedermann danach verlangt, sein Schicksal zu kennen, während es uns andererseits eine tiefgründende Befriedigung bereitet, mit äußerster Sorgfalt harmonische und altehrwürdige Handlungen zu vollziehen. Wir alle haben ein Verlangen, ein angeborenes Verlangen danach, zu tun, was recht ist, und gleichzeitig halten wir wachsam Ausschau nach Zeichen, die uns über die Zukunft beruhigen. Als ich das erstemal eine Armee befehligte und auf dem Weg nach Syrien durch Mazedonien marschierte, da loderten auf den von siegreichen Caesareanern bei Philippi geweihten Altären ohne menschliches Zutun Flammen auf: War das nicht ein Zeichen dafür, daß mein Schicksal glorreich sein würde?

Dieser Gedanke verblüfft mich noch immer, denn meinen Ehrgeiz habe ich aufgegeben. Ist es möglich, frage ich mich, daß nun die Götter statt meiner weiterhin ehrgeizig bleiben? Einmal besuchte ich beispielsweise Geryons Orakel in Padua: Man wies mich an, goldene Würfel in den Brunnen des Aponus zu werfen, und tatsächlich gelang mir der höchstmögliche Wurf. Und dann, einen Tag nach meiner Ankunft in Rhodos, landete ein Adler – ein Vogel, den man auf dieser Insel noch nie gesehen hatte – auf dem Dach meines Hauses und blieb dort sieben Nächte hocken. War nun seine Ankunft Zeugnis meiner glorreichen Zukunft? Oder war sein Abflug ein Hinweis darauf, daß der Ruhm mich verlassen hatte?

Solche Fragen zu stellen ist töricht, denn nur das Erleben kann Zeichen dieser Art beweisen oder widerlegen. Dennoch – in schlaflosen Nächten brüte ich darüber, ob ich will oder nicht.

Ich brüte aber auch über anderen Dingen: über meinen wenigen glücklichen Jahren zum Beispiel, die von Agrippas Hochzeit mit Julia bis zur Todesstunde meines Schwiegervaters währten. Ich fühlte mich sicher damals, sah meinen Stern steigen. Vipsania wurde mir immer lieber, und wir sprachen miteinander über alles. In der Allianz zwischen Augustus und Agrippa, der jetzt meinem Stiefvater im Tribunat beigesellt war, auf daß die Macht im Staate zwischen ihnen geteilt sei, sah ich eine Garantie für fortgesetzten Frieden und Wohlstand für Rom, eine Garantie, die weiter gestärkt wurde durch Augustus' Liebe zu seinen Enkeln, den Söhnen und Töchtern Agrippas und Julias. Meine eigene Karriere blühte. Zusammen mit meinem geliebten Bruder Drusus erweiterte ich die Grenzen des Reiches nördlich der Alpen: Sechsundvierzig Stämme wurden der römischen Herrschaft unterworfen. Augustus errichtete ein Denkmal zur Erinnerung an unseren Erfolg. In jenen glücklichen Jahren kam mein Sohn Drusus zur Welt.

Man soll keinen Menschen vor seinem Tode glücklich nennen. Die Götter sind neidisch auf unsere Glückseligkeit. Im Winterquartier an der Donau empfing ich einen gramvollen Brief von meiner Frau. Sie teilte mir mit, daß ihr Vater in seinem Landhaus in Campania gestorben sei. Er war bei den Vorbereitungen zu einem Truppenbesuch gewesen, und es war mein Stolz und meine Sorge gewesen, alles in einen Bereitschaftszustand zu bringen, der seinen Beifall finden würde. Vipsania war bei ihm gewesen, als er ins Reich der Schatten hinübergegangen war. »Kurz vor dem Ende sprach er von dir«, schrieb sie. »›Tiberius,‹ sagte er, ›wird mein Werk fortführen. Er ist ein Fels...‹ Du siehst also, mein Lieber, daß mein Vater dich ebenso achtete, wie ich dich liebe, mein teurer Gemahl...«

Ich weinte, als ich diese Worte las, und ich bin jetzt den Tränen nahe, da ich mich daran erinnere.

In einen hitzigen Feldzug verwickelt, hatte ich wenig Zeit zu ermessen, was Agrippas Tod für mich persönlich bedeutete. Nicht einmal ein Brief von Vipsania beunruhigte mich. »Alle machen sich Sorgen wegen Julia«, schrieb sie. »Es herrscht allgemeine Übereinstimmung darin, daß sie einen Gatten brauche – und der kleine Gajus und Lucius einen Vater –, aber es ist schwer, sich jemanden einfallen zu lassen, der geeignet wäre. Wer kann schließlich meinen Vater ersetzen? Andererseits ist die Natur der lieben Julia so beschaffen, daß sie nicht ledig bleiben kann. Deine Mutter ist sehr besorgt.«

Ich kehrte nach Rom zurück, als die Jahreszeit für militärische Unternehmungen zu Ende ging, nicht ohne indes zuvor sicherzustellen, daß meine Männer in ihren Winterquartieren gut untergebracht waren und daß man hinreichende Vorräte angelegt hatte, um sie während der Monate, in denen die Nachschubstrecken in den Grenzregionen oft unwegsam werden, zu versorgen. Ich hatte zudem ein Übungsprogramm verfügt; denn nichts ist für Soldaten so demoralisierend wie der Müßiggang. So hatte ich meine Stabsoffiziere angewiesen, den Feldzug des kommenden Sommers vorzubereiten. Bei alldem dachte ich nicht an Agrippa, aber er war es gewesen, der mich gelehrt hatte, daß neun Zehntel der

Kriegskunst auf angemessener Vorbereitung beruhen. Auch verwandte ich keinen Gedanken auf das Problem, welches Vipsania andeutungsweise geschildert hatte. Warum hätte ich es tun sollen? Es war meine Sorge nicht.

Es regnete heftig, als die Stadt in Sichtweite kam, und die steile Straße, die vom Forum zum Palatin hinaufführt, war von rauschendem Wasser überspült. Es war spät am Nachmittag, und der Wind wehte mir ins Gesicht. Ich begab mich in das Haus meiner Mutter, denn Vipsania und unser Sohn hielten sich noch in unserem Landhaus an der Küste auf. Ich kniete vor Livia nieder, und sie berührte meine Stirn mit ihren Fingern. Ich erhob mich, und wir umarmten einander. Wir tauschten die unbeholfenen Höflichkeiten des Wiedersehens aus.

»Der Princeps ist erfreut über deine Erfolge, mein Sohn.«

»Gut. Das sollte er auch sein. Der Sommer war schwierig.«

»Weißt du«, sagte sie, »daß er es schwierig findet, mit dir umzugehen...?«

»Mein Genius schüchtert ihn ein?«

»Mache dich nicht darüber lustig. Wenn du es wissen willst: Es ist dein bitterer Humor, was ihn stört. Er hat es gern...«

»Ja, ich weiß schon, er hat es gern, wenn alles schön gemütlich ist.«

»Es gibt keinen Grund, respektlos zu sein. Der Sommer war auch hier schwierig. Agrippas Tod...«

Es hatte, wie ich wußte, eine Zeit gegeben, da meine Mutter Agrippa verachtet hatte. Bei all ihrer feinfühligen Intelligenz war sie doch nicht ganz frei von den Vorurteilen ihrer Klasse. Aber inzwischen hatte sie seinen Wert eingesehen. Sie hatten gelernt, zusammenzuarbeiten, in dem Bewußtsein, daß sie dasselbe Ziel verfolgten: die Schöpfung der Legende meines Stiefvaters. Mehr noch, sie hatten erkannt, daß sie zwar beide Augustus in wichtiger Hinsicht weit überlegen und ihm gemeinsam zumeist durchaus gewachsen waren, aber dennoch erschien Augustus auf irgendeine Weise, die keiner hätte begründen können, als ihr Meister. Es gibt immer zahlreiche Beobachter, die verbreiten, Livia habe ihren Gemahl beherrscht, und daß dies geglaubt wurde, hat sie nicht unglücklich gemacht, auch wenn sie sich bemühte, seinen Ruf zu fördern. Aber sie wußte, wenn es zum Letzten kam, war es nicht der Fall. In seinem Innern bewahrte Augustus sich eine sture Begabung zum Herrschen. Letzten Endes war er halsstarrig, unflexibel, unerbittlich; ja, sogar er, der große Politiker, der sich drehte und wendete und Kompromisse schloß und schmeichelte und beschwichtigte, er verstand es doch, den Ereignissen seinen Willen aufzuzwingen. Das war stets das Paradoxon ihrer liebevollen und zänkischen Ehe: daß sie einander fürchteten. Aber allem Anschein zum Trotz war Augustus immer der Stärkere.

Livia wollte an diesem Abend nicht von Agrippas Tod und seinen Konsequenzen für den Staat sprechen, und ich spürte, daß etwas nicht stimmte, denn sonst war sie immer eifrig dabei gewesen, sich in politischen Spekulationen zu ergehen.

Als ich am nächsten Morgen mit Augustus zusammentraf, lobte er mich, und es machte ihn verlegen, mich zu loben. Ich gab meine Absicht bekannt, schnell zu Weib und Kind zu eilen, und er bat mich, noch ein paar Tage in Rom zu verweilen. Es gebe Angelegenheiten, die erörtert werden müßten, sobald er bei den Myriaden unvermeidbarer Verwaltungsaufgaben die nötigen Stunden erübrigen könne, und er wünsche, daß ich mich dazu bereithalte. Ich schrieb Vipsania, erläuterte ihr die Situation und entschuldigte mich für meine Säumigkeit. Ich sagte ihr, daß ich mich danach sehnte, sie in meinen Armen zu halten. Das waren meine genauen Worte, wenngleich ich keine Abschrift dieses Briefes mehr besitze.

Es geschah ein paar Tage später in den Bädern, daß Jullus Antonius mich ansprach. Ich habe Jullus Antonius in diesen Erinnerungsbruchstücken bisher nicht erwähnt, und er verdient einen Absatz für sich, während ich mich den schlimmsten Augenblicken meines Lebens nähere.

Ich kannte ihn seit meiner Kindheit – wir hatten sogar zusammen Unterricht genossen. Er war, wie sein Name vermuten läßt, der Sohn Marcus Antonius' aus dessen erster Ehe mit Fulvia, die meinen eigenen armen Vater in den langen Monaten der furchtbaren Belagerung von Perusia in solchen Schrecken versetzt hatte. Als Antonius Augustus' Schwester Octavia heiratete, übernahm diese edle und großzügige Frau die Verantwortung für seine Kinder aus erster Ehe, und sie behielt sie weiter in ihrer Obhut, auch als er sie um Kleopatras willen verließ. Es waren vier, und zwei von ihnen lernte ich gut kennen: Jullus und seine Schwester Antonia, die jetzt mit meinem Bruder Drusus verheiratet war.

Ich habe immer eine warme Zuneigung zu Antonia empfunden, aber für Jullus hatte ich nie viel übrig. Trotz meiner Abneigung hatte ich ein wenig Mitgefühl für ihn. Er war mit uns großgezogen worden, aber Augustus vertraute ihm nie: Er konnte die Herkunft des Jungen nicht vergessen, und er wußte, daß viele der alten Antonius-Anhänger und deren Kreise Jullus als den natürlichen Führer ihrer Partei betrachteten. Er gewährte ihm daher zwar ein Staatsamt, lehnte es aber ab, ihn militärische Erfahrungen sammeln zu lassen.

Um ihn an die Familieninteressen zu binden, hatte er ihm befohlen, Octavias Tochter aus erster Ehe, Marcella, zu heiraten, als jene sich von Agrippa scheiden lassen mußte, damit dieser Julia heiraten könnte. Zweifellos war Augustus klug beraten: Jullus hatte große Ähnlichkeit mit seinem Vater, äußerlich wie auch in seinem maßlosen Charakter. Tatsächlich war er auch ein wenig betrunken, als er mich an jenem Nachmittag in den Bädern anredete; um diese Zeit war er oft ein wenig betrunken...

»Der große General ist also wieder da«, sagte er und legte mir die Hand auf die Schulter. Ich streifte sie ab; derlei Manifestationen männlicher Kameraderie waren mir immer ein Greuel – um so mehr, wenn ich wußte, daß sie nicht aufrichtig gemeint waren. »Ich war überrascht, daß du nicht bei der Bestattung deines Schwiegervaters dabeiwarst.«

»Marcus Agrippa hätte für meine Abwesenheit Verständnis gehabt.«

»Und damit willst du sagen, ich kann keines haben, weil ich von militärischen Angelegenheiten nichts verstehe. Nun, das ist nicht meine Schuld. Ich denke um so schlechter von mir, weil ich kein Soldat bin, und« – hier hob er seine Stimme – »um so schlechter auch von dem Mann, der mich dieser Erfahrung beraubt hat, die ja recht besehen mein Geburtsrecht ist.«

Er streckte sich neben mir auf der Bank aus und rief nach einem Sklaven, der ihn massieren sollte. Er strich ihm mit der Hand über den dichten Lockenschopf und seufzte, als die Hände des Jungen sein Fleisch bearbeiteten. Er mußte fast dreißig Jahre alt sein, aber es war immer noch etwas Jungenhaftes an seiner Erscheinung. Seine Schenkel waren glatt wie bei einem Athleten, der nie bei einem Feldzug in scheußlichem Klima zu Pferde gesessen hat, und seine Gesichtshaut war so weich, wie die eines Mannes es nur ist, wenn er sich niemals Wind und Regen aussetzt. Der Junge verrieb Öl auf seinen Beine, und ich beobachtete, wie sein Behagen wuchs. Schließlich warf er sich auf den Bauch, drehte mir den Kopf zu und befahl dem Jungen, Wein holen zu gehen.

»Ich will schon seit einer Weile mit dir sprechen«, begann er. »Warum soll ich es nicht jetzt tun? Als Kinder waren wir Freunde, nicht wahr? Ich habe immer bewundert, wie du meinen lieben, verstorbenen Schwager Marcellus behandelt hast. Ich konnte sehen, daß du ihn ebenso für einen großen Schwachkopf hieltest, wie ich es tat. Aber anders als ich warst du schlau genug, dies nicht jedermann merken zu lassen, denn du wußtest, daß dein Stiefvater ihn anbetete. Ich vermochte das nicht, aber ich bewunderte deine – sagen wir – Zurückhaltung...?«

Ich antwortete nicht. Wenn es nichts Vernünftiges zu erwidern gibt, schweigt man am besten. Vielleicht habe ich gegrunzt, denn ich war durchaus interessiert zu erfahren, wie weit er sich offenbaren würde, und es ist immer töricht, vertrauliche Geständnisse frühzeitig abzuwürgen, selbst wenn dem klugen Manne klar ist, daß das Entgegennehmen eines Geständnisses manchmal ebenso gefährlich sein kann wie das Ablegen. Diese Dinge müssen in der Waage gehalten werden.

»Und dann wurde ich mit seiner Schwester verheiratet, was immer man davon halten soll. Dir ist es in der Hinsicht besser ergangen, obwohl mir das damals nicht klar war. Es hatte etwas für sich, Agrippas Schwiegersohn zu sein. Aber mehr hätte es vielleicht für sich, sein Nachfolger zu werden...«

»Und der Vater seiner Söhne?« regte ich an.

Der Junge kam mit dem Wein. Jullus befahl ihm, mir auch einen Becher zu reichen. Er schmeckte süß und harzig. Jullus stand auf und drückte den Becher an seine Brust.

»Ich habe Ambitionen in dieser Richtung«, bekannte er. »Julia und ich waren immer befreundet... Wenn du ein Wort für mich einlegst, werde ich dir das nicht vergessen...«

Er legte sich wieder hin und rief den lockigen Jungen herbei, damit er die Massage wieder aufnehme. Er seufzte vor Behagen. Ich sah die Bewegungen seines Fleisches, als der Junge es mit seinen Fingern hin und her knetete. Ich dachte an seinen Vater, wie er an blödem Ehrgeiz in ägyptischem Sand zugrunde gegangen war. Ich dachte an meinen, wie er auf der Terrasse seiner albanischen Villa die Weinflasche liebkoste, während ihm die Tränen über die fetten Wangen strömten. Dann drehte ich mich auf den Bauch, sehnte mich nach Vipsania und träumte von der Zukunft meines Sohnes...

Augustus zeigte sich von seiner liebenswürdigsten Seite, wenn ich ihn in den nächsten Wochen traf. Er bewirtete mich mit gewichtigen Gutachten zur politischen Lage in Rom. Ich bestaunte wie stets seine scharfsinnige Bewertung des Einflusses verschiedener Familien, Individuen und Bündnisse. Ich bewunderte die Urteilskraft, mit der er die eine Gruppe gegen die andere abwog, mir zeigte, wie er den Ehrgeiz des einen durch ein Amt oder die Beförderung eines von ihm Abhängigen belohnen und wie er die Hoffnungen eines anderen durch die zeitige Entfernung eines seiner Unterstützer zunichte machen würde, wie er einen Dritten in gieriger Erwartung schweben lassen und noch andere mit Andeutungen über Illoyalität und Unzuverlässigkeit überfluten wollte. Ich war ebenso fasziniert wie angewidert, denn mir war klar, daß er Menschen wie Spielmarken benutzte und daß sein Vergnügen dabei etwas von der Grausamkeit eines Kindes in sich trug.

Dann sprach er von Agrippa, und zwar mit einer Zärtlichkeit, die anrührend war. »Der beste aller Freunde« – so nannte er ihn. »Als wir jung waren«, erzählte er, »lachten alle über seinen Akzent, und ich weiß noch, wie Marcus Antonius mir sagte, daß die Leute meine Zuneigung zu Agrippa als Zeichen meiner eigenen Zweitklassigkeit empfanden. Dabei lachte er, aber Antonius mußte selbst erfahren, wie falsch dieses Urteil war. Wir hätten niemals gesiegt, wenn Agrippa nicht gewesen wäre. Ich habe ihn geliebt, weißt du. Er zweifelte nie daran, daß unser unglaubliches Abenteuer ein glückliches Ende nehmen würde. Freilich fehlte es ihm an Phantasie, aber das gab mir auch Zuversicht. Und jetzt ist er nicht mehr da. Es ist, als habe man mir ein Bein oder den rechten Arm abgeschnitten. Aber das Leben geht weiter, das ist das Schreckliche.«

Ich konnte mir nicht vorstellen, daß Augustus das je für schrecklich halten könnte. Nie habe ich jemanden gekannt, der das Dasein genoß wie er, oder jemanden, dem es so viel Freude machte, Probleme zu entwirren...

»Und wir, die wir noch da sind«, fuhr er fort, »müssen die Lücke ausfüllen, die er hinterlassen hat. Ich bin glücklich über den Zustand der Truppen, dank dir und unserem lieben Drusus; ich weiß, daß dort alles in sicheren Händen ist. Selbstverständlich erwarte ich nicht, daß einer von euch beiden Agrippa in der Führung der Republik ersetzt. Diese Aufgabe werde ich allein auf mich nehmen müssen; es wäre eine zu große Last für eure jungen, wiewohl fähigen Schultern. Aber da ist unser Liebling Julia. Natürlich ist sie jetzt von höchst geziemendem Schmerz überwältigt, aber wenn der nachläßt – nun, dann wird es darum gehen, einen Mann für sie zu finden. Wen sollen wir nehmen? Und dann sind da die Jungen, meine beiden Lieblinge Gajus und Lucius. Wer immer Julia heiratet, muß ein Mann sein, dem ich vollständig vertraue, weißt du, denn er muß auch ihr Vormund sein.

Natürlich werde ich, solange ich lebe, ihre Interessen sichern, aber ich bin nicht unsterblich, und meine Gesundheit war nie gut. Vor zehn Jahren wäre ich fast gestorben, wie du dich erinnerst, und mein Arzt sagt, er könne mein Leben nicht gutheißen. Natürlich gebe ich acht auf mich, ertüchtige mich und esse und trinke frugal, doch wer weiß, wann die Götter mich rufen werden? Du siehst also, mein lieber Tiberius, die Frage ist besorgniserregend. Sie hält mich nachts wach, und das ist nicht gut für mich. Deine liebe Mutter teilt meine Sorgen; das ist ein großer Trost, aber selbst sie weiß keine ideale Lösung. Keiner von uns weiß eine Lösung, die nicht irgend jemandem Schmerzen bereiten wird. Das ist das Schändliche. Ich hasse es, Menschen, die mir lieb sind, Schmerzen zuzufügen, weißt du, und doch sehe ich keinen anderen Weg. Hast du irgendwelche Vorschläge, mein lieber Junge?«

Erwartete er eine Antwort von mir? Ich war ein blinder Tor. Ich sah nicht, in welche Richtung seine Gedanken gingen. Aber selbst wenn ich es gesehen hätte – ich weiß nicht, wie ich anders als ohnmächtig hätte reagieren können. Augustus hatte sich derart mit dem Staat verflochten, daß sein Wille stets mit der Zukunft schwanger ging.

Ich mußte in Rom bleiben, im Ungewissen. Als ich meine Absicht kundtat, die Stadt zu verlassen und zu Vipsania zu gehen, wurden dringende Gründe für eine Verschiebung vorgetragen. Dann lud Maecenas mich zum Abendessen ein. Ich hatte dem etruskischen Berater meines Stiefvaters schon immer Abneigung und Mißtrauen entgegengebracht; seine weibische Art war mir zuwider, und ich konnte nicht vergessen, daß Agrippa ihn mir gegenüber so beschrieben hatte: »Verschlagen wie ein spanischer Bankier und boshaft wie ein korinthischer Bordellwirt.« Mein Instinkt riet mir, die Einladung abzulehnen, aber der Sklave, der sie überbrachte, hüstelte, um meine Aufmerksamkeit auf sich zu ziehen, und sagte: »Mein Herr hat mir befohlen, mündlich hinzuzufügen, was er schriftlich lieber nicht äußern wollte: Daß dein zukünftiges Glück von deinem Kommen abhängt. Er sagte, du würdest das nicht sofort glauben, aber er befahl mir auch, dir zu versichern, daß ihm nur dein Bestes am Herzen liege, und dir außerdem zu sagen, es gehe um deine Gemahlin.«

Das große Haus auf dem Esquilin war eine Mischung aus unfeinem Luxus und Dreck. Es gab Möbel von äußerster Extravaganz, üppige Wandgemälde und Vasen sowie Unmengen von Blumen, aber ein kleiner Hund hob das Bein an einer Couch aus geschnitztem Elfenbein, als ich eintrat. Niemand tadelte ihn, und die Scharen von kleinen Hunden und Katzen, die den Palast durchschwärmten, ließen mich vermuten, daß dieses Vorkommnis nichts Ungewöhnliches war. Die Luft war übermäßig süß parfümiert, wie um den Uringestank zu überdecken. Ich wußte, daß Maecenas selbst nicht gesund war. Er hatte sich, wie ich glaubte, aus dem öffentlichen Leben zurückgezogen. Seine Gattin Terentia hatte ihn längst verlassen, und er wohnte mit dem Schauspieler Bathyllus zusammen, dessen Benehmen selbst auf öffentlicher Bühne mittlerweile zu einem Synonym für Unanständigkeit geworden war. Maecenas selbst hatte verloren, was er einmal an Ansehen besessen haben mochte, und nur wenige Leute erwähnten seinen Namen, ohne zu grinsen oder eine Miene des Abscheus zu ziehen; gleichwohl wußte ich, daß Augustus immer noch seinen Rat einholte, ja sogar höher schätzte als den anderer, von meinem Schwiegervater einmal abgesehen.

Man führte mich in einen kleinen Speiseraum. Die Tafel war bereits gedeckt, und Maecenas, angetan mit einem unglaublichen Gewand aus goldenen und purpurnen Seidenstoffen, ruhte auf einem Sofa. Er starrte einen blonden Jungen an, der nackt auf einem Schemel posierte; sein rechter Knöchel ruhte auf dem linken Knie, und sein Gesicht war nicht zu sehen, da er sich vorbeugte, um seine rechte Fußsohle zu untersuchen. Ein Künstler auf der anderen Seite des Zimmers skizzierte den Jungen.

Maecenas erhob sich nicht, als ich eintrat, noch wandte er den Blick von dem Jungen. Statt dessen streckte er die lange, knochige Hand aus und drückte das Bein des Jungen. Der Junge verstand den Befehl, erhob sich und schlenderte hinaus, ohne sich umzusehen; er schleifte eine Tunika hinter sich her. Der Zeichner sammelte sein Material ein und schlüpfte ebenfalls hinaus. Wir waren allein, und Maecenas stand auf und streckte mir in einer Gebärde der Begrüßung beide Hände entgegen. Sein Gesicht wirkte erschöpft und von Krankheit verwüstet, und als er sprach, klang seine Stimme heiser und wie aus weiter Ferne. Während des Mahls bestand seine Konversation aus bloßen Belanglosigkeiten, und dabei trank er mir fleißig mit Falerner Wein zu. Er selbst aß nur ein wenig geräucherten Fisch und einen Pfirsich. Dann schickte er die Sklaven hinaus.

»Ich bewirte jetzt nur noch selten jemanden«, sagte er. »Meine Gesundheit erlaubt es nicht. Was du vor dir siehst, mein lieber Junge, ist das Wrack eines Mannes, dem das Vergnügen zur Neige geht.«

(Ich dachte an das blonde Modell und widersprach im stillen.)

»Und doch«, fuhr er fort und betastete dabei eine dicke purpurne Feige, daß ihm der Saft über die Finger rann, den er dann ableckte, bevor er die Hand in Wasser tauchte und sie an einem Leintuch abwischte, »und doch bist du der zweite Gast, der diese Woche bei mir zu Abend speist. Bemerkenswert. Der erste war dein Stiefvater...«

»Dein Bote deutete an«, sagte ich, »daß du mir etwas zu sagen hast, was meine Frau betrifft. Deshalb bin ich gekommen.«

»Tiberius, ich bitte dich, erlaube einem kranken alten Mann, sich mählich an die Sache heranzutasten. Erweise mir, mein lieber Junge, die Geduld, mit der du so prächtig ausgestattet bist und die du mit so bewundernswerter Fähigkeit im Kriege übst. Es ist mein Leiden, daß das, was einst affektiert war, inzwischen so sehr ein Teil meiner Natur geworden ist, daß ich mich einem Thema nur noch mit Umschweifen nähern kann. Was ich zu sagen habe, würde mich in Gefahr bringen, wollte ich es irgend jemandem außer dir sagen. Daran, daß ich mich dafür entscheide, diese Gefahr zu ignorieren, magst du ermessen, wieviel Achtung ich vor dir habe. Vergiß das nicht. Ich habe dich beobachtet und bewacht, dein Leben lang, und glaube mir, mein lieber Junge, mir liegt nur dein Wohl am Herzen. Dennoch verachtest du mich, nicht wahr?«

Ich gab keine Antwort. Er lächelte.

»Mein ganzes Leben lang«, sagte er, »habe ich es mir angelegen sein lassen, die Menschen zu kennen. In dieser Kenntnis liegt all mein Talent, und ich besitze sie, weil ich stets den Rat der Götter beherzigt habe: Kenne dich selbst! Du wirst wissen – denn ganz Rom weiß es –, daß ich vor dem Schauspieler Bathyllus hilflos bin. Meine Leidenschaft für ihn hat mich zum Gegenstand des Gespötts gemacht. Ich kann mich heute nicht mehr auf der Straße zeigen, ohne daß ich Beleidigungen hinnehmen muß. Was einst eine angenehme Schwelgerei war, ist zur Sucht geworden. Ich brauche Bathyllus und seinesgleichen – ja, und mehr noch: Knaben wie das Kind, das du heute abend hier gesehen hast – wie ein

Trunkenbold den Wein. So ist mein Leben geworden. Früher einmal liebte ich meine Frau, sozusagen. Aber...«, er streckte die Hände aus, die Ringe blitzten im Licht der Lampen, und er lachte, »... aber sie waren alle nur Ersatz. Es gibt nur einen Menschen, den ich wirklich geliebt habe, und ich habe mir angelegen sein lassen, ihm zu sichern, was er sich am glühendsten wünschte: Rom. Sein Aufstieg zur Macht, gefördert durch meinen Rat bei zahllosen Gelegenheiten, hat den Staat gerettet, vielleicht sogar die Welt. Ich habe dabei mitgeholfen, ihn zum Wohle aller zu einem großen Mann zu machen, und dabei habe ich mich mit der Zeit und der Welt zusammengetan und den Jungen vernichtet, den ich liebte. Octavius habe ich angebetet, und noch immer liebe ich den Jungen, der sich hinter der Maske des Augustus verbirgt. Aber indem ich ihm die Welt gab, verlor ich ihn auch. Indem ich Rom rettete, lehrte ich ihn, die Staatsraison über die Ansprüche gewöhnlicher menschlicher Liebe zu stellen. Ich bin stolz auf das, was ich bewerkstelligt habe, und angewidert von den Konsequenzen. Mein Abscheu findet ihren Ausdruck in der Versklavung meiner selbst an die Lust, und es ist ein kleiner Trost für mich, daß die Freuden der Umarmungen für Seele und Charakter weniger schädlich sind als die Freuden der Macht... Hörst du mir noch zu, Tiberius?«

»Ja«, sagte ich. »Ich lausche deinen Worten und den Lauten der heraufziehenden Nacht.«

»Ich glaube, du liebst Vipsania?«

»Ja.«

»Und sie liebt dich?«

»Ich glaube ja.«

»Und ihr seid glücklich miteinander.«

»Unsere Liebe ist allmählich gewachsen, und diese Liebe ist zumindest ein Schild gegen die Realitäten der Welt.«

»Ein unbedeutender Schild, fürchte ich. Kannst du dich mit der Liebe gegen das Schicksal wappnen?«

»Was das Schicksal angeht, so habe ich Augenblicke der Skepsis.«

»Alle weisen Männer sind Skeptiker. Ich selbst betrachte manchmal sogar die Skepsis mit Skepsis...«

Er seufzte und ließ sich in die Kissen zurücksinken.

»Reiche mir die Phiole dort, mein lieber Junge. Meine Medizin. Und hab Geduld. Wir kommen zur Sache. Vergib mir mein Zaudern. Ich mußte sicher sein, daß die Dinge so sind, wie ich dachte.«

Er schwieg eine ganze Weile. Der Sand rieselte durch das Stundenglas, und Motten flatterten um die Lampen. Ein kleiner Hund kroch unter dem Sofa hervor, wo er geschlafen hatte, und sprang Maecenas auf den Schoß. Der liebkoste seine Ohren.

»Als Augustus neulich abends hier war, sagte ich zu ihm: Wenn du deine Tochter wirklich liebtest, würdest du sie einen hübschen Playboy wie Jullus Antonius heiraten und glücklich sein lassen. Er erwiderte, er könne nicht zulassen, daß sie einen Mann heiratet, der sie schrumpfen läßt. Glaubst du, daß er ehrlich war?«

»Ich glaube, er würde niemals zulassen, daß sie Antonius heiratet, wenn auch nicht aus genau diesem Grund.«

»Nein, da hast du ganz recht. Er würde ihm Gajus und Lucius nicht anvertrauen. Das wird seine erste Sorge sein. Aber weißt du, mein lieber Junge, für Augustus sind die Menschen zu Objekten geworden, die er hin- und herschiebt um seines Vorteils willen, der für ihn gleichbedeutend ist mit dem Vorteil des Staates. Und das schreckliche ist, daß er damit recht hat. Ich sagte an jenem Abend zu ihm: Jeder muß sich deinem monströsen Willen fügen. Er beherrscht inzwischen Rom, uns alle. Er beherrscht dich selbst, er hat deine

Fähigkeit zur Phantasie und zu gewöhnlicher menschlicher Wärme abgetötet. Du, sagte ich, bist ebenso ein Gefangener deines Lasters, wie ich ein Gefangener des meinen bin. Und dann, Tiberius, sagte ich ihm, was geschehen würde. Dies ist übrigens eine Beichte. Wir brauchen noch Wein.«

Er hob eine kleine Glocke auf und ließ sie zweimal klingeln. Ein bemalter Sklave in einer kurzen Tunika brachte einen Krug Wein und schenkte uns beiden ein. Ich leerte meinen Becher auf einen Zug, und er füllte ihn von neuem. Maecenas hielt den Rand des eigenen Bechers an die Lippen und wartete, bis der Junge uns allein gelassen hatte.

»Ich sagte ihm: Wir enden als Gefangene unseres eigenen Charakters. Soll ich dir sagen, was du tun wirst? Du wirst Tiberius drängen, sich von Vipsania scheiden zu lassen...«

Als er diese Worte aussprach, war es, als stehe eine Furcht, die ich geleugnet hatte, aufrecht und mit gezücktem Schwert vor mir.

»Ja, mein lieber Junge – letzten Endes, sagte ich, hat Vipsania keinen Wert mehr, nachdem ihr Vater gestorben ist. Es kommt nicht darauf an, daß sie und Tiberius miteinander glücklich sind, denn dieses Glück ist jetzt nur ein Hindernis für deine höheren Pläne. Du wirst es beiseite werfen und ihn zwingen, Julia zu heiraten. Er ist ein starker Mann, sagte ich, und ein Mann von Ehre – dies sage ich nun nicht, um dir zu schmeicheln, mein lieber Junge, sondern weil ich es immer als nötig erachtet habe, Augustus zu erklären, wie er es anstellt, seinen Willen plausibel erscheinen zu lassen. Er wird dafür sorgen, daß es deinen Enkeln gutgeht, sagte ich... Und während ich sprach, konnte ich sehen, wie die Wolken aus seinen Gedanken wichen. Er schenkte mir das liebevolle Lächeln, an das ich mich aus unserer Jugendzeit erinnere und das er mir immer zukommen ließ, wenn ich eine Schwierigkeit beseitigt hatte. Für einen Augenblick war es, als sei unsere alte Vertraulichkeit wieder neu entfacht. Ich war glücklich. Aber nachher, als er fort war, dachte ich betrübt, daß dieses Wiedererwachen der Vertraulichkeit nur durch meine Fähigkeit ermöglicht worden war, ihm zu zeigen, was er wollte, auch wenn er es noch nicht über sich gebracht hatte, es selbst zuzugeben...«

»Du kennst meinen Stiefvater sehr gut«, stellte ich fest.

»Ich glaube, ich kenne ihn sogar besser als Livia. Weißt du, im Gegensatz zu ihr erinnere ich mich an den Jungen, mit dem ich lachte und den ich liebte – vor den Proskriptionen, bevor er sich mit Marcus Antonius und diesem Schwachkopf Lepidus zusammensetzte, um die Namen derer zu notieren, die getötet werden mußten, weil sie unbequem geworden waren. Wenn ein Mann das einmal getan hat, Tiberius, dann hat er vor sich selbst eine Entschuldigung für alles.«

»Warum erzählst du mir das? Willst du mich warnen, damit ich Widerstand leisten kann?«

»Tiberius, Tiberius, ich hatte Besseres von dir erwartet.« Er schloß die Augen, und als er wieder sprach, schien mir seine Stimme aus weiter Ferne zu kommen, über die windige Wüste der Erfahrung hinweg. »Ich hatte Besseres von dir gedacht. Gewiß verstehst du doch die Welt, die Augustus geschaffen hat, mit meiner und Agrippas Hilfe? Die Zeit des wirksamen Widerstandes ist vorbei. Ein Akt des Widerstandes ist jetzt nicht mehr als weinerliches Genörgel – als wollte man den Wind auffordern, er möge zu wehen aufhören.«

»Ich könnte mich umbringen, statt mich zu unterwerfen...«

»Tiberius, vergiß nicht: ›Kenne dich selbst‹ heißt der Befehl der Götter. Deine Natur ist das Dienen. Du wirst gehorchen. Und du wirst dich wegen deines Gehorsams preisen.«

»Niemals...«

»Dann wollen wir sagen, du wirst dich mit dem Gedanken trösten, daß du im öffentlichen Interesse gehorchst. Und laß mich noch etwas hinzufügen. Wenn Augustus dir seinen Plan darlegt, wird er dir versichern, daß er sich mit mir beraten und daß mein Rat sich stets als vorteilhaft für das Wohl des Staates erwiesen habe. Dann wird deine Unterwerfung zu einem Akt der Tugend werden, so wie jeder Widerspruch als Ausdruck eines selbstsüchtigen individuellen Willens verstanden werden würde. Denn wie, Tiberius, kannst du dein kleines Eheglück über die majestätischen Interessen Roms stellen? Zusammen« – er schnupperte an seinem Wein – »haben wir die Republik wiederhergestellt und Despotismus gezeugt, eine Welt, geschaffen für Macht und beherrscht durch Macht, eine Welt, in der sanfte Werte obsolet geworden sind, eine Welt, in der einer befiehlt und alle anderen gehorchen, eine Vision der Zukunft, in der ein Frost die Herzen der Menschen ergreift und großzügige Neigungen von der Gewohnheit furchtsamer Unterwerfung zunichte gemacht werden...«

Ich verließ ihn und ging in die schwarze Nacht hinaus; ich erstickte fast an dem Rauch, aus dem ich, wie mir manchmal scheint, nie mehr hervorgekommen bin. Als ich die schlüpfrigen Stufen seines Palastes hinunterging, sprach eine Hure mich an. Ich nahm sie erbost, wie ein Ziegenbock, an einer Mauer. Ich bezahlte ihr das Zehnfache dessen, was sie verlangte.

»Du mußt deine Preise erhöhen«, riet ich ihr, »denn da nun einmal alle Werte vernichtet sind, kann es auch keinen Maßstab für den Wert mehr geben, und du kannst fordern, was du willst.«

»Oh, danke, Herr, ich wünschte, alle meine Kunden wären so vornehm wie du.«

Zwei Tage lang verließ ich meine Kammer nicht, lag in verdrossenem Stumpfsinn und ersäufte mich in Wein. Als man mir die Botschaft brachte, der Princeps lasse mich rufen, ließ ich ihm sagen, ich sei krank, und drehte das Gesicht zur Wand.

Am dritten Tag kam ein Brief von meiner Frau. Ich habe ihn jetzt hier; ich habe mich nie von ihm getrennt, all die Jahre...

Gemahl,
mit schwerem Herzen schreibe ich dieses Wort zum letztenmal. Fortan muß es in meinem trauernden Herzen verschlossen bleiben. Ich mache Dir keinen Vorwurf, denn ich verstehe, daß auch Du ein Opfer bist und daß auch Du leiden wirst. Das glaube ich, weil ich der Tugend Deiner Liebe zu mir vertraue. Und ich werfe Dir nicht einmal vor, mein lieber Tiberius, daß es Dir an Mut gefehlt hat, mir die Kunde selbst zu eröffnen. Warum – so hast Du, denke ich mir, protestiert – soll ich genötigt sein, die Tat zu vollziehen, wenn sie nicht meinem Verlangen entspricht? Es ist die Gewißheit, daß es Dein Verlangen nicht ist, was mir den Schmerz erträglich macht.
Mein eigenes Leben ist, das spüre ich nun, nahezu beendet, und ich existiere nur noch für unseren Sohn. Doch kann ich nicht ganz davon überzeugt sein, daß wenigstens das wahr ist, denn man hat mir angedeutet, daß ich – natürlich – durch eine neue und achtbare Ehe entschädigt werden soll. Ich will das nicht, aber da ich ja auch nicht will, was mir jetzt widerfährt oder recht eigentlich schon widerfahren ist, zweifle ich nicht, daß ich mich fügen werde. Ich bin dazu erzogen, meine Pflicht zu tun, und diese neue Wendung wird man mir als meine Pflicht präsentieren.

Ich zögere, mehr zu schreiben, damit meine Gefühle mich nicht im Stich lassen.
Ich würde Dich auch gern warnen. Ich werde es nicht tun, weil mein Urteil womöglich fehlgeht, weil ich sicher bin, daß Du meine Zweifel teilst, und weil es ebenso unschicklich wie unklug wäre zu sagen, was ich denke. Ich will nur noch hinzufügen, daß mein Vater einmal sagte, Julia glücklich zu machen, sei Arbeit für einen Gott, nicht für einen Menschen.
Ich weiß, Du wirst weiter liebevoll für unseren Sohn sorgen, wenngleich Du Dir natürlich auch der neuen und sehr großen Verantwortung bewußt sein wirst, die du übernommen hast...
Glaube mir, mein lieber Tiberius, ich bin Deine stets liebende und hingebungsvolle... – Doch ich weiß nicht länger, wie ich unterzeichnen soll...

Ich weiß nicht, warum ich diesen Brief behalten habe, denn ich kannte ihn fast vom ersten Tag an auswendig. Ich drehe und wende ihn in meinen Gedanken, zur Selbstkasteiung wie zum Trost. Er ist mir Dolch und Talisman zugleich.

Vielleicht der bemerkenswerteste Zug an dieser ganzen Episode war der Umstand, daß ich sie nie mit Augustus selbst erörterte. Er zeigte sich mir in den folgenden Wochen wohlwollend, respektvoll und auf jene Art ausweichend, die er mit höchster Meisterschaft beherrscht. Zahllos waren die Augenblicke, da es so schien, als wolle er den Gegenstand zur Sprache bringen; dann wieder sah es aus, als sei mir eine Gelegenheit gewährt, es selbst zu tun... Doch kein Wort darüber fiel zwischen uns bis zum Abend meiner Hochzeit mit Julia, als er mich umarmte – fast ohne dieses unwillkürliche Zurückweichen, daß ich immer gespürt habe, wenn er mich in seine Arme nahm – und mich seiner Liebe und seines Vertrauens versicherte, eine Versicherung, die durch eine geschenkte Villa samt Landbesitz in Ravello versüßt wurde.

»Endlich«, sagte er, »kann ich der Zukunft ohne Agrippa ins Auge sehen.«

Aber bei meiner Mutter hatte ich getobt, gewütet und gefleht. Geheult hatte ich über die Bosheit eines Schicksals, daß mich dessen beraubte, was ich am höchsten schätzte. Protestiert hatte ich: Raubte man mir Vipsania, wäre ich unfähig, meine Laufbahn weiter zu verfolgen. Ich schwor, daß Livias stillschweigende Einwilligung in diesen brutalen Akt meine Liebe und meine Achtung zu ihr zerstören werde. Und in der Heimlichkeit der mütterlichen Gemächer verfluchte ich meinen Stiefvater, der die Welt gemacht hatte, in der ich nun zu leben gezwungen war.

Sie warf mir vor, ich benähme mich wie ein verwöhntes Kind. Aber das war ich nicht. Ich war verwundet.

Sie, meine Mutter, hatte mich verwundet. Ich sah sie in diesem Augenblick, eine hagere Frau mit ergrauendem Haar und einem Gesicht, dessen Züge mit jedem Jahr tiefer eingemeißelt erschienen, als bereite es sich darauf vor, nur noch in Stein gehauen erhalten zu bleiben, und ich sah sie als eine, die mich, ihren Sohn, im Stich gelassen hatte, indem sie ihrem Gemahl gehorchte und indem sie ihre Verpflichtung gegen mich seinem alles verzehrenden Ehrgeiz unterordnete – und ihren Ambitionen für ihn. Groll erfüllte mich, schmeckte bitter wie Galle. Und doch – während ich zuließ, daß Bitterkeit meinen Mund erfüllte, wußte ich, daß meine Reaktion absurd war. Ich wußte, daß jeder Mensch sein eigenes Schicksal in sich trägt; wenn ich meiner Mutter wegen meiner derzeitigen Not Vorwürfe machte, war das ebenso albern, wie wenn ich den Winter beschimpft hätte, weil er Schnee auf die Berge legte. Ich wußte auch, daß für einen Mann meines Alters, einen, der erreicht hatte, was ich erreicht hatte, der Armeen befehligt und Männer in den Tod geschickt hatte, solcher Groll verachtungswürdig war. Tatsächlich war mein Groll ebenso verachtungswürdig wie meine Unterwürfigkeit; und dennoch konnte ich ihm nicht widerstehen.

Ich lernte auch bald, mich nicht dafür zu verachten, daß ich mich unterworfen hatte. Was hätte ich denn sonst tun können? Ich hatte schon gesehen, wie Leben vergingen, wenn Männer sich gegen Augustus stellten. Ich habe seitdem gesehen, wie keine von Zuneigung, Loyalität oder Anstand bewogene Überlegung ihn von einem Kurs abbringen kann, den er für geboten oder notwendig erachtet. Jeder Mann, jawohl, und auch jede Frau existiert für ihn lediglich als formbares Objekt: Kreaturen, deren Leben auf seinen Befehl verändert oder beendet werden können. Ich sagte mir, daß es mir nichts genutzt hätte, wenn ich Widerstand geleistet, wenn ich meinen Willen gegen den seinen gestellt hätte: Ich wäre ins Exil geschickt worden, Vipsania mir immer noch versagt geblieben, und um die Zukunft meines Sohnes Drusus wäre es düster bestellt gewesen. Meine Einwilligung war das einzige Mittel, ihn zu schützen.

Das sagte ich mir, und ich wußte, daß es stimmte; doch immer noch verachtete ich meine Schwäche. Um den Aufruhr in meinem Herzen zu beschwichtigen, verwandelte ich meine Selbstverachtung in eine durchdringende Geringschätzung für die degenerierten Zeiten, in denen wir lebten, da mit dem Verlust unserer antiken Republikanertugend selbst der Adel Roms zu einem Spielzeug des Despoten geworden war. »O du Generation, tauglich zur Sklaverei«, grollte ich; und wer mich hörte, wich vor meinen harschen Reden zurück, begriff nicht, daß ich mich selbst den Sklaven zurechnete.

IX

So wurden wir verheiratet. In der Nach vor der Hochzeit saß ich lange beim Wein mit meinem Freund Gnaeus Piso, einem Mann, der stets bereit ist, wenn es gilt, mir Flasche um Flasche Paroli zu bieten. Piso, Mitglied einer fast ebenso vornehmen Familie wie der meinen, sollte später mein Kollege im Konsulsamt werden. Wir hatten mehr als die Vorliebe für einen guten Trunk miteinander gemeinsam, denn er war wie ich ein strenger Kritiker der Laster unserer Zeit, und er sehnte sich nach der Tugend des freien Staates. Aber als Realist sah er ein, daß die großen Zeiten vorüber waren. Er hatte – und tatsächlich hoffe ich: hat immer noch – ein Talent für scharfe und treffende Bemerkungen, das mir seit den ersten Tagen unserer Bekanntschaft gefiel.

»Tja, Tiberius«, sagte er an jenem Abend, »Herakles selbst möchte wohl zurückschrecken vor der Aufgabe, die dir da aufgebürdet wird.«

»Herakles selbst war auch nicht glücklich verheiratet.«

»Die meisten Menschen würden dich durchaus als Glückspilz bezeichnen. Sie ist nicht nur die Tochter des Princeps, sondern auch die schönste und verführerischste Frau von Rom.«

»Sie war Agrippa treu, denke ich.«

Piso lachte. »Es gibt Treue, und es gibt Ehrlichkeit«, erklärte er.

»Was meinst du damit? Es ist nicht deine Art, mit Worten zu spielen.«

»Wenn man es mit Frauen wie Julia zu tun hat, was kann man dann sonst tun?«

»Das verstehe ich nicht, und ich glaube, ich bin froh darüber.«

»Tiberius, wir kennen Julia beide. Wir haben sie beide gekannt. Vergiß nicht, daß ich einmal zu Marcellus' Stab gehört habe und, alter Junge, als der hübsche Junge noch lebte, was warst du denn da für Julia? Kannst du sie heute im Zaum halten?«

Ich schob die Weinflasche zu ihm hinüber. »Was würdest du mir raten?«

»Ich würde dir raten, nicht in deiner Lage zu sein. Aber da du es nun einmal bist und sich daran nichts ändern läßt, bleibt nur zweierlei zu tun. Erstens mußt du darauf bestehen, daß sie dich zur Truppe begleitet, damit du sie wenigstens unter Aufsicht hast. Und zweitens: Sieh zu, daß sie dauernd einen dicken Bauch hat. Eine flatterhafte Frau kann man auf keine andere Weise vor Anker legen.«

Ich schluckte meinen Wein herunter und zog eine Grimasse. »Du vergißt, daß meine Mutter eben in diesem Zustand war, als der Princeps sie verführte.«

Eine Pause trat ein; Schweigen und Unsicherheit erfüllten den Raum. »Die Situation ist natürlich nicht analog«, fuhr ich schließlich fort. »Wenn mein Stiefvater noch nicht Princeps und Augustus war, so war er doch wenigstens Triumvir. Es gibt heute niemanden mit derart glanzvoller Macht...«

»Ja, und Livia war schon eine Frau, die für ihre Tugend berühmt war. Wie du sagst, die Situation ist nicht analog...«

Ich hatte Julia seit mehr als zwei Jahren nicht gesehen, und wir hatten über die Entscheidung, die da über unsere Zukunft getroffen wurde, nicht korrespondiert. Ich hatte deshalb keine Ahnung, ob sie in die Ehe eingewilligt hatte. In den letzten Jahren hatte sie mir kein Zeichen des Verlangens mehr gegeben, das sie in unserer Jugend nach mir empfunden hatte, und ich konnte nicht glauben, daß sie mich freiwillig erwählen würde. Jullus Antonius war freilich ein Lügner, aber die Zuversicht, mit der er von Julias Gefühlen für ihn gesprochen hatte, war überzeugend gewesen. Andererseits hatte Julia für Vipsania stets nur Abneigung empfunden und würde entzückt sein, nun über sie zu triumphieren. Diese Überlegungen machten mich nervös, und der Abend mit Piso hatte Unbehagen hinterlassen. Ich stählte mich mit einem Krug Wein vor der Zeremonie und süßte dann, um jeglicher Kritik von Livia zuvorzukommen – und vielleicht sogar von Julia selbst, wenngleich die ihre eher in Form von Spott daherkommen würde –, meinen Atem mit einer Handvoll Veilchenpastillen.

Meine Mutter ließ mich zu sich in ihre Gemächer rufen. Ich traf sie allein an, was mich freute, denn ich hatte befürchtet, daß auch mein Stiefvater dasein könnte. Dann erkannte ich, daß er keine Lust haben würde, mir unter die Augen zu treten, bevor die Hochzeit gefeiert wäre – für den Fall, daß ich mich doch noch sträuben sollte. (Er hat oft Bemerkungen über meine Ähnlichkeit mit einem Maultier gemacht: ein kläglicher Witz in Anbetracht der Umstände, dachte ich.)

Livia küßte mich auf die Stirn.

»Dies ist ein feierlicher Augenblick für dich, mein Sohn«, sagte sie.

»Mutter, es gibt keinen Grund zu heucheln, wenn wir allein sind. Ich nehme doch an, daß wir allein sind – keine Spitzel, die im Verborgenen lauern, keine Informanten hinter den Wandschirmen?«

Sie schnippte mit den Fingern. »Es gib keinen Grund, in diesen Ton zu verfallen, Tiberius. Ich sehe schon, du bist immer noch verstimmt. Nun, schmolle nur, wenn es sein muß, aber ich bin froh, daß du Verstand genug hast, zu gehorchen. Ich hätte dir sonst dein Pflichtgefühl in Erinnerung gerufen. Hier, komm, setz dich zu mir und höre, was ich dir zu sagen habe. Was hast du da gegessen? Dein Atem riecht unangenehm.«

»Veilchenpastillen, Mutter. Mein Arzt empfiehlt sie gegen Sodbrennen.«

»Aha. Nun, das ist nicht wichtig. Es soll ja wohl kein Scherz sein, wenn du von Sodbrennen sprichst?«

»Nein, Mutter.«

»Deine Scherze haben mir nie gefallen. Ich verstehe sie nicht, aber deine Vorstellung von Humor hatte schon immer eine grausame Ader. Doch um das alles geht es ja nicht. Ich wollte mit dir sprechen, bevor diese Vermählung stattfindet, da ich weiß, daß sie dir nicht paßt. Nun, ich bekenne, daß sie mir selbst nicht paßt. Julia und ich sind Gegensätze. Weiter gibt es da nichts zu sagen. Ich wüßte keine einzige Angelegenheit, über die wir uns je einig gewesen wären. Nicht einmal bei Augustus, denn ich liebe ihn um seiner selbst willen, während ihr nur an dem gelegen ist, was er ihr geben kann. Und jetzt gibt er ihr dich, mein Sohn, und ich bin nicht sicher, daß es das ist, was sie will. Daher sehe ich Schwierigkeiten voraus...«

»Wenn das so ist, Mutter...«

»Nein, unterbrich mich nicht. Du fragst dich, weshalb ich der Ehe dann letzten Ende zugestimmt habe. Ich sage, letzten Endes, denn ob du es mir glaubst oder nicht – und du hast nie etwas geglaubt, das deiner eingefleischten Meinung nicht entsprach, das weiß ich wohl –, ich muß dir sagen, daß ich mich dagegengestellt habe, solange es ging. Ich habe Augustus gesagt, daß Vipsania dich glücklich mache. Ich habe sogar zugegeben, daß ich eifersüchtig auf sie sei, wie Mütter es oft auf die Frauen ihrer Söhne sind. Aber – es hat nichts genutzt. Tatsache ist, daß du ein Opfer der Staatsraison bist. Dein häusliches Glück wird der Notwendigkeit geopfert. Und die Notwendigkeit diktiert ihre eigenen Regeln. Julia braucht einen Mann, die Jungen brauchen einen Vater. Ihre Natur erfordert aber, daß der Mann durch und durch bewundernswert, ehrenhaft und zuverlässig sei. So bist du nun genötigt, dich unehrenhaft gegen Vipsania zu verhalten, auf daß du ehrenhaft für die Interessen Roms handeln kannst. Menschen wie wir können in unserem Leben nicht den privaten Neigungen folgen, weil wir kein privates Leben haben können.«

»Das verstehe ich, Mutter...« Und ich verstand es auch. Politische Imperative sind mir plausibel. Wäre das nicht so gewesen, hätte ich mich härter zur Wehr gesetzt. »Es betrübt mich nur«, fügte ich hinzu, »daß ich es sein mußte...«

»Es gab sonst niemanden...«

Hatten wir den gleichen Gedanken? Daß auch Drusus in Frage gekommen wäre? Wenn ja, so stellte ich die Frage nicht. Mir war immer klar gewesen, daß Drusus anders war, daß man von ihm nicht verlangen würde, seine persönlichen Interessen zu opfern, wie man es von mir regelmäßig verlangte. Drusus war anders. Jeder hatte ihn gern. Ich selbst war ihm ergeben. Er war, um das kraftlose Wort zu benutzen, nett. Aber vielleicht war er nett, weil er nie eine emotionale Herausforderung erfahren hatte. Livia hatte stets eine glückliche, sonnige Beziehung zu ihm gepflegt. Augustus lächelte, wenn er erschien.

Außerdem war Drusus mit Octavias Tochter Antonia verheiratet, und selbst wenn man von den Gefühlen meines Stiefvaters für seine Schwester einmal absah, war ihre Tochter nicht auf eine Weise entbehrlich, wie meine arme Vipsania es war.

Nein. Drusus war sicher.

Ich tat mein Bestes. Ich habe mir nichts vorzuwerfen. Für einen Augenblick war ich sogar optimistisch. Für eine kurze Zeit schien es so, als könnte es gutgehen, als könnten wir in nachmittäglicher Zufriedenheit miteinander leben.

Julia schenkte mir ihr strahlendstes Lächeln. Wenn wir allein waren, murmelte sie wie früher: »Du lieber alter Bär«, und sie streichelte meine Wangen mit ihren Fingern, so leicht wie die Berührung einer Blume...

»Was für ein hartes Gesicht, alter Bär. Grau und wettergegerbt...«

Sie küßte mich auf den Mund.

»Wie Agrippa«, sagte sie. »Wie seltsam das sein wird. Als reise man durch die Zeit zurück und schließe doch den Kreis...«

Sie schlüpfte aus ihrem Gewand und stand in ihrem vollen, reifen Liebreiz vor mir. Das Mondlicht strahlte ins Zimmer und legte einen silbrig-goldenen Glanz auf ihre Haut. Sie kniete vor mir nieder und schob die Hand unter meine Tunika.

Es ist Nacht, da ich dieses schreibe. Ich höre die Wellen, die sich unten an den Felsen brechen, und ich sehe Julias aufwärtsgewandtes Gesicht, den Mund geöffnet, Tauglanz unter den Augen. Sie atmete Verlangen, und ich fürchtete, ich könnte sie vielleicht nicht befriedigen. Sie zog mich zum Bett... »Komm, Gemahl, komm, alter Bär, du hast mich schon einmal entzückt, und ich...«, sie drückte die Lippen an mich, »Tiberius, Tiberius, Tiberius...«

»Tiberius, Tiberius, Tiberius...« Ich war immer von banger Unruhe erfüllt. Selbst wenn ich glaubte, ihr Genuß zu verschaffen, war ich von banger Unruhe erfüllt, im wachen Bewußtsein der Vergleiche, die sie gewiß in Gedanken jetzt anstellte... Selbst wenn sie in Ekstase aufschrie, war ich im Geiste nicht beteiligt, sondern fragte mich, ob sie ihre Freuden nicht nur spielte.

Gab sie sich gleichfalls Mühe? Ich glaube ja. Ich muß es glauben. Jetzt, da ich nichts Dringendes zu tun habe, verbringe ich Stunden damit, auf mein Leben zurückzuschauen und mein eigenes Benehmen wie auch das der anderen abzuwägen. Zu viele Stunden vielleicht, denn solche Innenschau kann zur Krankheit werden, zu einer machtvollen Droge. Zuweilen jedoch stelle ich mir vor, daß Julia die Gelegenheit, die unsere Heirat ihr bot, beim Schopf ergriff, um damit den Zwängen ihrer eigenen Natur zu entrinnen, die sie kannte und (wie ich glaube) manchmal auch fürchtete. Wie alle, die eine starke Neigung zur Ausschweifung verspüren, eine Sehnsucht nach allem, was die menschliche Existenz an Niedrigem und Schmutzigem zu bieten hat, war sie hin und her gerissen zwischen jener Verlockung und der Sehnsucht nach einem tugendsamen Leben, einer Sehnsucht mit Unterbrechungen freilich, aber nichtsdestoweniger stark genug, daß sie häufig im Zweifel war. Sie lechzte nach den vielfältigen Freuden der Sinne, suchte Befriedigung im Extremen und war sich zugleich doch immer bewußt, daß ihr die Erniedrigungen ständig geringeren Ertrag brachten. In ihren besten Stunden erschien sie mir wie ein gottähnliches Kind der Natur, spontan, überschwenglich, Freude spendend und Freude vergrößernd. Und doch war immer etwas wie Verzweiflung in ihrem Glück, als strebe sie nach dem Genuß, um einer Vision der Leere zu entfliehen. Sie füllte ihr Leben mit Sinnesfreuden, um nicht gezwungen zu sein, ins Nichts der Bedeutungslosigkeit zu starren. Da sie in ihrer Erfahrung keinen festen Boden fand, erlebte sie die schneidende, immer wiederkehrende Furcht, es könne am Ende nichts wichtig sein. »Wir leben, wir sterben, und damit hat sich's«, sagte sie. »Wozu lebt man, wenn nicht, um den Genuß zu verlängern und zu vertiefen...?« Aber wenn sie so sprach, war mir, als umwehe sie ein dunkler Flußnebel, der das Blut gefrieren ließ und die Zukunft verfinsterte.

Sie begleitete mich, wie Piso es empfohlen hatte, zur Truppe. Sie genoß das Leben im Lager und bewältigte den Marsch unermüdlich und ohne zu klagen. Mannschaften wie Offiziere beteten sie an; sie bewunderten ihren frohen Mut und die Bereitschaft, über die mit dem militärischen Leben untrennbar verbundenen Unbequemlichkeiten und Mißgeschicke zu lachen. Ich stellte fest, daß meine eigene Popularität – die niemals groß gewesen war; ich hatte immer gewußt, daß ich mir leichter Achtung als Zuneigung erwarb – ihretwegen zunahm. Zu meiner Überraschung fühlte Agrippas Witwe sich im Felde wohler als Agrippas Tochter zuvor; die zu privater Zurückgezogenheit neigende Natur meiner lieben Vipsania hatte auf die unvermeidliche Brutalität des Armeelebens mit Abscheu reagiert. In gewissem Maße teilte Julia diese Gefühle; aber während Vipsania zurückgeschaudert war, ergriff Julia Partei gegen alles, was ihr als übertrieben strenge Bestrafung erschien. Einmal ertappte ich sie, wie sie einem Soldaten, der wegen eines Disziplinarvergehens gepeitscht worden war, den Rücken mit lindernder Salbe einrieb. Ich hätte sie für diese Tat tadeln müssen, denn man sollte meinen, daß sie die Soldaten damit veranlaßte, die Gerechtigkeit der Strafe für diesen Mann in Zweifel zu ziehen, aber ich brachte es nicht über mich – nicht einmal, als der Centurio, der den Mann hatte prügeln lassen, daraufhin eine Beschwerde einreichte.

In anderer Hinsicht waren die ersten Jahre unserer Ehe

weniger zufriedenstellend. Ich zögere selbst in der Vertraulichkeit dieser Erinnerungen, intime Details aus dem Schlafgemach niederzuschreiben. Es scheint mir ganz und gar nicht richtig zu sein. Doch man kann unmöglich die Wahrheit über eine Ehe sagen, wenn man es ablehnt – man kann der Wahrheit dann nicht einmal ins Auge schauen. Außerdem kann man ja keine Ehe betrachten – beispielsweise die zwischen Livia und Augustus –, ohne sich zu fragen, was denn wohl im Bett vonstatten geht.

Julia hatte nie Mühe, mich in Erregung zu versetzen; doch selbst wenn ich in höchster Glut entbrannt war, blieb ich schüchtern, zurückhaltend und in der Tat voller Angst davor, verglichen zu werden. Ich konnte damals nicht glauben, daß ich sie befriedigte. Sie flirtete mit den jungen Offizieren meines Stabes, und wenn ich sah, wie sie ihnen zulächelte und sich vor Lachen über ihre unreifen Scherze schier ausschüttete, wußte ich, daß sie ihr Gaben darbrachten, die ich ihr nie würde geben können. Es ging, da war ich sicher, niemals über dieses Getändel hinaus, wenngleich einige der jungen Männer Hals über Kopf in sie verliebt waren. Das gefiel ihr; diese Bewunderung machte ihr Freude. Zur Winterszeit begaben wir uns an die dalmatische Küste, und dort geschah es, daß unser Kind gezeugt wurde.

Etwas Seltsames widerfuhr mir nach der Geburt unseres Sohnes. Ich verliebte mich in meine Frau. Zuerst gab ich es nicht einmal mir selbst gegenüber zu. Es erschien mir wie ein Verrat an der Erinnerung, die ich Vipsania gegenüber bewahrte, dennoch, es geschah, und es begann, als ich sie daliegen sah, erschöpft, aber gleichwohl strahlend, das Haar wie ein Fächer auf dem Kissen hinter sich ausgebreitet, unser Kind in den Armen. Nie hatte ich Julia als Mutter gesehen – ihre Haltung gegenüber ihren beiden Söhnen Gajus und Lucius war beiläufig und skeptisch –, und sie konnte der Einschätzung des Großvaters, was die Fähigkeiten der beiden Knaben anging, nicht beipflichten. Aber sie umgluckte den kleinen Tiberius (wie wir ihn auf ihr Beharren hin nannten), und als ich die beiden so sah, erkannte ich: Dieses Wesen ist mein, diese Frau ist mein, der begehrenswerteste Schatz von ganz Rom ist mein, mein und rechtmäßig mein allein – und mein Herz floß über vor lauter Liebe. Ich sank neben dem Bett auf die Knie, faßte ihre Hand und bedeckte sie mit Küssen. Ich nahm sie in die Arme und umschlang sie in zärtlichem Vertrauen und glühendem Verlangen, wie ich es im Leben noch nicht empfunden hatte, nicht einmal bei Vipsania. In dieser Nacht und noch Monate danach war ich ein Fürst unter den Menschen.

Und Julia reagierte. Das war das Bemerkenswerte. Wir verloren uns – für ein kurzes Zwischenspiel – ineinander; es war wie in den Bergen, wenn die Wolken sich jäh und unvermittelt von den Gipfeln verziehen und der Wanderer sich von goldenem, erholsamem Licht überflutet sieht.

Sie sagte zu mir: »Zum erstenmal, alter Bär, habe ich das Gefühl, daß ich das richtige Leben führe. Du kannst dir nicht vorstellen, was für Frustrationen ich erduldet habe. All mein schlechtes Benehmen ist eine Folge dieser Frustration und der Langeweile... Oh, wie habe ich mich gelangweilt! Man zwang mich zur Ehe mit Marcellus, dann mit Agrippa – oh, ich weiß, du hast ihn bewundert, aber du kannst dich glücklich schätzen, daß du nicht seine pflichtbewußte Gemahlin zu sein brauchtest. Mein Vater wundert sich, weil ich Gajus und Lucius nicht so liebe, wie er es tut, und er wird schrecklich eifersüchtig werden, wenn er erst sieht, wie vernarrt ich in den kleinen Tiberius bin. Er versteht das nicht: Es liegt aber daran, daß jener Mann ihr Vater war; ich kann sie nicht ansehen, ohne seine Stimme zu hören, wie er eintönig daherredet, weiter und immer weiter...

Vielleicht liebe ich dich, weil du so schweigsam bist, alter Bär... Ich wollte nichts weiter als meinen Spaß, und mein Leben lang hat mein Vater versucht, mir dieses Verlangen aus dem Leib zu quetschen.«

So redete sie wohl, während sie nackt auf unserem Bett lag, und dann streckte sie ein langes Bein und malte mit einer Gelenkigkeit, die ich bezaubernd fand, ihre Zehennägel mit einem zarten Pinsel perlmuttrosa an. Oder sie ruhte warm und feucht und entspannt und glücklich in meinen Armen, während ihr Haar mir Hals und Wange kitzelte, und versank in Schlaf. Kann das Leben, so fragte ich mich, mehr zu bieten haben, als so dazuliegen, mit dem vertrauensvollen und befriedigten Beweis meiner Männlichkeit in schlummernder Umarmung? Kann irgend etwas dem Gefühl gleichkommen, das man hat, wenn man mit seinem Mädchen im Arm ins Reich der Träume hinübergleitet?

Während ich diese Worte schreibe, verspüre ich, wie das Verlangen neu erwacht, und dann dringen Reue und Jammer in die Festung, die ich so mühselig errichtet habe.

X

Im Herbst des Jahres, in dem wir unsere Liebe entdeckten, starb mein Bruder Drusus. Wir waren mit einem zangenförmigen Feldzug an der Nordgrenze des Imperiums befaßt; während ich Pannonien unterwarf und zu den Ufern des mächtigen Flusses Donau vorrückte, drang Drusus mit einer wundervollen Mischung aus Umsicht und Wagemut tief in die geheimnisvollen Wälder Germaniens vor, durch das Gebiet der Cherusker und der Markomannen bis zum Fluß Elbe, wo er ein Mal errichtete, um die neue Grenze der römischen Herrschaft zu kennzeichnen. Es war kein bloßer Streifzug; er baute eine Kette von Festungen im Gefolge seines Marsches, um seine Nachhut zu sichern, während zugleich der Rhein durch neue und gutbemannte Anlagen gesichert wurde. Kein Römer hat sich mehr um die Stadt verdient gemacht oder mehr für sie getan als mein lieber Bruder mit seinen germanischen Feldzügen. Da rutschte sein Pferd aus, als er einen vom Oktoberregen geschwollenen Fluß überqueren wollte. Er fiel mit dem Kopf auf einen spitzen Stein und wurde besinnungslos aus dem Wasser gezogen. Man meldete mir seinen Zustand, und ich nahm mir gerade genug Zeit, um die notwendigen Vorkehrungen für meine Truppen zu treffen, und eilte dann an sein Lager. Vierhundert Meilen legte ich in weniger als sechzig Stunden zurück, und als ich ankam, sah ich seine Ärzte aschfahl und nervös. Sie waren indes erleichtert, mich zu sehen, denn sie wußten, ich würde bestätigen können, daß sie getan hatten, was möglich war. Drusus war nur ab und zu bei Bewußtsein. Ich saß an seinem Feldbett und sandte nutzlose Gebete zu gleichgültigen Göttern, derweil er, der arme Junge, Worte stammelte, die ich nicht verstand, und sich in rastlosem Fieber wälzte.

»Er ist so schwach«, sagten die Ärzte, »daß wir nicht wagen, ihn weiter zur Ader zu lassen.«

Statt dessen legten sie ihm Kompressen an die Schläfen und wuschen seinen Körper mit Schwämmen, die sie in das Wasser eines tiefen Brunnens getaucht hatten.

Der Schweiß auf seiner Stirn trocknete. Er schlug die Augen auf, sah mich, erkannte mich und sprach mit einer ruhigen Stimme, die schon klang, als komme sie aus einer anderen Welt.

»Ich wußte, daß du kommen würdest, Bruder. Ich habe darauf gewartet... Sag unserem Vater« – selbst in diesem Augenblick bemerkte ich, wie leicht Drusus dieses Wort für Augustus über die Lippen kam –, »daß ich meine Pflicht getan habe. Aber ich glaube, wir können nie...« Er brach ab. Ich drückte seine Hand. Wieder öffneten sich seine Augen. »Sorge für meine Kinder, Bruder, und für meine liebe Antonia. Sie hat dich immer gemocht, und...« Seine Stimme erstarb, und er würgte. Ich hielt ihm einen Krug mit verwässertem Wein an die Lippen. »Ich fühle mich wie ein Deserteur«, seufzte er und schloß die Augen, und wenig später war er nicht mehr.

Die ganze Nacht saß ich an seinem Bett, durchfroren bis auf die Knochen. Ich dachte an seine Offenheit, seine lässige Art, seine Redlichkeit und seine leicht gewonnene Zuneigung. Einmal war er zu mir gekommen und hatte vorgeschlagen, wir sollten mit Augustus sprechen und ihm empfehlen, die Republik in ihrer antiken Form wieder herzustellen. »Wir wissen beide, Bruder«, sagte er, »daß die Restauration, die unser Vater vollbracht hat, falsch war und daß nur die wahre Wiederauferstehung unserer alten Traditionen Rom befähigen kann, seine moralische Gesundheit, seine alte Tugend, wiederzuerlangen.« Ich hatte ihm zustimmend die Hand auf die Schulter gelegt und den Kopf geschüttelt. »Was du da verlangst, kann nicht sein«, hatte ich gesagt. Doch jetzt, als ich in der langen Nacht die Eule schreien hörte, wußte ich, daß es gerade seine Bereitschaft, das Unmögliche zu versuchen, und die Weigerung, sich vom anscheinend Notwendigen in Fesseln legen zu lassen – daß gerade dies der Grund gewesen war, weshalb ich Drusus geliebt hatte.

Am Morgen wurde sein Leichnam ausgeweidet und einbalsamiert. Am nächsten Tag machte sich das Totengeleit auf den weiten Weg in die Heimat. Ich marschierte zu Fuß neben dem Rad des Karrens, auf dem sein Sarg stand. In jedem Dorf entblößten die Menschen die Köpfe, wenn wir vorüberzogen, denn sein Ruhm war ihm vorausgeeilt. Nachts schlief ich auf einer Matratze auf dem Karren neben seinem Sarg. So überquerten wir die Alpen, ließen den Regen hinter uns und marschierten hinunter nach Italien, wo die Bauern bei der Weinlese waren und die Olivenbäume unter der Last ihrer Früchte ächzten. Wir kamen nach Rom, und mein Bruder wurde in dem Mausoleum zur Ruhe gebettet, das Augustus für die Familie hatte bauen lassen; mir wäre es lieber gewesen, ihn in einer Claudier- Gruft zu bestatten, doch nach meinen Wünschen fragte niemand.

Julia war unterdessen in Gallia Cisalpina geblieben, in Aquileia am Nordende des Adriatischen Meeres. Sie erwartete wieder ein Kind, und der Arzt hatte ihr das Reisen verboten.

Bei einer Abendgesellschaft sprach Augustus von Drusus. Es klang aufrichtig und peinlich. Wann immer der Honig in seine Stimme fließt, ist mir bewußt, was gleichzeitig ungesagt bleibt. Das Gefühl dieser Kluft bereitet mir Unbehagen: das Wissen, daß diese warme und wunderschöne Stimme Befehle ausgespien hat, die Menschen getötet und Leben zerstört haben. Unwillkürlich suche ich nach Entschuldigungen; ich sage mir, es ist nicht seine Schuld, daß er in einer Position ist, in der er so unerträgliche Entscheidungen treffen muß. Und dann erinnere ich mich, daß er in dieser Position ist, weil er nach Macht strebte.

Jetzt sprach er von all denen, die ihn verlassen hatten: von Agrippa, vom Dichter Vergil, von Maecenas, der im Sterben lag, und von Drusus selbst. Er pries meine Treue – ein Wort, das man auch bei einem Hund benutzen könnte. Und dann wandte er sich seinen Enkeln zu, meinen Stiefsöhnen, die auch – diese Dinge werden allmählich verwirrend – auch seine Adoptivkinder sind: Gajus und Lucius. Er sagte zu ihnen, sie seien das Licht seiner alten Tage, das Feuer, das sein Herz erwärme, und die Hoffnung Roms. Lucius, der bravere der beiden und wirklich ein guter und herzlicher Junge, hatte die Freundlichkeit, zu erröten.

Aber am nächsten Morgen hatte der Princeps in Augustus wieder die Oberhand, und der andere, der mich mit seinen Sentimentalitäten in Verlegenheit setzte, war beurlaubt.

»Du wirst nach Germanien gehen müssen«, sagte er. »Du mußt Drusus' Arbeit übernehmen.«

Ich wies darauf hin, daß die Lage in Pannonien noch nicht stabil sei.

»Du hast deine Sache dort wunderbar gemacht«, antwortete er, »und Gnaeus Piso ist tüchtig genug, um dein Werk zu vollenden. Aber mit Germanien ist es eine andere Sache. Drusus hat den Durchbruch geschafft, doch all sein Mühen wird vergebens gewesen sein, wenn wir nicht nachstoßen. Siehst du das nicht ein? Wir müssen Germanien unterwerfen, die Stämme dort in unseren Einflußkreis ziehen, oder Drusus' ganzer Erfolg ist dahin. Es wird sein, als hätte es ihn nie gegeben. Und du, Tiberius, bist der einzige, der den endgültigen Sieg erringen kann, das wahre Denkmal für deinen teuren Bruder, meinen geliebten Sohn...«

Der peinliche Unterton von Aufrichtigkeit kehrte bei diesem letzten Satz wieder in seine Stimme zurück. Es war die Aufrichtigkeit des Schauspielers.

Dann sagte er: »Ich glaube, du hast deine Zweifel bei diesem Germanienfeldzug.«

Er rutschte unruhig hin und her, aber ich blieb stumm.

»Sprich.«

»Verzeih, aber ich mußte erst meine Gedanken ordnen. Drusus hatte keine Zweifel...«

»Und deshalb habe ich ursprünglich ihn nach Germanien geschickt und dich, Tiberius, nach Pannonien.«

»Ja«, sagte ich. »Mir scheint, daß an diesen beiden Fronten sehr unterschiedliche Situationen herrschen. Wir brauchen nur einen Blick auf die Karte zu werfen. Pannonien – die Donau-Grenze – liegt nur einen kurzen Marsch von Gallia Cisalpina; so nennen wir diese Provinz noch, obgleich mir scheint, daß sie sich kaum mehr von Italien selbst unterscheidet...«

»Das pflegte auch Vergil zu sagen, der, wie du dich erinnern wirst, aus Mantua stammte, im Norden jener Provinz gelegen. Und ihr habt beide recht. Also?«

»Also müssen wir Pannonien und die Donau-Grenze halten. Aber mit Germanien verhält es sich anders. Die Stämme dort scheinen mir für die Zivilisation nicht empfänglich zu sein. Gallien ist durch die Barriere des Rheins hinreichend gut zu verteidigen. Daher zweifle ich am Wert Germaniens, jedenfalls was das Verhältnis zu den Kosten für die Unterwerfung angeht. Ich befürchte, daß römische Truppen in diesen wilden Wäldern eines Tages von einer furchtbaren Katastrophe heimgesucht werden könnten. Germanien ist eine bewaldete Wüste.«

»Gleichwohl«, sagte er, und als er dieses Wort aussprach, wußte ich, daß alle meine Argumente in den Wind geschlagen wurden und daß er seinen Entschluß gefaßt hatte. Wenn er dieses Wort ausspricht, bedeutet es, daß er die Gültigkeit des vorgetragenen Arguments akzeptiert und trotzdem nach seinem Willen verfahren wird.

»Ein Imperium wie Rom kann nicht ruhen. Der Tag, an dem es zu wachsen aufhört, ist der Tag, an dem wir unsere Pflicht verweigern. Die Götter haben Aeneas und seinen Nachfolgern ein Reich ohne Grenzen versprochen. Da können wir nicht die Verantwortung übernehmen, zu entscheiden, daß es nun groß genug sei. Natürlich läßt sich eine solche Entscheidung aus taktischen Gründen treffen – für eine Weile. Aber nicht für länger. Überdies ist es nur die Ausdehnung unseres Reiches, was den Adel mit dem Verlust der Freiheit versöhnt. Vergiß das nie.«

»Ein Verlust, der doch gerade um der Sache des Reiches willen erlitten wurde.«

»Eine unbestreitbare Wahrheit und daher eine, die besser unausgesprochen bleibt.«

Augustus wird den Historikern ein Rätsel sein. Welchen seiner Äußerungen sollen sie glauben? In einem Atemzug präsentiert er sich als Retter der Freiheit Roms und Erneuerer der Republik; im nächsten gesteht er, daß die Freiheit verschwunden ist und daß die republikanischen Ämter nur noch Zierat sind. Gleichwohl gründet er seine Macht oder wenigstens ihren legalen Ausdruck in der *tribunicia potestas*, dem umfassendsten Ausdruck republikanischer

Freiheit. Wieviel von dem, was er sagt, glaubt er wohl selbst?

»Eine sinnlose Frage«, pflegte Livia zu sagen. »Dein Vater benutzt die Wörter als Zeichen, und das sind sie letzten Endes ja auch nur.«

Er ist ein Heuchler, der sich von seiner eigenen Heuchelei täuschen läßt. Was immer er in jedem beliebigen Augenblick sagt, klingt in seinen Ohren wahr. Darum ist er so geschickt darin, andere zu täuschen.

Germanien war keine Gegend für Julia. Ich selbst mußte mich mitten im Winter eilends dorthin begeben, denn die Erfordernisse des modernen Krieges in entlegenen Barbarenländern bedingen ein Ausmaß an Vorbereitungen, das Julius Caesar, diesen genialen Improvisator, in Erstaunen versetzt hätte. Da es mir an Genius ermangelt, meide ich alle Improvisation. Außerdem war es notwendig, daß ich so viel wie möglich über die Stämme in Erfahrung brachte, denen ich gegenüberstehen würde. Natürlich besteht starke Ähnlichkeit zwischen einem Germanenstamm und dem nächsten, aber sie sind doch nicht alle im gleichen Maße dem Krieg zugeneigt; diese Neigung schwankt je nach Temperament des jeweiligen Häuptlings. Eine Folge davon ist, daß sie zwar stammweise kämpfen, daß einem Stamm aber oft auch eine Anzahl Fremder angehören, denn hochgeborene Jünglinge suchen sich oft bei anderen Stämmen zu verdingen, wenn ihre eigenen Häuptlinge dem Krieg eher abgeneigt sind. Alles in allem aber ist der Frieden den germanischen Völkern nicht willkommen; bereitwilliger zeichnen sie sich inmitten von Gefahr aus, denn da es ihnen an jeglicher Kunst und bürgerlicher Kultur ermangelt, kann ein Mann sich seine Reputation nur im Krieg erwerben. Außerdem läßt sich ein großes Gefolge, wie es ihren Häuptlingen gefällt, da sie ihren eigenen Status an der Zahl ihrer Anhänger ermessen, nur durch Krieg und Gewalt unterhalten, denn nur die Großzügigkeit der Häuptlinge verhilft ihnen zu Schlachtroß und Speer. Die Krieger erhalten keinen Sold, was aber nicht überrascht, denn Barbaren verachten das Geld. Andererseits nehmen sie natürlich Geschenke von ihren Häuptlingen und erwarten gutes Essen. Große Trinker sind sie auch; sie glauben, daß der Mut im Krieg mit der Fähigkeit, gewaltige Mengen zu trinken, Hand in Hand gehe. Sie sind zu einer gewissen großspurigen Großzügigkeit imstande, aber in ihrer grausamen Wildheit sind sie schlimmer als die Wölfe. Sie haben Vergnügen daran, ihre Gefangenen zu martern, bevor sie sie töten.

Wie ich befürchtet hatte, war die Moral unserer Truppe schlecht. Die Soldaten waren niedergeschlagen wegen Drusus' Tod. Mehr noch: Ich mußte feststellen, daß das Ausmaß der Erfolge meines Bruders geringer war, als wir gehofft hatten. Das war nicht seine Schuld. Man konnte daran nur die Ungeheuerlichkeit der Aufgabe ermessen. Zwar war er durch die Wälder bis zur Elbe vorgedrungen, aber nur in den Küstenregionen war es ihm auch gelungen, die Politik der Zivilisierung zu beginnen, die notwendiger Bestandteil jeder Eroberung ist, wenn diese Bestand haben will. Er hatte einen Kanal durch die Seen von Holland ziehen lassen, und das hatte die dort ansässigen Stämme, die Frisii und die Batavii, bewogen, sich mit dem römischen Volk zu verbünden, denn sie sahen nicht nur unsere eigene Größe, sondern vor sich auch die Aussicht auf ganz unerwarteten Wohlstand. Es ist der Handel, der die Räder des Imperiums schmiert, und der Bau von Straßen, Brücken und Kanälen ist es, was den Handel ermöglicht.

Es gab keine Städte in Germanien. Tatsächlich wohnen die Germanen nicht einmal in Dörfern, wie wir sie kennen.

Sie ziehen es vor, einzeln verstreut zu leben, und ihre Dörfer legen sie so an, daß zwischen den Häusern freie und oftmals ausgedehnte Flächen liegen. Sie haben daher auch eine Abneigung dagegen, die Künste wie Verhaltensformen einer bürgerlichen Gesellschaft zu erlernen; ich sah sofort, daß dies ein großes Problem darstellte. Mir war klar, daß Germanien nicht restlos und effektiv würde erobert werden können, solange das Land nicht besiedelt wäre, solange nicht Städte gebaut und Kolonien begründet wären. Es war jedoch schwierig, Kolonisten dazu zu bewegen, sich hier anzusiedeln, solange die Stämme nicht endgültig unterworfen wären und die Majestät und Ordnung Roms anerkannt hätten. Das war ein Problem, das ich in meinen drei Jahren in Germanien nicht lösen konnte. Tatsächlich kann ich kaum behaupten, daß ich mehr geleistet hätte, als es zu definieren und mittels der Ingenieurarbeiten, die ich veranlaßte, ein paar tastende Schritte zu seiner Lösung zu unternehmen. Davon abgesehen wurde jeder Sommer darauf verwandt, einen unfaßbaren Feind zu verfolgen, der sich nur selten einmal zum Kampf stellte. Wenn es uns indessen einmal gelang, eine Schlacht zu beginnen, dann genügten Schlagkraft und Disziplin unserer Armee, die Barbaren in Entsetzen, Mutlosigkeit und Niederlage zu stürzen.

»Es wird ein langwieriges Geschäft werden«, sagte ich zu Augustus, »und wir können unseren jungen Männern keine Hoffnung auf Ruhm bieten. Ich verlange Opfer von ihnen. Sie müssen bereit sein, Blut und Schweiß zu vergießen, sich ohne Ende zu plagen und Strapazen klaglos zu ertragen. Aber wenn die Götter es wollen, werden wir diese verfluchten Barbaren letzten Endes doch in den Kreis der Zivilisation ziehen.«

Zur Antwort pries er meine Anstrengungen für Rom. »... bist würdig deiner Claudier-Vorfahren in ihren größten Stunden, ein Sohn deiner Mutter.«

Unser zweites Kind kam tot zur Welt. Ich hatte kaum Zeit zum Trauern. Julia war vom Tod des kleinen Mädchens bedrückt, und ihre Briefe waren voller Schmerz. Sie waren auch kurz und kamen immer seltener. Ich konnte ihr daraus keinen Vorwurf machen, denn ich mußte bekennen, daß manchmal Tage vergingen, ohne daß ich an sie gedacht hätte. Dann, es war während meines zweiten Sommerfeldzuges, bekam der kleine Tiberius ein Fieber und starb. Man überbrachte mir die Nachricht, als ich am schlammigen Ufer eines Elbe-Nebenflusses in meinem Zelt kauerte. Es regnete seit drei Wochen, und unser Vorstoß war steckengeblieben. Es war schwierig, den Proviant für Soldaten und Pferde von unserem fünfzig Meilen weit hinter uns liegenden Stützpunkt nach vorn zu schaffen. Ein paar Späher berichteten, der Feind sei in den hintersten Tiefen des Waldes verschwunden, aber diese Kunde konnte meine Gedanken nicht beschwichtigen. Mir schwante Gefahr, ja, eine Katastrophe. Der Wald war mir zu still. Ich ließ Segestes kommen, den Häuptling eines Zweiges der Cherusker, einen Mann, den Drusus gefangengenommen hatte und der sich durch die Beredsamkeit meines Bruders und sein tugendhaftes Vorbild hatte überreden lassen, ein Verbündeter des römischen Volkes zu werden. Für einen Germanen war Segestes ein ehrenwerter Mann. Gleichwohl war ich nicht sicher, wie weit ich ihm vertrauen konnte.

»Meine Späher melden, daß der Feind ganz und gar verschwunden sei«, sagte ich. »Hältst du das für möglich?«

Er spuckte auf den Boden – eine unausrottbare germanische Gewohnheit, die stets meinen Ekel erregt.

»Ist das ein Kommentar zu dieser Information?« fragte ich.

»Deine Späher lügen, oder sie haben einen Fehler gemacht«, antwortete er. »Wenn der Feind verschwunden ist, dann liegt es daran, daß deine Kundschafter in die falsche Richtung geschaut haben. Sie hätten hinter uns nachsehen müssen. Da würden sie meine Leute finden. So haben sie zu kämpfen gelernt. Sie haben die Absicht, dir den Rückzug abzuschneiden, nachdem sie dir zuvor den Nachschub gesperrt haben.«

»Aber heute ist doch ein Bote durchgekommen. Ich habe Briefe erhalten.«

»Sie werden kaum ein Interesse an Briefen haben oder daran, eine kleine Einheit aufzuhalten. Es ist ja in ihrem Interesse, daß du glaubst, die Straße hinter dir sei offen.«

»Was also empfiehlst du?«

»Du, ein Römer, fragst mich, einen Germanen, welchen Ausweg ich empfehle?«

»Ich frage dich als einen kundigen Mann, dem ich, wie die Erfahrung mich gelehrt hat, vertrauen kann.«

Er schaute den Dolmetscher an, als frage er sich, ob meine Antwort ihm korrekt übermittelt worden sei. Ich nickte mit dem Kopf und lächelte.

»Mein edler Bruder hat dir vertraut«, sagte ich. »Und ich vertraue dem Urteil meines Bruders.«

Er nahm diese Bemerkung schweigend auf, wandte sich ab und ging zur offenen Klappe meines Zeltes; dort schaute er hinaus in den Nebel. Regen prasselte auf die Leinwand, aber kein Windhauch verwehte den Dunst, der über den Wiesen bis hinunter zum unsichtbaren Fluß hing.

»Wenn du auf dem Weg zurückkehrst, auf dem du gekommen bist, wirst du in die Falle laufen. Sie wird zuschnappen, und dann gibt es keinen Imperator Tiberius mehr und kein römisches Heer, aber ein großes Frohlocken unter den Cheruskern.«

»Also?«

»Also mußt du einen anderen Weg finden, durch ein Territorium, das dir unbekannt ist. Du mußt den Fluß zur Dekkung deiner Flanke nutzen. Auf diese Weise kannst du nur von einer Seite angegriffen werden. Man kann dich nicht umzingeln.«

»Marschieren wir flußauf- oder flußabwärts?«

»Flußabwärts vielleicht, denn auf diese Weise gelangst du zur Elbe.«

»Und wenn wir flußaufwärts ziehen?«

»Dann kommen irgendwann die Berge.«

»Und gibt es dort einen Paß, durch den wir zum Rhein hinübergelangen können?«

»Ich glaube ja. Aber mit den Wagen dürfte es Schwierigkeiten geben. Wenn du dich indessen zur Elbe begibst, wirst du ein weites Sumpfland durchqueren müssen.«

»Und dein Vetter, der derzeitige Häuptling der Cherusker, wird natürlich erwarten, daß wir diesen Weg nehmen...«

Segestes spuckte wieder aus. »Er ist kein gescheiter Mann. Tapfer, aber einfältig. Er wird nichts anderes erwarten, als daß du auf demselben Weg zurückkehrst. Unter seinen Beratern jedoch gibt es ein paar kluge Köpfe. Sie werden zu dem Schluß kommen, daß du versuchen wirst, die Elbe zu erreichen, denn dort hast du Festungen, und in der Mündung wartet eine Flotte. Sie werden nicht erwarten, daß du den schweren Weg einschlägst, denn von Römern erwarten sie keine Kühnheit, und sie wissen, General, daß du ein vorsichtiger Mann bist.«

Ich trug meinem Diener auf, uns Wein zu bringen. Germanen sind Wein nicht gewöhnt, und viele von ihnen geben vor, ihn als weibisches Getränk zu betrachten, weil sie es vorziehen, aus mächtigen Krügen Bier oder Met zu saufen. Segestes indessen hatte gelernt, den Wein als Zeichen der Zivilisation zu verstehen, die er anstrebte (ich hatte ihn einmal dabei angetroffen, daß er sich von einem meiner Sekretäre im Lesen unterweisen ließ), und er hatte sogar gelernt, etwas zu tun, was kein Germane von Natur aus kann: Er trank ihn ohne erkennbare Zeichen der Gier.

»Es ehrt mich, General, daß du meinen Rat erbittest, aber wie kannst du wissen, daß es ein guter Rat ist? Wie kannst du sicher sein, daß ich nicht die Absicht habe, diese Gelegenheit zu ergreifen, um mein Ansehen bei meinem Volk wiederherzustellen?«

»Segestes«, antwortete ich, »ich könnte viel von deiner Ehre sprechen und eine lange Rede zu deinem Lobe halten. Ich glaube, könnte ich sagen – und ich glaube es in der Tat –, du hast inzwischen erkannt, daß es deinem Volk zum Vorteil gereichen wird, wenn es sich in die schützende Umarmung des römischen Reiches begibt. Und es wäre viel Wahres in dem, was ich sagen würde. Aber es gibt ein anderes Argument, das dich daran erinnern wird, was für ein Mann ich bin.«

Ich klatschte in die Hände, um meinen Diener zurückzurufen, und erteilte ihm flüsternd einen Auftrag. Er verschwand und kehrte wenig später mit einem germanischen Jüngling zurück, der mit finsterer Miene vor uns stehenblieb.

»Als du zu uns herüberkamst«, sagte ich, »hast du uns die Ehre erwiesen, uns deinen Sohn, den jungen Segestes, anzuvertrauen. Das hat uns gezeigt, daß du an Rom glaubst. Mir ist dein Vertrauen bewußt, und ich werde es zurückzahlen, indem ich den Jungen zu meinem Adjutanten mache. Er wird während des ganzen Marsches an meiner Seite bleiben, an meinem Tisch essen, in meinem Zelt schlafen. Ich werde über ihn wachen...«

»Ich verstehe, General«, sagte er. »Das ist ein machtvolles Argument. Aber ich habe viele Söhne – siebzehn, glaube ich –, und einige von ihnen sind in jener anderen Armee.

Warum sollte mir das Schicksal eines von siebzehn Söhnen Kopfschmerzen bereiten?«

»Nun«, erwiderte ich, »das ist eine Frage, die du selbst entscheiden mußt. Du hast mir einen guten Rat gegeben, und ich werde ihn in meinem Herzen bewegen. Zweifle nicht an meiner Dankbarkeit, die ich auch diesem Jungen erweisen werde.«

Und so drohte ich Segestes mit dem Tod seines Sohnes, während der Tod meines eigenen kleinen Jungen wie eine gepreßte Blume im Buch des Lebens lag. Verwandte ich fünf Minuten auf den Gedanken an das, was aus ihm hätte werden können? Ich bezweifle es. Man hatte mich darauf aufmerksam gemacht, daß meine Armee in Gefahr war. Trost für Julia und die Trauer um den kleinen Tiberius mußten da warten.

Ich berief eine Ratsversammlung ein, denn ich habe es nie für richtig gehalten, daß ein Feldherr irgendeinen Weg einschlägt, ohne vorher mit seinen Offizieren darüber zu reden. Je größer die Gefahr ist, desto nötiger ist es, daß sie die Lage verstehen. Aber paradoxerweise gilt auch dies: Je größer und unmittelbarer die Gefahr ist, desto nötiger ist es, daß der Befehlshaber seine Autorität zeigt. Jede Debatte ist dann Luxus; doch ohne Gelegenheit zur Debatte zu geben, kann der Kommandant Gefahr laufen, sich einen wertvollen Vorschlag entgehen zu lassen. Geschwindigkeit ist entscheidend; aber es liegt auch viel Wahrheit in dem Sprichwort »Festina lente«: Eile mit Weile.

Ich umriß die Lage und berichtete ihnen von meiner Unterredung mit Segestes.

»Welchen Grund hätten wir, dem Wort eines Barbaren zu vertrauen?«

Der dies sagte, war Marcus Lollius, ein Mann, den ich, hätte ich vollständig freie Hand bei der Auswahl meiner Offiziere gehabt, niemals in meinen Stab aufgenommen hätte. Ein Paar Jahre zuvor hatte er in Gallien bei einem Germanenüberfall eine Niederlage einstecken müssen, die meiner Meinung nach nur auf nachlässige Sicherheitsvorkehrungen zurückzuführen gewesen war: Er hatte versäumt, sich ordnungsgemäß auf dem laufenden zu halten. Indes schien mir dies nun der falsche Augenblick zu sein, auf diese Episode zu verweisen, und ich wußte auch, daß ich Lollius, wie man so sagt, mit Samthandschuhen anfassen mußte, denn er war ein Liebling des Augustus, dem er in absurder Weise Honig um den Bart zu schmieren pflegte. Aber für einen Dynasten ist ja keine Schmeichelei zu absurd.

»Drusus hat Segestes vertraut, und ich vertraue dem Urteil meines Bruders.«

Das war eine politische Antwort und weniger eine wahrheitsgetreue; tatsächlich hatte ich Drusus in jeder Hinsicht vertraut, nur nicht in seiner Beurteilung anderer Menschen; er hatte sich allzu leicht von seiner großzügigen Natur hinreißen lassen und daher nicht selten Worte für bare Münze genommen.

»Zudem«, fügte ich hinzu, »glaube ich, daß Segestes' Interessen an den Erfolg unserer Truppen und an das Wohlergehen des römischen Volkes gebunden sind.«

Lollius warf den Kopf in den Nacken und lachte – eine wohlkalkulierte Gebärde. »So wird der Marschplan eines römischen Heeres also von einem barbarischen Deserteur bestimmt. So etwas habe ich noch nie gehört. Du würdest uns auf sein Wort hin in unbekanntes Territorium marschieren lassen, während hinter uns eine befestigte Marschstrecke liegt, die wir gut kennen...«

»Und die durch einen Wald führt, den der Feind noch besser kennt und wo wir unmöglich in Stellung gehen können...«

Füße scharrten, als stelle sich jetzt ein jeder vor, welche Träume uns bei Nacht in diesen verfluchten Wäldern heimsuchen würden.

Wir erörterten die Vorteile dieser Möglichkeit. Einige pflichteten Marcus Lollius bei; sie meinten, wir sollten Segestes' Rat verwerfen und auf dem Weg zurückmarschieren, auf dem wir vorgerückt waren.

»Es sind nur fünfzig Meilen bis zu unserem ersten Stützpunkt«, beharrten sie.

»Man kann eine Armee in weniger Zeit vernichten, als man braucht, um fünf Meilen zu marschieren«, versetzte ich.

Meine Argumente waren gewichtig, obgleich Lollius weiterhin verächtlich den Kopf schüttelte. Schließlich wußte ja jeder, daß ich die Verantwortung zu tragen hatte und daß sie keine Schuld treffen würde, selbst wenn meine Entscheidung sich als falsch erwiese. Dann skizzierte ich die Vorzüge der beiden von Segestes vorgeschlagenen Möglichkeiten.

»Das ist doch klar, oder...?« Der Sprecher zögerte in gewohnter Zaghaftigkeit. Es war Cajus Vellejus Paterculus, ein ehrlicher Mann, dessen Großvater an der Seite meines Vaters bei der schrecklichen Belagerung von Perusia gekämpft und sich, als alles verloren gewesen war, in sein Schwert gestürzt hatte. »Es ist klar«, wiederholte er. »Segestes meint, du solltest den Weg in die Berge nehmen, weil sie darauf nicht kommen werden. Aber er ist ja selbst darauf gekommen, und so scheint es mir wahrscheinlich, daß es auch einem ihrer Häuptlinge gelingen wird. Deshalb sollten wir flußabwärts in Richtung Elbe ziehen.«

»Nein«, widersprach Cossus Cornelius Lentulus in verschlafenem Ton, wie es seine Art war. »Hast du denn nie das

Spiel gespielt, das die Soldaten ›Schummel‹ nennen? Dabei muß man erraten, wie viele Münzen der andere in der Hand hält. Nun, und wir sind in der gleichen Situation. Wir müssen das Ratespiel immer einen Schritt weiterdenken. Und aus diesem Grunde sage ich: Wir nehmen den Weg durch die Berge...«

Es kommt immer ein Zeitpunkt im Krieg – wie auch in der Politik –, da gibt es keine weiteren Argumente mehr. Da muß entschieden werden. Alle Möglichkeiten sind bedacht, alle haben Vorteile wie auch Gefahren, und keine zeichnet sich besonders vor den anderen aus. Nun gut: Der Befehlshaber muß handeln, und er muß dem einmal eingeschlagenen Weg folgen, als habe es nie eine Alternative gegeben. Ich schaute mich unter meinen Offizieren um. Ich sah Unschlüssigkeit, Unsicherheit, Angst. Ich mußte daran denken, daß doch Paterculus, wie auch Lentulus, ein höchst bewunderungswürdiger Mann war.

»Meine Herren, ihr habt die Probleme klug bedacht«, sagte ich. »Ihr habt die Argumente für jede Möglichkeit mit lobenswerter Klarheit vorgetragen. Ich werde über alles nachdenken und morgen meine Befehle erteilen.«

Ich sprach mit einer Zuversicht, die ich nicht verspürte – und gerade unter solchen Umständen ist Zuversicht nötig. Ich zog mich in mein Zelt zurück, ließ den Wahrsager rufen und trank einen Becher Wein, während ich wartete. Der Germanenknabe, der junge Segestes, kauerte in einer Ecke meines Zeltes. Er hatte sich eine Decke um die Schultern gezogen und das Gesicht darin vergraben. Ein gelber Haarbusch ragte aus den Falten, und wenngleich er sonst ganz verborgen war, spürte ich doch die Anspannung, in der er sich befand. Ich legte ihm die Hand auf den Kopf. »Fürchte dich nicht«, sagte ich. »Sprichst du Latein?« Er schüttelte meine Hand ab.

Der Wahrsager trat ein. Ich fragte ihn, ob er die Omen betrachtet habe.

»Noch nicht gedeutet«, sagte er.

»Gut. Dann marschieren wir durch die Berge. Ich hoffe, daß die Omen günstig sein werden.«

Es liegt Erleichterung in der Entscheidung. Ich legte mich zur Ruhe und schlief fest. Aber in der dunkelsten Stunde erwachte ich; ich hatte vom kleinen Tiberius und von der trauernden Julia geträumt. Ein Wimmern drang aus der Ecke des Zeltes, in der der junge Segestes sich ausgestreckt hatte. Ich rief ihn, und er verstummte. Ich rief ihn wieder und hörte, wie er aufstand. Er stolperte, als er herüberkam, und fiel auf mich. Ich hielt ihn fest in meinen Armen und fühlte, wie er sich entspannte und dann zum Leben erwachte. Wir fanden Freude und Trost in unserer Männlichkeit. Er roch nach dem Stall. Am Morgen hielt er den Kopf hoch erhoben und lächelte mich an.

Zwei Tage lang sahen wir keine Spur vom Feind; wir hielten uns an den Fluß zur Linken und stiegen immer höher ins Gebirge. Der Weg war schlecht und an manchen Stellen gar nicht vorhanden, und schon bald gab ich den Befehl, die schweren Karren zurückzulassen. Am ersten Tag ritt ich an der Spitze der Kolonne, aber dann schätzte ich, daß wir dem Feind entronnen sein und ihn überlistet haben müßten, und so setzte ich mich ans Ende, denn dort, vermutete ich, war ein Angriff nun am ehesten zu erwarten. Überdies entspricht es der Art der Barbarenstämme, den Krieg auf regelwidrige Art zu führen und die Nachhut eines Heeres abzuschneiden, statt den Angriff von vorn zu wagen und sich mit ganzem Herzen in die Schlacht zu stürzen. Einstweilen meldeten die Späher, die den Waldesrand durchstreiften, keinerlei Feindbewegung. Unsere Soldaten wurden fröhlicher und äußerten die Ansicht, wir seien den Germanen entwischt. Ich konnte ihre Zuversicht nicht teilen, und als ich den alten Segestes befragte, wollte er sich nicht festlegen.

Gegen Abend des zweiten Tages begann es zu regnen. Nebel senkte sich auf uns herab, und bald konnten wir nicht weiter sehen, als man in der Schlacht einen Speer werfen kann. Dann rutschte einer der leichten Wagen, die wir bei uns behalten hatten, quer über den Pfad und versperrte uns den Weg. Der Unfall ereignete sich in einem engen Hohlweg. Während die Männer sich mühten, den Wagen wieder freizubekommen, sandte ich einen Melder zum Hauptteil der Truppe, um dort darauf aufmerksam zu machen, daß wir aufgehalten wurden. In diesem Augenblick polterten mächtige Felsbrocken von rechts herunter und blockierten den Hohlweg. Auf das Krachen folgte Stille, unterbrochen nur vom Fluchen und Keuchen der Männer, die versuchten, uns den Weg wieder freizumachen. Ein Handvoll kletterte über die Felsen hinweg, aber der größte Teil der Nachhut verharrte zusammengedrängt, ohne zu wissen, was vor sich ging, im Klammergriff der aufsteigenden Panik.

Die Attacke kam schräg von hinten durch einen Buchenwald. Der Steilhang und der Umstand, daß wir nicht bereit waren, verschafften den Barbaren einen Vorteil. Mein erster Gedanke war von Scham geprägt, nicht von Angst – von Scham und Wut. Ich habe mir immer etwas auf den Einsatz meiner Kundschafter zugute gehalten, und unsere Kundschafter waren es nun gewesen, die uns im Stich gelassen hatten, und ihr Versagen hatte uns dieser Gefahr ausgesetzt. Ich brüllte Befehle, so gut es ging, doch dies war weniger eine Schlacht, vielmehr waren zahllose Einzelkämpfe gleichzeitig im Gange. Nur Historiker, die wohlbehalten in ihrem Studierzimmer sitzen, können einen Sinn in solche Kriegführung bringen. Wer darin verwickelt ist, findet keine verständliche Struktur, sondern bloß eine Folge von Zusammentreffen, Mann gegen Mann, zwei gegen drei, und so fort. Es ist eine Geschichte von stechenden Speeren, schwingenden oder stoßenden Schwertern, dem Klirren von Metall auf Rüstung, von Wutgebrüll und Schmerzensgeheul. Es gibt keinen erdenklichen Zusammenhang, nicht einmal eine narrative Linie, die das Ganze wiedergeben könnte. Zuerst wichen unsere Männer zurück, als sie auf den Steilhang zu gedrängt wurden; dann aber wurde der Ansturm hier und dort zum Stehen gebracht. Unversehens erblickte ich eine freie Fläche vor mir und lief, sie zu besetzen, und dabei rief ich Befehle, die niemand hörte. Ich stach auf eine große, gelbbärtige Gestalt ein und wäre beinahe umgefallen, als ich gegen den stürzenden Körper stolperte und mit knapper Not mein Schwert wieder herausbrachte. Ein Schlag auf meine Schulter schleuderte mich der Länge nach auf ihn; ich warf mich herum und sah, wie ein Mann seine Axt über den Kopf hob. Ein genüßliches Grinsen lag auf dem Gesicht des Axtkämpfers. Hastig versuchte ich, aus der Schlagrichtung zu gelangen, dann hörte ich einen schrillen Schrei, und eine Gestalt warf sich zwischen mich und die Axt. Der Axtkämpfer und sein Angreifer fielen zu Boden und wälzten sich um und um. Der Axtmann gewann die Oberhand, stemmte sich auf die Knie und begann, seinen Angreifer mit ausgestreckten Armen zu erwürgen. Ich stieß ihm das Schwert in den Hals. Ächzend kippte er vornüber. Sein Griff löste sich. Ich drückte meinen Stiefel gegen ihn und stieß ihn um, und – der junge Segestes rappelte sich unter ihm hoch. Ich streckte die Hand aus und half ihm aufstehen. Für einen Augenblick war Platz um uns herum, und dann waren wir hinter unseren Legionären, die jetzt dem plötzlich fliehenden Feind in den Wald folgten. Ich sah Schlimmeres dräuen, packte einen Trompeter, den ich neben mir sah, und befahl ihm, zum

Rückzug zu blasen. Die Legionäre hielten inne, als sie den Fanfarenstoß hörten, sie richteten sich auf, sammelten sich und verharrten, immer noch dem flüchtenden Feind zugewandt, in beinahe ordentlicher Aufstellung. Centurione hielten sie im Zaum, bis die Ordnung vollends hergestellt war und wir den Marsch fortsetzen konnten.

»Mir scheint«, sagte ich zu dem jungen Segestes, »daß da ein neues Band zwischen uns ist...«

Ich bin in so vielen Schlachten gewesen, und doch ist es jenes Scharmützel – denn mehr war es nicht –, was mir in meiner Einsamkeit in den Sinn kommt. Ich kann es nicht vergessen. Als der Junge sich wie eine Wildkatze auf meinen Angreifer stürzte, war dies in gewissem Sinne nicht mehr als eben jene selbstlose, ohne Besinnen vollzogene Aktion, die Soldaten in jeder Schlacht begehen. Und doch war es für mich mehr als das. Andere Männer haben mir in anderen Schlachten auch das Leben gerettet, und ich habe sie vergessen. Die Kameradschaft des Krieges ist anonym. Aber hier war es anders. Dem Jungen hätte es bei seinem eigenen Volk zur Ehre gereichen können, wenn er nur abseits gestanden und gejubelt hätte, wenn er geholfen hätte, mich zu töten, und dann mit seinen Barbarengenossen davongelaufen wäre. Ich hätte es ihm nicht verdenken können. Er wußte, zu welcher Rücksichtslosigkeit ich ihm gegenüber bereit war, um die Treue seines Vaters zu erzwingen.

Er weinte in dieser Nacht und zitterte, wie ich es auch bei anderen gesehen habe, wenn sie begreifen, daß der Tod seine eisigen Finger nach ihnen ausgestreckt hat. Er bebte in verzögertem Grauen und Erleichterung, und seine Beine und Füße waren so kalt wie der Fluß vor uns. Dann ließen wir das Leben seinen Platz wieder einnehmen, und er lachte vor Freude, voller Lebenskraft, einem jungen Fohlen oder Pony gleich. Er schlief, und ich streichelte sein schmutziges Haar und ließ die Sonne in mein Leben zurückkehren.

Ich fühlte mich versucht, ihn bei mir zu behalten, mich tragen und beleben zu lassen von seiner Jugend, seiner Kraft und seiner Bereitschaft, die Dinge so zu nehmen, wie sie sind. Aber jene Einfachheit – die Einfachheit der homerischen Welt – ist verdorben. Ich konnte nicht zu der Erkenntnis heranwachsen lassen, daß er ein Gegenstand der Verachtung werden würde. Er selbst sah freilich nichts Unrechtes in der Sache. Viele der germanischen Krieger haben Knaben als Liebhaber, und es heißt, sie kämpfen um so wackerer an ihrer Seite. Auch die Gallier waren es gewöhnt, ihre Wagenlenker nach Schönheit und Mut auszuwählen. Aber wenngleich wir die Knabenliebe tolerieren, wird doch der Mann, der sich ihr hingibt, von anderen verachtet und verachtet sich entsprechend bald selbst. Die Folge ist, daß die Knaben weibische Manieren entwickeln und verächtlich werden. Ja, ich sah den jungen Segestes an, wie er in meiner Armbeuge schlief, ein Lächeln auf dem Gesicht, und ich dachte, wieviel besser und einfacher das Leben wäre, wenn wir tatsächlich Achilles und Patroclus wären. Und ich wußte, daß dieser Gedanke absurd war. So ist es in unserer Welt nicht mehr.

Er konnte nicht zu seinem eigenen Volk zurückkehren, und ich hatte keine Lust, ihn in die Obhut seines Vaters zurückzugeben, der, wie mir einfiel, womöglich eine Verwendung für ihn finden würde, die ich nicht billigen könnte. So berichtete ich dem alten Segestes, welch tiefe Dankbarkeit ich seinem Sohn schuldete, und sagte, es sei meine Absicht, mich erkenntlich zu zeigen, indem ich dem Jungen eine Karriere innerhalb der Hilfstruppen unseres Imperiums ermöglichte. Er solle mich, fuhr ich fort, in Zukunft als seinen Patron betrachten, und in dieser Rolle erscheine es mir geraten, den Jungen nach Rom zu schicken, damit er dort Latein und dann das Römische Recht studiere; beides werde ihn zu einer Laufbahn in der Armee oder im Staatsdienst befähigen. Der Vater wußte meine Absichten angemessen zu schätzen, und so wurde alles in die Wege geleitet.

Dem jungen Segestes widerstrebte es, mich zu verlassen, doch ich blieb fest. Zu meiner nicht unbeträchtlichen Verlegenheit sagte er mir, er habe sich »in seinen Herrn verliebt, wie es sich für einen germanischen Knaben gehört«. Ich eröffnete ihm die Neuigkeit so zartfühlend, wie ich es nur vermochte, bestärkt durch mein Wissen, daß ich nur zu seinem Besten handelte. Er weinte, als er sich von mir verabschiedete, und meine Augen waren auch nicht völlig trokken. Leider nahm die Geschichte keinen so guten Verlauf, wie ich gehofft hatte. Er studierte brav, verfiel aber nach kurzer Zeit heftig dem Trunke, dem die Germanen ja alle verfallen sind. Kurz nach meiner Ankunft erfuhr ich, daß er in einer Tavernenschlägerei erstochen worden war. Das war traurig; er war ein vielversprechender und tugendsamer Junge. Aber es hätte sich für mich nicht geschickt, anders zu handeln. Noch heute denke ich an ihn mit Freude und Bedauern.

XI

Mein letzter Feldzug in Germanien war von beispiellosem Erfolg. Ich machte 40.000 Gefangene, die ich über den Rhein brachte und in Gallien in Kolonien ansiedelte. Die germanischen Stämme selbst waren völlig demoralisiert und – zumindest vorläufig – unterworfen. Bei meiner Rückkehr nach Rom – das ich fast sechs Jahre lang nicht gesehen hatte – begrüßte man mich als Held. Ich bekam einen Triumphzug, und man gewährte mir triumphale Auszeichnungen. Meine Mutter, deren Haar in den Jahren meiner Abwesenheit weiß geworden war, nannte mich »meiner glänzendsten Vorfahren würdig«. Augustus umarmte mich, ohne zurückzuzucken, und versicherte mir, niemand habe mehr für Rom getan als ich. Klienten kamen allmorgendlich zu Scharen in mein Haus, um mir die Ehre zu erweisen und Vergünstigungen aus meiner Hand zu empfangen. Selbst das gemeine Volk, bei dem ich nie beliebt gewesen war, da ich es verschmähte, um seine Gunst zu buhlen, jubelte mir lauthals zu, wenn ich in der Öffentlichkeit erschien. Ich hätte der glücklichste Mensch in Rom sein müssen, denn endlich waren mir Gerechtigkeit und Anerkennung zuteil geworden.

Ich hätte es sein müssen, aber die Dinge sind selten so, wie sie sein sollten, und sie sind es nie lange. Ich fand manches Störende vor, in öffentlichen wie in privaten Angelegenheiten. Als ich den Senat besuchte, sah ich angewidert, wie hier die Unterwürfigkeit in den wenigen Jahren meiner Abwesenheit zur Gewohnheit geworden war. Die Versammlung freier Notabeln umschmeichelte jetzt kriecherisch Augustus. Wenige wagten in irgendeiner wichtigen Angelegenheit ihre Meinung zu äußern, bevor sie die seine kannten. Klagen kamen mir zu Ohren, auf verschlungenen Wegen, gemurmelt, geflüstert: Wie die Sprößlinge großer Republikanerfamilien aus allen Positionen von Ehre und Einfluß hinausgedrängt und durch Verwandte des Princeps sowie jene, die als seine »Kreaturen« bezeichnet wurden, ersetzt wurden. Als Mitglied seiner Familie hätte ich mich damit zufriedengeben können, davon selbst zu profitieren, aber ich hatte Augustus für meinen Aufstieg nicht gebraucht. Meine Stellung als Oberhaupt der claudischen *gens* hätte mir zu jeder Zeit in der römischen Geschichte eine vorrangige Position gesichert. Ich empfand daher ein gewisses Mitgefühl für diejenigen, welche murrten ob der Wendung, die die Dinge genommen hatten. »Für die Senatoren«, knurrten sie, »bleibt keine Hoffnung mehr auf Glorie, keine Hoffnung auf das Denkmal eines Ruhmes, den sie nicht mehr erringen dürfen. Keine Straßen, keine Provinzstädte dürfen mehr die Namen vornehmer Familien tragen.« Kein Senator, beschwerten sie sich, dürfe Italien verlassen und eine Provinz besuchen, ohne zuvor die Erlaubnis des Princeps einzuholen. »Wir erleben hier ein Monopol der Macht, eine Konzentration von Ehre und Möglichkeiten«, sagten die Leute.

Mir entging dieses Murren nicht. Dafür sorgten alte Freunde. Auch waren sie rasch dabei, mich auf die Ehrungen hinzuweisen, mit denen meine Stiefsöhne Gajus und Lucius überhäuft wurden.

Gnaeus Calpurnius Piso war zu meinem Kollegen im Konsulsamt ernannt worden. Er ist ein Mann von äußerster

Integrität und Seelenadel, der mir seit langem lieb und teuer ist. Kurz nach meiner Rückkehr lud er mich zum Abendessen ein.

»Ein ernsthaftes Mahl«, sagte er. »Keins von diesen Gelagen, wie der alte Lüstling Cestius Gallus sie gibt – den Augustus, beiläufig bemerkt, aus dem Senat hinausgeworfen hat. Du kennst doch die Art von Gastmählern, die er veranstaltet, oder? Wo nackte Kellnerinnen servieren? Man sagt, er habe sogar ein schwarzes Mädchen aus dem Süden von Ägypten – aber lassen wir das. So etwas ist es nicht, wozu ich dich einlade. Ich möchte Gelegenheit haben, mit dir zu reden.«

Er schickte die Sklaven hinaus, als wir gegessen hatten, und schob die Weinflasche zu mir herüber.

»Mein eigener Wein«, bemerkte er. »Aus den Hügeln oberhalb von Siena, wo ich ein kleines Anwesen habe. Es ist der beste Wein in Italien; einen besseren wirst du nicht finden.«

Alles, was Piso hat, ist »das Beste« – immer.

Er zupfte an den Haaren, die aus einer Warze an seinem Kinn wuchsen. »Da sind wir also Konsuln. Sehr nett – wenn es irgend etwas bedeutete. Natürlich hattest du dieses Amt schon früber; du weißt also, wie bedeutungslos es geworden ist.«

»Es ist immer noch geachtet, und es verleiht dem, der es innehat, Autorität, wenigstens in der Folge.«

»Genau. Wie würdest du es also finden, wenn ich dir sagte, daß es jetzt noch schändlicher gefingert werden soll, als wir es ohnehin schon gewöhnt sind?«

»Was meinst du damit?«

»Ich meine, daß deinem Stiefsohn Gajus diese Ehre in fünf Jahren erwiesen werden wird – wenn er zwanzig ist. Das dürfte dir zeigen, aus welcher Richtung der Wind weht.«

»Woher weißt du das?«

»Es soll genügen, daß ich es weiß. Solche Sachen lassen sich nicht geheimhalten...«

»Ich war neunundzwanzig – und man hatte mir fünf Jahre erlassen –, als ich zum erstenmal Konsul wurde«, sagte ich.

»Genau. Und wir anderen kommen überhaupt erst in Frage, wenn wir dreiunddreißig sind. Ich spreche als Freund, Tiberius, und als einer, dessen Familie seit langem in Beziehung zu der deinen steht. Unsere Väter kämpften Seite an Seite in Perusai, und beide folgten Sextus Pompejus nach Sizilien. Du stehst im Begriff, hinausgedrängt zu werden. Das war es, was ich dir zu sagen hatte. Und was wirst du dagegen unternehmen?«

Auf diese Frage gab es, wie er wußte, keine Antwort.

Ich dachte trotzdem darüber nach, als ich durch die brodelnde Stadt nach Hause ging. Der Abend war heiß und stickig. Ich stieg den Quirinal hinunter und ging hinüber in die Suburra. Julius Caesar hatte ein Haus dort gehabt – ein Bestandteil seiner Kampagne zur Eroberung der Plebejerherzen, denn das Viertel war schon immer populär. Als ich so einherging, sah ich, daß Rom eigentlich keine römische, ja, nicht einmal eine italienische Stadt mehr war. Das Geschnatter zahlloser Sprachen attackierte meine Ohren. Auf einer Strecke von ungefähr zweihundert Schritt hörte ich mehr als eine Abart des Griechischen, die keltische Zunge Galliens, die rauhe Sprache des illyrischen Hochlandes, geschmeidige Akzente aus Syrien und Ägypten, süß fließend und trügerisch, und das unverständliche aramäische Gemurmel der Juden. Eine Gruppe von ihnen stand vor einer Taverne, mit ihren Zählbrettern klappernd; ein Mann kam heraus, sprach sie an, vollzog irgendeine Transaktion und verschwand wieder in der Taverne, um weiter seinem

Vergnügen nachzugehen; die Juden plapperten untereinander. Ein Stückchen weiter pries ein Schweinemetzger heulend seine Ware an und suchte sie den Juden aufzudrängen, die es aus irgendeinem Grund für falsch halten, Schweinefleisch zu essen. Kein Mensch begreift die kuriosen Gesetze ihrer Religion mit ihren zahllosen Verboten und Vorschriften, aber ich mußte doch lächeln bei dem Gedanken, daß der Schweinemetzger ohne Zweifel sehr wohl wußte, wie beleidigend sie seine Einladung aufnehmen mußten. Jeder zweite Haus war eine Taverne oder ein Bordell: Durch ein offenes Fenster sah ich ein braunes Mädchen, das auf dem Tisch tanzte. Der Schweiß glitzerte auf ihren kreisenden Schenkeln, und ihre Augen waren ausdruckslos, als habe sie irgendeinen Trunk zu sich genommen, der ihr Bewußtsein betäubt und ihre animalischen Allüren angefacht hatte. Sie hielt im Tanz inne, drückte die Knie zusammen und liebkoste mit langen Fingern ihre Schenkel; der Zuschauermenge entrang sich ein Stöhnen des erwartungsvollen, doch für alle Zeit unerfüllten Behagens. Dann sprang ein mit einem Eberkopf und einem Phallus aus scharlachrot gefärbtem Leder ausstaffierter Mann neben sie auf den Tisch, warf sie über das Fenstersims, daß ihr langes schwarzes Haar vor den Gesichtern der keuchenden Zuschauer wehte, und begann sie mit seinem Phallus zu bearbeiten, während das Mädchen stöhnte und sich auf die Lippen biß, bis das Blut in feinem Rinnsal an ihrem Mundwinkel hervortrat. Unterdessen beobachtete ich, der ich im Rücken der Menge stand, wie eine Schar Taschendiebe sich zwischen den armen, verzückten Tröpfen zu schaffen machte und sie um ihre Geldbörsen erleichterte. Ein verkniffen dreinblickender Mann neben mir murrte: »Gegen solchen Schmutz sollte es ein Gesetz geben.« – »Es gibt eins«, versicherte ich ihm und ging weiter. In der Tat gibt es ein solches Gesetz, aber auf seine Einhaltung wird nicht geachtet. Das kann man nicht, denn es liegt außerhalb der behördlichen Macht, die Leute dazu zu zwingen, sich gut zu benehmen. Wo der Respekt vor den Göttern verwelkt ist, wo die Familie sich in Auflösung befindet, da herrscht die Zügellosigkeit. Die heimlichen Impulse, die die Menschen in einer anständigen und wohlgeordneten Gesellschaft unterdrücken, werden hier unverhohlen zugelassen.

Ich blieb vor der nächsten Bude stehen, wo auf einer offenen Bühne ein kleines Theaterstück aufgeführt wurde. Ein lockenköpfiger Junge ruhte auf einem Berg Kissen, eine Schüssel Kirschen neben sich. Er schob sich eine in den Mund und verdrehte zum Publikum hin kess die Augen. Dann streckte er sich, stand auf und streifte seine Tunika ab. Das tat er auf die allernatürlichste Weise, wie ein Knabe, der sich zum Bade entkleidet. Das Fehlen jeglicher Laszivität versetzte das Publikum in Erregung. Er stolzierte auf der Bühne umher und begann dann, als sei ihm dieser Gedanke eben gekommen, seinen Schwanz zu streicheln. Als er steif war, hielt er ihn beifallheischend vor sich, und dann hockte er sich mit geschmeidiger Anmut nieder und begann, daran zu lutschen. Mein Nachbar – ein untersetzter, fettbeschmierter Kerl, den ich für einen Zuckerbäcker hielt – zischte: »Ein richtiger kleiner Schlangenmensch, dieser Saubengel.« Da sprang eine große, dralle Frau mit roter Perücke auf die Bühne, eine Peitsche in der Hand. Sie ließ sie dem Jungen an die Beine klatschen und stieß heulende Beschimpfungen aus. Er hüpfte, tanzte und jammerte, als habe er Schmerzen, aber es war klar, daß sie mit der Peitsche hantierte, ohne ihn wirklich zu berühren. Dann fiel er vor ihr auf die Knie, umklammerte ihre Schenkel und preßte sein Gesicht dagegen. Sie griff mit der Linken in seine Locken und riß seinen Kopf zurück. Die Rechte schob sie vorn in ihr Gewand und zog eine Grimasse, als sie nicht fand, wonach sie suchte –

doch dann zog sie mit einem Triumphschrei eine Möhre hervor, die sie dem Jungen in den offenen Mund steckte. Die Menge bog sich vor Lachen. Die Frau hielt den Jungen fest und zwang ihn, die Möhre zu essen und ihr dann wie ein Hund die Finger abzulecken. Sie zog ihn auf die Füße, packte sein Glied und zerrte ihn von der Bühne. Sie drehte sich noch einmal um und zwinkerte dem Publikum zu, und das Paar verschwand im Dunkeln. Die Menge spendete heulend ihren Beifall zu dieser obszönen Posse.

Eine Hand zupfte mich am Ärmel. Ich drehte mich um und sah einen fetten, glänzenden, glatzköpfigen Kerl.

»Magst du Knaben?« fragte er. Seine Stimme war heiser, und er roch nach Zwiebeln. »Willst du einen Knaben? Einen hübschen Griechenknaben?«

Er deutete auf ein bemaltes, ringellockiges Wichtlein, das mich mit flatternden Lidern anschaute und mit seinen Hintern wackelte. Das Bild des jungen Segestes, tapfer, aufrecht, schlankgliedrig, wie er sich auf die Lippen biß, um die Tränen zurückzuhalten, wenn er verletzt war – dieses Bild durchzuckte meine Gedanken.

»Hübsch, was?« keuchte der Zuhälter heiser.

Galle füllte meinen Mund. Ich stieß den Wicht beiseite und eilte fort von diesem verkommenen Ort. Doch an anderen Abenden kehrte ich zurück, starrte die Aufführungen an, setzte mich dem restlosen Verstehen all der Erniedrigung aus, die sich da vor meinen Augen auftat und mich, auf subtile und grauenhafte Weise, zur Teilnahme einlud. Wieder und wieder kehrte ich zurück, weil ich nicht anders konnte, und weil – weil...

Warum quäle ich mich mit diesen Erinnerungen? Weshalb spielt mein Geist in fasziniertem Abscheu mit diesen Versuchungen? Weshalb fallen abscheuliche, schreckliche Bilder in meine Gedanken ein, wenn ich mich zum Schlafen niederlege, nachmittags wie nachts? Heute morgen habe ich hier, in der Schule der Philosophen, eine Debatte verfolgt. Zwei Sophisten erörterten die Frage, ob die Moral dem Menschen von Natur aus eigen sei. Einer, der der platonische Schule angehörte, vertrat die Auffassung, daß wir ja über die Idee der Wahrheit und Gerechtigkeit, der absoluten Wahrheit und der absoluten Gerechtigkeit, verfügten, ohne dieses Absolute im menschlichen Verhalten je gefunden zu haben, und daraus folge, daß uns die Idee der Wahrheit und Gerechtigkeit angeboren sein müsse. Sein Gegner, ein Kyniker, lachte darüber: Moralität, behauptete er, sei ein Werkzeug, geschaffen von Feiglingen, um die Starken in Ehrfurcht zu versetzen. Ideen bedeuteten nichts; auf das Verhalten komme es an, und ein überlegener Mensch bekümmere sich nicht um die Begriffe der Feiglinge, sondern handele, wie es ihm gefalle. Eben in dieser Ausübung der Freiheit erweise er seine Überlegenheit. »Dann kann dein überlegener Mensch aber arg minderwertig sein«, sagte der erste Sophist.

»Minderwertigkeit ist ein Wort, das du erfunden hast«, versetzte der andere. »Ebenso wie Wahrheit und Gerechtigkeit...«

An dieser Stelle fühlte ich mich bemüßigt einzugreifen. »Mir will scheinen«, sagte ich, »ihr zwei könnt euch nicht einigen, weil ihr von Absoluten redet, denen wir nur selten begegnen. Aber Sokrates selbst fragte doch seine Freunde, wie wir im *Phaidon* erfahren: ›Habt ihr nicht bemerkt, daß überall die höchste Steigerung des Gegensätzlichen ganz selten und vereinzelt ist, das Mittlere hingegen im Überfluß und in Fülle vorkommen? Wenn nun ein Wettstreit der Minderwertigkeit stattfände, glaubt ihr nicht, daß sich auch da nur wenige um die Auszeichnung würden bewerben können...?‹«

»Da ist dir der springende Punkt entgangen«, rief der Kyniker, und in diesem Augenblick sprang ein unverschämter Zuschauer auf und beschimpfte mich, weil ich in den Streit eingegriffen und scheinbar den Platoniker unterstützt hatte.

»Es ist schon fein gediehen«, rief er, »wenn ein römischer Fürst keinen intellektuellen Streit mehr blühen lassen kann, ohne sein Gewicht in eine Waagschale zu werfen.«

Ich hätte erwidern können, daß er, wenn er, wie ich vermutete, ein Anhänger des Kynikers sei, mir wegen meines Eingreifens kaum Vorhaltungen machen könne, denn ich hätte ja lediglich die Prinzipien seines Philosophen in eine gebührend prinzipienlose Tat umgesetzt. Das hätte mir eine Runde Applaus eingetragen und die Situation unter Gelächter entschärft. Aber ich war wütend über seine dreiste Anmaßung und zog mich mit aller Würde, die ich aufbringen konnte, zurück. Ich ging nach Hause, um jedoch sogleich mit einem Trupp Lictoren zurückzukehren, denen ich befahl, den insolenten Kerl festzunehmen und ins Gefängnis zu werfen.

Mein Benehmen erstaunte und, so glaube ich, erschreckte die Leute. Ich war ja selbst überrascht, und ich bin nicht stolz darauf. Vermutlich war da irgendein Nerv berührt worden.

Als ich an jenem ersten Abend aus der Suburra heimkehrte, war Julia nicht da. Ein Zettel steckte an meinem Kopfkissen. Er trug keine Unterschrift. Ich las:

WAS TREIBT DEINE FRAU EIGENTLICH NACHTS? HAST DU ANGST, SIE ZU FRAGEN, WO SIE GEWESEN IST?

Ich befragte die Sklaven. Alle bestritten, etwas von diesem Zettel zu wissen. Es ist natürlich unmöglich, Sklaven die Wahrheit zu entlocken, wenn sie Angst haben, es sei denn, man bedrohte sie mit Folter. Das aber wage ich nicht: Ich könnte sonst Gefallen daran finden. Außerdem wird ein Mensch unter der Folter alles sagen, und so kommt man der Wahrheit womöglich nicht näher als dem, was sie glauben, daß man hören will. Was selten die Wahrheit ist.

Ich hatte seit meiner Rückkehr viele Male versucht, mit Julia zu sprechen. Ich wußte nicht, wie ich es anfangen sollte. Es war klar, daß alle Liebe, die sie für mich empfunden hatte, mit unserem kleinen Sohn gestorben war. Wir schliefen zweimal miteinander. Dann verwehrte sie mir mein Bett, und es entsprach nicht meiner Natur, sie zur Erfüllung ihrer ehelichen Pflichten zu zwingen. »Es langweilt mich«, sagte sie. »Und du stößt mich ab; du riechst nach Germanen.« Ich weiß noch, daß ich mich abwandte, weil ich merkte, wie ich errötete. »Lieber würde ich mit einem Leichnam schlafen«, setzte sie hinzu. »Nach so vielen Toten stinkst du.«

»Was erwartest du von einem Soldaten?«

»Krieg, Brutalität, Freude am Gemetzel, Gier nach Macht – das alles widert mich an.«

»Julia, du weißt doch, du mußt doch wissen, daß ich niemals Freude am Gemetzel gefunden habe, daß ich immer nur versucht habe, meine Pflicht...«

»Ach, wie langweilig du doch bist, wie trostlos langweilig...« Und da war kein Lachen in ihrer Stimme, wie man es früher bemerkt hätte, wenn sie diesen Vorwurf geäußert hatte; statt dessen starrte sie mich an mit einem Blick, der so schön und versteinernd war wie der Blick der Medusa.

Livia riet mir, ich solle mich »um meine Frau kümmern«.

»Dazu hast du sie gemacht, Mutter«, entgegnete ich. »Diese Ehe war nicht meine Idee. Ich war glücklich verheiratet.«

»Darum geht es nicht«, sagte sie. »Ich weiß nicht, ob du

dich mit Absicht blind stellst; aber revoltiert nicht dein Stolz bei dem Gedanken, daß ihre Untreue inzwischen flagrant ist? Daß sie dich öffentlich zum Narren macht?«

»Ich höre deine Worte, Mutter.«

»Und weißt du, was das bedeutet? Man witzelt, Tiberius sei vielleicht den Germanen gewachsen, aber mit Julia könne er es nicht aufnehmen; und dann heißt es weiter, wir könnten den germanischen Krieg schneller beenden, wenn wir nicht den alten Tiberius schickten, um sie zu unterwerfen, sondern Julia, um sie zu verführen. Was sagst du dazu?«

»Nichts, Mutter. Du und der Princeps, ihr habt diese Ehe geschlossen, nicht ich. Also könnt ihr sie auch reparieren.«

»Wenn du ein Mann wärest, würdest du ihr gutes Benehmen einpeitschen.«

Beinahe hätte ich gefragt: Peitscht denn Augustus dich? Aber ich blieb besonnen. Dennoch mußte ich lächeln, als ich daran dachte, wie er dem Senat versichert hatte, daß Ehemänner ihren Frauen Gehorsam abnötigen und sie maßregeln sollten, wenn sie vom Pfad der Tugend abwichen, und wie ihn da ein Senator unterbrochen und ausgerufen hatte: »Ich möchte bloß mal sehen, wie du Livia auf Vordermann bringst...«

Es stand in meinem Belieben, Livia zu ignorieren. Als ich eine Warnung vom Prätorianerpräfekten erhielt, mußte ich reagieren. Er war höflich, umsichtig, widerlich. Er teilte mir mit, meine Gemahlin sei nicht nur untreu, sondern drohe mit ihrem Verhalten einen öffentlichen Skandal zu verursachen. Sie nehme an Orgien teil, die nicht auf Adelskreise beschränkt seien.

»Das wäre noch Privatsache, Herr, bis zu einem bestimmten Punkt. Aber wenn allerlei Gesindel beteiligt ist – nun, du siehst ein, daß es dann eine Sache der öffentlichen Ordnung wird. Natürlich ist sie meistens maskiert, aber – nun ja, Herr, eine Maske kann auch herunterrutschen, nicht wahr? Und sie ist keine Dame, die man leicht vergißt, oder?«

Er legte den Zeigefinger an die Nase. »Es wird dir nicht gefallen, daß ich dir dies alles sage, Herr; aber wenn du Namen und Adressen brauchst, so kann ich sie dir geben. Ich müßte das Material dem Princeps übergeben, das wäre ja meine Pflicht; aber offen gesagt, Herr, ich wage es nicht. Und dabei habe ich das Schlimmste noch gar nicht erwähnt. Ich brauche nicht viel zu sagen, denke ich: Ein paar der Adeligen, mit denen sie verkehrt, gehören zu denen, die wir in der Branche als ›Sicherheitsrisiko‹ bezeichnen. Es sind Burschen von der Sorte, die durch unser ›Positivraster‹ fallen. Ich weiß nicht, ob der Princeps dich damit schon vertraut gemacht hat, Herr?«

»Nein. Du mußt wissen, ich bin ja nur sein Stief- und Schwiegersohn, der diesjährige Konsul und ein General, den man mit einem Triumphzug geehrt hat. Da vertraut man mir keine Informationen über euer System des – wie hast du es genannt?«

»Positivraster, Herr.«

»Positivraster? Ein miserabler Neologismus.«

»Das mag sein, Herr. Aber eine Notwendigkeit, glaube mir, wie die Dinge nun mal liegen. Nun, es ist meine Überzeugung, daß du darüber Bescheid wissen solltest, Herr, und deshalb werde ich dir das System auf meine Verantwortung hin wenigstens in Umrissen darlegen.«

Und dann erläuterte er mir, daß Augustus mit Besorgnis an die Möglichkeit denke, er könnte Männer, deren Gefolgschaftstreue gegen die »Neue Ordnung« nicht so sei, wie sie sein könne, mit Machtpositionen betrauen. Wenngleich er sich – zu Recht, wie ich glaube – etwas auf seine Menschenkenntnis zugute hielt, war ihm doch klar, daß diese Kenntnis notwendigerweise subjektiv begründet und häufig das Ergebnis ungenügender Bekanntschaft war. Er hatte daher nach Konsultationen mit dem Präfekten der Prätorianer und der Geheimpolizei ein System entwickelt, mittels dessen ein jeder Amtskandidat gründlich examiniert wurde: Man überprüfte seine Vorfahren, begutachtete seine Freundschaften, ließ sich von Sklaven seine Tischgespräche widergeben, untersuchte seine finanziellen Angelegenheiten und verschaffte sich Kenntnis über seine sexuellen Gewohnheiten und Vorlieben.

»Auf diese Weise, Herr, gelangt man zu einem Gesamtbild. Wie bei einem Mosaik, wenn ich einmal bildhaft werden darf. Keines der kleinen Steinchen kann an sich irgendeine Bedeutung vermitteln, aber ein jedes trägt dazu bei, das Gesamtbild verständlich und umfassend zu gestalten. Es ist ein wunderbares System, Herr, und du würdest dich wundern, was wir damit so alles erfahren.«

»Ohne Zweifel.«

»Nun, ich bedaure sagen zu müssen, Herr, daß viele der Adeligen, mit denen die Dame Julia Umgang pflegt, dem angehören, was wir als Kategorie C bezeichnen. Manche sind sogar Kategorie D, was bedeutet, daß sie froh sein können, überhaupt noch in Rom wohnen zu dürfen, Herr, statt auf ihre Landgüter oder gar ins Exil verbannt zu werden. Wir bekommen von unseren professionellen Informanten – ›Kloaken‹ nennen wir sie, weil es ihr Beruf ist, uns jeglichen Abschaum der Stadt zur Inspektion zuzuleiten –, wir bekommen von ihnen Berichte aller Art, mußt du wissen; und glaube mir: Wenn ich manches von dem lese, was die Kloaken uns über Herren wie Jullus Antonius und Crispinus und den jungen Sempronius Gracchus melden – nun, Herr, da sträuben sich mir die Nackenhaare, und das Blut will mir gefrieren. Und das sind die Leute, mit denen die gnädige

Frau Gemahlin herumläuft – und nicht nur läuft, fürchte ich. Nun, Herr, wenn ich die Sache dem Princeps vortrage, wage ich mir nicht vorzustellen, welches die Folgen sein mögen. Deswegen habe ich die Kühnheit besessen, zunächst einmal dich anzusprechen, wenn ich so sagen darf. Ich lasse dir diese kleine Liste ihrer edlen Liebhaber hier, Herr. Es gibt natürlich noch andere, aber die sind nicht so vornehm und deshalb politisch unbedeutend...«

Einige der Namen las ich mit Unglauben. Natürlich kannte ich diese Leute schon ein Leben lang, manche sehr gut, andere nur vom Ansehen oder Hörensagen. Da war mein Vetter Appius Claudius Pulcher; es erschien mir unwahrscheinlich, daß er ihr Liebhaber sein sollte, denn ich glaubte, daß er nur Jungfrauen liebe, je jünger, desto besser. Publius Cornelius Scipio als Liebhaber war ebenfalls eine abwegige Vorstellung: Seine weibische Art war zu offenkundig – er war ein guter Freund des Maecenas gewesen, und man verachtete ihn weithin als Buhlknaben, als Degenerierten mit einer Vorliebe für ältere Männer. (So tief war das große Haus der Scipionen gesunken.) Aber die anderen waren nur allzu glaubhaft: Antonius hatte mir sein Interesse schon ganz unmißverständlich vorgetragen, und nach meiner Rückkehr aus Germanien hatte er mich mit einem strahlenden Grinsen der Überheblichkeit begrüßt und erklärt: »Den einen, mein lieber Tiberius, gewährt Mars Triumphe, den anderen Venus.« Und Gracchus – ein Lügner von Kindesbeinen an, ein Zyniker, ein ausschweifender Mensch, stets in Groll und Zwietracht mit der Welt. Und Crispinus, einer, der es – wie ich heute sehe – in jenem Wettstreit der Minderwertigkeit, den Sokrates sich vorstellte, zu jeder Zeit in der Geschichte zweifellos zu hohen Ehren gebracht hätte; ein Mann, von dem man glaubte, daß er seine Frau gezwungen habe, mit

Sklaven den Geschlechtsverkehr zu vollziehen, um sich selbst an dem Schauspiel zu ergötzen, und daß er seinen eigenen Sohn habe verschmachten lassen, als dieser Widerspruch erhob – der Gedanke, daß Julia sich solchen Kreaturen hingab, wie sie sich mir nicht mehr hingab, daß diese sich freizügig all der Freuden bedienten, die mir jetzt versagt blieben, dieser Gedanke läßt mich noch jetzt, zwei Jahre später, würgen. Er gibt mir Anlaß, an der menschlichen Natur zu verzweifeln.

Ich schickte den Präfekten weg; besser denn je verstand ich, weshalb die Perser den Überbringer schlechter Nachrichten zu erschlagen pflegten. Es hätte mich mit Genugtuung erfüllt, ihn mit einem Dolchstoß ins Maul für immer zum Schweigen zu bringen, ihm die Zunge abzuschneiden, die all diesen Schmutz so genüßlich weitergab.

Er hatte mir die Liste dagelassen. Und ich konnte nichts tun. Dieses Rom, in das ich hier zurückgekehrt war, barg solche Schrecken, daß daneben die germanischen Wälder so lieblich erschienen wie die Auen am Clitumnus. Ich konnte nicht von Julia sprechen; ich konnte sie nicht einmal mehr ansehen, ohne die Verdorbenheit ihrer Schönheit zu bemerken. Aber ich witterte Gefahr: Diese Männer, ihre Liebhaber, waren hungrig, bitter, unzufrieden. Julius Caesar, entsann ich mich, hatte Gajus Cassius gefürchtet, weil er so hager und hungrig ausgesehen hatte. Solche Männer, hatte er bemerkt, sind gefährlich.

Also mußte ich sie warnen; und da ich es nicht über mich brachte, von der Sache zu sprechen, schrieb ich ihr einen Brief:

Julia,
ich weiß nicht, was seit dem Tode unseres geliebten Sohnes zwischen uns fehlt. Was ich von deinem Benehmen sehe und höre, läßt mich glauben, daß sein Tod Dir alles hat

zuwider werden lassen; Du verzweifelst an der Möglichkeit, daß es eine rechte Ordnung der Dinge geben könnte oder je gegeben habe. Es schmerzt mich, daß Du anscheinend auch mich zu den Gegenständen Deines Abscheus zählst. Unsere Ehe kam nicht auf unser Bestreben zustande. Sie wurde uns auferlegt, ohne daß man unsere Gefühle berücksichtigt hätte. Ich weiß, Du hättest es vorgezogen, einen anderen zu heiraten, und ich kann Deine Empfindungen in dieser Hinsicht nachfühlen. Nichtsdestoweniger wurde die Ehe geschlossen. Ich habe es von Anfang an unternommen, meinen Verpflichtungen als Gemahl nachzukommen und sah mich dafür belohnt, als meine Liebe zu Dir entbrannte und jene körperliche Leidenschaft sich erneuerte, die ich für Dich empfand, als wir beide jung waren. Ich glaubte Dich bei der Geburt des kleinen Tiberius zu meiner übergroßen Freude fähig, meine Gefühle zu erwidern.
Die Zeiten, die Erfordernisse der Pflicht, die Umstände und ein grausames Schicksal haben uns auseinander gerissen, ausgerechnet als auch der kleine Tiberius unserer zärtlichen Umarmung entrissen ward. Dies war der harsche Wille der Götter, dem wir uns zu unterwerfen haben. Glaube mir, ich verstehe, daß es Dir widerstrebt, Dich den Zwängen des Schicksals zu fügen. Ich vermag sogar Deinen rebellischen Willen zu bewundern, und was ich als Dein Unglück erkenne, erweckt mein Mitgefühl. Ich bin bereit, Deine Zurückweisungen als Ausdruck eines Impulses hinzunehmen, der Dich übermannt und den Du nicht beherrschen kannst. Diese Zurückweisungen schmecken sauer wie Essig in meinem Mund. Gleichwohl schicke ich mich in diesen starken Abscheu und bete nur darum, daß er mit der Zeit wieder nachlassen und daß neue Zuneigung aus diesem winterharten Boden sprießen möge.

Ein hartes Wort indes muß ich Dir sagen. Ich habe meinen Stolz und kann Entehrungen nicht hinnehmen. Nicht umsonst bin ich ein Claudier. Wenn Du mich nicht lieben kannst, akzeptiere ich das, aber ich muß Dich bitten, Dich auf die schickliche Weise zu benehmen, die der Gattin des Oberhauptes der *Claudier-gens* zukommt. Diese Pflicht bist Du mir schuldig, so wie Du Deinem Vater die Pflicht schuldest, seine moralische Gesetzgebung nicht in Verruf zu bringen.
Und noch etwas: Glück kannst Du Dir nur erhoffen, wenn Du Dir deine Selbstachtung bewahrst. Ich glaube, Du bist in der Gefahr, sie zu verlieren. Du hast sie vielleicht schon verloren. Ruhe wirst Du erst finden, wenn Du sie wiedererrungen hast. Auf dem Weg, den Du da gehst, droht Dir mehr als nur eine Art Gefahr.
Glaube mir, Julia, ich habe nur Dein Bestes im Auge.

Meinen Versöhnungsversuch und meine Warnung beantwortete sie nur mit einer kurzen Notiz:

Ein Pinsel warst Du immer schon, aber jetzt bist Du auch noch dumm geworden. Du warst immer kalt und selbstsüchtig. Bedenke nur, wie brutal Dein eigenes Verhalten ist. Mein Leben lang ist mir alles versagt geblieben; man hat mich gezwungen, nach dem Willen anderer zu leben. Davon habe ich genug. Ich lebe jetzt für mich selbst. So ist es mir lieber. Du bist ein Narr, wenn Du glaubst, daß ich dabei unglücklich bin. Und drohe mir nicht noch einmal. Ich habe meine eigenen Waffen.

Als ich diesen Brief bekam, fand ich darin etwas Mitleiderregendes, das mein Herz erweichte. Ich las den Jammer zwischen den Zeilen. Ich eilte in ihre Privatgemächer. Das

Sklavenmädchen, das dort beim Aufräumen war, teilte mir mit, sie sei am Morgen nach Bajae in ein Landhaus gefahren, das ihr Vater ihr zu ihrer Hochzeit mit Marcellus geschenkt hatte.

»Hat sie eine Nachricht hinterlassen?«

Das Mädchen errötete und stammelte: »Ja, Herr, aber ich wage nicht, sie zu wiederholen...«

»Ich verstehe. Nichts Schriftliches also?«

»Nein, o Herr.«

XII

Der Stolz ist ein starkes Mittel, den Menschen zum Schweigen zu bringen. Er versiegelte meine Lippen. Ich sprach mit niemandem über meinen Schmerz, und aus meinem Verhalten hätte keiner auf meinen Seelenzustand schließen können. Der Brief, den ich Julia nachschickte und von dem ich keine Abschrift mehr besitze, war in einer Sprache gehalten, die keinem Regierungsagenten, der ihn etwa abgefangen hätte, Anlaß zum Mißtrauen gegeben hätte. Umsicht im Ausdruck ist der Preis, den wir für bürgerliche Ordnung zu zahlen haben.

Mein Stiefvater überhäufte mich weiter mit Ehrungen. Man verlieh mir die *tribunicia potestas,* jenen Lumpenfetzen aus republikanischen Zeiten, mit dem Augustus sich bekleidet hatte, um seinen Despotismus zu verhüllen, und mit dem auch Agrippa ausstaffiert worden war. Die Tribunatsgewalt machte meine Person unantastbar, gab mir Autorität in Rom und die Macht, Gesetze zu erlassen oder mein Veto gegen andere einzulegen, und sie verlieh meiner Erhebung einen irreführenden Anstrich von Volkstümlichkeit. Durch seine eigene Verwendung der *tribunicia potestas* hatte Augustus seinen Abstand von den gemeinen Senatoren konstatiert und sich damit in die Lage versetzt, sich als Verteidiger und Beschützer des gemeinen Volkes zu präsentieren (oder, wie manche sagten, als solcher zu posieren). Nichts, nicht einmal sein Oberbefehl über die Armee, mißfiel den republikanisch Empfindenden so sehr wie seine Nutzbarmachung dieses rostigen Überbleibsels republikanischer Regierungsmaschinerie.

Aber obwohl er mich öffentlich ehrte und keinen Zweifel daran ließ, daß ich Roms oberster Feldherr sei, war sein Lob doch ohne Wärme. Ich fühlte mich herabgesetzt. Mir war klar, daß er bereit war, mich zu benutzen, und ebenso bereit, mich zu verwerfen, wenn ich meine Dienste getan hätte. Das aber würde geschehen, wenn die beiden Jungen, Gajus und Lucius, erwachsen wären. Seine Voreingenommenheit für sie überstieg jedes Maß. Er war sogar bereit, um ihretwillen zu mogeln. In einer Aufführung des Troja-Spiels, jener Nachahmung des Krieges, bei der hochgeborene Jünglinge Gelegenheit bekommen, ihre Fertigkeiten unter Beweis zu stellen, brach Augustus, der als eine Art Schiedsrichter in der mimischen Schlacht fungierte, die Runde ab, als ein gewisser vierschrötiger, ungehobelter Jüngling rittlings auf dem jungen Lucius hockte und sein Gesicht malträtierte. Es gab keine Spielregel, die sein Eingreifen gerechtfertigt hätte; ganz offensichtlich rührte es aus seinem Wunsche, Lucius vor den Folgen seiner eigenen Fehleinschätzung zu bewahren. Dabei hätte dem Jungen eine Tracht Prügel nicht geschadet, ihn aber viel gelehrt. Augustus' Sorge um die Knaben ist ebenso übertrieben, wie sein ungezügelter Drang, ihnen zu schmeicheln, absurd ist. Ich finde es erstaunlich, daß zumindest Lucius dieses Gemisch aus Verhätschelung und Bewunderung überlebt hat und zu einem so angenehmen und liebenswerten jungen Mann geworden ist. Aber ich bin auch froh, sagen zu können, daß mein eigener Sohn, Drusus, von solchen Verwöhnungen verschont geblieben und vernünftiger großgezogen worden ist.

Augustus' Zuneigung zu den Knaben war grotesk. Ich

habe nie gehört, daß er sie einmal getadelt hätte, und wieder und wieder sagte er ihnen in Gegenwart anderer Leute, daß sie die glorreiche Zukunft Roms darstellten. »Alles, was ich tue, tue ich um euretwillen«, hörte ich ihn einmal erklären – eine Gesinnung, die einen großen Teil seines Lebens zu Nonsens erklärte, und überdies eine, die ein schlechtes Licht auf seine Auffassung von seiner Pflicht gegenüber dem römischen Volk warf. Natürlich tat er recht, wenn er die Jugend ermutigte, und besonders stolz war er auf die Schulen für die Jugend, die er in allen Gemeinden Italiens begründet hatte; aber im Fall seiner Enkel trieb er es doch zu weit. Ich konnte es kaum glauben, als er ihnen vor meinen Ohren zärtlich versprach, daß er dem Senat eines angemessenen Tages den Vorschlag unterbreiten werde, ihnen den Titel *principes juventutis* – »Prinzen der Jugend« – zu verleihen. Das war zuviel; es schmeckte geradezu nach Erbmonarchie.

Ich ging mit meiner Entrüstung zu meiner Mutter. Sie spann Wolle – was ich, wie ich ihr schon oft gesagt hatte, affektiert fand, worin aber ihr Gemahl sie natürlich ermunterte; er fand, es sei förderlich für das »Verhältnis zur Öffentlichkeit« (eine widerliche Floskel, die er von einem seiner griechischen Freigelassenen gelernt hatte), wenn bekannt werde, daß seine Frau sich mit traditionellen häuslichen Kunstfertigkeiten befasse, mit Spinnen und Weben etwa.

»Das macht dir doch nicht wirklich Spaß, oder, Mutter?«

»Offen gestanden, doch. Es ist sehr beruhigend. Vielleicht solltest du es auch einmal versuchen. Du siehst angespannt aus.«

»Kein Wunder.«

»Aber es ist dumm von dir, daß du gegen die Liebe deines Vaters zu diesen Jungen kämpfen willst.«

»Muß ich dich daran erinnern, daß ich zu ihnen im

gleichen Verhältnis stehe wie er zu mir? Die Jungen sind nicht schlecht, aber er droht sie zu zu ruinieren.«

»Er plant für die Zukunft, das ist alles. Wenn wir älter werden, Tiberius, geschieht etwas Merkwürdiges mit uns. An einem Tag finden wir, daß der Horizont sehr nah ist, und am nächsten scheint er sich ins Grenzenlose zurückzuziehen. Du kannst Augustus keinen Vorwurf daraus machen, daß er sich darum sorgt, was aus dem Staat wird, wenn er nicht mehr ist.«

»Und habe ich daran keinen Anteil? Gibt es dabei keine Rolle für mich?«

»Aber natürlich, das eine wie das andere. Wie könnte es anders sein, wenn man dein Alter berücksichtigt, deine Erfolge, deinen Stand. Außerdem könntest du dich erinnern, daß ich durchaus in der Lage bin, selbst Pläne zu machen und sie auszuführen. Zum Beispiel sorge ich gerade dafür, daß Gajus die Tochter deines Bruders heiraten wird, die kleine Livia Julia.«

»Sehr hübsch. Das wird dir deinen Einfluß erhalten, Mutter.«

»Sprich nicht in diesem Ton mit mir. Das mißfällt mir. Es hat mir immer mißfallen. Und ich weiß, was es bedeutet. Du wirst in einen neuerlichen Anfall von Verstocktheit versinken.«

»Das ist lächerlich. Aber natürlich mache ich mir Sorgen um meine persönliche Position.«

»Du wirst der erste Mann im Staate sein – wenn dein Stiefvater gestorben ist.«

»Der wird noch zwanzig Jahre leben, und was bin ich dann? Aber nicht allein meine Position bereitet mir Sorge. Ich mißbillige grundsätzlich, Mutter, die ganze Richtung, die die Dinge nehmen. Wir sind in Gefahr, so zu werden wie die orientalischen Despotien, mit gesetzlicher Thronfolge. Das ist unrömisch.«

»Ja, Tiberius, du bist ein Konservativer. Das ist es, was dich unglücklich macht. Nun, ich teile deine Einstellung, aber ich bin intelligent genug, zu wissen, daß die Dinge sich ändern müssen, wenn wir wollen, daß sie bleiben, wie sie sind. Und ich weiß, daß das, was Augustus geschaffen hat, gut ist, weil ich mich im Gegensatz zu dir an die Bürgerkriege erinnern kann. Werde nicht wie dein Vater, Tiberius: Ein Mann, für den alle Tugend in der Vergangenheit lag und der die neue Welt als etwas betrachtete, das ausschließlich zu seinem persönlichen Ärger geschaffen wurde.«

»Manchmal kann ich es ihm wirklich nachfühlen.«

»Du bist töricht. Tatsächlich sogar mehr als töricht. Ich bin froh, daß du in dieser ernsten Stimmung zu mir gekommen bist – nicht, daß du oft in anderer Stimmung anzutreffen wärest. Ich höre, daß du und Julia nicht mehr miteinander sprecht und daß ihr nur noch schriftlich miteinander in Verbindung tretet. Ist das wahr?«

»Du hast uns bespitzelt, Mutter?«

»Es ist also wahr. Willst du alles zerstören?«

Ich zögerte. Es war verlockend, mit Ja zu antworten. »Julia und ich haben beschlossen, vorläufig getrennte Wege zu gehen. Das ist alles.«

»Alles? Begreifst du, was du da sagst? Das ist alles? Deine Frau nähert sich im Galopp der öffentlichen Schande, und dir ist nicht klar, daß du davon selbst besudelt werden wirst?«

»Meine Frau«, sagte ich, »wird tun, was sie will. Das hat sie immer getan. Ich bin da machtlos.«

Ich zog mich in die Bäder zurück. Ich schwitzte meinen Ärger aus und vertrieb mir müßig den Nachmittag, indem ich den jungen Männern im Gymnasium beim Ringen zusah. Ich speiste zu Hause, und dann saß ich und trank Wein, während ein Sklave mir aus Thukydides' Bericht über den Peloponnesischen Krieg vorlas.

»Albernheit«, sagte ich schließlich und schickte ihn weg.

Ich trank Wein und verfaßte im Kopf Briefe an Julia, von denen ich wußte, daß ich sie niemals abschicken würde. Der Morgen dämmerte herauf, kalt, grau, wenig verheißungsvoll. Ich taumelte auf meine Couch und schlief schlecht.

Augustus ließ mich rufen.

Er sprang mit freudigem Gesichtsausdruck auf, als ich eintrat; es mußte ihn einige Anstrengung kosten, aber natürlich machen ihm seine Darstellungen immer Spaß.

»Mein lieber Junge«, sagte er. »Deine Mutter hat mit mir gesprochen. Sie macht sich Sorgen. Sie sagt, du hast dich von ihr zurückgezogen. ›Ich sehe nur, was auf dem Wasserspiegel flirrt, und nichts von den dunkel wirbelnden Strömungen in der Tiefe.‹ Das waren ihre Worte, ich versichere es dir... Sie glaubt, sagt sie, du habest den Tod deines geliebten Bruders Drusus nie verwunden.« Er legte mir eine Hand auf den Arm. Sie klebte da wie ein Egel. »Ah, aber wer von uns hätte das, wer fürwahr...?«

Dann wandelte sich sein Ton. Er nahm jenen herrischen Klang an, den ich immer respektiert habe, als er mir nun unsere strategische Lage umriß. In Armenien waren neue Unruhen ausgebrochen – »ein Land, das du in deiner Jugend mit so tüchtigem Geschick behandeltest, mein lieber Junge«. Es sei notwendig, daß ein starker Mann in den Osten geschickt werde. Er bot mir diese Aufgabe an – »mit dem *majus imperium* natürlich, mit absoluter Befehlsgewalt... Ich biete dir genau das an, was auch Agrippa hatte. Nur, daß die Aufgabe heute noch dringlicher und anspruchsvoller ist...«

Er schenkte mir jenes strahlende und zutrauliche Lächeln, das ein so wesentlicher Bestandteil seines berühmten

Charmes ist. Dann aber flog ein Ausdruck der Besorgnis über sein Gesicht.

»Ist dir auch ganz wohl? Du siehst gerötet aus.«

»Leichte Kopfschmerzen. Weiter nichts.«

»Gut, denn diese Aufgabe wird dir alles abverlangen.«

»Nein«, sagte ich. »Nein, denn ich gehe nicht.«

»Wie meinst du das? Was heißt das, du gehst nicht?«

»Was ich sage.«

»Aber das ist Wahnsinn!« Er warf die Hände in die Höhe, und seine Miene zeigte Unglauben. »Komm, mein lieber Junge«, sagte er, »du hast offenbar nicht verstanden, was ich dir anbiete. Agrippas Position. Meines...« – er zögerte, schluckte, brachte die scheußliche Arznei hinunter –, »meines Partners in der Regierung der Republik.«

»Für wie lange?«

»Was heißt das, ›für wie lange‹? Hör zu, mein lieber Junge...« Er tätschelte meinen Arm, drückte ihn – *»majus imperium«* –, er verharrte auf den Worten wie ein Schmierenschauspieler und schlug sich dann in derselben Manier mit der flachen Hand gegen die Stirn. »Jetzt verstehe ich. Du meinst, dein Platz sei noch immer an der germanischen Grenze, und du habest dort noch unerledigte Aufgaben. Nun, mein Lieber, du warst immer schon gewissenhaft, und dafür bewundere ich dich. Und es ist mir in der Tat zuwider, jawohl: zuwider, dich von dieser Aufgabe abzuziehen. Aber es läßt sich nicht ändern, mein lieber Junge, denn die Angelegenheit drängt allzu sehr. Es ist eine Aufgabe von höchster Bedeutung, eine, die dir große Ehre einbringen wird...«

»Nein«, sagte ich, »ich habe genug. Ich will nicht mehr.«

»Was soll das heißen? Begreifst du, was du da sagst? Das ist Verrat.«

»Nein«, sagte ich, »das ist es nicht. In keinem Sinne des Wortes. Und wenn du es nicht verstehst, so ist das unglückselig, aber im Grunde ist das, was ich sagen will, ebenso offenkundig wie mein Entschluß fest...«

Ich ließ ihn mit offenem Mund stehen. Wann, so fragte ich mich, hatte man ihm zuletzt in dieser Weise die Stirn geboten?

Um die Wahrheit zu sagen, war ich selber verblüfft und ratlos. Ich hatte nichts von dem, was ich gesagt hatte, so geplant. Ich hatte ebensowenig vorgehabt, mich ihm entgegenzustellen, wie ich geahnt hatte, was für eine Position er mir da anbieten würde. Meine Ablehnung war ohne Vorbedacht geschehen. Aus diesem Grund erscheint sie mir um so überzeugender: Sie war den tiefsten Gründen meines Wesens entsprungen, diese glatte, unbeugsame Verweigerung. Mein Leben lang, erkannte ich, hatte ich dieses klirrende »Nein« hervorschleudern wollen.

Durch den sonnigen Maimorgen ging ich nach Hause. Blumenmädchen riefen ihre Blüten aus, und die Luft tönte vom Gesang der Vögel, und es war, als wären Ketten von meinem Körper genommen.

Aber ich wußte, ich hatte nur die erste Schlacht geschlagen. Augustus konnte mich nicht zwingen, seine Armee zu befehligen, aber er konnte mich für meinen Ungehorsam bestrafen. Überdies brauchte ich als Senator seine Erlaubnis, wenn ich Italien verlassen wollte, und eben das war es, erkannte ich, was ich mir inniglich wünschte. Ich wußte auch, wohin ich wollte.

Ich hatte Rhodos auf dem Rückweg von meinem ersten Armenien-Feldzug besucht, und die Erinnerung an diese Zauberinsel und an die Stadt, die wie ein natürliches Auditorium über der halbmondförmigen Bucht lag, hatte mich nicht mehr verlassen, sondern gewissermaßen auf unterirdische Weise in meiner Phantasie fortgewirkt, süß wie ein

Sommermorgen, wenn die Sonne noch nicht hoch am Himmel steht. Die Sonne ist natürlich die Schutzgottheit von Rhodos; ihre große Statue, von Chares von Lindus geschaffen, schmückt den Hafen – eine der dreitausend Statuen, die die Stadt verschönern, so daß die Straßen, selbst wenn sie menschenleer sind, von den Standbildern der Götter und Heroen bevölkert sind. Aber meine wichtigste Erinnerung galt einer Villa am äußersten westlichen Ende der Stadt, eine Villa mit einem Garten, reich an Bäumen – Pflaumen, Kirschen, Ilex und Eichen – und Blumen, mit roten, rosafarbenen und gelben Rosen, die am Mauerwerk wucherten und über das Meer hinaushingen, so daß sich abends der Duft von Rosen mit dem bitteren Salzhauch der See mischte. Quellen sprudelten hier und dort im Gartenhain, und wenn das Getriebe der Stadt unten verstummt war, sangen Nachtigallen. Ich hatte dort gespeist; mein Gastgeber war ein griechischer Kaufmann mit schneeweißem Bart gewesen, der meine rhapsodische Würdigung seiner Schöpfung einer *rus in urbe* mit gütigem Wohlwollen entgegengenommen hatte. Als er zehn Jahre später gestorben war, hatte er mir die Villa hinterlassen; es hatte einen Prozeß gegeben, in den sein Sohn verwickelt gewesen war, und meine Ratgeber wie auch mein Ansehen hatten sich als dienlich erwiesen. Überdies hatte dieser Kaufmann viele Villen besessen. Dorthin nun gingen meine Gedanken. Mein Entschluß, dort Ruhe zu suchen, war gefaßt, noch ehe ich zu Hause angekommen war.

Leicht würde es nicht werden. Ich schrieb daher an Augustus das Folgende:

Augustus, Stiefvater und Schwiegervater,
das Angebot, das Du mir gemacht hast, tut mir mehr Ehre an, als ich verdiene. Es gibt mir aber mindestens Gelegenheit, meiner Dankbarkeit für das Vertrauen

Ausdruck zu geben, das Du stets in meine Fähigkeiten gesetzt hast. Gleichwohl muß ich ablehnen. Mehr als zwanzig Jahre lang habe ich Rom und der von Dir wiederhergestellten Republik gedient. Ich habe den Wunsch, mich nun auf eine Insel zurückzuziehen und Philosophie und Naturwissenschaft zu studieren. Die Republik wird sehr gut ohne mich zurechtkommen, denn es ist nicht wünschenswert, daß ein einzelner das Monopol auf Ehren und Befehlsgewalt habe, wie Du es mir freundlicherweise ermöglicht hast. Überdies finde ich, daß Gajus und Lucius, meine teuren und vorzüglich begabten Stiefsöhne, ihre öffentliche Laufbahn, die ruhmreich zu werden verspricht, sollten in Angriff nehmen können, ohne daß sie sich gleich zu Beginn im Schatten meiner Erfolge sehen. Als Ruhesitz habe mich mir Rhodos ausersehen. Es ist ein Ort ohne weitere Bedeutung außer der eines Handelsplatzes. Ich habe Inseln immer gemocht, wie meine verehrte Mutter Dir wird bestätigen können, und das Klima dort soll angenehm sein. Es wird dem Rheumatismus guttun, den ich mir in den feuchten Niederungen an Donau und Rhein zugezogen habe.
Ich bitte daher in aller Form um die Erlaubnis, mich nach Rhodos zurückzuziehen, und ich bin zuversichtlich, daß Deine großzügige und verständnisvolle Natur sie mir nicht verweigern wird.

»Mit deinem Brief«, stellte Livia fest, »warst du schlecht beraten. Er hat deinen Vater noch zorniger gemacht, als er ohnedies schon war.«

»Und ich hielt ihn für einen so guten Brief. Höflich und wohlgesetzt.«

»Hör auf, Tiberius. Es entspricht nicht deiner Natur, Spielchen zu spielen.«

»Was weißt du von meiner Natur, Mutter? Was weiß irgend jemand von meiner Natur? Was weiß ich selbst? Was weiß überhaupt jemand über irgend jemandes Natur? Gibt es so etwas überhaupt: die Natur eines Menschen?«

»Es gibt so etwas wie Dummheit; daran kann kein Zweifel bestehen: Du trägst sie jetzt gerade zur Schau. Außerdem glaubst du selbst nicht, was du da redest. Warum mußtest du in deinem Brief diese Bemerkung über Augustus' großzügige und verständnisvolle Natur machen?«

»Eine Redewendung. Konventionelle Ausdrucksweise, weiter nichts.«

»Was, glaubst du, wird jetzt passieren?«

»Oh, Gajus und Lucius werden die Sache übernehmen.«

»Sei nicht albern. Lucius ist erst elf.«

»Zehn doch nur, oder?«

»Elf.«

»Nun, dann ist Gajus fünfzehn.«

Sie wandte sich ab, und ihr Gesicht drehte sich in den Halbschatten. »Du brichst mir das Herz«, sagte sie. »Mein Leben lang habe ich gearbeitet und geplant, jawohl, und manchmal auch unrecht getan – um deinetwillen. Ich hatte solche Ambitionen mit dir, und jetzt, da du im Begriff stehst, sie zu erfüllen, da ziehst du es vor, alles wegzuwerfen. Tiberius, warum? Warum, warum?«

Sie weinte. Ihre Tränen waren die Tränen aller Mütter, die Tränen der Niobe und der Andromeda. Mein Herz wurde weich. Ein wenig von meiner alten Kindheitsliebe zu ihr erwachte wieder. Ich kniete neben ihr nieder und schlang die Arme um sie. Dann küßte ich sie auf die Wange, die blaß war und ein bißchen runzlig.

»Es tut mir leid, daß ich dir weh tue, Mutter. Versuche, es zu verstehen. Ich weiß, du liebst deinen Mann, und dafür achte ich dich; es gibt Augenblicke, da achte ich ihn auch, und andere, da verspüre ich sogar eine merkwürdige und ganz unerwartete Zuneigung zu ihm. Aber was er aus Rom gemacht hat, das gefällt mir nicht, und ich fühle Angst und Widerwillen gegen das, was er aus mir machen könnte. Er hat die ganze Welt zu seinem Sklaven gemacht und seinem schrecklichen Willen unterworfen. Männer aus edlen Familien umschmeicheln ihn für kleine Vergünstigungen, und niemand wagt zu sagen, was er denkt. Sogar ich habe ihm geschmeichelt, als ich ihm schrieb; ich war gezwungen, ihm zu schmeicheln. Es ist verachtungswürdig. Und was mich angeht, Mutter – du warst ehrgeizig für mich, wie eine Mutter es für ihren Sohn sein sollte, und dafür bin ich dankbar. Aber was wird mein Erfolg bedeuten? In ein paar Jahren, wenn Gajus und Lucius erwachsen sind, wird man mich in den Schatten drängen. Ich werde dann – entbehrlich sein. Nun, aber ich will selbst den Augenblick bestimmen, da ich mich zurückziehe. Ich bin der Sache müde, ganz einfach. Aber es gibt noch einen Punkt, über den wir nie ehrlich haben sprechen können: Meine Ehe. Jawohl, meine Ehe mit der Tochter deines Gatten. Sie ist zu einer Tortur für mich geworden. Ich mache Julia keinen Vorwurf, denn sie selbst ist ein Opfer seines zerstörerischen Willens. Aber ich kann so nicht leben. Ich kann mich nicht von ihr scheiden lassen, oder? Ich kann sie nicht wegen Ehebruchs bestrafen, wie es einem Ehemann rechtmäßig zukommt. Ich bin durch die Umstände dazu verdammt, wie ein Hahnrei zu leben, ein Gegenstand des Spotts. Verstehst du nicht, Mutter, daß ich genug habe, genug von Heuchelei und Täuschung, genug von dem erniedrigenden Kampf um Macht, genug davon, mich mit honigsüßen Worten kaufen zu lassen, genug von – all dem? Es tut mir leid, wenn ich dich im Stich lasse, aber wenn ich so fortfahren wollte, würde ich mich selbst im Stich lassen. Die Welt ist verdorben, und ich will hinaus...«

Sie stand auf. Die Tränen auf ihrem Antlitz waren getrocknet.

»Alles das«, sagte sie, »ist sehr anrührend. Es erinnert mich an die Reden, die dein Vater zu halten pflegte. Ich hatte dich für einen Kämpfer gehalten. Ich hätte daran denken müssen, daß du schon immer zu Anfällen unedler Mutlosigkeit geneigt hast. Glaube nicht, daß ich dich nicht verstehe: Ich verstehe dich besser als du selbst. Du hast den Geschmack am Kämpfen verloren, aber, mein Junge, weil du mein Sohn ebenso wie der deines Vaters bist, wird dein Appetit schon zurückkehren. Du hast also ein Flittchen zur Frau. Nun, es gab Hahnreie vor Agamemnon, und es wird noch unzählige geben. Was macht das schon in der Summe aller Dinge? Mag sein, daß du dich nun zurückzuziehen beliebst, aber mein Wille, Tiberius, ist unbezähmbar. Ich werde auch weiterhin für dich kämpfen, ob du es willst oder nicht, und eines Tages wirst du mir dankbar sein...«

Meine Freunde umdrängten mich erschrocken. Einen Gutteil ihrer Sorge nahm ich nicht weiter ernst, denn ich wußte, sie hatten darauf gehofft, mit mir zusammen aufzusteigen, und fürchteten nun um die Auswirkungen meines Rückzuges für ihre Zukunft. Ihre Enttäuschung war mir begreiflich, aber da ich keine Versprechungen abgegeben hatte, die ich nicht gehalten hätte, empfand ich weder Schuld noch Verantwortung. Überdies gilt die erste Pflicht eines Mannes seinem eigenen Seelenfrieden. Kaum hatte ich die Tiefe meines Wunsches nach Rückzug aus dem öffentlichen Leben ganz und gar begriffen, da war mir, als habe eine schwarze Wolke sich verzogen. Ich brauchte keinen Wein mehr, um zu schlafen. Das Atmen, das mir Mühe gemacht hatte, fiel mir wieder leicht. Meine Kopfschmerzen verschwanden. Nachts träumte ich vom Meer, wie es weindunkel unten an die Felsen rollte, und von den Bergen Asiens, die in majestätischem Purpur vor dem Abendhimmel aufragten. Ich konnte kaum erwarten, wegzukommen.

Augustus kämpfte weiter darum, mich im Kerker des Amtes gefangenzuhalten. Er überschwemmte mich mit Briefen, in denen sich Lob, Tadel und Appelle an mein Gewissen kunterbunt durcheinandermischten. Er verlor alle Würde und ging über das Maß des Anständigen hinaus. Als er mir ein weiteres Gespräch aufzwang, endete es damit, daß er mich beschimpfte wie ein Fischweib. »Du bist ein Sack Mist in den Kleidern eines Mannes«, kreischte er.

»Wie schade, daß ein so großer Mann so schlechte Manieren haben muß«, versetzte ich lächelnd; ich wußte, daß ich dabei war, zu gewinnen: Daß er seine Beherrschung verlor, deutete darauf hin, daß ihm das Ruder aus den Händen glitt.

Ich nutzte meinen Vorteil. Ich wußte, daß Livias Liebe ihn von den Mitteln der Gewalt abhielt, zu denen meine Halsstarrigkeit ihn aufstachelte. Also gab ich bekannt, daß ich in den Hungerstreit träte, bis er mir seine Erlaubnis erteilte. Natürlich mußte er da nachgeben; dafür sorgte meine Mutter. Sie gab ihm zu verstehen, daß sie für die Folgen fürchtete, sollte er mir die Genehmigung verweigern.

Zunächst jedoch sorgte er dafür, daß ich erfuhr, wie die Leute über mich redeten: Daß einige Senatoren meinen Wunsch nach dem Ruhestand als Herausforderung an seine Autorität betrachteten und daß andere erklärten, ich hätte wohl die Mannestugend satt.

Du warst dein Leben lang ein Heuchler – so höre ich wenigstens – und hast geheimen Lastern gefrönt, deren öffentlicher Ausübung Du Dich schämtest. Jetzt liegt solche Selbstbeherrschung außerhalb Deiner Möglichkeiten, und so beabsichtigst Du, Dich auf diese Insel zurückzuziehen, wo Du deinen abscheulichen Gelüsten ohne Rücksicht auf die öffentliche Meinung nachgehen kannst.

Ich antwortete so:

Augustus,
wie könnte ich den Wunsch haben, eine Autorität herauszufordern, der ich zwanzig Jahre lang stolz und bereitwillig gedient habe, so gut es meine kläglichen Fähigkeiten erlaubten? Mir ist wohlbewußt, daß Deine Autorität, die ich achte, auf den Verfügungen der Väter und Beigeordneten des Sentas beruht, und kein guter Römer könnte den Wunsch haben, diese in Frage zu stellen.

Das war unaufrichtig: Sie beruhte auf seinem Sieg im Bürgerkrieg, und niemand wagte mehr, sie offen herauszufordern.

Die Aufrichtigkeit meines Wunsches nach dem Ruhestande enthebt mich des Vorwurfes, ich sei von Ehrgeiz getrieben. Es wäre ein törichtes Manöver, mich in diese Lage zu bringen, wäre ich tatsächlich ehrgeizig; denn Du brauchtest mir den Wunsch nach dem Ruhestand nur zu gewähren, und meine öffentliche Laufbahn wäre beendet. Außerdem machst Du mir, wenn ich Dich recht verstehe, selbst den Vorwurf, daß es mir an jenem Ehrgeiz mangele, der für einen römischen Edelmann angemessen und lobenswert ist. Der Vorwurf der Lasterhaftigkeit ist absurd...

Ich hielt inne, als ich diese Zeile schrieb. Kann irgend jemand, dachte ich, eine solche Anschuldigung wahrheitsgemäß zurückweisen?

Ich wiederhole, daß ich den Rest meines Lebens dem Studium zu widmen wünsche. Als Gefährten im Ruhestande habe ich mir Thrasyllus, den ausgezeichneten Astronomen, sowie andere Mathematiker ausersehen, nüchterne Männer allesamt. Das ist kaum die Gesellschaft, die ich mir für Orgien aussuchen würde...

Hätte ich hinzufügen sollen, daß ich im Gegenteil vor den Orgien flüchten wollte? Hätte das zukünftige Pein erspart?

Ich wiederhole, daß ich ausgelaugt bin und verstört, und daß ich den Tod meines Bruders nie verwunden habe; und nun gibt es eine neue Generation, die bereit ist, Rom zu dienen. Meine fortgesetzte Anwesenheit an der Spitze des Heeres würde sie höchstwahrscheinlich nur in Verlegenheit bringen...

In seiner Antwort fragte er mich:

Was für ein Beispiel wird Deine jämmerliche, selbstsüchtige Pflichtverweigerung der neuen Generation geben, von der Du redest? Ich habe länger für Rom gearbeitet als Du, und ganz genauso hart, aber niemals ist es mir eingefallen, mich dem Luxus des Ruhestandes hinzugeben. Das wäre ja ein feiner Zustand, wenn wir alle unsere Verantwortung abstreifen könnten, wie Du es in schwächlicher, selbstsüchtiger Weise zu tun gedenkst. Ist Dir klar, wie sehr Du Deine Mutter und mich verletzt?

Ich muß leider sagen, daß bei dem Gedanken, Augustus könnte seine Macht aufgeben und dies Verantwortung nennen, ein Lächeln von wissender Überlegenheit über mein

Gesicht ging. Als ich den Brief ein zweitesmal las, wußte ich, daß er besiegt war.

Ich umarmte meine Mutter vor der Abreise – Augustus lehnte es ab, mir Lebewohl zu sagen. Ich dankte Livia für ihre Bemühungen um meinetwillen und empfahl meinen Sohn Drusus in ihre Obhut. Er hatte den Wunsch geäußert, mich nach Rhodos zu begleiten, aber das war natürlich unmöglich; es war unabdingbar, daß er zusammen mit seinen Standesgenossen für ein öffentliches Leben ausgebildet werde.

Livias Wange war kalt.

»Ich wünsche dir, daß du gesund und glücklich bleibst, mein lieber Junge«, sagte sie. »Aber ich glaube, ich werde dir nie vergeben können.«

»Mutter«, sagte ich, »ich mache mich auf die Suche nach einem Glück, das ich nie gekannt habe.«

»Glück. Eine Idee für Mittelklasse-Dichter.«

Als ich an der Campania entlangsegelte, brachte man mir die Nachricht, daß Augustus erkrankt sei. Natürlich argwöhnte ich Hinterlist, aber es war unmöglich, da nicht den Befehl zum Ankerwerfen zu geben. Die ganze Nacht saß ich unter dem Sternenhimmel an Deck und starrte zum Land hinüber, und ich fragte mich, ob er mich wieder betrügen würde, diesmal durch seinen Tod. Dann schickte mir mein Freund Lucilius Longus die Nachricht, mein Aufenthalt werde mißdeutet: Die Leute sagten, ich hoffte auf den Tod meines Stiefvaters und wollte die Macht ergreifen.

So wenig verstand man mich. Seufzend gab ich den Befehl, die Segel zu setzen, obgleich der Wind uns geradewegs ins Gesicht blies.

XIII

Die vier Jahre, die auf meine Ankunft hier in Rhodos folgten, waren die glücklichsten meines Lebens. Ich hatte alle Sorge von mir abgeworfen, und wenn ich auch in Muße lebte, schwor ich doch jeglichem Müßiggang ab. Ich studierte jeden Vormittag drei Stunden und las jeden Nachmittag zwei. Ich ging zu Vorträgen und Debatten in die Schulen der Philosophen und ertüchtigte mich im Gymnasium. Ich trieb freundschaftliche Konversation auf gleichem Fuße mit den Bürgern, kultivierten und zumeist bezaubernden Griechen, die sich frei von all den Lastern zeigten, mit denen die in Rom angesiedelten Angehörigen ihrer Nation sich selbst Schande zu machen und unseren Abscheu zu erwecken pflegen. Im Gegenteil, die Bürger von Rhodos zeichnen sich aus durch Bildung, Verstand und Tugend; niemand könnte hier ansässig sein, ohne zu lernen, daß Tugend nicht, wie manche annehmen, das Monopol vornehm geborener Römer ist, sondern eine allen Menschen angeborene Eigenschaft, die nur einer günstigen Umgebung bedarf, um kultiviert zu werden. Die Auffassung der Bürger hier ist die, daß kein kluger Mann vergessen kann, daß Griechenland die Wiege von Freiheit und Gesetz ist. Erfreut stellte ich fest, daß ich durch den unmerklichen Einfluß dieser verzauberten Insel selbst an Tugend und Weisheit zunahm.

Meinen Seelenfrieden habe ich zuvörderst meinem Garten zu verdanken, denn ein schöner Garten ist meiner Meinung nach das Abbild des guten Lebens. Wegen des Gartens und seiner Lage war ich bei meinem ersten Besuch von der Villa so angetan gewesen, und das Wohnen hier hat mein Entzücken nur vertieft. Er ist ringsum von Platanen bestanden, viele davon mit silberstreifigem Efeu überwuchert. Die Wipfel strahlen in eigenem Grün, doch zur Wurzel hin borgen sie das Laub des Efeus, der sich weit verbreitet und einen Baum mit dem anderen verbindet. Zwischen die Platanen habe ich Buchsbäume gepflanzt, denn sie geben der Nachtluft ihren aromatischen Segen, derweil ein Lorbeerhain seinen Schatten mit dem der Platanen verschmelzen läßt. Es führten eine Anzahl Wege durch diese Haine, manche schattig, andere mit Rosen bepflanzt, die durch einen angenehmen Kontrast die Kühle des Schattens mit der Wärme des apollonischen Geschenkes mildern. Hat man diese gewundenen Gänge hinter sich gelassen – die fürwahr so verführerisch sind, daß ich mich stundenlang in ihnen ergehen kann –, so gelangt man auf einen geraden Weg, der bald in mehrere andere mündet, begrenzt von kleinen Buchsbaumhecken. Auch hier bildet sich ein angenehmer Kontrast, nämlich der zwischen der Regelmäßigkeit und den nachlässigen Schönheiten ländlicher Natur. In der Mitte des Gartens steht eine Gruppe Zwergplatanen, in der Nähe ein Akazienbusch, geschmeidig und biegsam. Am südlichen Ende des Gartens findet sich ein Alkoven aus weißem Marmor, beschattet von Ranken, getragen von vier schlichten Karyatiden. Ein Wasserbecken ist hier, von so wunderbarer Anlage, daß es immer gefüllt ist, aber niemals überfließt. Wenn ich hier speise, dient dieses Becken als Tisch: Die großen Platten werden auf den Rand gestellt, und die kleineren schwimmen umher wie Boote oder Wasservögel. Auf der anderen seit ist ein immer fließender Springbrunnen; sein Bassin wird von vier exquisit gemeißelten Knaben getragen, die Schildkröten in die Höhe halten, damit sie trinken können. Dem Alkoven gegenüber steht ein Sommerhaus aus irisierendem Marmor, dessen Tür sich zum grünen Schatten einer Einfriedung hin öffnet; selbst am Mittag, wenn die Eidechse auf glühender Mauer schläft, ist es hier kühl. Dieses Sommerhaus ist mit Sofas ausgestattet, und da es von allerlei Rankengewächs eingefaßt ist, herrscht ein so angenehmes Zwielicht, daß man dort liegen und sich einbilden kann, man sei im Wald. Überall im Garten sind weitere Springbrunen und marmorne Bänke, abgeschirmt vom Gesumm der Stadt unten und geschützt vor dem Gleißen der übermächtigen Sonne. In diesem Garten kann ich dem griechischen Dichter nachsprechen, der da ausruft:

»Laß mich im Schatten der Platane ruh'n,
Wo hell die Quelle murmelt und liebkost...«

Und wenn ich den Blick hebe, über die Villa hinaus, so sehe ich Kolonnen mächtiger Pinien, die sich den Hang hinaufziehen. Unten glitzert das Meer wie ein Schild.

Ich beschäftige mich damit, der Vollkommenheit entgegenzustreben. Ich lebe einfach, esse und trinke wenig: Spargel, Gurken, Rettich, Meeräschen, Brot, Obst und Schafskäse aus den Bergen stellen mich zufrieden; an feine Weine denke ich nicht, das geharzte Zeug der Gegend genügt mir.

Vier Jahre lang lebte ich in Arkadien, ohne Ablenkung durch Krieg, Politik, Lust, Gedanken an Rom, Macht oder Intrigen. Ich lebte so, wie ich – dessen versichert mich meine Natur – geboren bin zu leben. Des Nachts verfolgte ich die reinen und leidenschaftslosen Bewegungen der Sterne.

Ich war ganz ich selbst...

Aber – es gibt stets ein Aber im Leben eines Menschen. Ich schwanke im Gebrauch der Zeiten. Beschreibe ich einen Zustand, ruhig wie ein Sommernachmittag, oder bemühe ich mich um die Erinnerung an – und mit der Erinnerung um die Erhaltung – von etwas, das, noch während ich eine Vorstellung von meiner süßen Zufriedenheit zu formen suche, meinem Besitz bereits entgleitet?

Ich war nicht ganz verschont von Störungen. Wieder einmal zum Beispiel hatte ich den Wunsch geäußert, ein paar der Kranken in der Stadt zu besuchen, eine Aufgabe, die ich seit meiner Ankunft hier mit Freuden erfülle. Ein neuer Diener nun verstand die Absicht falsch, und als ich in die Stadt hinunterkam, entdeckte ich zu meinem Abscheu, daß man eine große Zahl von Kranken in einem öffentlichen Säulengang zusammengetragen hatte – mit wieviel Umstand und Unbequemlichkeit, mochte ich mir gar nicht vorstellen. Man hatte sie sogar, je nach Leiden, zu einzelnen Gruppen geordnet. Natürlich behalf ich mich, so gut ich konnte, und die Affäre ging vorüber. Aber meine Bestürzung wurde verstärkt durch die Erkenntnis, daß diese armen Teufel es für selbstverständlich gehalten hatten, sich derartigen Mißhelligkeiten aussetzen zu lassen, bloß damit ich meine Barmherzigkeit zur Schau stellen konnte. Es ist etwas Unerquickliches, ja, in meinen Augen Unmoralisches in den gesellschaftlichen Beziehungen, die wir durch die Ausübung der Macht eingeführt haben. Ein grober Gedanke zuckte aus meiner Erinnerung empor. In einem Wutanfall hatte Julia mich einmal angeblitzt: »Es ist völlig gleichgültig, ob ich es mir von einem Arbeiter oder einem Edelmann besorgen lasse – und glaube mir, die ersteren sind oftmals besser.« Es liegt, erkannte ich, eine seltsame Ehrlichkeit und Anständigkeit in diesem Urteil.

Wie ironisch dieser Satz anmutet.

Es war ein paar Monate nach diesem Ereignis, daß mich beunruhigende Gerüchte aus Rom erreichten. Der erste Hinweis fand sich in einer kryptischen Notiz, die einem Brief von Gnaeus Piso beigeheftet war; er schlug vor, ich solle mich um meine Frau kümmern. Ich verstand ihn nur zu gut und befragte Thrasyllus, aber der machte Ausflüchte. Als ich ihn bedrängte, gab er zu, daß Unglück drohe; die Konjunktion der Sterne sei ungünstig. Ich schrieb in vorsichtigen Worten an Livia. In ihrer Antwort überging sie meine verdeckten Fragen, wenngleich ich mir nicht denken konnte, daß sie sie nicht verstanden hatte. Ich zögerte, an Julia zu schreiben, denn ich war sicher, daß ihre Korrespondenz abgefangen und geprüft werden würde. Es fügte sich indessen, daß ein junger Offizier namens Lucius Aelius Sejanus, dessen Vater, L. Sejus Strabo, Präfekt der Prätorianer gewesen war und jetzt als Prokonsul in Ägypten lebte, mir auf seiner Reise von Antiochia nach Rom einen Höflichkeitsbesuch abstattete. Ich empfing ihn wie jeden jungen Römer, der mir derart seine Achtung erwies, und auch, weil sein Vater unter mir an der Donau gedient hatte.

»Es gibt viele in der Armee«, berichtete der junge Sejanus, »die wünschen sich deine Rückkehr, Herr.«

Er sprach auf offene, mannhafte Weise. Seine Augen, die sehr blau waren, schauten mir gerade ins Gesicht, und unter meinem prüfenden Blick zuckte er nicht mit der Wimper. Ich mochte ihn wegen seines offenen Lächelns und wegen seiner Gelassenheit in Haltung und Benehmen. Wir aßen zusammen, und er brachte mich mit Berichten über seine Reisen durch den Orient zum Lachen, aber auch durch seine offenkundige Abneigung gegen Ägypten. Wenn er von diesem Lande sprach, kam eine übertreiberische Note in seine Rede, deren er sich durchaus bewußt war. Er hatte die Absicht, mich zu erheitern, und es gelang ihm. Aber nicht das gefiel mir am besten, sondern die freimütige Art, mit der er Erfahrung zu akzeptieren wußte. Etwas an diesem Verhalten erinnerte mich an meinen jüngeren Bruder Drusus, und wenn ich sah, wie er neben mir ausgestreckt auf der Couch lag, einem Athleten gleich, der sich zwischen zwei Rennen ausruhte, dann empfand ich jene Mischung aus Zuneigung und Neid, mit der ich Drusus zu betrachten gewohnt gewesen war und die ich seit dem Tode meines Bruders nicht mehr verspürt hatte. Die Welt und die Natur des Menschen waren für ihn weniger kompliziert – und würden es wohl auch immer bleiben –, als sie es für mich waren, das spürte ich; und ich reagierte auf seine jugendliche Offenherzigkeit. Er war kaum mehr als ein Knabe, aber schon meines Vertrauens würdig.

»Wenn ich dich bitten würde«, sagte ich, »etwas für mich zu tun, das mit einem Risiko für dich verbunden wäre und jedenfalls, würde man es entdecken, die Chancen für dein Fortkommen im öffentlichen Amt gefährden könnte, das aber gleichwohl ein sehr wertvoller Dienst für mich wäre – würdest du dich bereitfinden, es zu tun?«

Er errötete bei dieser Frage.

»Ja, das würde ich«, sagte er, und dann lächelte er. Es war ein schüchternes Lächeln, und ein ungewöhnlich liebreizendes dazu. »Denn ich weiß, du würdest nichts von mir erbitten, was unehrenhaft wäre.«

Dennoch zauderte ich. Es war Scham in meinem Zaudern, was mir nichts ausmachte, und Angst, was mich bestürzte. Die beiden waren seltsam verknüpft, denn ein Teil meiner Scham wurzelte ihn meiner Angst davor, ihm zu vertrauen. Und auch das war seltsam, denn solche Angst war nur natürlich. Es beschämte mich aber zugleich, ihn zu benutzen, wie ich es vorhatte, obwohl ich wußte, daß er es sich wünschte.

Er sprang auf, funkelnd von jugendlichem Leben, und fiel vor mir auf die Knie. Dann ergriff er meine Hände und drückte sie.

»Vertraue mir, Herr. Ich brenne darauf, dir zu Diensten zu sein.«

»An sich ist es eine Kleinigkeit«, sagte ich. »Du sollst bloß einen Brief abliefern, den ich nicht auf die übliche Art zu schicken wage. Aber diese Kleinigkeit könnte dich vernichten. Das muß dir klar sein.«

»Herr, du hast meine Antwort schon.«

»Ja«, sagte ich. »Ich habe deine Antwort, und ich bin dankbar für deine Bereitwilligkeit, aber meine Ratlosigkeit bleibt gleichwohl bestehen. Ich weiß nicht – soll ich wagen, dich dieser Prüfung auszusetzen, und wäre es überhaupt gerechtfertigt, wenn ich dich in dieser Weise benutze?«

Sein Händedruck verstärkte sich. »Herr«, sagte er mit leiser und eindringlicher Stimme, aber zugleich so sanft wie eine liebende Frau, »befiehl mir, was du willst. Benutze mich, wie es dir gefällt.« Sein eifriges Lächeln schien sich über seine Worte lustig zu machen.

»Du bist noch ein Knabe, ein Knabe, für den jeden Tag die Sonne scheint, und wenn du meinen Auftrag annimmst, werde ich dich in eine Welt einführen, in der es keine Sonne gibt. Was weißt du über meine Frau?«

Diese unvermittelte Frage und die Bitterkeit in meinem Ton erschreckten ihn. Er stand auf und wandte mir den Rükken zu. Seine Finger spielten mit dem weichen Fleisch eines reifen Pfirsichs im Korb auf dem Tisch.

»Ich weiß nicht, was ich darauf antworten soll, Herr.«

»Ich verstehe. Vielleicht genügt diese Antwort. Meine Frau ist es, der du einen Brief überbringen sollst; und wenn sie ihn gelesen hat, wird sie, davor muß ich dich warnen, dem Überbringer zürnen...«

Aber – dachte ich – dann wird sie den Überbringer anschauen, und sie wird sich vorstellen, wie diese starken Hände sie liebkosen, wie sie mit den jugendlichen Gliedmaßen ringt, und sie wird die rotgoldene Haarlocke sehen, die ihm über das Auge fällt und die er mit so lässiger Gebärde zurückstreicht... Und dann wird sie sich daranmachen, ihn zu verführen – und das ist nicht das, was ich mir für ihn wünschen würde. Aber ich brauche jemanden, dem ich vertrauen kann, und ich glaube, ich kann diesem Jungen vertrauen...

»Von mir kannst du nichts erhoffen«, fuhr ich fort. »Ich bin ein Mann an der Schwelle des Alters, der sich aus dem Kampf um die Macht zurückgezogen hat. Verstehst du das?«

»Ich höre, was du sagst, aber ich höre auch, daß die Sterne anders sprechen, daß sie dir eine glorreiche Zukunft verheißen. Und ich weiß, was sie bei der Armee sagen. Also nehme ich deinen Auftrag mit Freuden an...«

Er wandte sich mit strahlendem Lächeln zu mir um.

»Siehst du, Herr, ich habe mich dazu entschieden, meine Zukunft an deine zu binden. Ich bin, wie ich sagte, dein und werde tun, was du befiehlst, in jeder Hinsicht.«

Zärtlichkeit stiehlt sich unbemerkt in unser Herz, wie der Abendwind, der vom Meer herauf in meinen Garten weht. Es ist kein Gefühl, das ich oft verspürt habe: Für Vipsania, wenn sie mich anschaute mit ihrem schlichten Antlitz, so schön in seiner Reaktion auf Schmerz und Unglück anderer; für Julia, als sie dalag mit unserem kleinen Sohn in ihren Armen; für Drusus, als ich seinen Leichnam auf dem langen Marsch ins Mausoleum begleitete; für den jungen Segestes, als ich ihn in meinen Armen vor der Welt schützte. In jedem dieser Fälle, scheint mir, war die Erfahrung der Zärtlichkeit eine Form des Protests gegen die Grausamkeit und Sinnlosigkeit des Lebens. Jedes rationale Wesen weiß, daß das Leben des Menschen scheußlich und viehisch ist, daß all unsere mit Sorgfalt erworbene und gepflegte Kultur allenfalls Fragment einer Abwehr sein kann, ein von uns geschaffenes Werk gegen die Realität der Existenz, gegen ihren – um es einmal so zu sagen – unerbittlichen Nihilismus. Die Götter spotten über unsere kraftlosen Anstrengungen oder stehen ihnen gleichgültig gegenüber; daher gehört unser Herz am ehesten denen, die gegen das Schicksal kämpfen und dabei scheitern, denn in ihrem Scheitern erkennen wir eine letzte Wahrheit über dieses Leben, zu dem wir verdammt sind. »Wer«, fragt der Dichter, »hätte von Hector gehört, wär' Troja nicht worden erobert?«

Als ich oben auf den Klippen stand und zusah, wie das Segel des Schiffes, das den jungen Sejanus nach Rom zurücktrug, dem Horizont entgegenstrebte, da fühlte ich das neuerliche Erwachen dieser seltsamen Zärtlichkeit, und ich sah ihn als Hector, jenen gebrochenen Helden, der hinter dem Wagen seines Vernichters hergeschleift wurde, die gestreckten Gliedmaßen, einst so wohlig in der Bewegung, jetzt schlaff und vom Blute streifig, das rotgoldene Haar beschmiert vom Staub, durch den es gezogen wurde, während die Gemeinen ihn kreischend verwünschten und die vornehm Gesonnenen schweigend dabeistanden, sprachlos ob der Besudelung von Schönheit, Mut und Tugend.

Ein Seevogel schrie klagend, stieß herab auf der Suche nach einem Fisch. Ich schüttelte den Wachtraum ab. »Lächerlich«, sagte ich zu mir und wandte mich ab vom glitzernden Spiegel des Meeres, der den Schatten des Todes ins süße Zwielicht des Abends unter den Lorbeerbäumen zu werfen schien.

XIV

In meinem Brief an Julia hatte ich sie zur Zurückhaltung gedrängt, meine Warnung vor polizeilicher Beobachtung erneuert und ihr mitgeteilt, daß man erwäge, ein Verfahren gegen sie zu einzuleiten. Mehr wagte ich nicht zu sagen. Tatsächlich marschierten die Ereignisse schneller voran, als ich angenommen hatte. Während Sejanus noch bei mir auf Rhodos war, offenbarte man Augustus die gesammelten Erkenntnisse. Seine Bestürzung angesichts dieser Enthüllungen war, dessen bin ich sicher, echt. Er muß der einzige Mann in Rom gewesen sein, der von ihrem schlechten Verhalten nichts wußte. Dabei war ihr Benehmen nach meiner Abreise immer unverhohlener skandalös geworden. In dem Bericht (er schickte mir eine Abschrift) teilte man ihm mit: »Nach Abendgelage mit starkem Weinkonsum wankte Zielperson mit Begleitern zum Forum, erklomm dortselbst die Rostra und trachtete aus dieser Position zufällig Vorübergehende als Kunden zu werben; dies zur Erheiterung ihrer Begleiter, die dazu riefen: ›Anstellen, hier anstellen für den höchstgeborenen F-- in ganz Rom!‹

Als ich den Brief erhielt, in dem Augustus mir berichtete, was geschehen war, und dem eine Kopie des Polizeiberichts beilag, stand Julias Untergang bereits fest. Ich brauchte nur den Katalog ihrer vornehmen Liebhaber noch einmal zu lesen, um das zu begreifen. Es war ein politischer Skandal erster Ordnung, und ein sexueller dazu. Augustus gab in seinem Brief keinen Hinweis darauf, daß er jetzt verstand, warum ich mich letzten Endes hatte zurückziehen wollen. Andererseits machte er mir deshalb aber auch keine Vorhaltungen mehr; vielleicht hatte er es also erraten.

Ich konnte nicht wissen, wie weit die Dinge schon gediehen waren, als der Brief unterwegs war. Natürlich beunruhigte mich auch der Gedanke, daß ich Sejanus mit einem Sendschreiben betraut hatte, das mich kompromittieren und ihn womöglich vernichten würde. Ich fragte mich, was er damit angefangen haben mochte, damit anfangen würde. Aber Einfluß hatte ich darauf nicht, wenngleich ich ihm schrieb und zur Vorsicht ermahnte, »in der bewußten Angelegenheit« – vielleicht an sich schon eine kompromittierende Formulierung. Einstweilen hatte ich die Pflicht, zu tun, was ich konnte, um Julia vor den Folgen ihrer Torheit zu bewahren. Ich schrieb deshalb an Augustus.

Meine Frau – vielleicht leidet sie unter einer Verzweiflung derjenigen Sorte, die, wie meine Ärzte mir sagen, Frauen befallen kann, wenn sie sich der Lebensmitte nähern – hat sich auf eine Weise benommen, die mehr als töricht ist. Die merkwürdig öffentliche Natur ihres Betragens muß an die Grenzen der Nachsicht rühren, denn als Princeps kannst Du es kaum anders deuten denn als öffentliche Herausforderung jener bewundernswerten Gesetze, die zu verfügen Du Anlaß gegeben hast. Gleichwohl appelliere ich an Dich in Deinen öffentlichen wie privaten Eigenschaften mit der Bitte, Milde walten zu lassen. Milde würde Dich zweifach zieren, als Vater unseres Vaterlandes und als Vater Deiner unglückseligen Tochter. Ich möchte Dich inständig bitten, zu bedenken, daß meine Abwesenheit, Resultat meiner intensiven Müdigkeit an Geist und Körper sowie meines Wunsches, Gajus und Lucius froh erblühen zu lassen, zu den Verirrungen meiner Frau beigetragen haben mag. Milde ist in sich gut. Der harsche Buchstabe des Gesetzes wird sein wie ein Messer, das Du Dir selbst ins Herz stößst...

Hier hielt ich inne. Es gab noch einen Satz, den ich schreiben sollte. Bei dem Gedanken daran kam mir die Galle hoch; melancholisch starrte ich über die ruhige Schönheit meines Gartens hin, und dann schrieb ich, was ich schreiben mußte...

Ich lebe zufrieden in meinem Exil, fern von allen öffentlichen Angelegenheiten und dem Tohuwabohu der Stadt, in einer Atmosphäre, die frei ist von allen Lockungen des Exzesses und sich ideal dazu eignet, philosophisches Denken zu kultivieren. Darf ich daher den Vorschlag unterbreiten, daß Du Julia befiehlst, zu ihrem Gemahl zurückzukehren?

Es überstieg meine Kräfte, mehr als diesen unumwundenen Vorschlag niederzuschreiben – die Empfehlung etwa mit Beschwörungen zu untermauern, die nichts als unaufrichtig hätten sein können; denn die Vorstellung, Julia könnte von neuem in das Leben eindringen, das ich mir so sorgsam wiedergeschaffen hatte, war mir ein Greuel.

Augustus' Antwort war kurz:

Ich habe Deinen Brief erhalten und seinen Inhalt zur Kenntnis genommen. Der Weg, den Du vorschlägst, ist nicht gangbar. Eine Frau, die zur Hure geworden ist, gleicht einem Hund, der sich angewöhnt hat, Schafe zu beißen: Sie ist unheilbar. Als ihr Gemahl hast Du in der Vergangenheit nicht vermocht, sie ordentlich im Zaume zu halten; ich sehe keinen Grund zu der Annahme, daß Du in

Zukunft erfolgreicher sein könntest. Ich treffe daher die nötigen Maßnahmen, damit Du von ihr geschieden wirst. Ich wünsche nicht, den Namen des elenden Weibes von Dir noch einmal zu hören...

Julia mußte keinen öffentlichen Prozeß über sich ergehen lassen. Das Urteil kam im geheimen auf sie herab, unversöhnlich, erschütternd. Ihre Freigelassene, Phoebe, Genossin ihrer Zügellosigkeiten, erhängte sich. Julia nahm alles auf sich. Man schickte sie in das Inselgefängnis Pandateria und verbot ihr Wein und männliche Gesellschaft. An ihren Liebhabern übte man unterdessen Vergeltung. Jullus Antonius wurde hingerichtet, die anderen für alle Zeit ins Exil geschickt. Man berichtete mir, Antonius sei auf unedle Weise gestorben; die Nachricht überraschte mich nicht. Er war ein Mann, der von Eitelkeit, nicht von Stolz beseelt war. Gegen Julias Schicksal empfand ich eine angenehme Gleichgültigkeit. Sie hatte mich schließlich zuerst verstoßen. Sejanus schrieb mir, er habe es angesichts dessen, was er bei seiner Ankunft in Rom gesehen habe, für ratsam gehalten, meinen Brief zu vernichten. Er küsse mir die Hände und verbleibe mein liebender und gehorsamer Diener. Seine Umsicht fand meinen Beifall, und ich bat ihn inständig, mich wieder zu besuchen. Einstweilen, riet ich ihm, solle er sein militärisches und juristisches Studium mit Emsigkeit verfolgen. »Man kann zum Höchsten nicht gelangen ohne Fleiß. Daher dränge ich dich mit den Worten Vergils: ›O schöner Knabe, vertrau' nicht zu sehr auf dein Aussehn.‹ Studiere also angestrengt und, um mit einem geringeren Dichter zu sprechen, 'mögen die Nymphen dir Wasser reichen, zu lindern den Durst.' Einstweilen sei dir meiner Dankbarkeit und besten Wünsche bewußt. Zwar habe ich mich aus dem öffentlichen Leben zurückgezogen, aber Einfluß und

Freunde habe ich noch, und ich würde mir wünschen, daß du mich hinfort als deinen Vater, Patron und Freund betrachten wolltest...«

Seit Julia mich verlassen hatte, war ich mir in einem tiefen, doch auch ungewissen Sinne vorgekommen wie ein Überflüssiger. Jetzt brütete ich in meiner Abgeschiedenheit über der Seltsamkeit unserer Ehe und ihres Geschicks. Sie hatte das Unglück selbst heraufbeschworen, aber sie hatte es auf jene muntere und bedenkenlose Art getan, mit der sich mich zweimal für einen Abschnitt meines Lebens entzückt und entflammt hatte. Und jetzt war das Feuer ausgelöscht, restlos. Selbst mein Groll gegen ihre Untreue und gegen die Schande, die sie über mich gebracht hatte, welkte dahin. Es war fast, als habe es sie nie gegeben. Von mancher Liebe bleibt einem eine süße, wehmütige Erinnerung. So erging es mir mit Vipsania. Nie dachte ich ohne Zärtlichkeit an sie, aber auch an sie dachte ich selten. Sie gehörte einfach zu einem Stadium meines Lebens, von dem ich durch das Chaos der Ereignisse getrennt worden war, so daß es nun war, als habe unsere Liebe zwei ganz anderen Menschen gehört. Meine Liebe zu Julia war intensiver, mein Gefühl nicht so rein gewesen. Ich wußte jetzt, daß ich auf die Schande gewartet hatte, wie man nach schwülen Tagen ein Gewitter erwartet. Und die Schande, die über sie gekommen war, hatte das Werk des Donners verrichtet. Ich fühlte mich wieder frei zu leben.

Diese Erkenntnis verblüffte mich, denn ich hatte mir eingebildet, ich sei restlos glücklich und zufrieden, und ich hatte vermutet, dies rühre daher, daß ich allem Ehrgeiz entsagt und mich mit der Sinnlosigkeit des Lebens abgefunden hatte. Aber obwohl diese Überzeugung durch ihr Mißgeschick Bestätigung gefunden hatte – denn welches Leben konnte nach jedem beliebigen Wertmaßstab weniger Sinn haben als das ihre? –, befiel mich jetzt doch neuerliche Unzufriedenheit, ausgelöst, mußte ich folgern, durch das Gefühl von Freiheit.

Absurd: Hatten denn die Ereignisse in Rom nicht mein Urteil bestätigt, daß Augustus vor allem die Freiheit zum Opfer gefallen war?

Ich entging den Auswirkungen von Julias Schande nicht ganz und gar. Man berichtete mir, daß die Leute in Rom, wenn sie meinen Namen erwähnten, dies ohne allen Respekt täten. Ich war eine Gestalt, die in der Vergangenheit versank, bar aller Bedeutung. Nur ein paar alte Freunde blieben loyal. Sejanus war fast meine einzige Verbindung zur jüngeren Generation. Eine zweite, wenn auch dünne, gab es allerdings noch: Mein Stiefsohn Lucius. Während sein großer Bruder Gajus mich völlig ignorierte, schrieb Lucius mir an seinem Geburtstag, übermittelte mir gute Wünsche, dankte mir für die Geschenke, die ich ihm geschickt hatte; ich schickte auch Gajus zu entsprechenden Anlässen Geschenke, aber von ihm empfing ich keinen Dank, wenngleich die Geschenke auch nicht zurückgesandt wurden. Lucius äußerte sich seiner Mutter wegen bestürzt, aber er war ehrlich genug, hinzuzufügen, er habe immer gewußt, daß ihr nichts an ihm liege. Zur Antwort konnte ich ihm nur sagen, daß er sich, soweit ich wisse, nichts vorzuwerfen habe – ein öder Trost, denn Selbstvorwürfe brauchen keine objektive Rechtfertigung. Ein ironisches Zusammentreffen war es immerhin, daß Julias Schande zu der Zeit ruchbar wurde, da Lucius, drei Jahre nach seinem Bruder, zum »Prinzen der Jugend« ernannt wurde. Er war aufgeregt ob dieser Erhe- bung – aus gutem Grund, denn sie bestätigte Augustus' Absicht, daß die Brüder nach seinem Tode, vielleicht sogar schon in seinem Alter, gemeinsam seine Nachfolge als Regenten übernehmen sollten. Aus dem gleichen Grund vertiefte sich die Unzufriedenheit in Rom, entfacht schon durch die Verfolgung der alten Adelsfamilien, die Julia mit Liebhabern versorgt hatten. Mein eigener Sohn Drusus schickte mir nur gelegentlich kurze und wenig erhellende Briefe; vielleicht fühlte er sich von mir im Stich gelassen, auch wenn ich seine Ausbildung mit soviel Sorgfalt betreiben ließ, wie ich es aus der Ferne nur konnte.

Meine Mutter blieb mir Halt, Stütze und Nachrichtenquelle. Sie war verstimmt über die hastige Erhebung der beiden Knaben, um so mehr, da sie nicht ihre Blutsverwandten waren. Sie hegte zwar deshalb keine Abneigung gegen sie, aber sie war doch sicher, daß Augustus ihre Begabung in bedenklichem Maße überschätze. Ihre Einwände waren vor allem politischer Natur. Obgleich sie eine Frau und somit den für ihr Geschlecht charakteristischen Vorurteilen unterworfen war, besaß Livia einen messerscharfen Blick für die Art und Weise, wie die Dinge in der Welt geregelt werden. Augustus hatte ihren Beziehungen viel zu verdanken gehabt, und mehr noch ihrer Klugheit; jetzt aber war er, wie sie es ausdrückte, »blind vor Liebe zu den Jungen, wie es schon einmal bei Marcellus der Fall war«. Livia wußte, daß der römische Adel gegen alles rebellieren würde, was nach Erbmonarchie aussähe. Sie wußte – besser als irgend jemand sonst –, daß der Anspruch ihres Gemahls, er habe die Republik wiederhergestellt, auf Erfindung beruhte, und ihr war klar, daß dieses Geheimnis offenbar werden würde, wenn die Macht auf Gajus und Lucius infolge ihrer Herkunft übergehen sollte und nicht aufgrund ihrer Leistungen. Sie drängte Augustus zur Zurückhaltung, und sie drängte mich zur Rückkehr nach Rom. Doch dagegen rebellierte ich immer noch.

Dann verfiel meine Tribunsgewalt und wurde nicht erneuert. Meine gesetzliche Autorität verflog. Meine Person war nicht mehr sakrosankt. Ich war ein bloßer Adeliger von schwindendem Rang. Zuerst beunruhigte mich das nicht; es war schließlich, was ich mir gewünscht hatte.

Aber schon bald begann ich mich wie ein Vogel zu fühlen, der in einem Zimmer eingesperrt ist: Er kann fliegen und ist doch eingeschränkt. So wirft er sich gegen die Fenster und sieht dort einen Fluchtweg, der ihm versperrt ist.

Gajus hatte ein Kommando im Osten bekommen, wo sich an der parthischen Grenze neue Schwierigkeiten zusammenbrauten, da der Tod des armenischen Königs Tigranes die Parther ermutigt hatte, sich wieder einmal in diesem turbulenten Land zu schaffen zu machen. Es war eine Aufgabe, die einem unerfahrenen Jüngling wahrscheinlich rasch über den Kopf wachsen würde, und ich schrieb an meinen Stiefsohn; ich bot ihm an, sich meines Rates zu bedienen, und erinnerte ihn daran, daß ich in armenisch-parthischen Angelegenheiten meine Erfahrung hatte. Er würdigte mich nicht einmal der Höflichkeit einer Antwort. Zum Glück wurde der junge Sejanus seinem Stab zugeteilt, und er war bereit, meine Interessen im Auge zu behalten. Er berichtete, daß man mich üblicherweise als »den Exilanten« bezeichnete und daß mein alter Feind Marcus Lollius, den Augustus mit der Verantwortung betraut hatte, die Aufsicht über die beiden »Prinzen der Jugend« zu führen, keine Gelegenheit ausließ, mich herabzusetzen und sein Gift in ein Ohr zu träufeln, das es nur allzu bereitwillig aufnahm. Sejanus empfahl mir, meinen Stiefsohn (der seit meiner Scheidung von seiner Mutter genaugenommen mein ehemaliger Stiefsohn war) zu besuchen.

Ich machte ihm auf Samos meine Aufwartung. Es war seltsam, wieder in einem Feldlager zu sein, und noch seltsamer, daß es die Atmosphäre eines Gerichtshofes hatte. Er empfing mich mit auffallender Kälte; als wir einander umarmten, grinste Lollius hämisch im Hintergrund. Es widerte mich an, dieses habgierige Raubtiergesicht wiederzusehen; außerdem war er fetter denn je, und sein tiefhängender Bauch gab ihm das Aussehen eines kuriosen Wasserwesens – man schaute unwillkürlich nach den Schwimmhäuten an den Füßen. Er sorgte dafür, daß Gajus und ich während meines Besuches keinen Augenblick lang allein waren. Ich hielt unterdessen die Augen offen. Es gab vieles zu mißbilligen. Die Disziplin war lax, und es war ganz offensichtlich, daß Gajus einer jener Befehlshaber war, die Beliebtheit dadurch zu gewinnen suchten, daß sie über schlechtes Benehmen hinwegsahen, statt sie durch Tugend und Tüchtigkeit zu erwerben. Lollius hatte freilich schon immer zu dieser Sorte gehört.

Im Gespräch zeigte Lollius sich unverschämt und wurde – schändlicherweise – zu dieser Unverschämtheit noch ermutigt durch Gajus, der kicherte, wenn sein bestallter Mentor meine Analyse der parthischen Denkweise mit platter Negation zurückwies. Ich lehnte es ab, einen Streit zu beginnen. Das wäre unter meiner Würde gewesen. Natürlich wurde meine Zurückhaltung von Gajus und den jungen Gecken, mit denen er sich umgeben hatte, mißdeutet. Sie hielten mich für zaghaft und furchtsam – als könnte ein Claudier durch einen Marcus Lollius aus der Fassung gebracht oder eingeschüchtert werden. Indessen ist es in unseren degenerierten Zeiten, da bloße Eitelkeit so oft an die Stelle eines geziemenden Stolzes getreten ist, kein Wunder, daß Tugend und Würde nicht erkannt werden und so zum Gegenstand einer schlimmen Leichtfertigkeit werden.

Dennoch war mein Besuch nicht ohne Wert. Er festigte zumindest meine Achtung vor dem jungen Sejanus, indem ich, wenn auch nur kurz und flüchtig, Gelegenheit fand, meine Bekanntschaft mit ihm auf vielfältige und erquickliche Art zu erweitern. Ich bewunderte seinen Takt, die Art, wie er sich durch meine Gunst nicht zur Anmaßung verleiten ließ und sich ihrer auch nicht brüstete. Ich bewunderte auch seinen kraftvollen Intellekt, seinen schnellen Verstand und seine bereitwillige Auffassungsgabe.

Er machte es mir leicht, vertrauliche Gespräche mit anderen Freunden zu führen, die Gajus' Stab angehörten: C. Vellejus Paterculus und P. Sulpicius Quirinus. Diese Männer waren feinfühlig genug, um ihr Mißtrauen gegen Lollius unter scheinbarer Liebenswürdigkeit zu verbergen. Sie berichteten mir, daß seine Feindschaft gegen mich unerschütterlich sei: »Sie weht hart und kalt wie der Nordwind. Er läßt keine Gelegenheit aus, das Herz des Princeps gegen dich zu empören.«

»Überflüssige Bemühungen«, bemerkte ich.

»Jedoch«, versicherte Vellejus mir, »sitzt Lollius vielleicht nicht so fest im Sattel, wie er glaubt. Er führt eine geheime Korrespondenz mit dem König von Parthien, und ich habe Grund zu der Annahme, daß er sich von ihm hat bestechen lassen, damit er die römische Politik den parthischen Plänen entsprechend unterwandere. Vielleicht würde schon die bloße Andeutung, daß er sich derlei hat zuschulden kommen lassen, genügen, um ihn zu vernichten.«

»Nein«, antwortete Sejanus. »Laßt ihn an langer Leine laufen. Mit einer Anschuldigung, die wir nicht untermauern können, ist nichts gewonnen. Ich habe in diesen Dingen natürlich keine Erfahrung, denn ich bin noch jung, aber mir scheint doch, daß es in Fällen von Hochverrat oft besser ist, zuzuwarten, als gleich loszuschlagen. Auf diese Weise erlaubt man dem Verdächtigen, sich immer schwerer zu belasten, und im rechten Augenblick kann man ihn dann restlos vernichten.«

Ich nickte zustimmend.

Unterdessen war es nötig, in meinem eigenen Interesse gewissen Vorsichtsmaßnahmen zu treffen. Nach Rhodos zurückgekehrt, trieb ich meine Leibesübungen nicht länger auf dem Paradeplatz, wie es meine Gewohnheit gewesen war, und ich begann sogar, anstelle meiner Toga einen griechischen Mantel und Sandalen zu tragen. Ich wollte nachdrücklich klarmachen, daß ich mich aus dem öffentlichen Leben zurückgezogen hatte und von niemandem mehr als Gefahr betrachtet werden konnte. Trotzdem teilte Sejanus mir in einem Brief mit, Lollius habe den Vorwurf erhoben, ich hätte die Loyalität der Offiziere in Gajus' Stab zu untergraben versucht: Sejanus selbst war verhört worden, und man hatte ihn über den Inhalt unserer Gespräche befragt. »Ich habe nichts verraten«, schrieb er. Aber diese Anschuldigung war beunruhigend, um so mehr, als Sejanus sie ernst genug nahm, um mir diesen Brief versteckt in einer Kiste Barben zu übermitteln, die er mir von einem Fischerknaben als Geschenk heraufbringen ließ. Ich antwortete ihm auf ähnlich umsichtige Weise und schrieb einen förmlichen Brief an Gajus, in dem ich erklärte, daß man mir von Lollius' Bezichtigungen berichtet habe und daß ich infolgedessen verlange, man möge auf meine Worte, Taten und Korrespondenzen ein genaues Augenmerk haben. Das war an sich eine überflüssige Forderung, denn es geschah längst.

Der nächste Brief von Sejanus (diesmal in einer Schachtel Feigen) war noch beunruhigender. Er berichtete, daß ein junger Edelmann an Gajus' Tafel sich erboten habe, nach Rhodos zu segeln und »den Kopf des Exilanten zu bringen. Das Angebot wurde zurückgewiesen, rief aber beträchtliche Heiterkeit hervor, und der junge Mann wurde nicht getadelt. Statt dessen ließ Marcus Lollius ihm einen neuen Krug Wein bringen. Sieh dich vor, mein Vater und Wohltäter. Vertraue auf deine Freunde, deren geringster dir nun die Hände küßt.«

Ich schluckte die Kröte meines Stolzes, schrieb an Augustus, erläuterte, daß die Gründe für mein selbstverfügtes Exil dahingewelkt seien und ich nunmehr bereit sei, jegliche Pflicht zu übernehmen, die er mir womöglich aufbürden wolle. Einstweilen erbäte ich die Erlaubnis, nach Rom zurückzukehren.

Er beantwortete meinen Brief nicht. Statt dessen schrieb er an Gajus und fragte ihn nach seiner Meinung. Natürlich erklärte Gajus, der arme Junge, der keinen eigenen Kopf hatte, unter Lollius' Einflüsterungen, daß ich bleiben sollte, wo ich war. »Dort kann er keinen Schaden anrichten und woanders nichts Gutes«, schrieb er. (Ich habe den Brief später gesehen; man erkennt an Ton und Inhalt, daß er von Lollius diktiert ist.)

Ich schrieb an Livia. Sie war außerstande zu helfen. Nicht einmal sie wagte, offen zu schreiben, da sie wußte, daß meine gesamte Korrespondenz abgeschrieben und von meinen Feinden geprüft wurde. Ich spürte, wie die Abendkälte ringsum herabsank; es war, als sollte die Summe meines Lebens im Verrat an meiner Ehe und in meiner zerschlagenen Karriere bestehen. Des Nachts sah ich mich von Versuchungen bestürmt, denen ich nicht nachzugeben wagte, nicht einmal in meiner Phantasie.

Meine Freunde indessen handelten in meinem Namen, ohne daß ich davon wußte. Vielleicht lag es an meiner langen Abwesenheit von der Politik, daß ich über die Maßen vorsichtig geworden war; jedenfalls hätte ich niemals gewagt, wie sie es taten, einen Angriff gegen den übermächtigen Favoriten Lollius zu führen. Die Vorwürfe, die man erhob, überraschten ihn, um so mehr, als sie wohlbegründet waren. Er wußte nichts zu erwidern. Gajus entzog ihm hastig seine

Gunst, denn er fürchtete, sonst auf irgendeine Weise zusammen mit Lollius in Ungnade zu fallen. Seine Befürchtungen zeigten, wie wenig er Augustus verstand, denn der wäre bereit gewesen, seinem geliebten Enkel alles zu verzeihen – wie er früher auch Marcellus alles verziehen hatte. Jedenfalls beschimpfte er Lollius erschroken, mit hochrotem Antlitz und sich überschlagender Stimme, vor dem versammelten Generalstab, verlangte seinen Rücktritt und drohte ihm mit Strafverfolgung. Lollius verlor allen Mut; er kam gar nicht erst dazu, sich zu überlegen, daß seine eigene Beziehung zu Augustus immer gut, ja, daß er sogar ein besonderer Günstling des Princeps gewesen war. Andererseits fürchtete er vielleicht auch, Augustus könnte gerade wegen seiner Gunst, die er dem General erwiesen hatte, besonders gnadenlos verfahren; er könnte Lollius' Verrat an Rom auch als einen Akt der persönlichen Täuschung deuten, was er ja auch war, zumal da es Lollius unmöglich war, zu seiner Verteidigung vorzubringen, er habe im öffentlichen Interesse gehandelt. Die Untersuchung seiner privaten Buchhaltung erwies zweifelsfrei, in wessen Interesse er gehandelt hatte. Der Elende sah seine Karriere ruiniert, seinen Ruf durch Habgier und Torheit vernichtet, und da schnitt er sich die Kehle durch.

Das Ausmaß seines bösartigen Einflusses trat bald offen zutage. Innerhalb eines Monats nach seinem Tode wurde ich ermächtigt, nach Rom zurückzukehren, wenn auch nur als Privatbürger, dem die Teilnahme am öffentlichen Leben verwehrt war.

Livia kam nach Ostia, um mich zu begrüßen. Sie weinte, als sie mich umarmte, und ich fühlte das Pathos mütterlicher Liebe.

»Ich habe dich vermißt«, sagte sie, und ich wünschte mir, ich hätte in gleicher Weise antworten können. Aber ich empfand nur wenig für sie – allenfalls eine entlegene und wenig begründete Zärtlichkeit. Sie hatte, seit ich erwachsen war, stets mehr von mir verlangt, als ich ihr hatte geben können. Jetzt entschuldigte sie sich für Augustus' Abwesenheit und brachte Ausflüchte vor, die ich nicht glauben konnte.

»Ich habe nicht damit gerechnet, daß er mich hier begrüßen würde. Dies ist schließlich keine triumphale Rückkehr.«

»Nein«, sagte sie, »und wessen Schuld ist das? Das wüßte ich gern. Nicht auf meinen Wunsch oder Rat hin hast du so viele Jahre deines Lebens vergeudet. Wenn du im Exil warst, so warst du dort auf eigenen Wunsch. Gleichwohl, mein Sohn, ist es eine Rückkehr, aus der ein Triumph erwachsen kann.«

»Das bezweifle ich, Mutter...«

Die Sonne versank hinter den Albaner Bergen, als wir die Stufen zum Capitol hinaufstiegen, damit ich Jupiter für meine Rückkehr Dank abstatten konnte. Der Marmor leuchtete rosarot, und Livia rief aus, sie glaube einen goldenen Leuchtkranz über meinem Kopf zu sehen. Aber das war Unfug, und ich spürte Müdigkeit im Geiste, als ich auf die brodelnde Menge hinunterschaute. Ich kam mir einsamer vor, als ich es in meiner insularen Zurückgezogenheit je gewesen war. Innerhalb weniger Tage bezog ich ein Haus auf dem Esquilin; es lag inmitten von Gärten, die einmal Maecenas gehört hatten. Ich bekümmerte mich um meine Pflichten als Oberhaupt der *Claudier-gens*. Ich begutachtete meinen Sohn Drusus und entdeckte zu meiner Freude, daß seine Ausbildung auf zufriedenstellende Weise fortschritt. Davon abgesehen empfing ich nur alte Freunde, unter ihnen Gnaeus Calpurnius Piso und seinen Bruder Lucius sowie Cossus Cornelius Lentulus. Alle drei hatten es weit gebracht, keiner hatte Zufriedenheit erlangt. Alle pflichteten mir bei, was die politische Lage anging, und sie taten ihre Pflicht, ohne sich irgendwelchen Illusionen über deren Natur oder Zweck hinzugeben. An manchen Abenden ließen wir uns von Bacchus über den Tod der Freiheit in Rom hinwegtrösten; wir suchten im Wein, was wir in öffentlichen und privaten Dingen nicht finden konnten: eine Art Freude und einen Grund, das Leben zu verlängern, einen Schutz vor Enttäuschung, ein Mittel, das uns für kurze Zeit von der Illusionslosigkeit befreite...

Der erste Band von Tiberius' Autobiographie bricht an dieser Stelle unvermittelt ab, und es ist unmöglich, zu entscheiden, ob er hier aufgehört hat oder ob die Seite, die sich mit den Ereignissen bis zum Tode des Augustus im Jahre 14 befassen, einfach verlorengegangen sind. Das erstere ist wohl das wahrscheinlichere, denn der Tonfall der letzten Kapitel ist elegisch. Wahrscheinlich schrieb er diese Erinnerungen teils auf Rhodos, teils nach seiner Rückkehr nach Rom nieder, als er zurückgezogen auf dem Esquilin wohnte. Jedenfalls ist ein kurzes Resümee der Ereignisse in den folgenden Jahren angesichts der bedauerlichen Abwesenheit irgendwelcher Berichte von Tiberius' Hand vielleicht zweckdienlich.

Tiberius kehrte im Jahre 2 n.Chr. nach Rom zurück. Ein paar Wochen später starb der jüngere der beiden Prinzen, Lucius, auf dem Weg nach Spanien in Marseille. Tiberius dichtete eine (ebenfalls verlorengegangene) Elegie für seinen einstmaligen Stiefsohn, aber auf seine politische Stellung hatte Lucius' Tod keine Auswirkung. Achtzehn Monate später jedoch starb auch Gajus an einem Fieber nach einer Verwundung. Damit änderte sich alles: Augustus' Zukunftspläne waren dahin. Nur einer von Julias Söhnen aus ihrer Ehe mit Agrippa lebte jetzt noch. Das aber war Agrippa Postumus, so genannt, weil er nach dem Tode Agrippas zur Welt gekommen war. Unglücklicherweise war er ein ungeschlachter Schwachsinniger. Je größer er wurde, desto deutlicher wurde, daß er für ein öffentliches Amt kaum geeignet sein würde, wenngleich dies im Jahre 4 noch nicht ganz sicher sein konnte.

Gajus' Tod nötigte Augustus, sich Tiberius wieder zuzuwenden, denn jetzt brauchte er ihn. Widerwillig adoptierte er ihn und teilte dem Senat mit, er habe es aus Gründen der Staatsräson getan, weil »ein grausames Schicksal« ihn seiner

»geliebten Enkel« beraubt habe. Gleichzeitig adoptierte er auch Agrippa Postumus, aber drei Jahre später wurde der bedauernswerte junge Mann wegen seines gewalttätigen Betragens auf eine Insel verbannt. Tiberius selbst bekam den Befehl, seinen eigenen Neffen Germanicus zu adoptieren, den Sohn des Drusus und der Augustus-Nichte Antonia. Germanicus wurde mit Agrippina verheiratet, einer Tochter von Julia und Agrippa und somit Augustus' Enkelin. Auf diese Weise, so hoffte Augustus, würde sein Nachfolger aus der Reihe seiner eigenen Blutverwandten kommen. Der Leidtragende in diesem Fall war freilich Tiberius' Sohn Drusus.

Tiberius verbrachte den größten Teil des nächsten Jahrzehnts außerhalb von Rom auf Feldzügen an der Donaugrenze und in Germanien. Er hatte großen Erfolg. In diese Periode indes fiel auch eine der größten Katastrophen der römischen Geschichte, als P. Quintilius Varus in den germanischen Wäldern drei Legionen verlor. Wieder mußte Tiberius die Situation retten und das Unglück ausbügeln. Seine Leistung war beeindruckend. Dennoch überzeugte die Niederlage des Varus Augustus davon, daß Germanien niemals erobert werden könne und daß das römische Reich nicht weiter ausgedehnt werden dürfe. Tiberius stimmte dieser Entscheidung zu.

Im Jahr 13 wurde Tiberius in aller Form Augustus in der Regierung des Reiches beigesellt und teilte das Imperium mit ihm, wie Agrippa es vor langer Zeit getan hatte. Im darauffolgenden Jahr starb Augustus. Er war sechundsiebzig Jahre alt geworden.

ZWEITES BUCH

I

Das Alter ist ein Schiffsuntergang. Das sah ich bei Augustus, und tatsächlich hörte ich diesen Satz auch aus seinem Munde, wenngleich er sich, wenn ich mich recht erinnere, damit nicht selbst meinte. Jetzt erkenne ich, daß er auch für mich gilt. Ich zerberste auf den scharfen Klippen, werde umhergeschleudert von grausamen Winden. Seelenfrieden und körperliche Unbeschwertheit lassen mich im Stich. Der griechische Dichter Callimachus klagte, er werde von den Telchinen angegriffen – einem kannibalischen Stamm, bereit, einem die Leber aus dem Leib zu reißen. Ich hatte geglaubt, eine Barrikade dagegen zu errichten, indem ich studierte und die Weisheit der Jahrhunderte sammelte, wie man sie in Büchern findet. Aber das bietet keinen Schutz. Die Philosophie, so folgere ich, bietet Trost nur dem Geist, der nicht in Aufruhr ist und der folglich keinen nötig hat. Die übelzüngigen und übeltäterischen Dämonen, die mich quälen, bringt die Philosophie nicht zur Ruhe. Ich bin, sagen die Leute, der Beherrscher der Welt. Ein paar Narren in Asien sind sogar bereit, mich als Gott zu verehren. Als man mir dies berichtete, bemerkte ich bei mir, daß die einzige Ähnlichkeit, die ich zwischen Göttern und mir erkennen könnte, in unserer beider Gleichgültigkeit gegen die Menschheit und unserer Verachtung für die Menschen bestehe.

Augustus starb in seinem sechsundsiebzigsten Jahr. Im Alter war er mir lieber geworden, denn nun erkannte er die Tiefe seines Scheiterns. Es gab sogar Augenblicke, dachte ich, da ihm klar war, wie sehr er Rom verdorben hatte, indem er eine Generation von Sklaven und mithin von Lügnern ausgebrütet hatte – denn bei einem Sklaven kann man nicht darauf vertrauen, daß er die Wahrheit spricht; er muß stets sagen, was sein Herr, wie er glaubt, hören will.

Er wurde krank, als ich gerade zur Armee zurückkehren wollte. Selbstverständlich änderte ich meine Pläne und eilte zu ihm zurück. Er war noch bei Bewußtsein und klarem Verstand. Er gab Rom – und Livia – in meine Obhut. Ich wußte, daß es ihm anders lieber gewesen wäre, aber ich wußte auch, daß er mich in den letzten Jahren schätzen gelernt hatte. In einem Brief schrieb er mir einmal: »Wenn du fallen solltest, würde die Nachricht deine Mutter und mich umbringen, und das ganze Land wäre in Gefahr.« Der erste Teil dieser Apodosis war wie üblich übertrieben, aber er wußte, daß der zweite Teil stimmte, und ich begrüßte es, daß er meinen Wert jetzt anerkannte.

Wir setzten seine Asche in dem Mausoleum bei, das er für seine Familie errichtet hatte. Ich hielt die Grabrede, unterließ es, schlankweg zu lügen, mied jedoch höfliche Fiktionen nicht. Zwei Tage später gab der ehemalige Prätor Numerius Atticus gehorsam dem Senat bekannt, er habe bei der Verbrennungszeremonie den Geist meines Stiefvaters durch die Flammen gen Himmel aufsteigen sehen. Alle zogen es vor, keinen Zweifel zu äußern.

Augustus wurde zum Gott erklärt.

Was hätten sie wohl gesagt, wenn sie gewußt hätten, daß er als eine seiner letzten Handlungen den Befehl erteilt hatte, seinen einzigen überlebenden Enkel Agrippa Postumus... nicht länger überleben zu lassen?

Nichts vermutlich. Sie hätten es nicht gewagt.

Ich schuldete Augustus einige Dankbarkeit dafür, daß er diese Entscheidung noch selbst übernommen hatte. Leider fügte es sich so, daß der Knabe erst ein paar Tage nach dem Tod seines Großvaters umgebracht wurde; natürlich gab es da manch einen, der bereitwillig annahm, ich hätte den Befehl zu seiner Hinrichtung gegeben. Tatsächlich hätte das aber außerhalb meiner Befugnisse gelegen.

Die Frage der Befugnisse mußte unverzüglich geklärt werden. Augustus behauptete in seinem politischen Vermächtnis, den *res gestae*, die ich auf sein Verlangen hin veröffentlichte, daß er nach dem Erlöschen der besonderen Macht, die ihm durch das Gesetz zum Triumvirat mit Marcus Antonius und Manius Aemilius Lepidus verliehen worden sei, »nicht mehr Macht als die anderen besaß, die meine Kollegen in jeglichem Amte waren, wenngleich ich an Autorität alle übertraf«.

Das war unwahr. Er hatte sichergestellt, daß ihm ein überlegenes und letzten Endes entscheidendes Imperium verliehen wurde, was im Grunde nichts anderes bedeutete, als daß seine rechtliche Macht in allen Dingen unangreifbar war, selbst in jenen Provinzen des Reiches, die nominell dem Senat unterstellt sind. Er hatte eine Verfassung entworfen, die den Umfang seiner Macht vernebelte, ihn jedoch nicht daran hinderte, sie auszuüben, wann immer es ihm beliebte. Sein Wunsch war es nun, daß ich seine Stellung erbte.

Daran hatte ich keinen Zweifel. Er hatte es in zahlreichen Gesprächen in seinen letzten Lebensjahren offenbart. Livia war sicher, daß es seine Absicht war. Als sie von der Wache bei der Asche ihres Gemahls zurückkehrte, umarmte sie mich und sagte: »Endlich, mein Sohn, hast du alles, wofür ich jahrelang um deinetwillen gekämpft habe.«

»Mutter«, sagte ich, »wenn ich etwas habe, dann ist es die

Folge meiner eigenen Mühen, und überhaupt weiß ich gar nicht so genau, was ich eigentlich haben möchte.«

»Was du haben möchtest...?« wiederholte sie kopfschüttelnd. »Begreifst du nicht, mein Lieber, daß es für die Sache noch nie etwas bedeutet hat, was du möchtest? Du hast, was dir gebührt, was die Götter dir verliehen haben, was ich in vierzig Jahren Arbeit bewirkt habe.«

»Das werden wir noch sehen.«

»O nein, du wirst jetzt Vernunft annehmen. Du wirst einsehen, daß du keine Wahl hast. Geh nur zum Senat hinunter und biete ihnen an, die Republik in ihrer alten Form wiederherzustellen. Du wirst niemanden finden, der versteht, was du meinst.«

Gnaeus Piso riet mir das gleiche. »Natürlich bist du Republikaner«, sagte er. »Ich ebenfalls. Natürlich verabscheust du die Tyrannei, die Rom aufgezwungen wurde. Ich ebenfalls. Aber damit hat sich's auch. Es gibt keine Wahl zwischen Kaiserreich und Republik. Es gibt nur die Wahl zwischen Tiberius und einem anderen Kaiser. Du mußt das Reich bei den Nüssen packen, mein Freund, denn sonst packt dich irgend jemand fest und schmerzhaft bei den deinen.«

In der Nacht, bevor ich in den Senat ging, schlief ich nicht. Es war eine stille Septembernacht. Der Mond stand am Himmel, die Stadt schwieg. Eine Katze strich an meinen Beinen vorbei, als ich auf der Terrasse meines Hauses stand und über die Stadt hinweg zum unsichtbaren Meer starrte. Ich bückte mich, nahm sie auf und hielt sie in meinen Armen, streichelte ihr den Rücken und lauschte ihrem behaglichen Schnurren. Alles, was Livia und Piso gesagt hatten, stimmte; dennoch rebellierte ich gegen den Despotismus der Tatsachen.

Ich bemühte mich, langweilig zu sein und den Senat dennoch mit der Größe des Reiches zu beeindrucken. Ich verlas den Rechenschaftsbericht über das Reich, den Augustus verfaßt hatte. Ich überflutete sie mit Statistiken über die Zahl der regulären und der Hilfstruppen unserer Armee und über die Stärke der Flotte, mit Einzelheiten über Provinzen und abhängige Königreiche, mit den Einnahmen aus direkten und indirekten Steuern, mit jährlichen Ausgaben. Es war die Bilanz eines Imperiums, beeindruckend und einschüchternd in ihren Ausmaßen. Der letzte Satz wiederholte das Urteil, zu dem Augustus und ich nach der Katastrophe in Germanien unabhängig von einander gelangt waren: Daß das Reich nicht über die derzeitigen Grenzen hinaus erweitert werden solle.

Dann legte ich das Dokument beiseite und sprach wie folgt:

»Väter und Beigeordnete, wir alle sind Erben der großartigen Geschichte Roms und Kinder der großen Republik. Meine eigene Familie hat, wie ihr alle wißt, eine entscheidende Rolle auf dem Weg zur Größe Roms gespielt. Mein verstorbener Vater Augustus hat mehr als vierzig Jahre lang für die Sicherheit des Reiches gesorgt und seine Geschicke gelenkt, länger als manche von euch auf der Welt sind. Ihr kennt keinen anderen Vater des Vaterlandes. Er hat den Frieden in den Gebieten der Republik wiederhergestellt. Nach den Bürgerkriegen stellte er die Institutionen der Republik wieder her. Er verschob die Grenzen des Reiches in Länder hinein, wo der Arm Roms bis dahin unbekannt gewesen war. Mit den Worten des Dichters, den er zu verehren geruhte, ließ er die ganze Welt ausrufen: ›Seht die Eroberer, samt und sonders in römischer Toga gewandet.‹ Er folgte römischer Sitte: Die Untertanen schonen, die Stolzen unterwerfen.

Doch nun, Mitbürger, müssen wir uns nicht nur fragen, wo wir seinesgleichen wiederfinden, sonder überdies – und dringender –, ob es richtig sei, daß irgend jemand, der seiner unübertrefflichen Fähigkeiten ermangelt, doch ebenso viel Macht soll ausüben können. Was mich betrifft, so glaube ich, daß diese Aufgabe die Möglichkeiten eines jeden hier überschreitet. Die meinen überschreitet sie jedenfalls. Ich hatte die Ehre, in seinen letzten Jahren die Bürde mit ihm teilen zu dürfen, und, glaubt mir, ich weiß, was sie wiegt. Ich weiß, was für eine harte, anstrengende und gefahrvolle Arbeit es ist, ein Reich wie das römische zu regieren.

Außerdem bitte ich euch dringend, zu erwägen, ob es denn ziemlich sei, daß ein Staat wie der unsere, der über so zahlreiche ausgezeichnete Persönlichkeiten gebietet, einem einzigen Manne so viel Macht anvertraut und die Führung des Reiches in die Hände eines einzelnen Menschen legt. Wäre es nicht besser, ihr Väter und Beigeordneten des Senats, sie unter mehreren von uns zu teilen?«

Am Abend zuvor hatte Livia mich gebeten, meine Rede probehalber vorzutragen. Das hatte ich abgelehnt mit der Bemerkung, zweimal gekochtes Fleisch schmecke niemals gut, aber ich hatte ihr eine Zusammenfassung des Inhalts gegeben.

»Sie werden nicht verstehen, was du meinst«, sagte sie. »Und sie werden befürchten, du wolltest sie übers Ohr hauen. Außerdem haben sie, auch wenn du das nicht weißt, einen ordentlichen Respekt vor dir. Du warst so oft fort, daß du praktisch ein Fremder in Rom bist, und infolgedessen bist du ihnen ein Rätsel. Sie werden versuchen, die geheimne Bedeutung deines Diskurses zu entdecken.«

»Es gibt keine geheime Bedeutung«, antwortete ich. »Ich gebe ihnen eine Chance. Im Laufe der Jahre habe ich so oft gehört – oder mir berichten lassen –, daß man murrte, daß man gegen die Konzentration seiner Macht protestierte und sich darüber beklagte, daß der Pfad zu Ehre und Ruhm, dessen unsere Vorfahren sich erfreuten, nun versperrt und blokkiert sei. Also will ich ihnen nun Gelegenheit geben, ihn zu erkunden. Das ist alles.«

»Alles?« widerholte sie. »Sie werden erstarren vor Angst.«

Als meine Rede nun zu Ende war, erfüllte langgezogenes Schweigen die Kurie, unterbrochen nur vom Rascheln hin und her rutschender Gesäße und von vereinzeltem Gehuste. Nichts geschah. Wenn ich einen Senator anschaute, verlor sich sein Blick anderswo.

Ich seufzte. Im nächsten Augenblick stürmten die unterwürfigsten Appelle auf mich ein: Ich möge doch Augustus' Platz einnehmen... »Es gibt keine Alternative«, rief man.

Ich erhob mich wieder und bemühte mich, höflich zu sprechen und mir den Abscheu, den ich empfand, nicht anmerken zu lassen, als ich nun erklärte, daß ich mich zwar nicht für fähig hielte, die ganze Bürde der Regierung auf meinen Schultern zu tragen, aber natürlich bereit sei, einen jeglichen Teilbereich, den sie mir etwa würden anvertrauen wollen, auf mich zu nehmen.

Dann erhob sich C. Asinius Gallus und ergriff das Wort. Ich kannte ihn als ehrgeizigen, aber unvernünftigen Mann. Sein Vater war einer von Augustus' Generälen gewesen, aber dem Sohn hatte Augustus niemals eine Armee anvertraut. Zudem hatte ich ebensoviel Anlaß zur Abneigung wie zum Mißtrauen gegen ihn: Er hatte nach unserer Scheidung meine liebe Vipsania geheiratet und sie dann schlecht behandelt – unter anderem, weil er eine Vorliebe für sehr junge Jungfrauen hatte; er verkündete oft, der Körper einer reifen Frau sei ihm ekelhaft. Also war ich auf etwas Unangenehmes gefaßt, als er sich erhob.

»Sage uns, Caesar«, hob er an, »welchen Bereich du auf deine Schultern zu nehmen wünschst.«

»Das zu sagen, kommt mir nicht zu«, erwiderte ich. »Offen gesagt, ich wäre glücklich, wenn ich mich überhaupt von allen Staatsgeschäften zurückziehen könnte. Doch ich bin bereit, jede Pflicht zu übernehmen, die der Senat mir aufzuerlegen beliebt.«

»Das genügt nicht«, sagte Gallus, »und wir alle wissen es. Denn wenn wir nun einen Bereich benennen, der dir nicht gefällt, erregen wir damit Anstoß bei dir; da es aber durch deinen Status als Tribun in deiner Macht steht, jede Entscheidung, die wir treffen, zu annullieren, und da du deine Bereitschaft, diese dir anvertraute Macht auch zu benutzen, durch die Tatsache, daß du eine prätorianische Leibwache akzeptierst, bereits gezeigt hast, wird wahrscheinlich keiner von uns einen spezifischen Vorschlag von der Art machen, wie du ihn zu hören verlangst. Außerdem hast du aber die Natur meiner Frage mißverstanden. Es lag niemals in meiner Absicht, daß wir Funktionen verteilen sollten, die offengestanden unteilbar sind. Ich stelle meine Frage nur, um ganz klarzumachen, daß der Staat ein einziges organisches Ganzes ist, welches erfordert, daß es auch von einem einzigen Kopf gelenkt werde. Und wer, ihr Väter und Beigeordnete des Senats, wäre da besser als Tiberius, der sich im Kriege große Ehren erworben hat, wie sie uns anderen versagt geblieben sind? Wer hätte im Frieden dem Staat und Augustus vergleichbare Dienste geleistet?«

Nach dieser Rede trat allgemeines wirres Durcheinander ein, während ein Senator nach dem anderen (und manchmal auch mehr als einer zur selben Zeit) beteuerte, daß er keinen anderen Wunsch habe, als die Macht, die dem Senat gehöre, in meine Hände zu legen. Quintus Haterius ging sogar so weit, auszurufen: »Wie lange noch, Caesar, willst du den Staat ohne Oberhaupt sein lassen?« – als sei Augustus schon seit Jahren und nicht erst seit Tagen tot.

Schließlich bemerkte Mamercus Aemilius Scaurus, ein Mann mit stets höhnisch verzogenem Munde, daß er, da ich meine Tribunsgewalt nicht geltend gemacht hätte, um gegen den Antrag, ich möge Augustus' Nachfolger werden, mein Veto einzulegen, nunmehr hoffe, daß die Gebete des Senats nicht unerhört bleiben möchten. Diese Bemerkung wurde durch laute Beifallsrufe begrüßt. Er lächelte; es freute ihn, Gegenstand allgemeiner Aufmerksamkeit zu sein und mich dem unwillkommenen Kelch entgegengetrieben zu haben. Denn Scaurus war einer der wenigen Senatoren, die intelligent genug waren, um zu erkennen, daß ich es ehrlich meinte; es gefiel ihm, meine Hoffnung zu zerschlagen, irgend jemand könne sich bereitfinden, einen Teil der Last auf sich zu nehmen, und es so ermöglichen, die Republik doch noch wiederherzustellen.

Ich war besiegt. Zur Macht getrieben von einer Generation mit sklavenhafter Gesinnung, fühlte ich Bitternis im Herzen, als ich zu erkennen gab, daß ich einverstanden sei. Was nahm ich da auf mich? Elend und eine zermürbende Plackerei. Was stellte ich hintan? Die Hoffnung auf mein Glück. »Ich werde tun, was ihr wünscht«, grollte ich, »bis ich so alt bin, daß ihr mir gütigerweise Verschonung gewährt.«

An diesem Abend streckte mich ein Anfall von Migräne nieder. Ich schickte die Sklaven fort; ihre Mittel halfen nicht. Sejanus bestrich meine Stirn mit einem essiggetränkten Mundtuch.

»Du solltest dich nicht derart erregen«, meinte er. »Das

kommt nur daher, daß du in einer Welt lebst, die deiner Phantasie entspringt, in einer Welt, in der die Menschen immer noch danach trachten, die Tugend zu pflegen. Aber so ist es nicht. Im Grunde deines Herzens weißt du das auch. Nur dein halsstarriger Claudier-Stolz beharrt darauf, daß andere Leute nach den gleichen Maßstäben zu leben hätten wie du. Du verstehst die menschliche Natur nicht. Sie ist aus Wölfen, Schakalen und Lämmern zusammengesetzt. Nur hin und wieder findet sich ein Löwe, so wie du.«

»Und was bist du, mein lieber Junge?«

»Wenn ich bei dir bin, habe ich das Gefühl, ich könnte ein Löwenjunges sein. Doch bin ich allein, erkenne ich mich als Wolf.«

Er tränkte das Tuch frisch.

»Ist es so besser? Auf gleiche Weise willst du auch die Wahrheit über das Reich nicht zugeben, obwohl du sie im Grunde deines Herzens kennst. Es ist unmöglich, ein Imperium über Italien hinaus und zugleich in Rom eine Republik zu haben; das sind zwei Regierungsformen, die sich nicht vermischen lassen. Und die Republik könnte das Imperium nicht regieren.« Er wischte mir über die Stirn. »So«, seufzte er. »Dir bleibt nichts anderes übrig. Du kannst nicht entkommen. Und jetzt mußt du schlafen. Ich lösche das Licht.«

II

Sejanus tröstete mich, wie kein anderer es vermochte. Er war nicht mehr der fröhliche, wenn auch umsichtige Knabe, den ich auf Rhodos kennengelernt hatte, sondern ein Mann auf dem Höhepunkt seines Lebens und von unvergleichlicher Tatkraft und Tüchtigkeit. Sein Scharfsinn war bewundernswert, sein Fleiß außergewöhnlich. Aber seine Munterkeit schätzte ich am meisten. Ich bin von Natur aus melancholisch, neige zu brütender Niedergeschlagenheit und bin mir dauernd aller möglichen Gefahren und Schwierigkeiten bewußt. Sein sanguinisches Temperament beschwingte mich. Ich brauchte ihn nur auf mich zukommen zu sehen, das offene, zuversichtliche Lächeln in seinem Gesicht, die ganze Haltung von athletischem Wohlgefühl erfüllt, und schon spürte ich, wie die Wolken sich verzogen. Überdies hatte er noch eine weitere große Tugend: Er schien mir immer die Wahrheit zu sagen. So etwas ist selten, denn die Wahrheit verbergen die Menschen gern vor jenen, die Macht haben.

Natürlich waren die Leute eifersüchtig und versuchten, mich gegen ihn einzunehmen. Meine Nichte Agrippina zum Beispiel verachtete ihn wegen seiner vergleichsweise bescheidenen Herkunft und weil er keine Vorfahren aufzuweisen hatte – als wäre Sejanus nicht von mindestens ebenso vornehmer Geburt wie ihr Vater Marcus Agrippa. Auch beklagte sie sich unablässig über seine Manieren, nur weil er niemals aus Höflichkeit unaufrichtig war. Andere denunzierten ihn in anonymen Briefen, und Scaurus nahm mich beiseite und teilte mir mit, er wisse »mit hundertprozentiger Sicherheit«, daß Sejanus in seiner Jugend der Lustknabe des lasterhaften Geldverleihers Marcus Gavius Apicius gewesen sei und daß sein Vermögen großenteils aus dieser Liaison herrühre.

»Und mehr noch«, sagte er. »Apicius zahlt ihm heute noch ein gewisses Einkommen, und dafür beschafft ihm Sejanus junge Gardisten. Was sagst du dazu, Tiberius?«

»Anscheinend vergißt du«, erwiderte ich, »daß Sejanus mit Apicius' Tochter Apicata verheiratet und der Vater ihrer beiden Kinder ist. Ich denke, damit sind deine boshaften Anschuldigungen widerlegt.«

Gleichwohl war ich von meinem Dementi selbst nicht völlig überzeugt, denn ich kannte Apicius und konnte mir vorstellen, wie begehrenswert er den jungen Sejanus gefunden haben dürfte. Ich glaubte auch nicht, daß Sejanus als Knabe den Verlockungen körperlicher Freunden widerstanden hätte. Der zweite Teil der Beschuldigung schien mir indessen aus blanker Bosheit zu bestehen. Dennoch veranlaßte ich, daß Apicius' Bekanntschaften von nun an überwacht wurden.

Die Sorge um solche Dinge wurde unvermittelt beiseite geschoben. Es kam die Nachricht, die Truppen in Pannonien hätten gemeutert. Für mich war dies besonders schmerzlich, denn die dort stationierten Legionen hatten ja lange Zeit unter meinem Befehl gestanden. Ihre Klagen waren vielfältig, aber nicht neu: Sie erlebten jenen periodisch wiederkehrenden Überdruß gegen den Dienst, der selbst Veteranen gelegentlich befällt. Rädelsführer war ein Bursche namens Percennius, der früher als professioneller Claqueur am Theater gearbeitet hatte, bevor er Soldat geworden war (um dem gerechten Zorn eines erbosten Vaters zu entrinnen, wie ich später erfuhr), und sich somit darauf verstand, die Menschen mit seiner frechen Rede aufzustacheln. Zu ihrer späteren Beschämung hörten viele der Soldaten auf ihn und gaben sich der eitlen Hoffnung hin, die Realität ihres Daseins umstürzen zu können; selbst solche, die es besser wußte, ließen sich entweder für kurze Zeit hinreißen oder hatten keine Lust, mit ihren berauschten Kameraden zu streiten. Etliche Offiziere wurden geschlagen, andere flüchteten in Panik; einem Kompaniekommandanten namens Lucilius, der für strenge Disziplin bekannt war, wurde die Kehle durchgeschnitten.

Meuterei ist eine ebenso simple wie ernste Sache. Was immer die Beschwerden der Meuterer und wie gerechtfertigt sie auch sein mögen, man kann ihnen erst nachgehen, wenn die Ordnung wiederhergestellt ist. Das ist eine fundamentale Bedingung im militärischen Leben. Ich ergriff daher ohne Zögern Maßnahmen zur Wiederherstellung der Ordnung.

Die Aufgabe vertraute ich meinen Sohn Drusus an. Er war freilich noch sehr jung für eine solche Arbeit, aber ich hatte volles Vertrauen in seine Vernunft. Außerdem dachte ich mir, daß die Entsendung meines eigenen Sohnes die vernünftigen Elemente in den Legionen von meinem Wohlwollen und meinem Vertrauen überzeugen würde. Ich gab ihm zwei Bataillone der Prätorianergarde mit auf den Weg, über ihre normale Zahl hinaus verstärkt durch auserwählte Wehrpflichtige, und dazu drei Trupps der Reitergarde und vier Kompanien meiner treuesten germanischen Hilfstruppen. Selbstverständlich führte Sejanus, den ich zusammen mit seinem unvergleichlichen Vater L. Sejus Strabo zum Mitbefehlshaber der Garde ernannt hatte, diese Truppen an, und um seine Autorität zu stärken, machte ich ihn zu Drusus' Stabschef.

Bevor sie aufbrachen, sagte ich zu ihnen: »Niemandem vertraue ich mehr als dir, Drusus, meinem einzigen Sohn, und dir, Sejanus, dem ich die zärtlichsten Vatergefühle entgegenbringe. Wo ihr hingeht, werdet ihr Ehre und Gefahr finden. Genaue Anweisungen kann ich euch nicht geben. Ihr müßt nach eurem eigenen Urteil handeln, je nachdem, in welcher Situation ihr euch befindet. Doch zweierlei dürft ihr nicht vergessen: Erstens, viele der Klagen, die von den Soldaten vorgebracht werden, sind sicher gerechtfertigt, und man sollte ihnen Rechnung tragen. Zweitens, ihr könnt sie erst gefahrlos zufriedenstellen, wenn sie sich der alten Disziplin unterworfen haben und die Ordnung wiederhergestellt ist. Nehmt diesen Brief und lest ihn der Truppe einstweilen vor. Darin steht, daß die heldenhaften Soldaten Roms, die in so vielen beschwerlichen, aber glorreichen Feldzügen meine Kameraden waren, meinem Herzen teuer sind, und daß ich ihre Klagen, sobald ich vom Schrecken des Verlustes genesen bin – damit beziehe ich mich natürlich auf den Tod des Augustus –, dem Senat vortragen werde. Einstweilen hast du, Drusus, die Befugnis, jegliches Zugeständnis zu gewähren, das man unbeschadet gewähren kann. Gebt den Soldaten zu verstehen, daß der Senat zur Großzügigkeit ebenso fähig ist wie zur Strenge...«

Ich umarmte sie beide und sah ihnen nach, als sie davonritten. Ihnen war leichter ums Herz als mir. Aber das war natürlich: Sie waren jung, und sie waren unterwegs zu großen Taten; ich war alt und dazu verdammt, in Rom zu bleiben, außerstande, die Ereignisse weiter zu beeinflussen. Die nächsten Wochen waren für mich von banger Sorge erfüllt.

Kunde vom Rhein verstärkte die Bangigkeit. Die Legionen dort, womöglich angeregt von den Nachrichten über die Meuterei an der Donau, hatten es ihren Kameraden nachgemacht. Der Zuständige dort war mein Neffe und Adoptivsohn Germanicus. Da er der Oberbefehlshaber in Gallien und an der Rheingrenze war, blieb mir nichts anderes übrig, als ihn mit der Niederschlagung der Meuterei dort zu betrauen und die Zweifel hinsichtlich seiner dazu nötigen Fähigkeiten außer acht zu lassen. Diese Zweifel waren bei Germanicus jedoch durchaus am Platze, denn der junge Mann war, wiewohl von großen Charme und Unternehmungsgeist, mit einem Fluch geschlagen: Es juckte ihn danach, allseits populär zu sein. Überdies berichtete man mir wenig später, daß gewisse Elemente unter den Meuterern ihn dazu zu überreden hofften, daß er sie in einen Bürgerkrieg führe, obwohl er mir als dem Nachfolger des Augustus den Treueeid geleistet hatte.

Die Reaktion der drei jungen Männer auf die Gefahren, in die sie geraten waren, war bezeichnend. Drusus und Sejanus zeigten diplomatisches Geschick und beispielhafte Tapferkeit; Germanicus benahm sich wie ein Schauspieler. Die Berichte, die sie ablieferten, offenbaren viel von ihrem jeweiligen Charakter und deuten schon an, mit welchen Schwierigkeiten ich noch zu kämpfen haben sollte.

Drusus schrieb folgendermaßen:

Als wir hier eintrafen, Vater, war die Situation noch schlimmer, als ich mir vorgestellt hatte. Die Soldaten, wie ich die Meuterer bei mir immer vorzog zu nennen, erwarteten uns am Tor des Lagers. Es war erschreckend zu sehen, in welcher Unordnung sie sich befanden. Die Männer waren abscheulich schmutzig, aber sie waren längst nicht so desorganisiert, wie sie aussahen, denn kaum waren wir alle zusammen im Lager, stellten sie Wachen an die Tore und bewaffnete Posten an strategische Punkte. Es war beinahe so, als wären wir ihre Gefangenen; in jedem Fall waren wir in gewissem Sinne Geiseln. Gleichwohl erklomm ich das Rostrum und las ihnen Deinen Brief vor. Das beruhigte sie für einen Augenblick, und sie schoben einen Offizier namens Julius Clemens nach vorn, den Du als begabten Stabsmitarbeiter in Erinnerung haben dürftest, auf daß dieser ihre Forderungen vortrage. Clemens, sollte ich noch hinzufügen, hatte sich bereit erklärt, sich mit den Meuterern dergestalt zu verbünden, daß er als Mittler zwischen ihnen und der Führung handeln könnte. Ich muß sagen, daß er bei der Ausübung dieser gefährlichen Rolle ein beträchtliches Maß an Mut und politischem Geist zeigte; er entledigte sich seiner Aufgabe in einer Weise, die mir Bewunderung abnötigte. Er trug nun Forderungen im Zusammenhang mit den Bedingungen des Militärdienstes vor – er verlangte, ihn auf sechzehn Jahre zu begrenzen, den Sold auf vier Sesterzen täglich zu erhöhen; außerdem sei ihnen nach der Entlassung die Wiedereinberufungsfreiheit zu garantieren. Ich antwortete, daß mir diese Forderungen nicht ganz und gar unvernünftig zu sein schienen, daß es sich dabei aber um Angelegenheiten handele, die dem Kaiser und dem Senat vorgetragen werden müßten. Ich fügte hinzu, ich würde Dich, mein Vater, und den Senat dazu drängen, sie wohlwollend zu prüfen.

Diese Antwort beschwichtigte die Menge zum größten Teil. Leider jedoch erkannte einer der Rädelsführer, ein Gemeiner namens Vibulenius, daß die Meuterei, an der er und seinesgleichen soviel Freude gehabt hatten, weil sie ihnen ein Gefühl von Macht gab, wie sie es nie zuvor erlebt hatten, nun dahinzuwelken drohte. Also goß er Öl ins Feuer.

»Wie kommt es«, rief er, »daß der Kaiser, wenn es um

die Bedingungen des Militärdienstes geht, plötzlich den Senat hinzuziehen muß? Wenn es um Bestrafungen oder um Schlachten geht, dann hören wir nichts vom Senat. Früher pflegte Tiberius sich hinter Augustus zu verstecken, wenn es darauf ankam, unseren Klagen Abhilfe zu schaffen; jetzt kommt Drusus daher, um sich hinter Tiberius zu verstecken...«

Nun, die Versammlung ging auseinander, ohne daß etwas entschieden worden wäre, zumindest aber auch ohne Gewalttätigkeit, die ja zunächst wahrscheinlich erschienen war. Gleichwohl war die Situation äußerst angespannt. Offiziere oder Gardisten, denen die Meuterer begegneten, wurden beleidigt, manche auch angegriffen. Gnaeus Cornelius Lentulus beispielsweise wurde von einem Stein am Kopf getroffen und wäre gelyncht worden, wenn nicht eine Gardetruppe erschienen wäre. Immerhin gelangten wir aber in unsere Baracken und konnten uns beraten.

Es war offenkundig, daß die meisten der Männer jeder für sich genommen vernünftig waren, wie Männer es meistens sind, daß sie aber durch eine subversive Minderheit, die nicht etwa das Wohlergehen der anderen im Auge hatte, sondern nur danach trachtete, die ungewohnte Macht und Freizügigkeit zu genießen, zu einer Art zeitweiligen Wahnsinn aufgestachelt wurden. Jemand bemerkte, wir müßten nur die Schafe von den Ziegen trennen – sozusagen, oder besser: die Schafe von den wilden Hunden. »Teile und herrsche« sollte das Motto unseres Plans sein. Ich erklärte mich damit einverstanden, daß Offiziere meines Stabes sich ins Lager hinauswagen und so viele Gespräche unter vier Augen führen sollten, wie sie es ungefährdet tun zu können glaubten, um auf diese Weise die wilden Hunde namhaft zu machen und zugleich die Schafe davon zu überzeugen, daß wir auf eine sorgsame Prüfung ihrer Beschwerden drängen würden, nicht ohne sie jedesmal daran zu erinnern, welche Fürsorge Du ihrem Wohlergehen stets gewidmet habest, und unter gleichzeitigem Hinweis darauf, daß es schwierig werden würde, Soldaten ehrenhaft zu behandeln, die anscheinend die für ihren Beruf charakteristische Disziplin und Pflichterfüllung aufgegeben hätten. Ich darf sagen, daß der Mut der Offiziere, die diesen gefährlichen Auftrag übernahmen, bemerkenswert und ihre Geschicklichkeit in der Ausführung durchaus lobenswert war, denn im Laufe der Nacht sagten sich die braven Soldaten nach und nach von denen los, die sie aufgestachelt hatten. Ein Gefühl von Gehorsam überzog das Lager wie das erste Licht des Morgengrauens. Die Wachtposten zogen sich von den Toren zurück, und die Adler und Standarten, die bei Ausbruch der Meuterei aufgestellt worden waren, wurden wieder an ihre Plätze zurückgebracht.

Das war ermutigend, und am nächsten Morgen berief ich wieder eine Versammlung ein. Ich fand die Männer von neuer Zugänglichkeit beseelt. Zunächst redete ich in strengen Worten. Caesar, sagte ich, habe meuterische Truppen einst als Zivilisten angeredet, nicht als Soldaten. Am Tag zuvor sei ich außerstande gewesen, sie selbst mit dieser wenig würdigen Bezeichnung zu belegen. (Du weißt ja besser als ich, wie sehr Soldaten die Zivilisten verachten, genauso wie die Bürger, außer in großer Gefahr, die Soldaten zu verachten vorgeben.) Nun aber, fuhr ich fort, habe es den Anschein, daß die Vernunft die Oberhand gewonnen habe, daß die Götter den Wahnsinn von den Soldaten genommen hätten und daß sie daher bereit seien, wieder geziemende Haltung anzunehmen. Drohungen und Einschüchterungen könnten keinen Eindruck machen, weder auf mich noch auf meinen Vater oder auf die Würde des Senats. Wenn sie indessen jetzt um Pardon bäten, so würde ich Dir empfehlen, Nachsicht walten zu lassen und, wie ich es schon tags zuvor versprochen hätte, ihre Klagen, für die ich durchaus Verständnis hätte, sorgfältig anzuhören. Da baten sie mich, Dir sofort zu schreiben. Ich entsandte die Delegation, die Dir diesen Brief gebracht hat. Die Meuterei ist vorläufig vorüber, und wir gedenken nun die Rädelsführer zu isolieren und dingfest zu machen. Die Männer haben in den letzten Monaten Hartes durchmachen müssen. Sie sind jetzt eingeschüchtert, aber wenn ihre Beschwerden ungehört bleiben, wird der Groll in ihnen wieder wachsen.

Ich hätte es selbst nicht besser machen können als Drusus, und mein Herz glühte vor Stolz auf meinen Sohn.

Ein Brief von Sejanus kam ein paar Tage später.

Du wirst von Drusus gehört haben, wie verdienstvoll er sich verhalten hat; er hat sich damit als echter Sohn seines Vaters erwiesen. Die Meuterei ist vorüber. Mein eigener Anteil an ihrer Beendigung war notwendigerweise zweitrangig und darf als geringfügig erachtet werden. Ich würde Deine Aufmerksamkeit indessen gern auf die bewundernswerte Haltung lenken, welche die Garde an den Tag gelegt hat. Ich habe keinen Zweifel daran, daß ihre vorbildliche Disziplin zum Zusammenbruch der Meuterei beigetragen hat.

Das Durcheinander bei unserer Ankunft war unbeschreiblich, aber zu den für mich interessantesten Augenblicken kam es in jener ersten Nacht, da wir eine Propagandaübung durchführten, die zu einem Schulbeispiel für die Offiziersausbildung werden sollte.

Ich muß sagen, ich habe dabei einiges über die menschliche Natur gelernt. Es war aufschlußreich, zu sehen, wie vollständig die Moral zusammenbrechen kann, wenn man es unternimmt, natürliche Ängste auszubeuten.
Die Männer hatten sich auf einen Weg eingelassen, der sie im Grunde ihres Herzens beunruhigte. Sobald mir dies klargeworden war, begann ich die folgende Frage zu stellen: »Wirst du Percennius und Vibulenius Gefolgschaftstreue schwören? Bildest du dir wirklich ein, sie können etwas für euch tun? Glaubst du, diese beiden, ein ehemaliger Claqueur und ein verrückter Fußsoldat, werden Tiberius und Drusus als Führer und Herren der römischen Welt ersetzen können?« Man konnte sehen, daß sie sich diese Fragen im Herzen schon selbst gestellt hatten. Dann sagte ich: »Du willst mehr Geld. Stimmt's? Glaubst du, diese beiden Possenreißer werden euch besser bezahlen können? Wie sollen sie an Geld kommen, wenn die Vorräte im Lager zu Ende gehen? Und werden sie euch Land geben, wenn ihr euren Abschied genommen habt? Ich habe nichts davon gehört, daß sie Ackerland zu verschenken hätten. Wo sind ihre eigenen Ländereien? Siehst du nicht, daß sie euch an der Nase herumgeführt haben?«

Es hat viel Spaß gemacht. Ich versichere Dir, Tiberius, ich habe gesehen, wie einer der armen Trottel seine Nase anfaßte, als spüre er dort den Ring, an dem sie ihn umherführten.

Wenn Drusus einen Fehler hat, dann ist es der Widerschein seiner vornehmen und großzügigen Natur. Deshalb bestand ich darauf, daß mit den Rädelsführern kurzer Prozeß zu machen sei, sobald der Großteil der Männer wieder zur Besinnung gekommen wäre, denn es hätte nur eine einzige frische Windbö gebraucht, um ihre Raserei von neuem zu entfachen. Er zögerte, da er befürchtete, die Bestrafung ihrer pflichtvergessenen Anführer könne sie wieder in Aufruhr versetzen. Aber ich wußte es besser. Ich wußte, es würde sie freuen und zugleich erschrecken. Ich beauftragte daher, ohne Drusus etwas davon zu sagen, einen Trupp der Garde, Percennius und Vibulenius zu verhaften, und ließ sie hinrichten. Ihre Leichen wurden zur Schau gestellt, und die Wirkung war bemerkenswert. Ein paar der übrigen an der Meuterei maßgeblich Beteiligten versuchten wegzulaufen und wurden von meinen Gardisten mühelos aufgegriffen. Andere wurden von ihren Einheiten freiwillig ausgeliefert, denn diese waren nur allzu eifrig darauf bedacht, sich von den Elenden zu trennen.

Es ist erstaunlich, wie eine Kombination aus Mitgefühl und Terror selbst die scheinbar bedrohlichste Bewegung untergraben kann.

Die Nachrichten aus Germanien sind bestürzend. Ich bin sicher, Du kannst Deinem Neffen vertrauen, aber ich erhalte Berichte, die mich im Hinblick auf einige seiner Methoden unsicher werden lassen.

Ich hoffe, du gibst auf Dich acht. Die Gesundheit Roms und des Imperiums hängt von der Erhaltung der Deinen ab. Ich bete, daß Du von Deiner Migräne verschont bleiben mögest, solange Dein ergebener Diener nicht da ist, sie zu lindern.

Die Nachrichten aus Germanien waren in der Tat besorgniserregend. Die Meuterei nahm dort andere Formen an, denn einige Männer forderten lautstark, Germanicus solle sie führen. Wenn er den Thron wolle, erklärten sie, so ständen sie hinter ihm. Das war eher ein Aufstand denn eine Meuterei. Germanicus fühlte sich versucht. Das gab er später zu. Der Bericht eines jungen Ritters, Marcus Friso, den ich in seinen Stab abgeordnet hatte, überzeugte mich davon. Aber entweder hielt seine Loyalität stand, oder das Risiko erschien ihm zu groß, und es fehlte ihm der Mut, die Rolle eines Caesar oder Sulla zu spielen. Jedenfalls führte er sich auf, als hätten sie ihn beleidigt, und brüllte, der Tod sei besser als Treulosigkeit.

Friso berichtete:

Er zog sein Schwert aus dem Gürtel und richtete es auf seine eigene Kehle. »Ihr werdet mich zwingen, mich selbst zu entleiben, wenn ihr diese Forderungen weiter aufrechterhaltet«, rief er aus. Nicht jeder war davon überzeugt, daß er es ernst meinte. Ein gemeiner Soldat namens Calusidius forderte ihn heraus; er zog sein eigenes Schwert und bot es dem General mit den Worten, es sei um einiges schärfer. Ich kann dir sagen, Germanicus erbleichte ob dieses Angebotes, und man kann nicht wissen, was als nächstes geschehen wäre, wenn nicht einige seiner Freunde es vermocht hätten, ihn hastig beiseite zu bringen. Ein erbaulicher Auftritt war es nicht.

Selbstverständlich beunruhigte Frisos Bericht mich. Unwillkürlich mußte ich daran denken, wie beschämt mein lieber Bruder Drusus angesichts der theatralischen Aufführung seines Sohnes gewesen wäre.

Und am nächsten Tag hielt Germanicus wiederum eine absurde Rede, in der er verkündete: »Als ihr das Schwert wegrisset, welches ich mich anschickte in mein Herz zu stoßen« – (tatsächlich war es den Berichten zufolge auf seine Kehle gerichtet gewesen, wo mehr Soldaten es hatten sehen können) –, »da war eure freundschaftliche Fürsorge mir höchst unwillkommen. Ein besserer, treuerer Freund war der Mann, der mir sein eigenes Schwert anbot, denn da hätte ich sterben können, ohne die Verbrechen auf dem Gewissen zu haben, die meine eigenen Soldaten nun begangen haben oder doch in Erwägung ziehen.«

Sodann rief er die Götter an, beschwor die Erinnerung an Augustus und seinen eigenen Vater Drusus herauf und – mit Frisos Worten – »schwatzte mit windiger Rhetorik davon, den Makel verbrecherischer Treulosigkeit von sich abzuwaschen... Ich muß dir noch einmal sagen, daß es mich beschämte, ihm zuhören zu müssen...«

Und doch war es ihm bereits durch einen Zufall gelungen, den Meisterstreich zu vollbringen, der seine Soldaten zur Besinnung brachte. Ein paar von denen, die dabei waren, haben behauptet, es sei seine Furchtsamkeit gewesen; andere loben sein kluges Vorgehen. In solchen Dingen gibt es selten Einmütigkeit in den Ansichten, denn niemand weiß, welche geheimen Impulse einen Menschen zu seinen Handlungen bewegen. Er selbst schrieb es in seinem Brief an mich (natürlich) seiner Klugheit zu. Vielleicht zu Recht.

Sein Bericht also.

Es war für mich inzwischen offenkundig, daß meine Gemahlin, meine teure Agrippina, mag sie auch das Herz einer Löwin haben, im Lager nicht mehr sicher war, und auch meine geliebten Kinder nicht. Also beschloß ich, sie mit einer schwerbewaffneten Eskorte fortzuschicken. Agrippina wollte nicht gehen. Wie Du weißt, ist ihr Mut beispiellos. Sie erinnerte mich daran, daß sie die Enkelin des göttlichen Augustus und die Tochter des großen Agrippa sei und sich ihres Blutes würdig erweisen werde, wie groß die Gefahr auch sei. In ihrem Zustande indessen (sie ist wieder schwanger, wie Du zu Deiner Freude erfahren wirst), und mit unserem jüngsten Sohn, dem kleinen Gajus, in ihrem Gefolge, konnte ich ihr nicht erlauben zu bleiben. Ich blieb also hart.

Dann geschah ein Wunder. Ein Wunder – ich sage es, ohne zu prahlen –, das ich vorausgesehen hatte. Kaum hatte ich mein Weib davon überzeugt, daß sie abreisen müsse, da brach sie in tränenreiches Klagen aus, das im ganzen Lager widerhallte, wie die Klage der Andromache über die windigen Ebenen Trojas hallte, als sie über dem Leichnam ihres ermordeten Herrn Hector kauerte. Warum sie weine? Sie weine, antwortete ich, weil ich sie und unseren Sohn, den kleinen Gajus, geboren im Lager, Liebling aller Soldaten (sie nennen ihn übrigens Caligula, weißt du; das Stiefelchen; ist das nicht bezaubernd?) – weil ich sie also, wiederholte ich, der Obhut und dem Schutz römischer Soldaten nicht länger anvertrauen könne, sondern sie fortschicken müsse, zu unseren Verbündeten, den Trevirern.

Dies brach, wie ich vermutet hatte, den Männern das Herz. »Caligula wird fortgehen?« riefen sie. »Unseren kleinen Liebling kann man uns nicht länger anvertrauen?«

»Nein«, sagte ich, »das kann man nicht. Nicht, solange ihr euch wie rasende Wölfe aufführt, statt euch wie römische Soldaten zu benehmen.« Und ich blieb standhaft. Ich wußte gar nicht, daß ich zu solchen Reden fähig bin...

So wirkte eine kluge Einschätzung oder das Glück zu seinen Gunsten. Die Männer fügten sich. Dann folgte eine außergewöhnliche Szene. Sie selbst verhafteten die Anführer der Rebellion und bestraften sie auf ihre eigene wilde Art. Die Männer stellten sich mit gezückten Schwertern im Kreise auf. Die Gefangenen wurden nacheinander auf eine Plattform geführt. Wenn die Soldaten »schuldig« riefen, wurde das Opfer zu ihnen hinuntergestoßen und auf der Stelle abgeschlachtet. Die Männer schwelgten in diesem Massaker; es war, sagte Friso, »als habe dies sie von ihrer früheren Schuld gereinigt. Germanicus tat unterdessen gar nichts. Meiner Meinung nach war er zu dem Schluß gekommen, daß er, wenn die Männer sich dieser jüngsten Manifestation ihrer eigenen Wildheit erst schämten, selber der Schande entgehen würde, wenngleich er jetzt daraus Nutzen zog.«

Es gab manches Beunruhigende in diesen Berichten. Germanicus hatte gesiegt. Das Resultat war gut. Aber die Beschaffenheit seines Erfolges erfüllte mich nicht mit Vertrauen in meinen Neffen und voraussichtlichen Erben, wie Augustus es ja verfügt hatte. Jedenfalls stand sein theatralisches Benehmen in einem unvorteilhaften Kontrast zu der ruhigen Vernunft und Entschlossenheit, wie Drusus und – natürlich – Sejanus sie an den Tag legten.

Ich selbst mußte manche Kritik über mich ergehen lassen, weil ich in Rom blieb, während diese Unruhen im Gange waren. Zwei halberwachsene Knaben, murrten die Leute, konnten doch diese meuterischen Soldaten nicht in den Griff bekommen. Ich hätte mich selbst dorthin begeben und ihnen mit kaiserlicher Würde entgegentreten müssen. Oder ich hätte einen erfahrenen Marschall entsenden sollen. Ich wußte, was geredet wurde, sah aber keinen Anlaß, meinen Kritikern zu antworten. Wenn sie nicht sahen, daß ich aus der Ferne wahrscheinlich mehr Ehrfurcht erregen konnte, während ich zugleich, ohne mich der Täuschung schuldig zu machen, jedes unkluge Zugeständnis meiner jungen Generäle würde widerrufen können, sobald ich es ungefährdet tun könnte – nun, wenn sie das nicht sahen, konnte man mir das mangelhafte Wahrnehmungsvermögen meiner Kritiker nicht zum Vorwurf machen. Was den Vorschlag anging, ich hätte einen erfahrenen Marschall entsenden sollen, so kam es mir nicht zu, auf die Gefahren eines solchen Vorgehens hinzuweisen. Um keinen Preis. Aber ich hatte die römische Geschichte gelesen, auch wenn meine Kritiker es nicht getan hatten, und ich war nicht bereit, einen neuen Störenfried auf den Weg zu bringen, einen neuen Caesar oder Antonius, getragen von einer Armee, die er mit üppigen Verheißungen von künftigem Lohn und Vorteil dazu bestochen hatte, zur Ordnung zurückzukehren. Von Augustus hatte ich gelernt, Generälen zu mißtrauen, die es verstanden hatten, ihren Truppen persönliche Gefolgschaftseide abzunehmen, und ich sah nur zu deutlich, welche Gefahr solche Männer für den Staat bedeuten konnten. Unser Gleichgewicht war empfindlich. Ich wollte es nicht stören, indem ich Gelegenheiten schuf, bei denen neue Dynasten entstehen konnten.

Und meine Strategie hatte Erfolg. Die Meutereien wurden beendet. Die Grenzregion war wieder sicher. Dennoch wurde ich das Gefühl nicht los, daß Germanicus selbst, all seinen Loyalitätsbeteuerungen zum Trotz, im Auge behalten werden mußte. Sein Benehmen hatte etwas Unbedachtes und Maßloses, das ich nicht billigen konnte.

Ich erinnerte mich an Sullas ahnungsvolle Bemerkung, als man ihn überredete, den jungen Julius Caesar der Proskription und damit dem Schicksal der übrigen Gefolgsleute und Anhänger des Gajus Marius entgehen zu lassen: »In diesem jungen Mann stecken viele Mariusse...«

Ja, Germanicus mußte man im Auge behalten. Zum Glück hatte ich den jungen Friso bei der Hand und Sejanus in Reserve.

III

Ich war Mitte der Fünfzig, als mir die Bürde des Imperiums auferlegt wurde. Natürlich suchte ich Unterstützung; zu meinem Bedauern fand ich keine. Niemand, der nicht für die Verwaltung eines so riesigen und unbeweglichen Gebildes wie das römische Reich zuständig gewesen ist, kann sich vorstellen, welche Anforderungen damit verbunden sind. Augustus hatte häufig darüber geklagt, wie er sich plagen müsse, aber anders als ich hatte er seine Position angestrebt. Er war ein Mann, der ohne Macht verloren gewesen wäre. Ich bin anders; es verging kein Tag, ohne daß ich über meine Verantwortung gestöhnt, ohne daß ich mit Wehmut an die Jahre meiner Zurückgezogenheit auf Rhodos und mit Sehnsucht an den Tag gedacht hätte, da ich die Zügel fahrenlassen und wieder ich selbst sein dürfte.

Die Hoffnung war vergeblich. Das wußte ich von Anfang an. Ich hatte einen Auftrag angenommen, den ich nicht wieder abgeben konnte.

Livia verstand meinen Widerwillen nicht. Sie überhäufte mich mit Vorschlägen und Ratschlägen, Warnungen und Ermutigungen. Allmählich fürchtete ich schon den Klang ihrer Stimme, die Ankündigung ihres Kommens, den Ruf in ihr Haus.

Ich fühlte mich allein. Wenige Wochen nach Augustus' Tod, während ich noch mit den Konsequenzen meines Erbes zu ringen hatte, starb Julia auf der Insel Pandateria, auf die ihr Vater sie verbannt hatte. Wir hatten seit Jahren nichts mehr voneinander gehört; was hätten wir uns auch zu sagen gehabt? Hätte ich mich für die Zerstörung ihres Lebens entschuldigen können, die doch nicht mein Werk gewesen war? Hätte sie es über sich bringen sollen, mich um Vergebung zu bitten? Gleichwohl befahl ich, ihre Asche herzubringen und im Mausoleum ihres Vaters beizusetzen. Das war ich ihr schuldig; aber ich sorgte dafür, daß es heimlich und ohne Zeremonie geschah.

In der Hoffnung, mir gefällig zu sein, veranlaßte der Gouverneur von Nordafrika, Lucius Nonias Asprenas, die Hinrichtung ihres Liebhabers Sempronius Gracchus, der vierzehn Jahre gefangen auf der afrikanischen Insel Cercina verbracht hatte. Er glaubte mir damit eine Freude zu machen, aber die einzige Freude bereitete mir die Nachricht, daß Gracchus auf eine Weise gestorben war, die seiner Vorfahren würdiger gewesen war als sein Leben.

Mit diesen beiden Toden war ein Strich unter die Vergangenheit gezogen.

Aber die Vergangenheit wollte mich nicht loslassen. Germanicus hatte den Krieg gegen die Germanen wieder aufgenommen. Ich billigte das aus zwei Gründen: Es war nötig, die Rheingrenze zu stärken, und den kürzlich noch meuterischen Legionen würde es guttun, mit wirklicher Soldatenarbeit beschäftigt zu sein. Überdies gab es Anlaß, die Germanen an die Macht Roms zu erinnern, denn sie waren immer noch erfüllt von ihrem sechs Jahre zurückliegenden Sieg über Varus.

Germanicus rückte daher tief in die Wälder vor, trieb den gespaltenen Feind vor sich her und näherte sich schließlich dem Teutoburger Wald, in dem Varus den Untergang gefunden hatte. Sie erreichten das erste Feldlager des geschlagenen Generals, dann eine halbverfallene Brustwehr, wo die Reste seiner Legionen gekämpft hatten. Es war ein nasser, windiger Tag, genau wie damals. Ringsumher spottete trostloses Sumpfland dem Ehrgeiz der Sterblichen. Jenseits eines flachen Grabens lagen noch bleichende Knochen, gespenstisch im schwindenden Licht, die zeigten, wo Römer gefallen waren; zu kleinen Häuflein türmten sie sich, wo verstreute Soldaten sich gesammelt und ein letztes Mal zur Wehr gesetzt hatten. Speersplitter, verlorene Panzerstücke und abgehauene Pferdegliedmaßen lagen umher, und die Barbaren hatten Schädel an die Baumstämme genagelt. Sie fanden sogar die Altäre, auf denen die römischen Offiziere in einer Parodie auf religiöse Zeremonien hingeschlachtet worden waren.

Mein Neffe befahl, die Gebeine zu beerdigen, ein Befehl, den ich später selbstverständlich billigte. Den ersten Spatenstich dazu tat er sogar selbst, wenngleich er als Angehöriger der uralten Priesterschaft der Auguren nicht, wie er es tat, mit Gegenständen hätte hantieren dürfen, die Toten gehörten. Dennoch billigte ich auch dies, denn es zeigte sich darin gebührende Ehrerbietung. Weniger erfreut war ich, von Friso zu hören, Germanicus habe nicht nur die langen Jahre beklagt, die diese Leichen unbestattet hätten liegen müssen, sondern hinzugefügt, es sei, wie er sich ausdrückte, »schändlich«, daß man jeden Versuch unterlassen habe, durch die Wälder vorzudringen, um ihnen das gehörige Begräbnis zukommen zu lassen. Natürlich hatte er kaum eine Vorstellung vom Ausmaß der Katastrophe, von den Schwierigkeiten, auf die ich bei meinen Bemühungen gestoßen war, an der Rheingrenze ein Mindestmaß an Stabilität wiederherzustellen, und von der Unmöglichkeit in Anbetracht der Zeitumstände, zu tun, was seiner Meinung nach hätte getan werden müssen.

Einige derer, die seine Worte hörten, erkannten mit Schrecken, wie begrenzt seine Kenntnis der Dinge war, und sie mißbilligten seine unausgesprochene Kritik an meinem Verhalten, die ich meinesteils eher seiner Jugend als irgendeinem anderen, schlimmeren Grunde zuschrieb.

Seine Ambitionen waren gleichwohl besorgniserregend. Er hielt es für erstrebenswert, alle westlich der Elbe lebenden Germanen ins Reich zu holen. Ich sah wohl den Reiz eines solchen Planes, denn ich hatte ihn vor Jahren ja selbst verspürt. Aber Augustus und ich waren beide zu der Überzeugung gelangt, daß er undurchführbar sei. Auch befürchteten wir, daß die Bedingungen dort geeignet seien, jeden beliebigen Feldherrn das gleiche Schicksal wie Varus erleiden zu lassen – ein Schicksal, dem dann auch Germanicus selbst dann im folgenden Jahr nur mit knapper Not entging.

An seinem Eifer konnte kein Zweifel bestehen, an seiner Urteilskraft schon eher. Auch machte es einen merkwürdigen Eindruck, als Berichte über die herausragende Rolle eintrafen, die seine Gattin, meine ehemalige Stieftochter Agrippina, hinter den Kulissen spielte. Sie benahm sich unnatürlich auffällig.

Ich hatte Sejanus gebeten, eine Inspektionsreise entlang der Nordgrenze zu unternehmen, um zu ermitteln, ob es stimme, was man erzählte, oder was sonst der Fall sei. Aus Sicherheitsgründen trug ich ihm auf, nur mir persönlich Bericht zu erstatten. Wenn da etwas Verdrießliches im Gange sein sollte, wäre es um seiner selbst willen besser, wenn er seinen Verdacht nicht schriftlich niederlegte.

Sejanus kam von der Straße geradewegs zu mir herauf, ohne sich die Zeit für ein Bad zu nehmen; er streckte sich (wie es seine Gewohnheit war) auf einer Couch aus, die Schenkel vom Schlamm bespritzt.

»Sie führen etwas im Schilde«, sagte er.

»Was willst du damit sagen?«

»Ich wünschte, ich wüßte es. Ich wünschte, ich könnte etwas Genaues sagen. Es herrscht eine seltsame Stimmung beim Heer – nicht eben eine Hochstimmung, wie man sie nach einen Sieg vielleicht erwarten möchte, sondern eher so, als rüsteten sie sich zu etwas Großem und Gefährlichem. Natürlich, Agrippina kann nicht nicht ausstehen, und so messe ich ihrer Grobheit gegen mich keine besondere Bedeutung bei. Sie hat mich schon immer so angesehen, als verbreitete ich einen schlechten Geruch. Aber Friso hat mir erzählt, als ihr Mann im Felde war, habe sie das Oberkommando geführt, und jeder Befehl sei ihr anheimgestellt worden. Dein Glückwunschbrief wurde zurückgehalten. Statt dessen dankte sie den Männer selbst für das, was sie für den römischen Staat und für Germanicus getan hätten; von dir war keine Rede. Wenn man dazu die Berichte bedenkt, die ich erhalten habe – wie sie umherging und die Kranken und Verwundeten besuchte, wie sie Geldgeschenke, Essen und Wein verteilte und wie sie überallhin den kleinen Caligula mitnahm und anscheinend bemüht war, unter den Soldaten so etwas wie eine persönliche Loyalität zu entfachen – nun, ich weiß, was für Schlußfolgerungen ich daraus ziehe.«

»Laß hören.«

Er strich eine Locke zurück, die ihm über die Augen gefallen war, und lächelte.

»Ich bin nicht sicher, daß ich es wage.«

»Wie meinst du das?«

»Schau«, sagte er, »ich habe dir alles zu verdanken. Dessen bin ich mir sehr bewußt. Und ich weiß, du bist mir immer noch zugetan, und ich bin dir bedingungslos ergeben. Abgesehen von allem anderen muß ich es sein, weil ich mich dir anvertraut habe. Das ist dir klar, nicht wahr?«

»Ich betrachte dich als meinen Sohn und liebsten Freund.«

»Darauf kommt es nicht an«, sagte er, »denn wenn ich irgendwelche Zweifel an deinen Gefühlen für mich hätte, würde ich nicht wagen, meine Meinung zu sagen, obwohl es meine Pflicht ist. Ich glaube, Germanicus und Agrippina spielen die Rolle Caesars, und dich sehen sie als Pompejus. Sie glauben, wenn sie die Legionen an sich persönlich binden können, dann können sie dir Trotz bieten und sogar den Kaiserthron erobern.«

»Mir gefällt dieses Wort nicht«, sagte ich.

»Also schön, dann sagen wir, die Macht...«

»Aber warum sollten sie...?«

Ich brach ab. Er lächelte wieder.

»Das ist nicht dein Ernst«, sagte er. »Du weißt es besser...«

Ich konnte ihm nicht in die Augen blicken.

»Ich bin dankbar«, sagte ich. »Dankbar und entsetzt...«

»Deinen Dank nehme ich an. Bedenke dies: Augustus ließ dich Germanicus als deinen Erben adoptieren, aber du hast auch noch deinen eigenen Sohn Drusus. Das kann dein Neffe nicht vergessen...«

Sejanus hatte ein machtvolles Wort benutzt, um meine Angst zu wecken: Der Name Caesar versetzt jeden Römer in Angst und Schrecken. Caesar, der Zerstörer der Freiheit, der Mann, der den Bürgerkrieg für Rom entfesselt hat. Natürlich war Caesar in Wirklichkeit mehr als das und weniger als das. Er war vielleicht ein Werkzeug der Geschichte, denn angesichts der Umstände wäre es auch ohne seinen Ehrgeiz zum Bürgerkrieg gekommen. Und dieser Ehrgeiz, das kann man heute sagen, war nicht ganz und gar selbstsüchtig (wenngleich meine Mutter da anderer Ansicht sein dürfte).

Man kann sogar behaupten, daß Caesar eine Art Vision der Regeneration vorschwebte, daß er in gewissen Sinne – wenn auch verschwommen – durchaus wahrnahm, wie der Staat reformiert werden müsse. Nichtsdestoweniger, und was immer man ihm zugestehen will – und niemand bestreitet sein Genie –, Caesar der Wolf, der Zerstörer, der Rebell, der sich selbst zum König machen wollte, ist immer noch die Gestalt, die riesig vor jedermanns Auge steht.

Rom hat sich von der Katastrophe, in die sein Ehrgeiz den Staat stürzte, nie erholt. Ich, der ich mich durch eine ironische Wendung nun als sein Erbe wiederfinde, weiß das besser als irgend jemand sonst. Ich bin der unglückseligste aller Menschen: Ein widerstrebender Herrscher voller Verachtung für die, die er beherrscht. Caesar ließ die Hunde des Krieges los, des Bürgerkrieges, des schlimmsten aller Kriege. Seine Mörder und seine Erben kämpften gegeneinander in einer Kette von blutigen und spaltenden Kriegen. Augustus ging als einsamer Sieger daraus hervor und machte sich daran, den Staat wieder instandzusetzen. Manchmal gaukelte er sich selbst vor, es sei ihm tatsächlich gelungen. Im Herzen wußte er es besser, wie Livia es weiß, und wie ich es nur allzuoft vor mir selbst zu verhehlen versuche. Hinter der Fassade republikanischer Achtbarkeit, die er errichtete, begründete er die letzte Wirklichkeit: Macht, die Furcht ausbrütet. Und ich habe sie geerbt, diese Wirklichkeit, die Macht und die Furcht. Ich hoffte, ich könnte den republikanischen Geist wieder zum Leben erwecken, und ich fand ihn zerfressen von Furcht.

Oberflächlich sehen die Dinge anders aus. Wir debattieren im Senat mit einem gewissen Maß an Freiheit. Die Gerichtshöfe arbeiten im Einklang mit uralter Praxis. Wahlen werden abgehalten. Das Militär ist aus Italien verbannt (mit Ausnahme der Prätorianer). Der Handel blüht. Die Menschen gehen unbeschwert und sicher ihren Geschäften nach. Ernten kommen und gehen, erlesen und fruchtbar. Italien liegt wohlig im Sonnenschein. Reichtum wächst. Die Freuden der Kunst, des Theaters und des Zirkus werden weithin genossen. Alles ist – um ein Lieblingswort des Augustus zu benutzen – konsolidiert.

Und doch sollte man die Grundfrage stellen, auch wenn ich sie mir nur in der Stille meines Geistes selbst zu stellen wage: Warum verhalten sich die Menschen, wie sie es tun? Warum tun sie all die Dinge, die zusammen betrachtet den Eindruck erwecken, wir hätten es zu einer geeinten Gesellschaft gebracht, die glücklich und bereitwillig eine gütige Regierung unterstützt? Jeder verständige Mann muß sehen, daß die Antwort auf der Hand liegt: Die Furcht treibt sie zu dieser Simulation der Zufriedenheit. Wir sind beherrscht von Furcht: Furcht vor den Barbaren im Inneren und im Äußeren. Es ist Furcht, was selbst Männer aus großer Familie dazu treibt, erniedrigende Akte der Selbstkritik und Selbstverleugnung zu begehen, es ist Furcht, was die Unaufrichtigkeit unseres öffentlichen Lebens beseelt. Es ist Furcht, was die Leute, sogar die Senatoren – ja, vielleicht gerade die Senatoren – daran hindert, auch nur im privaten Kreise zu sagen, was sie denken: Sie fürchten, es könnte sie jemand denunzieren.

Natürlich ist das keine gewöhnliche Furcht. Wir zittern nicht alle jeden Tag vor Grausen. Im Gegenteil – an der Oberfläche ist unser Leben so, wie es aussieht; man schaue den Senat an, und man wird reiche, glückliche, selbstbewußte Bürger sehen. Nein, wir können nichts als Selbstverständlichkeit betrachten, nicht einmal die Liebe, die Zuneigung, die Loyalität der eigenen Familie und der Freunde. Rom ist durchpocht von alles durchdringender Beklommenheit. Es gibt niemanden, der nicht verwundbar wäre.

Nicht einmal der Kaiser. Es war Furcht, was Augustus trieb, sich so grausam gegen seine Tochter und ihre Liebhaber zu wenden, Furcht um seine eigene Schöpfung, was ihn veranlaßte, die Ermordung seines Enkels Agrippa Postumus zu befehlen, so daß ich als Folge seiner Umsicht ein blutiges Vermächtnis in Empfang genommen habe. Und Agrippina, versichert Sejanus mir, macht mich verantwortlich für den Tod ihres Bruders; sie schreibt mir die Urheberschaft des Befehls zu, nicht ihrem Großvater.

»Friso sagt«, berichtete Sejanus, »sie macht Germanicus gegenüber unablässig Andeutungen, du seiest ein Feind ihres Familienzweiges, und sie redet ihm ein, daß er dir nicht vertrauen könne.«

Und so vergiftet die alles zerfressende Furcht sogar die Familie, die die Menschen jetzt »die kaiserliche« zu nennen anfangen.

Die Furcht ist weitverbreitet. Kaum ein Tag vergeht, da ich nicht von anonymen und obszönen Versen heimgesucht werde. Solange ich in Rom residierte, fanden Informanten täglich Mittel und Wege, mich mit Material über aufrührerische Reden und Komplotte zu behelligen. In den meisten Fällen kümmerte ich mich nicht darum. Wenn man mir meldete, ein Mann habe gegen mich gesprochen, antwortete ich, die Fähigkeit, zu denken und zu sprechen, wie man wolle, sei der Prüfstein für ein freies Land. Was war das Ergebnis dieser Äußerung einer makellos republikanischen Auffassung? Romanius Hispo zufolge, einem Manne von obskurer Herkunft, aber einigem Verdienst, den ich seines Vorrats an Informationen, die er gewohnheitsmäßig zusammentrug, recht nützlich fand – Romanius Hispo zufolge also empfanden die Leute meine Antwort als Zeichen der Heuchelei. Ich ermuntere zur freien Rede, sagten sie, um meine Feinde um so leichter erkennen zu können. Es sei eine List, mit der ich sie dazu bringen wolle, sich zu verraten. So stark war die demoralisierende Wirkung der Furcht. Aber ist es unter diesen Umständen ein Wunder, daß auch ich begann, auf allen Seiten Feinde zu entdecken?

Natürlich waren die Leute bereit, die Gesetze zum Hochverrat zu ihrem eigenen Vorteil zu nutzen, entweder um diejenigen, die sie nicht leiden konnten oder beneideten, einfach zu vernichten, oder um von den Belohnungen zu profitieren, die das Gesetz einem Informanten zusprach. Manche Anschuldigungen, die da vorgebracht wurden, waren an sich trivial. Zum Beispiel bezichtigte man einmal einen gewissen Falanius, einen Angehörigen des Ritterstandes, er habe die Göttlichkeit des Augustus beleidigt. Er habe, hieß es, einen gewissen Schauspieler namens Cassius, der in Musikkomödien auftrat und der zugleich als Prostituierter berüchtigt war, zur Anbetung des Augustus zugelassen. Zum zweiten, beschuldigte man ihn, habe er sich einer Statue des Augustus entledigt, als er einige Garteneinrichtungsgegenstände zu verkaufen hatte. Gleichzeitig wurde auch ein Freund von ihm, der Rubrius hieß, wegen Blasphemie gegen die Göttlichkeit des Augustus angezeigt.

Ich trat gegen solche Vorwürfe ein und informierte die Konsuln, die darüber zu befinden hatten, daß Augustus meiner Meinung nach die göttlichen Ehren nicht zugesprochen worden seien, damit man damit römische Bürger ruinieren könne. Ich wies darauf hin, daß Cassius, so beklagenswert sein Privatleben auch sein möge, ein tüchtiger Schauspieler sei, der an den von meiner Mutter, der *Augusta*, zu Ehren ihres verstorbenen Gemahls veranstalteten Spielen teilgenommen habe. Was nun die Blasphemie angehe, fuhr ich fort, müßten sich die Götter schon selbst um ein ihnen zugefügtes Unrecht bekümmern.

Konnte irgend jemand an meinem nüchternen Verstand

Anstoß nehmen? Aber freilich. Man warf mir vor, ich zeigte mich eifersüchtig auf Augustus. Tiberius wäre ein verdammtes Stück flotter damit bei der Hand, Rache zu nehmen, wenn seine eigene Ehre solchen Beleidigungen ausgesetzt wäre, hieß es.

In Wahrheit stimmte das nicht. Romanius Hispo informierte mich, daß der Senator Marcus Granius Marcellus das Gerücht verbreite, ich hätte die Klage gegen Falanius bloß zurückgewiesen, weil Cassius auch mein Lustknabe sei. Marcellus, so erfuhr ich von Romanius weiter, habe sein eigenes Standbild über das des Augustus und das meine gestellt und behauptete, ich hätte einen Plan in Vorbereitung, führende Senatoren wie Scaurus und Gallus ins Exil zu schicken. Ich zauderte wohl, aber Romanius bestand darauf, gegen Marcellus Anklage wegen Hochverrats zu erheben. Da verkündete ich, daß ich das Beweismaterial im Senat verhandeln und bei dieser Gelegenheit offen und unter Eid über den Schuldspruch abstimmen lassen wolle; ich hoffte mit dieser Bekanntmachung jede bloß böswillige Anschuldigung zu unterbinden, indem ich jeden, der sie etwa vorbringen wollte, öffentlicher Schmach aussetzte. Was aber geschah? Mein Freund Gnaeus Calpurnius Piso entblößte die Heuchelei des Senats mit zwei Sätzen. »Caesar«, sagte er, »wirst du deine Stimme als erster oder als letzter abgeben? Wenn als erster, so werde ich es deinem Beispiel nachtun können. Wenn als letzter, so fürchte ich, ich könnte unabsichtlich gegen dich stimmen.«

Ich war ihm dankbar für seine Intervention; sie überzeugte mich von der Unmöglichkeit des Vorhabend, irgend jemandem, der des Hochverrats bezichtigt wurde, durch den Senat ein gerechtes Verfahren zukommen zu lassen. Die Furcht würde sie alle daran hindern, ihre wahre Meinung vorzutragen. Angewidert stimmte ich dafür, Marcellus vom

Vorwurf des Verrats freizusprechen, obwohl er technisch gesehen schuldig war.

Das alles waren – wiewohl symptomatisch für die Krankheit, die vom Staat Besitz ergriffen hatte – geringfügige Sorgen, wenn man sie mit den Problemen verglich, denen Germanicus mich konfrontierte. Seine Siege in Germanien sicherten uns keinen soliden oder dauerhaften Vorteil, aber um ihn zu ehren und seinen Ruf zu vergrößern, war ich bereit, ihren Wert übertrieben darzustellen, und verfügte daher, daß ihm ein Triumph gewährt werde. Ich hoffte daneben, ich muß es gestehen, daß eine derart öffentliche Bestätigung meiner Achtung ihn und Agrippina vielleicht mit mir versöhnen und zumindest das Mißtrauen vertreiben könnte, mit dem sie mich betrachteten. Eitle Hoffnungen.

Ich hatte indessen noch einen anderen Grund. Mein Neffe brannte darauf, den Krieg weiterzutreiben und einen neuen – seinen vierten – Feldzug gegen die Germanen zu unternehmen. Es gab dabei keine Aussicht auf nennenswerten Erfolg. Seine bisherigen Feldzüge hatten mich in der Meinung bestärkt, zu der Augustus und ich unabhängig von einander gekommen waren: Daß die vernünftigen Grenzen des Imperiums erreicht waren und daß alle Pläne zu weiterer Expansion aufgegeben werden sollten. Nun stellte die Hitzköpfigkeit eines ungestümen Jünglings unser Urteil in Frage. Das war unannehmbar und durfte nicht gestattet werden.

Livia war für eine scharfe Reaktion. »Er muß auf seinen Platz verwiesen werden; man muß ihn zwingen, zu verstehen, daß seine Position eine untergeordnete ist. Wie kann dieser grüne Junge es wagen, seine Meinung gegen die deine zu stellen...?«

Sie saß aufrecht auf ihrem Stuhl und klopfte mit der Zwinge ihres Ebenholzstockes auf den Boden. Ihre Fingerknöchel schimmerten weiß. Ihr Kopf, der mehr denn je Ähnlichkeit mit dem eines edlen Raubvogels hatte, zitterte. Dies – und ein gewisses Beben in ihrer Stimme – ließ erkennen, wie alt sie war.

»Germanicus hat Freunde, Bewunderer, Anhänger«, sagte ich. »Vielleicht hat er sich überdies der Gefolgschaftstreue seiner Truppen versichert.«

»Das an sich ist schon Verrat.«

»Ich sage nicht, daß er es formell getan hat, indem er ihnen den Eid auf seine Person abgenommen hat. Aber es läuft auf das gleiche hinaus.«

»Das hätte dein Vater niemals zugelassen!«

Vielleicht nicht, aber Livia lebte jetzt in einer Phantasiewelt, wo alles möglich ist und Schwierigkeiten sich von allein auflösen oder durch einen Willensakt vertrieben werden. Wenn ich Germanicus nur so gut verstände, wie ich meine Mutter verstand, dachte ich. Agrippina zu verstehen, fiel mir hingegen nicht schwer: Sie war erfüllt von unversöhnlicher Feindseligkeit gegen mich.

Ich überschüttete den jungen Mann mit Ehrungen. Ich ließ ihm neben dem Tempel des Saturn einen Triumphbogen weihen, zur Feier der unter seiner Führung und meinem Schutz vollbrachten Wiedereroberung der Adler, die mit Varus verlorengegangen waren. Ich sorgte dafür, daß man im darauf folgenden Mai einen Triumph von nie dagewesener Pracht für ihn veranstaltete. Zu der Prozession gehörten Beutestücke, Gefangene und Bilder von Bergen, Flüssen und Schlachten. Zu meinem Verdruß bestand Agrippina darauf, ihren Mann in seinem Wagen zu begleiten. Jedermann machte Bemerkungen darüber, was für ein vornehmes Bild sie boten, umgeben von ihren Kindern, lächelnd im Mittelpunkt solchen Jubels. Im Namen meines Neffen verteilte ich dreihundert Sesterzen pro Kopf an die Bevölkerung, und an diesem Abend hallte Rom von Wein und Gesang. Ich gab bekannt, daß ich, um dem jungen Mann weitere Ehre zu erweisen, selbst das Konsulsamt mit ihm teilen würde.

Germanicus fühlte sich geschmeichelt von all der Aufmerksamkeit; er schwelgte in seiner Popularität. Alle taten ihm schön, und er glaubte, sie meinten, was sie sagten. Einige taten es natürlich auch, aber die meisten redeten, was die Furcht ihnen eingab. Die Leute hielten ihn für den kommenden Mann. Sie standen in Ehrfurcht vor der Macht, die ihm, wie sie glaubten, zur Verfügung stand.

Aber sosehr er sich geschmeichelt fühlte, war er damit doch nicht von seinen Argumenten für die Fortsetzung des germanischen Krieges abzubringen. Agrippina drängte ihn in diese Richtung und gab seiner Eitelkeit Nahrung. Sie lud zu Festgelagen, bei denen sie versuchte, die Senatoren zur Zustimmung zu verführen. Das tat sie nicht mit dem Zauber ihrer Person; ihre Züge waren scharf, ihre Stimme schrill, und sie hatte nichts von der sinnlichen Natur ihrer Mutter. Im Gegenteil, sie war ihrem Manne sogar betont treu und übte grausame Kritik an Damen, die gegen die monogame Keuschheit verstießen. Die Wahrheit ist: Sie war eine prüde Zicke.

Ich tat, was ich konnte, um die Feindseligkeit des jungen Paares zu beschwichtigen. Ich fragte Germanicus' Mutter um Rat, Antonia, mit der ich immer auf gutem Fuße gestanden hatte, eine Frau von beispielhafter Vernunft und Tugend. Sie bekannte, daß sie ihre Schwiegertochter »schwierig« finde.

»Ich weiß«, sagte sie, »daß du dich gegen meinen Sohn anständig, ja sogar äußerst großzügig benommen hast. Es war nicht leicht für dich, Augustus' Willen zu akzeptieren und ihn deinem eigenen Sohn Drusus vorzuziehen. Glaube mir, mein lieber Tiberius, ich bin dankbar für deine Unparteilichkeit in dieser Sache, und wie ich höre, gibt es Uneinigkeit zwischen euch beiden nur in einer Frage der staatlichen Politik, in der ein Mann von deiner Erfahrung wahrscheinlich klüger urteilt als ein Jüngling, so begabt er auch sein mag. Ich vertraue deiner Liebe zu Germanicus, wie ich deiner Liebe zu deinem Bruder, meinem teuren Gatten Drusus, vertraut habe.«

Antonia schlug sodann vor, wir sollten unsere Eintracht öffentlich demonstrieren, indem wir die Heirat meines Sohnes Drusus mit ihrer älteren Tochter Julia Livilla in die Wege leiteten, die als kleines Mädchen mit Julius Caesar verlobt gewesen war.

»Sie ist ein paar Jahre älter als der liebe Junge«, sagte sie, »aber das habe ich noch nie für schlecht gehalten. Eine solche Ehe wird meinen Sohn davon überzeugen, daß du für unseren Teil der Familie nichts als Wohlwollen empfindest.«

Ich stimmte ihr zu. Die Hochzeit wurde vorbereitet und gefeiert. Was war das Ergebnis? Agrippina fing sofort an, jedem, der es hören wollte, zu erzählen, dies alles sei Teil meines Planes, Germanicus zu beseitigen und dafür zu sorgen, daß Drusus mein Nachfolger werde. Was konnte man mit einem solchen Weib anfangen?

»Du könntest ihr den Mund stopfen«, schlug Sejanus vor und mußte bei diesem Gedanken lachen. »Du könntest sie daran erinnern, daß es Inseln im Meer gibt, die für weibliche Mitglieder ihrer Familie reserviert sind.«

Er meinte es nicht ernst. Germanicus' Stellung allein hätte es mir schon unmöglich gemacht, seiner Frau aufzuwarten, wie Augustus ihrer Mutter und ihrer älteren Schwester aufgewartet hatte; die letztere, Julia geheißen wie die Mutter, hatte wegen ähnlicher Verstöße nämlich das gleiche Urteil auf sich gezogen. Der obszöne Dichter Ovid gehörte, wie man sich erinnern mag, zu jenen, die Verbrechen und Schmach mit ihr teilten.

IV

Zum Glück eröffneten die Entwicklungen anderswo eine zeitweilige Lösung der Probleme, die sich mit Germanicus stellten. Ich war genötigt gewesen, den betagten König Archelaus von Cappadocien vor dem Senat anzuklagen, und man hatte entschieden, sein Königtum dem Reich einzuverleiben, so daß es unter meine unmittelbare Herrschaft kam. Das mißfiel mir nicht: Archelaus hatte mich beleidigt, als ich auf Rhodos wohnte, denn da hatte er sich sicher genug gefühlt, weil er vermutet hatte, ich sei in Ungnade gefallen. Den Übergang Cappadociens von einem in den anderen Status zu beaufsichtigen war eine wichtige Arbeit, und ich war der Meinung, daß Germanicus sich in der erforderlichen Rolle glänzend bewähren würde.

Ich hatte die Entscheidung bereits getroffen, als die Nachricht eintraf, daß König Vonones von Armenien vertrieben worden sei, und zwar von einer Fraktion, die Parthien dem römischen Imperium vorzog. Da Armenien von so großer strategischer Bedeutung ist, war dies eine gefahrenträchtige Situation. Ich beschloß daher, daß Germanicus die oberste Verfügungsgewalt über die Ostprovinzen des Reiches erhalten solle, und gedachte den Senat aufzufordern, ihm das *majus imperium* zu verleihen. Umfassender hätte ich mein Vertrauen in seine Fähigkeiten nicht zum Ausdruck bringen können. Immer noch fand Agrippina Anlaß zum Klagen, wenngleich Germanicus sehr erfreut zu sein schien. Sie gab allen zu verstehen, man verwehre es ihm, in Germanien Ruhm zu erringen, und beschrieb die schwierige Aufgabe, zu der ich ihn berufen hatte, hartnäckig als »eine bloße Polizeiaktion«.

Sie kritisierte außerdem meine Entscheidung, gleichzeitig Gnaeus Calpurnius Piso zum Gouverneur von Syrien zu ernennen. Doch mir erschien es ratsam. Piso war ein Mann, zu dem ich Vertrauen hatte, er hatte sich durch ungeheure Erfahrung und – bisher – durch Verstand und Tugend ausgezeichnet. Syrien war ein verantwortungsvoller Posten, denn der Gouverneur dort gebot über vier Legionen. Angesichts der instabilen Lage im Osten war es nötig, hier einen Gouverneur zu haben, der zu unabhängigem Handeln in der Lage war. Agrippina erzählte überall, ich hätte Piso beauftragt, als mein »Spitzel« zu arbeiten – sie benutzte tatsächlich dieses Wort. In Wirklichkeit hatte ich lediglich darauf hingewiesen, daß er es für nötig halten könnte, den noblen Ungestüm des Germanicus gelegentlich ein wenig zu bremsen. Ich fürchtete, die Gier des jungen Mannes nach militärischem Ruhm könnte uns in einen regelrechten Krieg gegen Parthien reißen...

Bevor er sich also aufmachte, sagte ich zu Piso: »Deine Aufgabe, mein Freund, ist es, im rechten Augenblick das Fohlen zu zügeln.«

Weiter gingen meine Anweisungen nicht.

Germanicus' Reise nach Armenien ähnelte eher der eines Mannes, der für ein Staatsamt kandidiert, als der eines Feldherrn. Er besuchte Drusus in Dalmatien und sprach mit ihm – »selbstverständlich ganz im Vertrauen, mein Bruder« – auf eine Weise, die mein Sohn später als »an der Grenze zum Aufrührerischen« bezeichnete. Er erzählte Drusus, meine Urteilskraft lasse nach, und vielleicht sei der

Tag nicht mehr fern, da man mich für regierungsunfähig erklären müsse. »Das sagte er mit diesem Lachen, weißt du, so daß es, wenn nötig, als Scherz hätte abgetan werden können. Aber ich glaube nicht, daß es scherzhaft gemeint war.«

Er reiste dann die dalmatische Küste hinunter, durch Albanien und nach Griechenland, bis er den Golf von Nicepolis erreichte. Dort besichtigte er die Szenerie der Schlacht von Actium und erinnerte mich in einem Brief daran, daß dies gemischte Gefühle in seiner Brust erwecken müsse, denn er sei der Großneffe des Augustus (und mit dessen Enkelin verheiratet), aber eben auch ein Enkel des Antonius. »Es macht mich stolz, zu denken«, schrieb er mir, »daß die Fehde zwischen diesen beiden großen Männern in meinen Kindern ihre Versöhnung findet.«

Er besuchte Athen und näherte sich der Stadt demonstrativ nur von einem Diener begleitet – zum Zeichen der Achtung für unseren uralten Bündnisvertrag. Die Athener, auf ihre wirrköpfige Weise von neuen Dingen stets entzückt, empfingen ihn hingerissen; sie streuten Blumen vor ihm aus und beschenkten ihn mit rhetorischen Meisterstücken, was er mit einer Gleichmütigkeit entgegennahm, die vielleicht nicht nur gespielt war. Die Weiterreise durch Asien ging langsam voran: Nach seinen Briefen zu urteilen, war er als Tourist unterwegs, nicht als jemand mit einer dringenden Mission. Ich empfing drei Seiten mit geistlosen, aber euphorischen Beschreibungen der Örtlichkeit Trojas; dabei hatte ich den Platz ohnehin schon selbst besucht. Zu Clarus befragte er das Orakel des Apollo, wo der Priester, wiewohl Analphabet und der Verskunst unkundig, üblicherweise mit einer Anzahl entsprechender Verse aus einer Höhle hervortritt, in der er aus einer heiligen Quelle getrunken hat. Da weder Germanicus noch Agrippina bekanntgab, wie die

Verse gelautet hatten, haben sie dem jungen Paar offenbar nicht gefallen.

Als er schließlich in Armenien anlangte, stellte er fest, daß die unmittelbare Gefahr vorüber war. Gewisse armenische Adelige – Leute, die ich selbst gekannt hatte oder deren Väter mir bekannt gewesen waren – hatten soviel Verstand und Unternehmungsgeist gehabt, mich unmittelbar um Rat zu fragen. Briefe gingen hin und her, Geschenke wurden auf ihre Empfehlung hin versandt, und als mein Neffe auf dem Schauplatz erschien, hatte ich bereits dafür gesorgt, daß er Zeno, den Sohn des König Ptolemo von Pontus, zum König krönen sollte. Zeno hatte sich schon vor langer Zeit die Gewohnheiten armenischer Adeliger zu eigen gemacht, und er war ein hingebungsvoller Freund des Jagens und Schmausens und solcher barbarischen Gepflogenheiten mehr. Gleichwohl, auch wenn die unmittelbare Gefahr, wie ich sagte, vorüber war, verlieh die Ankunft meines Neffen dem Ereignis gewisse Würde und beeindruckte die leicht zu beeindruckenden Armenier mächtig. Ich will auch gar nicht bestreiten, daß Germanicus seine Aufgabe in einer alles in allem beispielhaften Weise erfüllte.

Piso war unterdessen in Syrien eingetroffen und führte sich dort ganz und gar nicht so auf, wie es in meiner Absicht gelegen hatte. Mag sein, daß die Beförderung ihm zu Kopfe gestiegen war. Vielleicht auch stachelte ihn sein Weib Plancina auf, eine Protegée, übrigens meiner Mutter; Plancina verabscheute Agrippina und war entschlossen, sie in den Schatten zu stellen. Jedenfalls kam es bald zum Streit zwischen Piso und Germanicus. Es verging eine Weile, bis ich davon hörte, und dann war ich verstimmt. Ich hatte Piso gebeten, Germanicus zu beaufsichtigen, nicht, ihm Knüppel zwischen die Beine zu werfen; aber mit jeder Post empfing ich neue Beschwerden von meinem Neffen. Piso, sagte er, lege es darauf an, die Gefolgschaftstreue seiner vier Legionen an sich selbst statt an Rom zu binden. Außerdem habe er sich geweigert, Germanicus eine Legion zu übersenden, als er darum gebeten worden sei; dies sei ein Verstoß gegen Germanicus' *majus imperium*. Zu seiner Verteidigung gab Piso mir zu verstehen, er mißtraue Germanicus' Absichten und sei deshalb nicht bereit, eine seiner Legionen zu übergeben. Was den Umstand angehe, daß er seinen Männern erlaube, ihn »Vater der Armee« zu nennen, worüber Germanicus sich beklagt habe – nun, er könne ja nicht verhindern, daß er beliebt sei, oder? Außerdem mißtraue er, wie gesagt, den Absichten Germanicus'. Ich wisse ja, wie er sich in Germanien benommen habe, und hier treibe er es nun auf die gleiche Art. Piso befürchtete, Germanicus könne Böses im Schilde führen – »Denke an Caesar«, schrieb er. Seine Briefe waren zahlreich und detailliert. Ich kann nicht wörtlich oder ausführlicher aus ihnen zitieren, denn später hielt ich es für klug, sie zu vernichten; aber an diese Warnung erinnere ich mich.

Im Herbst besuchte Germanicus Ägypten. Dazu hatte er kein Recht, wie ich dem Senat in Erinnerung rief, denn ein Senator, selbst wenn er mit dem göttlichen Augustus verwandt war, benötigte meine Erlaubnis, wenn er meine private Domäne betreten wollte. Ich gab diese Erklärung aus prinzipiellen Gründen ab, damit kein anderer Senator auf den Gedanken kam, es stehe ihm frei, dem Beispiel meines Neffen zu folgen. Der Tadel, den ich ihm zukommen ließ, war mild: Ich wies lediglich darauf hin, daß er meine Erlaubnis hätte einholen müssen, die ihm selbstverständlich gewährt worden wäre, und daß er mit seinem Versäumnis ein schlechtes Beispiel gegeben habe. Natürlich reizte es ihn, die ägyptischen Örtlichkeiten zu besichtigen. Ich weiß noch, daß ich ihn sogar fragte, ob er die steinerne Statue des

Memnon gesehen habe, ein bemerkenswertes Objekt, das den Klang einer Stimme von sich gibt, wenn die Strahlen der Sonne es berühren. Ich riet ihm außerdem, die große Bibliothek des Museums zu Alexandria zu besuchen, und bat ihn, dem großen Gelehrten Apion meine Grüße auszurichten, den ich als »Zimbel der Welt« bezeichnete; seine ägyptische Geschichte ist nicht nur mit tiefgründigen Kenntnissen, sondern auch mit weisen Reflektionen angefüllt; seine Streitschrift gegen die Juden, wiewohl vielleicht unmäßig, wendet sich mit Scharfsinn und Kraft gegen den obstinaten Monotheimus dieses kuriosen Volkes. Diese Erinnerungen, an sich ganz unwichtig, mögen dazu dienen, Skeptiker von meinem im Grunde freundlichen Verhältnis zu meinem Neffen zu überzeugen. Das seine zu Piso indessen verschlechterte sich jäh. Fehler gab es auf beiden Seiten. Piso glaubte, Germanicus verwende sein *majus imperium* auf eine Weise, die seiner eigenen Autorität Abbruch tue. Germanicus beschwerte sich, Piso habe Befehle, die er Divisionsbefehlshabern erteilt habe, einfach umgekehrt. In einem Anfall von Groll befahl er ihm, Syrien zu verlassen; Piso tobte zwar vor Wut, sah aber, daß seine Position unhaltbar war, und gehorchte. Er zog sich auf die Insel Cos zurück. All das geschah unvermittelt und ohne mich zu konsultieren.

Dann erkrankte Germanicus an einem in jenen Breiten häufig vorkommenden Fieber. Er schien sich zu erholen, hatte dann einen Rückfall. Man berichtete, er habe Piso und Plancina bezichtigt, ihn vergiftet zu haben. Agrippina, außerstande, irgend etwas zu beurteilen, erhob schrille Anschuldigungen. Sie befahl ihren Sklaven, Beweise für Gift und Zauberei zu suchen, und natürlich fanden sie, was sie finden sollten, wie es Sklaven stets gelingen wird. Die Untersuchung des Fußbodens und der Wände seines Schlafgemaches förderte menschliche Gebeine sowie Zeichen von Zaubersprüchen, Flüchen und Beschwörungen zutage; es fanden sich bleierne Täfelchen mit dem Namen meines Neffen, verkohlte und blutige Asche und »andere bösartige Gegenstände, geeignet, die Seele eines Menschen den Mächten des Grabes auszuliefern«, wie sie es ausdrückten.

Marcus Friso zufolge, der mir später einen genauen Bericht über alle Umstände lieferte, sagte Germanicus dann: »Selbst wenn ich eines natürlichen Todes stürbe, hätte ich einen berechtigten Groll gegen die Götter, weil sie mich von Frau und Kindern, Vaterland und Freunden trennen und weil sie mir den gerechten Lohn für meine Tugend vorenthalten. Doch nicht die Götter, sondern jene Dämonen in Menschengestalt sind es, Piso und Plancina, die ich anklage. Erzählt meinem Vater, dem Kaiser, von der üblen Verschwörung, die meinen Tod herbeigeführt hat. Ihr werdet Gelegenheit haben, vor dem Senat Beschwerde zu erheben und das Gesetz anzurufen. Die wichtigste Aufgabe eines Freundes ist nicht, voll Trauer hinter einem Leichnam zu wandeln, sondern sich an die Wünsche des Verstorbenen zu erinnern und seinen Willen auszuführen. Trauern werden selbst Fremde um Germanicus. Doch sollte ich es sein, den ihr liebt, und nicht nur mein Rang, dann fordere ich euch auf, mich zu rächen.«

Ein Sklave wischte ihm die Stirn mit einem kühlen Tuch, und Agrippina stand dabei, trockenen Auges und mit harter Miene.

Germanicus erhob sich auf die Ellbogen und fuhr fort: »Zeigt Rom meine Frau, die Enkeltochter des göttlichen Augustus. Stellt aus die weinenden Gesichter unserer sechs Kinder. Den Klägern wird das Mitgefühl gehören. Was man über verbrecherische Anweisungen erzählen mag, die Piso vielleicht erhalten hat, wird schwer zu glauben sein – doch um so schwerer zu vergeben, glaubt man es denn.«

Das war eine bemerkenswerte Rede für einen sterbenden Mann – oder sie wäre es gewesen, hätte Friso sie tatsächlich gehört. Tatsächlich aber wiederholte er, wie er deutlich sagte, nur die von Agrippina sanktionierte Fassung. Authentisch erschien an dem Ganzen nur der Kontrast zwischen der bekümmerten Fürsorge der Sklaven und Agrippinas tränenlosen Augen. Friso fügte hinzu, Agrippina habe ihren vertrauten Freunden auch erzählt, Germanicus habe ihr geraten, Zurückhaltung walten zu lassen, wo ich selbst betroffen sei.

Er starb. In der Grabrede verglich man ihn mit Alexander. Niemand steht bei solchen Gelegenheiten unter Eid, aber das war denn doch absurd. Es hieß, nachdem er die Germanen viele Male besiegt habe, sei ihm nicht erlaubt worden, ihre Unterwerfung zu vollenden. Hätte er allein zu bestimmen gehabt, wäre er in seinem militärischen Ruhme Alexander ebenso leicht gleichgekommen, wie er ihn an Anstand, Selbsbeherrschung und allen anderen guten Eigenschaften übertroffen habe.

Es war leicht zu erkennen, gegen wen sich diese Eloge richtete und von wem sie inspiriert war.

Sein Leichnam wurde auf dem zentralen Platz von Antiochia aufgebahrt. Einige von denen, die ihn betrachteten, fanden unanzweifelbare Beweise für eine Vergiftung, was als medizinisches Wunder gelten muß. Der Leichnam wurde verbrannt und nicht einbalsamiert, wie man es unter solchen Umständen für angebracht hätte halten mögen. Agrippina ernannte Gnaeus Sentius Saturninus zum Befehlshaber über die Legionen ihres Gatten und effektiv auch zum Gouverneur von Syrien; dann schiffte sie sich mit ihren Kindern und der Asche ihres Gemahls nach Italien ein. Ich sage, »sie ernannte«, weil es darauf, wie Friso mir berichtete, tatsächlich hinauslief, obschon die Sache natürlich schicklicher aufgezogen wurde und man bekanntgab, die Entscheidung stamme von leitenden Beamten, Offizieren und Senatoren. Sentius befestigte daraufhin die Provinz gegen Piso. Zudem verhaftete er eine Frau namens Martina und schickte sie nach Rom; sie war als Freundin Plancinas bekannt und, wie er meldete, als Giftmischerin berüchtigt.

Piso vertraute zuversichtlich darauf, daß er kraft seiner ursprünglichen Ernennung durch mich – die zu widerrufen ich bislang weder Anlaß noch in der Tat Gelegenheit gehabt hatte – noch immer Gouverneur von Syrien sei; und nun unternahm er den Versuch, wieder in seine Provinz zurückzukehren. Sentius leistete Widerstand. Es gab ein kurzes Handgemenge oder Scharmützel, und Piso, der nicht einmal die Unterstützung derjenigen Legionen hatte, die er früher befehligt hatte (und deren Offiziere von Germanicus oder Sentius großenteils suspendiert worden waren), mußte kapitulieren. Er wurde unter Arrest gestellt und unter der Anklage, Krieg gegen römische Streitkräfte geführt zu haben, nach Rom geschickt.

Diese Neuigkeiten erreichten mich stückchenweise, während Agrippina langsam und mit zahlreichen Zwischenaufenthalten, über das winterliche Meer nach Italien kam. Ich hörte entsetzt von Germanicus' Tod. Ich betrauerte ihn als einen unendlich vielversprechenden jungen Mann und als den Sohn meines geliebten Bruders Drusus. Aber selten ist es nur ein einzelnes Gefühl, das uns erfüllt, und in meinen Schmerz mischte sich durchaus das Empfinden, daß die Götter Rom einen Gefallen erwiesen hatten. Ich bedauerte auch die Schmach, die über meinen alten Freund Piso gekommen war, und konnte nicht glauben, was man ihm zur

Last legte. Gleichwohl mußten solche Vorwürfe untersucht werden, und sollten sie sich als zutreffend erweisen, würde ich bekennen müssen, daß ich mich in Piso arg getäuscht hatte. Den Mord an meinem Neffen könnte ich niemals vergeben – sollte es Mord gewesen sein. Meine Gedanken waren verwirrt und flackerten zwischen Dunkelheit und Licht hin und her. Es war unmöglich, zu wissen, was am besten zu tun sei.

Natürlich ordnete ich Staatstrauer um den jungen Mann an. Die Leute überschlugen sich in dem Bestreben, ihrem Verlust Ausdruck zu geben, und sie taten es in einer Sprache, die verständlich, wenn auch übertrieben war. Bei solchen Gelegenheiten wird die Übertreibung zur Norm. Selbst vernünftige Menschen lassen sich von der allgemeinen Stimmung erfassen und bilden sich ein, daß die Staatsangelegenheiten sie viel unmittelbarer betreffen, als sie es tatsächlich tun. Es ist ein leichtes, anzunehmen, daß das eigene Leben durch Ereignisse beeinträchtigt sei, die in Wirklichkeit nur die Phantasie beunruhigen.

Ich entsandte zwei Bataillone der Prätorianergarde nach Brindisi, um Agrippina zu empfangen. Anfangs zögerte ich, meinen lieben Sejanus damit zu betrauen, denn ich wußte, wie tief die Abneigung war, die dieses Weib gegen ihn hegte. Als ich aber darüber nachgedacht hatte, entschied ich, daß es notwendig sei, dort jemanden zu haben, dem ich vertrauen konnte; und außer Drusus gab es niemanden, zu dem ich mehr Vertrauen gehabt hätte als zu Sejanus. Und es war auch gut so, denn die öffentliche Stimmung war so beschaffen, daß sogar die Garde selbst davon hätte befallen werden können. Übrigens kam es in Brindisi zu einem merkwürdigen Zwischenfall. Die angebliche Giftmischerin, Martina, kam etwa zur gleichen Zeit mit einem anderen Schiff dort an. Am nächsten Tag wurde sie tot aufgefunden, während Agrippina noch in der Stadt war. Es gab keine Spuren von Gewaltanwendung, aber in ihren Haarwurzeln fand man Gift. Natürlich behaupteten manche, sie habe Selbstmord begangen; andere meinten, sie sei umgebracht worden, weil jemand fürchten müsse, was sie zu enthüllen habe. Da die menschliche Natur nun einmal ist, wie sie ist, unterschob man dem Fall die schlimmstmögliche Konstruktion. Nur wenige überlegten sich, daß das Motiv für den Mord an ihr (falls sie wirklich ermordet worden war) das Wissen gewesen sein könnte, daß die Ärmste überhaupt nichts zu enthüllen hatte.

Agrippinas Reise mit der Asche ihres Gemahls nach Rom war erstklassig inszeniert. In jeder Stadt gab – oder erhielt – sie einen Empfang, und sie verlor keine Gelegenheit, Sympathie und Beifall zu erringen und sich als schmerzlich trauernde Frau zu zeigen. Sejanus war machtlos; er konnte nur zuschauen und berichten. Seine natürliche Umsicht sagte ihm, daß es unmöglich sei, die Woge des Mitgefühls einzudämmen, auch wenn sie bei jedem Schritt in Aufruhr überzukochen drohte.

Germanicus' Mutter, Antonia, war von der theatralischen Veranstaltung ihrer Schwiegertochter dermaßen angewidert, daß sie sich weigerte, ihr Haus zu verlassen und das Gefolge bei seiner Ankunft in Rom zu begrüßen. Ich tat es selbstverständlich auch nicht. Zum einen, weil Sejanus mich davor warnte: Meine Anwesenheit könne Unruhe hervorrufen. Sein Rat war gut, aber meine Abwesenheit wurde kritisiert. Drusus indessen billigte meine Entscheidung; seine Frau Julia Livilla, obwohl Agrippinas Schwägerin, schlug vor, das beste, was man mit der trauernden Witwe anfangen könne, sei, »einen Eimer kaltes Wasser über ihr ausschütten«. »Schon im Kinderzimmer«, sagte sie zu Drusus, »war sie immer nur Schauspielerin. Und was ihre Liebe zu meinem Bruder angeht, so hat sie ihm mit ihrem unentwegten

Nörgeln und Meckern das Leben zur Hölle gemacht.« Natürlich wußten die Massen davon nichts; sie verehrten Agrippina als Vorbild dessen, was eine Frau sein sollte.

Ich selbst veranlaßte, daß Germanicus' Asche im Mausoleum neben der des Augustus beigesetzt werde. Eine riesige Menschenmenge erschien, und das Marsfeld loderte von Fackeln. Agrippina reizte den Mob zur wahren Trauerorgien; sie hatte dafür gesorgt, daß eine gewisse Summe Goldes verteilt wurde, und ihre Kreaturen übten sich in Lobreden auf ihre Tugend und erbitterten Anklagen gegen Piso und jene, die ihn »ermutigt« hatten. Und sie hatten Erfolg: Es kam zu schmählichem Aufruhr in der Suburra, in Trastevere und auf dem Marsfelde selbst. Ich hatte den Eindruck, daß die Situation in ganz absurder Weise außer Kontrolle gerate, und so gab ich die folgende Erklärung ab, um damit die Leute wieder zur Vernunft zu bringen:

Berühmte Römer sind schon früher gestorben, doch keiner ward inbrünstiger betrauert. Ich empfehle eure Hingabe dem Gedenken an Germanicus, meinen lieben Sohn und Neffen. Doch man soll Mäßigung üben. Das Benehmen gewöhnlicher Familien oder Gemeinschaften sollte nicht Vorbild für ein imperiales Volk sein. Nach den ersten Tränen sollten wir Ruhe bewahren. Gedenket der maßvollen Würde, mit welcher Julius Caesar seine Tochter und Augustus seine geliebten Enkel betrauerte. Bedenkt, wie mutig unsere Vorväter den Verlust von Armeen, den Tod von Generälen und den Untergang großer Familien ertrugen, wie sie sich Tränen ud Klagen versagten, die nur den Weibern anstehen. Römern kommt es nicht zu, sich wie hysterische und weibische Orientalen aufzuführen. Große Männer sterben; das Vaterland lebt ewig. Ich fordere also die Bürger auf, zu ihren gewohnten Tätigkeiten zurückzukehren und auch – da die Megalesischen Spiele zu beginnen im Begriff sind – zu ihren gewohnten Freuden.

Meine Worte hatten die gewünschte Wirkung. Die Menschen schämten sich ihrer Überspanntheit. Das normale Leben nahm seinen Fortgang – zu Agrippinas Empörung.

Von Dauer war es leider nicht. Was wir normal nennen, ist allzu oft, was wir anstreben, und nicht, was wir erleben. In diesem Fall war die Ruhe nur kurz. Ich hatte mich um Piso zu kümmern. Er war wieder in Rom und hielt sich, mit bestimmten Einschränkungen belegt, in seinem Hause auf, das oberhalb des Forums gelegen war. Plancina erregte schon bald unerwünschte Aufmerksamkeit durch die üppigen Eßgelage, die sie veranstaltete, um für ihren eingesperrten Mann Unterstützung zusammenzutrommeln.

Seine Lage war verzweifelt; so kam es mir um so mehr vor, als ich weitere Informationen über sein unbedachtes und disziplinloses Benehmen erhielt. Meine Mutter drängte mich, zu verhindern, daß man ihm den Prozeß machte.

»Plancina ist eine gute Freundin von mir«, sagte sie, »und ich habe ausführlich mit ihr gesprochen. Ich bin überzeugt, daß die Vorwürfe, die man gegen sie und ihren Mann richtet, unbegründet sind. Es ist ausgeschlossen, daß sie Germanicus ermordet haben. Bildest du dir denn wirklich ein, wenn ich etwas anderes glaubte, würde ich mit der Mörderin meines Enkels noch ein Wort sprechen? Das alles sind doch Ausgeburten von Agrippinas verdrehter Phantasie. Sie ist außer sich vor Trauer, Trotz und Enttäuschung.«

»Ich kann aber einen Prozeß nicht verhindern«, sagte ich. »Es würde Gerüchten Nahrung geben, die mich zu Schlimmerem als ihrem Komplizen machen wollen. Die ganze Sache muß vor einem Gericht ventiliert werden, und ich bin sicher, man wird sie von der Mordanklage freisprechen.«

»Nichts Gutes wird dabei herauskommen«, sagte Livia. »Ich kenne die Menschen besser als du. Wenn ein Prozeß stattfindet, wird er den Leuten nur Gelegenheit bieten, schlimmere und greulichere Gerüchte in die Welt zu setzen. Denn den Plebejern ist es unmöglich, zu unterscheiden, ob man einen Menschen vor Gericht stellt oder ob man ihn für schuldig erklärt. Du wirst diesen Prozeß bereuen, wenn du ihn zuläßt.«

Sie hatte natürlich recht, aber ich konnte das Verfahren nicht verhindern. Livias Logik war nur noch eine abstrakte; sie hatte sich von den Realitäten der Politik zurückgezogen, in denen der Zufall regiert und man auf Druck von hier und dort reagieren muß. Wenn ich das Gerichtsverfahren blokkiert hätte, wäre das nicht nur gleichbedeutend mit der Erklärung gewesen, daß Piso des schlimmsten ihm zur Last gelegten Verbrechens schuldig sei: Es hätte auch bedeutet, daß die Gerüchte stimmten und er auf mein Geheiß gehandelt hatte. Weshalb – würde man sagen – sollte ich ihn sonst schützen?

Außerdem wollte ich das auch gar nicht. Ich hatte Piso vertraut, und so oder so: Er hatte mein Vertrauen enttäuscht. Ich hatte ihn für kompetent und scharfsinnig gehalten, und er hatte sich als Dummkopf erwiesen.

Als der Senat zusammentrat, wurde Anklage gegen ihn erhoben, zunächst von Lucius Fulcinius Trio, dann von zwei Stabsmitarbeitern des Germanicus, Publius Vitellius und Quintus Vernajus. Mich forderte man auf, die Untersuchung zu leiten, aber ich drängte darauf, daß vor dem gesamten Senat verhandelt werde. Jedoch umriß ich meine Ansicht zu dem Fall.

»Gnaeus Piso«, sagte ich, »besaß das Vertrauen und die Bewunderung des Augustus und meiner selbst. Mit eurem Einverständnis, Väter und Beigeordnete des Senats, machte ich ihn zu des Germanicus Helfer bei dessen Aufgaben im Osten. Leider traten sie, wie die Welt weiß, einander nicht von Angesicht zu Angesicht entgegen, und unwillkommene und unvorhergesehene Entwicklungen fanden statt. Nun ist es eure Pflicht, objektiv und ohne Bosheit zu entscheiden, ob er, nachdem er Germanicus durch Ungehorsam und Streitsucht verärgert hatte, lediglich über dessen Tod frohlockte (denn daß er da frohlockte, kann nicht bestritten werden), oder ob er Schlimmeres verübte und tatsächlich seinen Tod anzettelte.

Nun, solltet ihr auf das erste befinden und zu dem Schluß kommen, daß Piso die Grenzen seiner Position überschritt und dann über Germanicus' Tod – und meine Trauer, wohlgemerkt – Freude empfand, dann werde ich seine Freundschaft zurückweisen und meine Tür vor ihm verschließen. Ich werde aber nicht die Vollmachten nutzen, die ihr mir zu übertragen geruhtet, nur um ein privat erlittenes Unrecht zu sühnen.

Solltet ihr aber andererseits Beweise für einen Mord finden, ein Verbrechen, welches ganz ungeachtet des Ranges, den das Opfer innehatte, Rache verlangt, so wird es eure Pflicht sein, den Kindern des Germanicus und uns, seinen Eltern und seiner Familie, Genugtuung widerfahren zu lassen. Es gibt darüber hinaus noch andere Dinge, die ihr zu bedenken habt.

Erstens: Hat Piso seine Truppen zu Meuterei und Rebellion angestiftet?

Zweitens: Hat er sie bestochen, um sich ihre Unterstützung zu sichern?

Drittens: Hat er einen übereilten und unrechtmäßigen Krieg geführt, um seine Provinz zurückzugewinnen...?

Aber ihr müßt euch auch fragen, ob das nicht Lügen sind, verbreitet und ausgeschmückt von Leuten, denen die Trauer ihre Vernunft aus den Angeln gehoben hat.

In diesem Zusammenhang muß ich sagen, daß die übermäßige Energie einiger, die darauf erpicht sind, Piso ein Verbrechen in die Schuhe zu schieben, mir einigen Anlaß zur Verärgerung gegeben hat. Denn den Leichnam meines Sohnes zu entkleiden und ihn den vulgären Gaffern zur Schau zu stellen, um auf diese Weise – gar unter Ausländern – die Kunde zu fördern, er sei vergiftet worden, das hat keinem guten Zweck gedient, denn diese Frage ist ja noch nicht entschieden, sondern im Gegenteil jetzt Sache eurer Untersuchung.

Ich möchte euch daran erinnern, Väter und Beigeordnete des Senats, daß die Sensationsgier der Feind der Gerechtigkeit und daß die Gerechtigkeit die Frucht der Vernunft, nicht der Emotion ist.

Ich trauere um meinen Sohn Germanicus und werde es immer tun, bis der Tod mich meinerseits davon erlöst. Aber ich biete dem Angeklagten jede Gelegenheit, Indizien vorzulegen, die auf seine Unschuld weisen, oder Beweise dafür, daß Germanicus ihn provoziert und mißhandelt hat, sollte dies der Fall gewesen sein. Ich gehe so weit, zu sagen, daß ich hoffe, es möge ihm gelingen, sich von allem Verdacht zu reinigen, denn für meinen Teil wäre die Entdeckung, daß ein römischer Edelmann, in den ich mein Vertrauen gesetzt hatte, sich dessen so unwürdig erwiesen haben sollte, noch ein weiterer bitterer Tropfen, den ich zu schlucken hätte.

Ich beschwöre euch, Vorwürfe nicht als Beweise zu nehmen, nur weil ihr euch meines persönlichen Schmerzes bewußt seid.

Die, welche durch Verwandtschaft oder Gefolgschaftstreue zu Pisos Verteidigern gemacht werden, sollten ihm in der Stunde seiner Not furchtlos beistehen...«

Dies waren meine Worte, und ich bereue sie nicht. Es wäre unehrenhaft gewesen, irgend etwas anderes zu sagen. Aber der Abend sank herab, und ich wußte, ich war gescheitert. Meine wohlbemessenen Worte wurden von allen Seiten verurteilt. Diejenigen, die glaubten, Germanicus sei Piso und Plancina zum Opfer gefallen, beklagten sich erbost, ich hätte den Senat aufgefordert, ihn freizusprechen. Die Anhänger der beiden hingegen beschuldigten mich, ich hätte sie im Stich gelassen. Livia sagte: »Nie hätte ich geglaubt, daß mein Sohn ein solcher Feigling sein könnte: Deine Freunde zu veraten, um deine eingefleischten Feinde zu beschwichtigen, das ist schlimmer als ein Verbrechen: Es ist Tölpelei, und die Folgen werden dich bis an dein Grab heimsuchen.« Dennoch, ich hätte nichts anderes sagen können, wenngleich es sinnlos war, meiner Mutter gegenüber darauf zu beharren.

Der Prozeß fand bei miserablem Wetter statt. Der *tramontana* wehte kalt und böig um das Haus des Senats und ließ die Markisen der Stände und die Baldachine der Sänften wütend flattern. Den Pöbel schreckte das Wetter nicht; auch er wehte wie ein böser Sturm, rüttelte an Senatoren und drohte ihnen Gewalt an, sollten sie nicht zufriedenstellend urteilen. Horden umschwärmten die Sänfte, die den elenden Piso zu seiner täglichen Verhandlung trug, und kreischten, er möge vielleicht dem Senat entkommen, nicht aber ihnen; sie würden ihn aufhängen, sollte man ihn freisprechen. Einige packten seine Statue und wollten sie zur Gemonischen Treppe schleppen, aber da schickte ich ihnen die Garde entgegen und ließ sie festnehmen. Ich war entschlossen, die Stadt nicht dem gewalttätigen Pöbel zu überlassen.

Zahllose Gerüchte machten die Runde. Am gefährlichsten war die von Pisos Anhängern verbreitete und von meinen Feinden mit Eifer geglaubte Behauptung, er werde einen Brief von mir vorlegen, der alle seine Handlungen rechtfertigen werde. Einen solchen Brief gab es nicht.

Gleichwohl beunruhigten mich diese Gerüchte, nicht nur, weil man ihnen weithin Glauben schenkte, sondern auch, weil ich befürchtete, man könne in der Tat einen solchen Brief gefälscht haben. Ich befahl deshalb Sejanus, Piso zu vernehmen und sein Haus zu durchsuchen.

Sejanus ließ sich in seinen Sessel zurückfallen und streckte die Arme über den Kopf. Er lachte. In der Arena – die ich verabscheue – habe ich Löwen gesehen, die sich wie Sejanus bewegten, mit der gleichen Anmut und Bedrohlichkeit. Er lachte wieder.

»Der arme Piso«, sagte er. »Der arme Wicht – er weiß, er ist erledigt.«

»Aber das Dokument, der Brief...«

»Es gibt keinen Brief. Das weißt du.«

»Und es ist auch keiner gefälscht worden?«

»Meine Leute haben das Haus auf den Kopf gestellt. Piso war empört. Er sagte zu mir: 'Ihr wißt genau, daß ihr nichts finden werdet.' Tatsache ist, daß er auf seine komische Art daran gedacht hat, so ein Dokument zu fälschen; natürlich hat er – aber irgend etwas hat ihn zurückgehalten.«

»Ehre?«

»Kann sein. Aber eher Furcht. Er hofft immer noch darauf, daß du das Verfahren einstellen läßt. Er behauptet immer noch, er sei nie über das hinausgegangen, was er als deine Absichten verstanden habe. Nicht bis zum letzten Augenblick, als er in Syrien einmarschierte. Er weiß, daß er da etwas falsch gemacht hat. Er weiß, daß sie ihn in diesem Punkt beim Schlafitt haben.«

»Sejanus...« Ich zögerte, verlegen wie nie in seiner Gegenwart. »Als du bei Piso warst, bevor er den Auftrag übernahm, wie weit bist du da gegangen?«

Er lächelte, gähnte und streckte sich noch einmal. »Es ist

ein bißchen spät für diese Frage«, sagte er. »Tiberius«, fuhr er dann fort, »es gibt für dich keinen Grund zu Anspannung. Du brauchst nichts weiter zu tun, als das Recht seinen Gang gehen zu lassen.«

»Das Recht seinen Gang gehen lassen?« Livia klappte ihren Fächer zu. »Bist du wahnsinnig? Wenn du anfängst, deinen Feinden deine Freunde zu opfern, dann muß ich glauben, du hast den Verstand verloren. Begreifst du nicht, Kind, daß diese Frau unversöhnlich ist? Wenn sie Piso angreift, so ist das nur der erste Schritt. Du bist ihr eigentliches Ziel. Außerdem – der Gedanke, Plancina könnte des Mordes schuldig sein, ist absurd. Ich kenne sie, seit sie ein kleines Mädchen war.«

Es gab keinen Beweis für einen Mord, nichts als bösartige Gerüchte. Einige waren ganz lächerlich. Man behauptete, Piso habe das erstemal versucht, Germanicus zu vergiften, als sie bei einem Essen Tischnachbarn waren. Sogar etliche von Germanicus' Freunden fanden diese Annahme allzu phantastisch: Er hätte einen solchen Versuch wagen sollen, vor lauter Zeugen, einschließlich Germanicus' selbst und seiner Sklaven. Piso spottete über diesen Vorwurf; er bot an, seine eigenen Sklaven foltern zu lassen, verlangte aber, daß auch das Bedienungspersonal jenes Essens verhört werde. Ansonsten jedoch wankte seine Verteidigung allenthalben. Die Indizien dafür, daß Piso seine Truppen bestochen und die Disziplin unterwandert hatte und in die Provinz einmarschiert war, waren überwältigend. Als Plancina, die geschworen hatte, sein Schicksal mit ihm zu teilen, dies erkannte, suchte sie verzweifelt wenigstens sich selbst zu retten und beschloß, ihre Verteidigung von der seinen zu trennen. An diesem Abend mußte die Zahl der Gardesoldaten, die ihn nach Hause eskortierten, verdoppelt werden.

Als es Nacht wurde, meldete man mir, Pisos Sekretär bitte um eine Audienz. Ich lehnte ab, ihn zu empfangen. Ich konnte nichts unternehmen, und mir lag nichts daran, meine eigene Position zu kompromittieren, indem ich mich mit einem solchen Abgesandten auf ein Gespräch einließ. Ich ließ ihn deshalb mit der Mitteilung zurückkehren, ich sei zuversichtlich, daß Piso sich auf eine seiner Vorfahren würdige Weise verhalten werde.

Ich weiß nicht, wie Piso meine Botschaft aufnahm. Irgendwann in der Nacht ließ er alle Hoffnung fahren. Er gab einem seiner Sklaven einen Brief, gab bekannt, daß er schlafen gehen wolle, und schickte Plancina und seine Bediensteten aus seiner Kammer. Am Morgen fand man ihn mit durchschnittener Kehle. Ein blutiges Schwert lag neben seinem Leichnam auf dem Boden.

Man brachte mir die Nachricht in der kalten Frühe. Schwarze Wolken jagten über den Himmel. Ich beobachtete eine Prozession von Betern, die sich mit bedeckten Häuptern auf den Tempel des Rächenden Mars zubewegten. Dohlen wirbelten in wildem Flug vor den Winden. Der Sklave fiel vor mir auf den Boden und streckte eine Hand aus, die ein versiegeltes Dokument umklammerte.

Piso hatte geschrieben:

Verschwörung und Haß haben mich zugrunde gerichtet. Es gibt keinen Platz mehr für Unschuld und Ehrlichkeit. Die Götter rufe ich zu Zeugen an, Caesar, daß ich Dir immer treu gewesen bin und eingedenk meiner Pflicht gegen die *Augusta*. Ich flehe euch beide an, beschützet meine Kinder. Marcus hat mich nach Syrien begleitet, hatte mir aber erst davon abgeraten; sein Bruder Gnaeus hat Rom niemals verlassen. Ich bete darum, daß sie, die unschuldig sind, mein Unglück nicht teilen mögen. Bei meinen fünfundvierzig Jahren der Treue, bei unserer gemeinsamen Konsulschaft, bei der Erinnerung an unsere Freundschaft beschwöre ich, den Dein Vater, der göttliche Augustus, ehrte und dessen Freund Du warst – beschwöre ich Dich: Verschone meinen unglücklichen Sohn. Es ist das letzte, worum ich irgend jemanden bitten werde.

Ich gab den Brief an Sejanus weiter.

»Kein einziges Mal erwähnt er Plancina«, stellte ich fest. »Nun, alle Freundschaft ist jetzt Erinnerung. Aber wir werden dafür sorgen, daß sein Sohn nicht leidet...«

Meiner Mutter zu Gefallen vertrat ich Plancina vor dem Senat.

Piso war unbedacht, aber er wurde von der öffentlichen Meinung ebenso sicher ermordet, als hätte der Pöbel ihn gelyncht, wie er es angedroht hatte. Am Tag seiner Beerdigung lud Agrippina zu einem Festschmaus ein. Ich wies die Einladung zurück.

Wie viele Nächte habe ich in die Majestät der Himmel gestarrt und an Piso in seinen letzten Stunden hier auf Erden gedacht, verlassen, ohne Hoffnung, endlich zum Tode entschlossen. Und oft habe ich ihn beneidet.

V

Es kam ein Augenblick der Freude: Drusus' Frau Livilla brachte Zwillinge zur Welt. Ich hatte gehofft, dies werde sie wieder zusammenbringen. Die Hoffnung trog. Ich warf Drusus vor, er vernachlässige seine Frau.

»Ich dachte, ich hätte ihr genug zu tun gegeben, Vater«, erwiderte er. »Überhaupt hast du leicht Ratschläge erteilen. Du brauchst dich mit ihren Launen nicht herumzuplagen.«

»Mag sein, aber es ziemt sich nicht, daß ich ständig Berichte von euren Streitereien höre.«

»Wer bringt sie dir denn? Sejanus, nehme ich an. Du setzt allzuviel Vertrauen in diesen Mann. In der Tat schmerzt es mich, Vater, daß du dich anscheinend mehr auf ihn verläßt als auf mich, deinen eigenen Sohn.«

Er hatte keinen Grund, so etwas anzunehmen, und das sagte ich ihm. Aber dieses Bewußtsein der Zwietracht zwischen Drusus und Sejanus war ein neuer Grund zur Beunruhigung.

Bald gab es noch einen, auch wenn Drusus und ich dadurch wieder zueinanderfanden. Seine Mutter, meine arme Vipsania, lag im Sterben. Ich hatte nie daran gedacht, daß sie vor mir sterben könnte. Zwar hatten wir uns seit unserer Scheidung nicht wiedergesehen, aber sie war stets ein wärmendes Etwas im Hintergrund meines Lebens gewesen – wie ein

Ort es sein kann, an dem man einmal glücklich war. Drusus und ich reisten bei regnerischem Wetter nach Velletri, wo sie in einem von ihrem Vater ererbten Landhaus gewohnt hatte; von ihrem Gemahl Gallus war sie seit langem getrennt.

Vipsania verabschiedete sich zuerst von Drusus. Dann sagte er mir, nun solle ich hineingehen. Ich war am Ende nicht mehr sicher gewesen, daß sie mich würde sehen wollen.

Erst hätte ich sie gar nicht erkannt, denn die Krankheit hatte sie aufgefressen; ihr Gesicht war vom Fleische gefallen, und ihre Augen sprachen vom Schmerz, den sie litt. Sie streckte die Hand aus. Ich nahm sie in die meine, küßte sie und fiel an ihrem Bett auf die Knie. So verharrten wir lange Zeit. Ein eigenartig muffiger Geruch erfüllte das Zimmer, und die Luft war stickig und schwer.

»Versuche nicht zu sprechen«, sagte ich. »Es genügt, daß wir wieder zusammen sind.«

Sie löste ihre Hand aus der meinen und strich mir über die Stirn...

War es so? Oder trügt mich meine Erinnerung? Zuweilen haben diese wenigen Minuten mit Vipsania die Klarheit eines Traumes, aus dem man erwacht mit der ruhigen Gewißheit, daß man die Vision einer profunderen Wirklichkeit hat erfahren dürfen als die, in der man seinen Alltag verbringt. Die Erfahrung ordnet sich neu, als sei ein Schleier gelüftet worden. Und doch war ihr Gemach bereits ein Tor zum Grab. Drusus spürte nichts davon. Er weinte, weil er seine Mutter verlor; meine Augen blieben trocken. Doch der Verlust, den ich schon vor langer Zeit erlitten hatte, war um so schärfer: Ich durfte einen kurzen Blick auf das werfen, was mir verwehrt geblieben war. Als ich mich über sie beugte und sie auf die Wange küßte, aus der das Leben schon floh, besiegelte ich unser Anerkenntnis, mit dem wir dreißig Jahre gelebt hatten: daß Liebe und Zärtlichkeit vor den Tatsachen der Macht verzweifeln müssen. Ich verließ ihre Kammer und machte Miene zu einem Begräbnis, so kahl wie eine Bergwand im Winter.

»Eine sonderbare Vorstellung«, sagte Drusus, »daß meine Mutter die Halbschwester dieser Höllenkatze Agrippina gewesen sein soll.«

»Ich habe nicht gewußt, daß du Agrippina so wenig magst.«

»Ich mag sie wenig? Du begreifst doch sicher, Vater? Sie ist entschlossen, uns zu vernichten.«

»Ich weiß nicht mehr, was ich noch begreife.«

»Und mehr noch, sie wird ihre Kinder zu unseren Feinden erziehen.«

Drusus schob mir den Wein herüber. Wir tranken beide.

»Mir scheint«, sagte er, »unsere Familie ist im Übermaß bestückt mit unmöglichen Frauen.«

»Deine Mutter war niemals unmöglich.«

»Nein.« Er rief nach mehr Wein. »Aber meine Frau«, sagte er dann. »Und Agrippina, und meine Großmutter und, wie ich mich erinnere, auch meine Stiefmutter Julia. Womit haben wir sie nur verdient?«

Wenig später schlief er ein. So trauerten wir um Vipsania: betrunken und voller Selbstmitleid. Aber nicht nur um Vipsania trauerten wir, dachte ich. Unsere Trauer wurzelte tiefer als nur in der Sterblichkeit. Der Tod kann schließlich auch als Freund kommen; der Tod bringt willkommene Erlösung vom Schmerz – wie für Vipsania – oder vielleicht von der Ehrlosigkeit – wie für Piso –, vielleicht auch von der Tyrannei des ewigen »Ich«.

»Möchtest du noch Wein, o Herr?«

Ich blickte auf. Einer von Drusus' Sklaven beugte sich über mich. Er hieß Lygdus – ein Eunuch aus Syrien, ein Geschenk, wie ich mich erinnerte, von Piso. Ein Duft von Rosenessenz wehte zu mir herab. Er legte eine hellbraune, schmalfingrige Hand an die Flasche. Grausamkeit wallte in mir auf, die mich zugleich anekelte und erregte. Diese Kreaturen, dachte ich, sind vollständig in unserer Macht. Doch dann wiederum – wer wäre nicht in meiner Macht? Bin ich nicht der Herr der Welt? Ist es das nicht, was man sagt? Ein Herr, der die Menschen verachtet, den Meuchelmord fürchtet (aber warum, wenn ich mich danach sehne, daß der Tod mich von meiner Verantwortung befreit?) und alle Gesellschaft meidet. Der Junge wartete. Ich sah ihn an; er senkte seinen Blick. Bange Furcht vertrieb das Verlangen, mir gefällig zu sein. Er wartete.

Ich hatte mir natürlich Berichte über diesen Lygdus geben lassen. Solche Dinge sind zur Nowendigkeit geworden. Es hieß, er sei vertraut mit seinem Herrn, ein geschätzter Liebling. Es gibt immer so jemanden im Haushalt eines tugendsamen Mannes. Es ist unsere Art, uns eine Ordnung der Dinge zu versüßen, die ja von Natur aus der Idee der Menschlichkeit anstößig ist. Und Männer stehen Eunuchen selten gleichgültig gegenüber; sie empfinden ihnen gegenüber entweder Verachtung oder Verlangen – und manchmal auch beides. Ein Eunuch hat in unserer Vorstellung einen eigentümlichen Status inne; er ist ein Gegenstand, den wir mit ganz unverantwortlicher Zärtlichkeit überschütten, den wir aber auch benutzen können, um unsere angeborene Grausamkeit an ihm auszulassen.

»Liebst du deinen Herrn?«

Ich sprach griechisch, um ihn zu beruhigen. Er antwortete in derselben Sprache, stockend.

»Mein Herr ist sehr gut zu mir.«

Seine Finger zupften am Saum seiner kurzen Tunika.

»Ist er oft in diesem Zustand?«

»O nein, Herr, dies ist eine Ausnahme. Er ist betrübt über den Tod seiner Mutter. Soll ich dir noch Wein holen, o Herr?«

»Nein«, sagte ich, »Wein ist heute nacht nicht die Antwort. Kümmere dich um deinen Herrn. Er ist mir sehr teuer.«

Er beugte sich über Drusus, um seinen Kopf, der von der Couch gerutscht war, in eine bequemere Lage zu bringen. Die kurze, goldgesäumte Tunika hob sich über seine Hinterbacken. Die sandfarbenen Beine waren lang und wohlgeformt.

»Geh zu Bett«, sagte ich und verschränkte die Finger so heftig, daß die Knöchel schmerzten. »Ich werde mich heute nacht um deinen Herrn kümmern.«

Drusus war mir teuer; Sejanus war es auch, und die Feindschaft zwischen den beiden vertiefte sich. Jeder war eifersüchtig auf den mutmaßlichen Einfluß des anderen auf mich. Meine Bemühungen, den Argwohn zu zerstreuen, den der eine dem anderen entgegenbrachte, waren vergeblich. Mein einziger Trost lag in der Gewißheit, daß mir beide ganz und gar treu ergeben waren.

Ihre Streitigkeiten indessen beunruhigten mich. Bei mindestens einer Gelegenheit verlor Drusus die Beherrschung – ich weiß den Anlaß gar nicht mehr, wenn ich ihn je wußte – und schlug Sejanus ins Gesicht. Er beschwerte sich – wurde berichtet – darüber, daß Sejanus eine Bedrohung für die Sicherheit des Reiches sei, und führte zum Beleg meine Entscheidung an, die Prätorianergarde, deren Kommandant Sejanus noch war, in einem neuen Lager an der Nordseite der Stadt zusammenzuziehen. Ich hatte diesen

Vorschlag aus zwei Gründen genehmigt. Erstens befreite er die Bürger von der Last der Einquartierung der Garde in ihren Häusern, zweitens förderte es Disziplin und Effizienz. Es war überhaupt nichts Schlimmes an der Sache.

Ich ärgerte mich über ihre Streitereien, weil beide für die Administration des Imperiums unentbehrlich waren. Wie Augustus häufig bemerkt hatte: Die Aufgabe ist zu groß für einen Einzelnen, und der Princeps braucht Helfer, denen er vertrauen kann und die bereit sind, miteinander zusammenzuarbeiten. Drusus' Eifersucht auf Sejanus störte das reibungslose Funktionieren der Staatsmaschinerie. Dabei gab es keinen Disput über Politik. Im Gegenteil, wie ich Drusus gegenüber betonte, Sejanus hatte mit der Formulierung unserer Politik kaum etwas zu tun, und er hatte auch nie den Wunsch geäußert, mit dieser Verantwortung belastet zu werden. Er war zufrieden mit seiner exekutiven Rolle. »Meine Stärke«, sagte er häufig zu mir, »liegt in der Ausführung unserer Politik. Ich bin dazu da, dir zu helfen, indem ich für einen reibungslosen Ablauf der Dinge sorge. Ich bedaure, daß Drusus mir mißtraut, und ich wünschte, er könnte einsehen, daß er dazu keinen Anlaß hat.« Tatsächlich war Sejanus so beunruhigt im Bewußtsein der stetig wachsenden Feindseligkeit meines Sohnes und im Wissen um die Beeinträchtigung, die ich dadurch erfuhr, daß er sich mehr als einmal erbot, alle seine Ämter niederzulegen und sich ins Privatleben zurückzuziehen. »Denn das letzte, was ich mir wünsche«, versicherte er mir, »wäre es, der Anlaß für Reibungen zwischen dir und Drusus zu sein, und deshalb wäre es vielleicht besser, wenn ich mich von der Szene zurückzöge, da ich davon überzeugt bin, daß die Feindschaft, die Drusus jetzt gegen mich hegt, unauslöschlich ist.«

Natürlich wies ich sein großzügiges Opfer zurück und versicherte ihm, ich könne ohne ihn nicht auskommen. »In manchen Dingen bin ich restlos auf Drusus angewiesen, in anderen ganz und gar auf dich, mein lieber Junge«, sagte ich. »Das habe ich auch Drusus erklärt, und ich habe ihm geraten, nicht auf die zu hören, die seine Gedanken wider dich vergiftet haben.«

Sejanus wischte sich eine Träne aus dem Auge. »Dein Vertrauen bewegt mich mehr, als ich sagen kann. Aber es gibt mir auch die Kühnheit, etwas hinzuzufügen, das ich dir lieber nicht würde erzählen müssen. Es steht nicht alles zum besten zwischen Drusus und Julia Livilla. Die edle Dame hat ihre Not meiner eigenen Gemahlin Apicata anvertraut. Sie sagt, seit dem Tode des einen Zwillings habe Drusus sich gegen sie gewandt. Vor allem, sagt sie, bestürze es sie, daß er ihr sein Schlafgemach verschließe und statt ihrer den Eunuchen Lygdus zu sich kommen lasse. Ich würde nichts erwähnen, was dir Schmerz bereiten muß, hoffte ich nicht, daß du, gestärkt durch dieses Wissen, Mittel finden möchtest, die Dinge in Ordnung zu bringen.«

Ich war gerührt von diesem unschuldigen Zutrauen in meine Fähigkeiten, aber ich unternahm nichts. Bittere Erfahrung hat mich gelehrt, daß weder Klugheit oder das Gefühl für Anstand noch der eigene Vorteil den geschlechtlichen Widerwillen überwinden oder die Richtung der Gelüste beeinflussen kann.

Das waren Ablenkungen, aber die Regierungsgeschäfte nahmen derweilen kein Ende. Ich bemühte mich, den Senat wieder zu einem echten Partner im Staate zu machen, und bestand darauf, daß ich im besten Falle der Erste unter Gleichen sei. Als ein unterwürfiger Kerl die Geschmacklosigkeit besaß, mich mit »mein Herr und Meister« anzureden, warnte ich ihn und verbot ihm, mich je wieder derart zu beleidigen. Ich leitete alle Staatsgeschäfte an den Senat weiter, auch solche, die Augustus selbst auszuführen gewohnt gewesen war, und konsultierte den Senat in sämtlichen Fragen der Staatsfinanzen, der Zuteilung von Monopolen und der Errichtung oder Instandsetzung öffentlicher Bauten. Ich befragte die Senatoren sogar, wo es um Rekrutierung oder Entlassung von Soldaten ging, um die Stationierung von Legionen und Hilfstruppen, die Verleihung militärischer Befehlsgewalt, die Ernennung von Generälen sowie um die Beantwortung von Briefen, die ich von ausländischen Potentaten erhalten hatte – lauter Angelegenheiten, die Augustus sich selbst vorbehalten hatte. Ich ermunterte zur Diskussion im Senat und versicherte seinen Mitgliedern, daß »ein Staatsmann rechten Sinnes und treuen Herzens, dem man so viel souveräne Macht in die Hand gegeben hat, wie ihr mir übertragen habt, sich als Diener des Senats, des ganzen Volkes, ja selbst der privaten Bürger betrachten sollte«.

Das waren nicht bloß Worte, um der theatralischen Wirkung willen gesprochen. Im Gegenteil, ich war froh, wenn Entscheidungen meinen Wünschen zum Trotz getroffen wurden, und enthielt mich jeder Klage, selbst wenn ich wußte, daß ich recht und die Mehrheit unrecht hatte. Einmal zum Beispiel hatte ich darauf bestanden, daß die städtischen Beamten für die Dauer ihrer Amtszeit auch in Rom ansässig sein müßten, aber der Senat erlaubte einem Prätor, nach Africa zu reisen, und zahlte ihm sogar seine Spesen. Mehr noch, ich erlaubte den Senatoren, meinen Rat zu mißachten, wenn es ihnen beliebte. Als Manius Aemilius Lepidus zum Beispiel für den Posten des Gouverneurs von Asien vorgeschlagen wurde, erklärte Sextus Pompejus Tertius, er sei durchaus ungeeignet für diese Position, denn er sei, wie er sich ausdrückte, »ein fauler, degenerierter Habenichts«. Ich konnte Pompejus in diesem Urteil nicht so recht widersprechen und tat meine Ansicht auch kund. Gleichwohl fügte ich mich der Entscheidung des Senats, Lepidus doch zu ernennen; ich fand, daß diese Demonstration der Unabhängigkeit an sich wertvoll sei.

In anderen Dingen jedoch sah ich den Eifer des Senats mit Skepsis. In einem Jahr beispielsweise drängten die Aedilen mich, ich solle mich gegen die Extravaganz äußern. Im Senat herrschte großer Jammer darüber, daß die Gesetze gegen verschwenderische Ausgaben nicht beachtet würden und daß infolgedessen die Lebensmittelpreise täglich stiegen. Ich war mir dessen bewußt und beklagte es. Ich versuchte, ein Vorbild an Sparsamkeit zu sein, und ließ beispielsweise bei einer Gelegenheit nur eine Seite eines Wildschweins zum Mahle auftragen; dazu bemerkte ich, sie schmecke ebenso gut wie die andere Seite. Aber ich wußte, daß solche Gesetze – genau wie die gegen die Unmoral – nichts nutzten. Kargheit und Keuschheit galten früher etwas, weil die Menschen Selbstbeherrschung übten. Ein Gesetz ist nicht zuständig für die Regulierung moralischen Verhaltens. Das Mittel dazu liegt beim Individuum. Wenn wir Anstand haben, benehmen wir uns auch gut; haben wir keinen, werden wir jederzeit Mittel und Wege finden, schmutzigen und schimpflichen Passionen zu frönen.

Nichts machte mir in jenen Jahren mehr Beschwer als die Flut von Beschuldigungen durch Denunzianten. Selbst wenn die Vorwürfe, die sie erhoben, wohlbegründet waren, mußte man die allgemeinen Konsequenzen doch als verachtungswürdig ansehen. Rom drohte eine Stadt zu werden, in der jedermann seinen Nachbarn bespitzelte und niemand seinem Mitmenschen zu trauen wagte. Ich tat, was ich konnte, um diesem Treiben Einhalt zu gebieten. Als zwei Mitglieder des Ritterstandes, Considius Aequus und Caelius Cursor, den Prätor Magius Caecilianus des Verrats beschuldigten, sorgte ich nicht nur dafür, daß die Anklage abgewiesen wurde, sondern ich ließ die Kläger auch mit hohen Bußgeldern belegen. Ich hoffte, die Erkenntnis, daß man durch eine solche Anklage schwere Verluste erleiden könnte, würde die Hoffnung auf einen Profit aus einer erfolgreichen Klageerhebung etwas weniger verlockend machen. Ach, ich unterschätzte die Begehrlichkeit des Menschen und sein Talent zur Selbsttäuschung. Bezichtigungen dieser und jener Art, manche ganz lächerlich, strömten weiter herein. Eine Folge davon war die Forderung des Senats, daß solche, die sich um ein öffentliches Amt, insbesondere um eine Provinzstatthalterschaft, bewarben, gründlicher überprüft werden müßten und daß diejenigen, die Gerüchten zufolge ein lasterhaftes Leben führten, von vornherein ausgeschlossen gehörten. Ein Senator drängte darauf, daß der Kaiser in dieser Frage allein entscheiden müsse. Oberflächlich betrachtet, hatte sein Vorschlag einiges, das für ihn sprach, aber er war mit einem fundamentalen Makel behaftet. Ich war nicht bereit, eine solche Bürde auf mich zu nehmen, und hielt dagegen, daß das Wissen eines Kaisers auch nicht allumfassend sein könne. »Wenn ihr dieses Verfahren einführt«, erklärte ich, »werdet ihr damit nur verleumderische und obszöne Gerüchte befördern, denn Intriganten werden versuchen, meine Entscheidung zu beeinflussen. Das Gesetz befaßt sich nur mit Handlungen, die begangen worden sind. Was jemand tun wird, ist unbekannt. Manch ein Herrscher hat Hoffnungen oder Befürchtungen Lügen gestraft; für bestimmte Naturen ist Verantwortung anregend, andere stumpft sie ab. Man kann einen Menschen nicht im voraus beurteilen. Außerdem bitte ich euch, noch über dieses nachzudenken: Ein Kaiser hat schon Bürden genug – und genug Macht hat er sowieso. Stärkt die Exekutive, und ihr schwächt das Gesetz. Das ist ein fundamentales Prinzip der

Politik. Wenn es möglich ist, nach einem ordnungsgemäßen Rechtsverfahren zu handeln, dann ist es ein Fehler, bloße Amtsautorität auszuüben.«

Das glaubte ich damals, und ich glaube es noch. Aber die Natur des Menschen ist so beschaffen, daß just diejenigen, die danach schreien, daß die Regierung etwas unternehmen möge, auch zu den ersten gehören, die es dann beklagen – wenn nämlich das, was die Regierung unternimmt, ihre eigenen Interessen berührt.

Je länger ich die oberste Gewalt ausübte, desto schwerer wurde es mir, in irgendeiner Sache die Wahrheit zu erkennen. Ich erfuhr die schreckliche Isolation des Amtes. Niemand sprach mich an, ohne sein eigenes Interesse im Kopf zu haben. Niemand redete daher offen und ehrlich mit mir. Wenn jemand mir eine Geschichte überbrachte, die ein schlechtes Licht auf jemand anderen warf, mußte ich mich fragen, was mein Informant damit zu gewinnen hoffte, ob es Gier oder Groll war, was ihn beseelte – und dies mußte ich einschätzen, bevor ich die objektive Wahrheit dessen, was er mir erzählte, bedenken konnte. Mehr noch, ich lernte, daß die Menschen, selbst wenn sie nicht unmittelbar von Böswilligkeit getrieben wurden, dazu neigten, mir nur das zu sagen, was ich gern hörte. Weil er von diesen Lastern frei war, schätzte ich Sejanus, wie Augustus seinen Agrippa geschätzt hatte. Sejanus, glaubte ich, hatte keine Angst, die Wahrheit zu sagen, und weil ich zuversichtlich darauf vertraute, daß er nicht den Ehrgeiz habe, mehr zu sein als das, was er war, und überdies von liebevoller Zuneigung zu mir erfüllt sei, hatte ich auch Vertrauen zu dem Rat, den er mir zu geben hatte.

Die ganze Zeit über störte mich die Feindseligkeit, die Agrippina mir, wie ich wußte, entgegenbrachte. Ich tat alles, was mir möglich war, alles, was in meiner Macht stand, um sie zu beschwichtigen. Ich nahm ihre Söhne unter meinen persönlichen Schutz. Es waren drei: Nero, Drusus und Caligula. Keiner war ganz und gar zufriedenstellend. Nero war ein entzückender kleiner Junge gewesen, intelligent, von schneller Auffassungsgabe und einem unbeschwerten Sinn, der nicht von seinen Eltern herzurühren schien. Tatsächlich ähnelte er im Aussehen seiner Großmutter Julia – er hatte ihr unvermittelt freudig aufscheinendes Lächeln, und er schürzte auch ganz wie sie die Lippen, wenn ihm etwas mißfiel. Germanicus hatte zur Strenge gegen ihn geneigt, und nach dem Tode ihres Mannes versuchte Agrippina ihren ältesten Sohn zu zwingen, eine Verantwortung zu übernehmen, gegen die seine Natur sich sträubte. Sie beschimpfte ihn wütend, wann immer er den unerreichbaren Maßstab verfehlte, den sie ihm setzte; dies stand im Gegensatz zu ihrer Behandlung der beiden anderen Jungen, die sie in empörender Weise verwöhnte. Vielleicht war es eine Reaktion darauf, vielleicht die Folge eines Antriebs aus den Tiefen seiner Natur, jedenfalls nahm Nero seine Zuflucht in einem geradezu absurd affektierten Benehmen, welches sich, als er sich der Mannbarkeit hätte nähern sollen, in ganz unverhohlener und verkommener Weise weibisch entwickelte: Er malte sich Lippen und Augenlider an, schminkte sich die Wangen rot, beträufelte sich mit syrischen Düften, und es hieß, er trage seidene Untergewänder. Als Knabe von vierzehn oder fünfzehn Jahren beäugte er in den Bädern die Senatoren und lud sie in seine Kabine ein. Natürlich fühlten sich viele von dem hübschen und liederlichen Kinde hinreichend verlockt, um den unmoralischen Umgang auch mit einem Mitglied der kaiserlichen Familien zu riskieren. Um Peinlichkeiten zu vermeiden, bat ich Drusus, ihn zur Ordnung zu rufen; daraufhin versuchte Nero, seinen Onkel zu verführen. Mit siebzehn Jahren verliebte er sich besinnungslos in einen Schauspieler, der ein so berüchtigter Päderast war, daß man ihn einmal auf der Straße mit Dung beworfen hatte. Ich machte der Sache ein Ende, indem ich den Komödianten ins Exil schickte. Aber ich erhielt weiterhin Berichte, die keinen Zweifel daran ließen, daß Nero unverbesserlich war.

Dennoch blieb ich hartnäckig. Ich war, das gebe ich zu, selbst empfänglich für den unzweifelhaften Charme des Jungen. Mein Herz zerfloß, wenn ich in seinen Gebärden die Julia sah, die mich verzaubert hatte. Es lag sogar, das spürte ich, eine gewisse Galanterie in seinem verkommenen Benehmen; es war eine Reaktion auf angeborenes Elend. Er war niemals bösartig, und wenn er in der rechten Stimmung war, blitzte sein Witz strahlend auf. Nichtsdestoweniger stellte er ein Problem dar. Wenn er bei den Spielen in der kaiserlichen Loge erschien, fing ein Teil der Menge – der nämlich, der die allgemeine sentimentale Zuneigung zu Germanicus' Familie nicht teilte – unweigerlich an, Beleidigungen zu johlen: »Tuntenprinz«, »Ganymed« und »Süßer«. Wegen der roten Schminke konnte man nicht erkennen, ob er errötete, wenn er sich derart verhöhnt hörte. Meine Mutter, die ihn verabscheute, lehnte es ab, in seiner Gesellschaft die Spiele zu besuchen. Mein einziges Vergnügen bestand darin, zu sehen, wie Agrippina sich auf die Lippen biß, um ihre Wut im Zaum zu halten.

Seinem Bruder Drusus war er ebenfalls ein Greuel. Drusus war ein Pinsel wie sein Vater Germanicus; und er hatte nichts von dem Charme, den Nero von Julia und vielleicht auch von seinem Großvater Marcus Antonius geerbt hatte. Drusus war niederträchtig, eifersüchtig und hinterhältig. Nichts davon sah man ihm an – in dieser Hinsicht schlug er nach seinem Großvater Agrippa. Drusus war der vollkommene Heuchler, so gewandt, daß er mich jahrelang täuschte. Er war zudem ungeheuer ehrgeizig, und da ihm klar war, daß der Weg zur Macht über meine Gunst führte, machte er sich daran, meine Achtung zu gewinnen. Dies störte Agrippina, und man berichtete mir von schrecklichen Streitereien zwischen ihnen. Schließlich aber überzeugte er sie davon, daß er nicht aufrichtig sei, wenn er mir den Hof mache. Als sie ihn davor warnte, mir zu vertrauen, sah er ihr in die Augen und sagte: »Glaube mir, Mutter, ich könnte niemals einem Manne vertrauen, der verantwortlich ist für den Mord an meinem Vater und für Beleidigungen wie die, welche er gegen dich gelenkt hat.« Doch am selben Tag kam er zu mir, beteuerte mir seine Ergebenheit und – wichtiger – bat mich um meinen Rat in Fragen der Staats- und Kriegskunst, denn »niemand«, sagte er, »kennt besser als ich den Wert deiner Erfahrung als Roms größter Feldherr, und daher brenne ich darauf, dir zu Füßen zu sitzen«. Drusus war stets schnell bei der Hand, wo es galt, mich von den neuesten Extravaganzen in Neros Benehmen in Kenntnis zu setzen, wobei er selbstverständlich stets in vorgeblicher Betrübnis den Kopf schüttelte. »Ich verstehe wirklich nicht, wie mein Bruder dem X oder dem Y gestatten kann, sich bei ihm derartige Freiheiten herauszunehmen. Ich fürchte, er muß geistig verwirrt sein.« Es war ein Glück, daß Sejanus mich mit Informationen versorgte, die mir halfen, Drusus' wahren, alles andere als vertrauenswürdigen Charakter zu erkennen.

Was den jüngsten der drei Jungen anging, Gajus Caligula, so war er einfach abscheulich. Ich selbst habe Gladiatorenkämpfe nie gemocht und würde sie mit Vergnügen verbieten, wenn das Volk es hinnähme, daß man es dieses Vergnügens beraubte, aber selbst Leute, die an dergleichen ihre Freude hatten, sahen mit Entsetzen, mit welchem Genuß

Caligula schon als Kind Grausamkeit und Tod betrachtete. Zu sehen, wie ein zehnjähriger Knabe sich beim Anblick von Blut die Lippen leckte und sich wand, als erlebe er einen Orgasmus in seiner Freude über die Qualen unglücklicher Menschen, das war widerwärtig.

»Eine feine Familie«, dachte ich oft. »Ich danke den Göttern, daß Drusus und sein Sohn zwischen ihnen und der Macht stehen.«

VI

Und dann wurde Drusus krank. Er klagte über Abgespanntheit und häufige Anfälle von Übelkeit. Seine Glieder taten ihm weh und waren schwer. Die leiseste Bewegung wurde ihm zur Qual. Ich ließ Ärzte aus Korinth und Alexandria herzueilen, um die Talente zu ergänzen, die es in Rom schon gab. Es half nichts. Von Tag zu Tag sah ich meinen Sohn schwächer werden; von Tag zu Tag sah ich, wie seine Lebenslust verebbte. Unter diesen Umständen war selbst Sejanus kein Trost für mich. Obschon ich absolutes Vertrauen zu ihm hatte, mußte ich unwillkürlich daran denken, daß er den Tod meines Sohnes nicht betrauern würde. Die Anwesenheit von Drusus' Gattin, Julia Livilla, konnte ich nicht ertragen: Allzu offensichtlich war ihre Gleichgültigkeit gegen Drusus' Zustand. Der Eunuch Lygdus pflegte seinen Herrn mit emsiger Fürsorge; eines Morgens fand ich ihn in bittere Tränen aufgelöst, weil Drusus eine schlechte Nacht gehabt hatte, und ich war nicht so zynisch, anzunehmen, daß er bloß weinte, weil er fürchtete, einen Herrn zu verlieren, der ihn liebte. Meine Mutter spendete mir keinen Trost; das Alter hatte sie in ein Reich entrückt, in dem gegenwärtiger Schmerz kaum mehr eine Rolle spielte. Sie ärgerte mich, weil sie die ganze Zeit davon redete, wie sehr Agrippina sich über Drusus' Tod freuen würde. Wunderlicherweise kam der einzige Trost für mich von dem jungen Nero Caesar. Zwar war er außerstande, seine effeminierten Affektiertheiten einmal für einen Augenblick abzulegen, aber gleichwohl verfügte er über eine mitfühlende Vorstellungskraft, die ihm half, meinen Jammer zu verstehen. Andere tadelten mich – hinter meinem Rücken, aber nicht ohne mein Wissen –, weil ich im langen, jammervollen Verlauf der Krankheit meines Sohnes weiterhin an den Sitzungen des Senats teilnahm. Nero, der mir begegnete, als ich eines Morgens aus der Kurie zurückkehrte, umarmte mich mit unmittelbarer Zärtlichkeit und sagte: »Im Augenblick mußt du das Gefühl haben, daß allein Arbeit und Verantwortung deinem Leben noch einen Sinn geben.« Dann streichelte er mir die Wange und setzte hinzu: »Aber ich wünschte, du könntest um Drusus weinen – um deinetwillen.« Seltsam: Mich störten weder seine Tränen noch der Duft von Bergamotten, mit dem er sich besprenkelt hatte. Ich fand keine Worte, ihm zu danken. Ich umarmte den Jungen, hielt ihn eine ganze Weile an mich gedrückt und zog Kraft und Trost aus seiner Jugend und seinem Mitgefühl.

Drusus starb. Als ich am nächsten Tag in den Senat kam, saßen die Konsuln zum Zeichen der Trauer auf den gewöhnlichen Bänken. Ich dankte ihnen, erinnerte sie dann aber an ihre Würde und ihren Rang und forderte sie auf, wieder auf die ihnen gebührenden Plätze zurückzukehren. Viele Senatoren weinten, manch einer unter ihnen mit Hilfe einer Zwiebel, die er verstohlen seinem Auge applizierte. Ich hob die Hand in einer Gebärde, die der Zurschaustellung der Trauer Einhalt gebot.

»Ich weiß«, sagte ich, »daß einige mich kritisieren werden, weil ich hier erscheine, während der Leichnam meines Sohnes der Bestattung harrt und mein Kummer noch frisch ist. Mancher, der trauert, kann kaum auch nur die Beileidsbekundungen der eigenen Familie ertragen und zieht es vor, sich vor dem Tageslicht zu verbergen. Ich verstehe solches Benehmen und würde es niemals tadeln. Für mich jedoch ist Abgeschiedenheit die schlimmste Versuchung, und so widerstehe ich ihr und suche strengeren Trost. Die Arme, in denen ich Zuflucht suche, sind die Arme des Staates.«

Ich schwieg, und dann sprach ich von meiner Familie.

»Der Tod meines Sohnes ist nur der jüngste Verlust im langen und glorreichen Leben meiner Mutter«, sagte ich. »Drusus war ihr Enkel und verheiratet mit ihrer Enkelin, meines Bruders Tochter Julia Livilla. Beurteilt daher selbst, wie die Augusta trauert. Ihr einziger männlicher Nachkomme, der außer mir jetzt noch lebt, ist mein kleiner Enkel Tiberius Gemellus. Nach über sechzig Jahren im Dienste der Republik sieht meine Mutter, die *Augusta*, nur dieses Kind als den Erben all ihrer Mühen, wenngleich ich nicht vergessen darf, daß er natürlich noch eine ältere Schwester hat, nämlich Livia Julia.

Was mich betrifft, so ist der Tod meines Sohnes, so kurz nach dem seines Adoptivbruders, unseres geliebten Germanicus, ein Schlag, von dem ich mich, wie ich jetzt glaube, niemals erholen werde. In solchen Augenblicken liegt wenig Trost darin, die Vornehmheit und Tugend des Verstorbenen heraufzubeschwören, denn – um euch die Wahrheit zu sagen, Väter und Beigeordnete des Senats – langes Nachsinnen verstärkt nur den Schmerz, indem es uns an das erinnert, was uns geraubt wurde. Und so muß ich euch nun sagen, daß abgesehen von dem kleinen Tiberius Gemellus nur noch die Söhne des Germanicus da sind, mir in meinen letzten Jahren Trost zu spenden...«

Dann ließ ich sie vor den Senat rufen, und da standen die drei: Nero, schüchtern, voller Unbehagen, aber mit einer Würde, die ich bisher bei ihm nicht wahrgenommen hatte;

Drusus, stolz, ja, arrogant, aber auch mürrisch, als ahne er meine Absichten und als wolle er mich der Unaufrichtigkeit bezichtigen; Gajus Caligula, gräßlich blinzelnd und außerstande, sein Gezappel einzustellen...

»Als diese Knaben ihren Vater verloren«, sagte ich, »habe ich sie ihrem Onkel Drusus anvertraut und ihn gebeten – obwohl er ja eigene Kinder hatte –, sie zu behandeln, als wären sie seine eigene Saat, und sie um der Nachwelt willen nach seinem eigenen Bilde zu formen. Nun ist Drusus von uns gegangen. Also richtet sich meine Bitte an euch. Die Götter und unser Vaterland sind unsere Zeugen.

Senatoren, um meinetwillen wie auch um euretwillen: Adoptieret und führet diese Jünglinge, die von so glorreicher Geburt sind – diese großen Enkel des Augustus. Nero, Drusus und Gajus«, fuhr ich fort, nahm dabei jeden nacheinander bei der Hand und umarmte ihn, »diese Senatoren werden den Platz eurer Eltern einnehmen. Denn angesichts der Stellung, in die ihr geboren seid, ist das Gute wie das Schlechte in euch von nationalem Belang...«

Ich führe diese Rede hier vollständig an, weil ich mir im Lichte dessen, was später geschehen sollte, wünschen möchte, daß die Nachwelt sehe, wie aufrichtig mein Wohlwollen gegen die Söhne des Germanicus war. Wenn sich die Dinge im Folgenden anders gewendet haben, so haben die Götter dies so gewollt, nicht ich.

Meine Mutter wurde im Alter immer weniger erträglich. Kaum hatte ich meine Rede vor dem Senat beendet, erreichte mich der Ruf in ihre Gemächer. Ich fand sie in Trauerkleidung, aber mit dem Glanz des Krieges im Auge. Sofort machte sie mir Vorwürfe wegen der Rede, die man ihr vollständig wiedergegeben hatte.

»Nicht genug damit«, begann sie, »daß du diesem Weib«

– sie meinte Agrippina – »erlauben mußtest, deinen getreuen Bundesgenossen Piso mit ihrer lügenhaften Bosheit zu vernichten und das gleiche bei meiner liebsten Freundin Plancina zumindest zu versuchen – jetzt mußt du auch noch ihre Kinder in dieser unbedachten Art und Weise erhöhen. Woher weißt du, daß Agrippina Drusus nicht vergiftet hat? Hast du an diese Möglichkeit schon einmal gedacht? Gewiß ähnelten die Symptome seines Leidens denen gewisser Gifte, und wer hätte ein besseres Motiv gehabt?«

»Mutter«, sagte ich, »das ist wirklich Unsinn. Es gibt keinen Grund zu der Annahme, Drusus sei ermordet worden. Glaubst du, der Verdacht wäre mir nicht in den Sinn gekommen und verworfen worden? Außerdem waren Agrippina und Drusus niemals Feinde. Wenn sie jemanden vergiften wollte, glaubst du nicht, daß sie da mit mir anfangen würde?«

»Und jetzt«, fuhr sie fort und achtete gar nicht auf das, was ich gesagt hatte, »beliebst du dich selbst lächerlich zu machen, indem du auf diese Weise von den Kindern des Weibes sprichst? Meinst du, damit wirst du sie beschwichtigen?«

»Es sind Mitglieder der Familie«, gab ich zu bedenken, »und die Urenkel deines Gemahls. Findest du nicht, daß ich ihnen gegenüber eine Verpflichtung habe?«

»Ich habe keine Geduld mit deiner Torheit. Aber du warst schon immer störrisch wie ein Schwein. Wenn ich daran denke, wie Augustus sich immer über dich beklagte! Und wie ich dich verteidigte! Hier, höre, was er sagte...« Und mit diesen Worten zog sie einen Brief aus ihrem Busen und begann zu lesen: »Ich kann bei Tiberius nie gelassen sein, weil ich nie weiß, was er denkt, und daher fällt es mir schwer, ihm zu trauen. Zudem ist er nicht nur störrisch – in diesem Punkte pflichte ich dir bei –, sondern auch ein schlechter Menschenkenner. Wie du, habe auch ich mit Bestürzung gemerkt, wie empfänglich er...«

Aber ich bringe es nicht über mich, nicht einmal in der Zurückgezogenheit meiner Kammer, weiter anzuführen oder auch nur selbst darüber nachzusinnen, was mein Stiefvater mir da vorzuwerfen hatte: Vorwürfe, kann ich nur sagen, die aus einem profunderen Mißverständnis meiner Natur herrührten, als ich ihm zugetraut hatte...

»Wenn du diese abscheuliche kleine Kreatur vorführst, diesen Nero, der in meinen Augen bestenfalls ein Lustknäblein ist, dann wirst du dich selbst zum Gegenstand öffentlicher Lästerei und Verachtung machen«, sagte meine Mutter.

»Nero hat Fehler, die auf der Hand liegen«, erwiderte ich. »Aber ich glaube, er kann aus ihnen hinauswachsen. Es ist etwas Fundamental Gutes in seinem Charakter. Glaube mir, ich habe die Anzeichen gesehen...«

Aber Livia hatte ein Stadium des Lebens erreicht, in dem ihre Aufmerksamkeit abschweifte. Sie konnte nicht mehr lange bei einem Thema bleiben. Statt dessen begann sie jetzt, mich wegen großenteils eingebildeter Verstöße zu tadeln, die überdies in ferner Vergangenheit lagen. Sie beschuldigte mich, sie zu vernachlässigen. Sie beschuldigte mich, ich hätte mich mit Julia – jawohl, mit Julia – gegen sie verschworen. Im nächsten Atemzug erzählte sie mir, sie habe Julia, »die beste aller Töchter, angebetet« und mir niemals verzeihen können, daß unsere Ehe gescheitert sei, »was ganz unmittelbar eine Folge deiner Lasterhaftigkeit war. Julia war bestürzt über das, was sie von deiner törichten Leidenschaft für diesen Germanenbengel erfahren hatte; daher rührte alles, was dann einen so unseligen Lauf nahm«.

Da ich wußte, daß Livias Abneigung gegen Julia von Anfang an festgestanden hatte, und da ich mich erinnern konnte, wie sie mich immer wieder vor ihr gewarnt hatte, konnte ich nur mit Staunen bemerken, was für Streiche das Alter der Erinnerung spielen kann. Es schmerzte mich, mitansehen zu müssen, wie die Geisteskräfte meiner Mutter verfielen. Jedes Zusammentreffen in den nun folgenden Monaten bot Anlaß zu neuen Vorwürfen, neuen Phantasien, neuen Tiraden. Die Verwirrung ihres Geistes verriet sich in der Maßlosigkeit ihrer Sprache und in der Bereitwilligkeit, mir Schmerz zuzufügen, eine Bereitwilligkeit, die besser als Zwang beschrieben wäre.

Livias Verwirrung bereitete mir Verdruß. Ich konnte ihre Gesellschaft nicht länger ertragen. Dennoch muß ich gestehen, es war kein Wunder, daß sie verwirrt war: Es wäre nicht einmal dann ein Wunder gewesen, wenn sie durch das hohe Alter nicht entschuldigt gewesen wäre. Die Verwirrung war eine angemessene Reaktion auf den Verfall der Zeiten. Wenn ich das, was sie und Augustus erreicht zu haben glaubten, auf höchst großzügige Weise deuten wollte, würde ich sagen, daß sie mit der Beendigung der Bürgerkriege, die am politischen Leibe Roms gefressen hatten, eine Gelegenheit zur Wiederbelebung der Tugend geschaffen zu haben vermeinten. Natürlich war Augustus als einem Mann von Welt – von Zeit zu Zeit wenigstens – bewußt, daß er sich selbst etwas vormachte, wenn er solche Hoffnungen hegte; gleichwohl war die Hoffnung da, und das war nicht unedel. Aber sie trog. Augustus bewunderte sehr den Dichter Vergil, der in seinen *Georgica* die vollkommene Ordnung Italiens pries und in seiner sechsten *Ekloge* sowie in der gesamten *Aeneis* die Widerkehr des Goldenen Zeitalters verhieß. Wenn Augustus von Vergil sprach, schlich sich ein ganz ungewohnter Ton – eine Mischung aus Wärme und Ehrerbietung – in seine Stimme. Es gab Augenblicke, da glaubte er wirklich, es sei ihm bestimmt, die Vergilsche Vision Wirklichkeit werden zu lassen. Ich sage nicht, daß Livia es genauso empfand; sie war nie eine poetische Natur, aber sie reagierte doch auf den zugrundeliegenden Impuls, und in gewissen Augenblicken glaubten sie beide, es läge im Bereich des Möglichen. So war bei all seiner persönlichen Rücksichtslosigkeit und Heuchelei etwas ganz und gar Bewundernswertes am Ehrgeiz meines Stiefvaters. Ohne seine Fähigkeit zur Selbsttäuschung konnte ich im Takt der gleichen Musik schwingen. Mein Leben lang war ich verzaubert von einer Vision der Tugend, die dann stets im Halbdunkel der Wirklichkeit verschwamm. Plato lehrt uns, dieses Leben sei im besten Falle ein staubiges Spiegelbild dessen, was ideal ist. Unsere Erfahrung ist flackernde Fiktion, sind tanzende Schatten auf der Wand der Höhle, in der wir gefangen sind. Ja, in der Tat – doch es sind Fiktionen, die quälen, Schatten, die lügen und stehlen und meucheln und betrügen. Wir haben die Vision einer idealen Republik; wir verbreiten uns über die Prinzipien bürgerlicher Tugend; wir rühmen das Recht. Die Erfahrung reicht an nichts von alldem heran. Augustus, einer sonnigeren Natur als mir, gelang es fast bis zum Ende, sich die Illusion des Glaubens zu bewahren. Ich mußte mich mit den Fingernägeln daran festkrallen wie ein Mann, der sich panisch bemüht, nicht von einer Klippe ins Leere zu fallen.

Verwirrt, betrübt, getäuscht, gerieten meine Gedanken in den Monaten nach Drusus' Tod in wilden Aufruhr. Der Verlust traf mich härter, als ich mir hatte vorstellen können; tatsächlich hatte ich es mir ja nie vorgestellt. Ich stieg hinab in einen engen Spalt zwischen den Felsen, und wohin ich den Blick auch wandte, ich sah nichts, was mich tröstete, sondern nur dunkelgraues, schleimiges Gestein. In jenen Nächten lernte ich die Trauer der Hecuba kennen, die, als Sklavin nach Griechenland verschleppt, ihren Sohn tot und ihre Tochter geopfert sehen mußte und schließlich, um den Verstand gebracht, an gottverlassenem Strande heulte wie ein Hund, von Winden umtost. Dieselben Winde umtosten auch mich.

Mein Glaube an die Menschheit war nie groß gewesen. Jetzt verlor ich noch die letzten Fetzen, die mir geblieben waren. Es kam ein Fall vor den Senat, in dem ein gewisser Vibius Serenus seinen Vater gleichen Namens des Verrats bezichtigte. Der ältere Serenus war ungefähr acht Jahre zuvor ins Exil geschickt worden – ich weiß nicht mehr, wofür. Jetzt wurde er zurückgeholt und stand vor dem Senat, in Ketten, schäbig und erschöpft durch Krankheit, Angst oder Vernachlässigung. Sein Sohn, ein flotter, eleganter junger Mann, beschuldigte ihn, eine Verschwörung gegen mein Leben angezettelt zu haben. Subversive Agenten, erklärte er, seien ausgesandt worden, um in Gallien einen Aufstand zu entfachen; finanziert habe sie der ehemalige Prätor Marcus Caecilius Cornutus. Untermauert wurde der Vorwurf mit dem Selbstmord des Cornutus. Aber der ältere Serenus bestritt alles. Er schüttelte seine Fesseln vor dem Antlitz seines Sohnes und forderte ihn auf, seine Komplizen zu benennen. »Gewiß wird man doch nicht glauben«, sagte er, »daß ein alter Mann wie ich die Ermordung des Kaisers plant und dabei nur einen einzigen Bundesgenossen hat, der noch dazu so kleinmütig ist, daß er sich wegen einer lügenhaften Anschuldigung gleich umbringt?« Sein Sohn lächelte und benannte Gnaeus Cornelius Lentulus und Lucius Sejus Tubero, zwei meiner Freunde, deren Loyalität ich mir immer sicher gewesen war. Ich erklärte diese Anschuldigung für absurd. Die Sklaven des alten Serenus wurden gefoltert und offenbarten nichts. Sejanus beaufsichtigte das Verhör und versicherte mir, es sei nichts an der Sache. Da geriet der jüngere Serenus in Panik; er fürchtete den Tarpejischen Felsen, den Lohn für versuchten Vatermord, und floh aus Rom. Ich ließ ihn aus Ravenna zurückholen. »Setzt die Ermittlungen nur fort«, sagte ich in der Absicht, seine Schande für alle Welt offenbar werden zu lassen. Gewisse Senatoren indessen mißdeuteten diese Absicht; sie meinten, ich sei sicher, daß der Vater schuldig sei, und um mir gefällig zu sein – jawohl, derart war ihre Vorstellung von dem, was mir gefällig sein würde! –, verlangten sie, der Vater solle die uralte Strafe für Hochverrat erleiden und zu Tode gepeitscht werden. Ich lehnte es ab, über diesen Antrag abstimmen zu lassen, und war im Begriff, die Klage abzuweisen und den Sohn zu bestrafen; da kam Sejanus zu mir und sagte, die Vernehmung der Sklaven habe zwar nichts erbracht, was die Schuld ihres Herrn erwiesen hätte, gleichwohl aber gebe es Grund zu der Annahme, daß die Vorwürfe nicht völlig aus der Luft gegriffen seien. Ich war ratlos und hin und her gerissen zwischen Mißtrauen gegen den Vater und Abscheu gegen den ruchlosen Eifer des Sohnes. So wurden beide ins Exil geschickt.

Kaum eine Woche verging, ohne daß gegen irgend jemanden irgendein Vorwurf erhoben wurde; zwar bemühte ich mich, meinen Gleichmut zu wahren, aber mein Abscheu vertiefte sich. Das Spektakel von Gier und Angst, Groll und Rachsucht, das sich meinen Augen wieder und wieder bot, war ganz und gar abstoßend.

Auch die Ankunft einer Delegation aus Hispania Ulterior, die um die Erlaubnis bat, einen Tempel für mich und meine Mutter zu errichten, besänftigte mich nicht. Ich lehnte erzürnt ab, bestürzt ob dieses neuerlichen Beweises für ihre Unterwürfigkeit. »Seid versichert«, sagte ich, »daß ich ein sterblicher Mensch bin, der menschliche Aufgaben erfüllt und sich damit begnügt, den ersten Platz unter den Menschen einzunehmen, wie ihn der Senat mir zuzuweisen beliebte. Zukünftige Generationen werden mir Gerechtigkeit widerfahren lassen, wenn ich nach ihrem Urteil meiner Vorfahren würdig, auf eure Interessen bedacht, in der Gefahr standhaft und angesichts aller Feindseligkeiten im Dienste der Öffentlichkeit furchtlos war...«

Sejanus berichtete mir: »Du hättest so nicht sprechen dürfen. Es hat nicht die Wirkung, die du erhoffst. Wenn du Verehrung zurückweist, dann glauben die Leute, du seist entweder unaufrichtig oder ihrer tatsächlich nicht würdig.«

Ich betrachtete sorgfältig den Charakter von Agrippinas Söhnen. Seinem weibischen Gehabe zum Trotz hatte Nero, dachte ich, mehr wahre Tugend in sich als seine Brüder, die beide eine Freude an Grausamkeiten zeigten, die mich anwiderte und erschreckte. Ich beschloß daher, ihn zu kultivieren. Ich war jetzt Mitte der Sechzig, und auch wenn meine Gesundheit, von einem schmerzhaften Rheumatismus abgesehen, gut war, wußte ich, daß ich nicht mehr mit vielen Jahren zu rechnen hatte. Mein Enkel Tiberius Gemellus war noch ein Kind, und ohnehin war ich mir des Versprechens bewußt, daß ich erst Augustus im Blick auf Germanicus und dann dem Senat hinsichtlich dessen Kinder gegeben hatte. Nero machte mir Freude mit seinem Witz und seiner Intelligenz, auch durch eine angeborene Melancholie, die mich vermuten ließ, daß er hinsichtlich seiner Mitmenschen keine allzu großen Hoffnungen hegte.

»Mein Vater war alles, was ich nicht bin«, sagte er zu mir, »und es war mir stets unglücklich bewußt, daß die Leute in ihm einen Helden sehen.«

»Warum unglücklich?«

»Weil...« Er strich eine Locke zurück, die ihm feucht ins Gesicht gefallen war. »Ich weiß eigentlich nicht genau, warum. Ich weiß nur, daß dieses Wissen mir Unbehagen bereitet.«

Das verstand ich. Wenn ich ihn in diesem Augenblick gefragt hätte: Warum gehst du mit Männern?, wäre vielleicht alles anders gekommen. Vielleicht hätte ein rarer Augenblick der Ehrlichkeit uns auf einen anderen Weg gelenkt. Aber ich wagte nicht, diese Frage zu stellen, denn ich befürchtete, die Antwort könnte die intime Vertraulichkeit vernichten, derer wir uns erfreuten. Es gibt, so sagte ich mir, eine Grenze für die Offenheit, die zwischen einem alten Mann und einem Jüngling noch schicklich ist. So scheute ich zurück und redete statt dessen von den Pflichten und Lasten der Macht.

»Lasten«, sagte ich, »die du selbst hoffentlich einmal auf dich nehmen wirst.«

»Du kannst doch nicht annehmen, ich sei geeignet...« Er errötete. »Zum einen bin ich kein Soldat, und ich könnte auch nie einer werden.«

»Ich glaube, daß du ehrlich bist«, sagte ich, »und nach Art deiner Generation auch ehrenhaft.«

Er wand sich, vor Verlegenheit vielleicht.

»Es schmerzt mich«, sagte ich, »daß deine Mutter mir so mißtraut.«

Wieder errötete er. Es war klar, daß er Agrippina gern verteidigt hätte, aber im Bewußtsein dessen, daß ihre Haltung mir gegenüber ungerechtfertigt war, wußte er kein Argument anzuführen.

»Um ihr und der Welt vor Augen zu führen, daß ich Vertrauen in dich setze«, sagte ich, »schlage ich vor, daß du meine Enkelin Livia Julia heiratest, die einzige Schwester unseres Tiberius Gemellus. Ich glaube, du bist der einzige Mensch, bei dem ich darauf vertrauen kann, daß er dem Jungen Gerechtigkeit widerfahren läßt, und ich denke, die Heirat mit seiner Schwester ist nicht nur für mich die besten Möglichkeit, zu zeigen, wie sehr ich dich schätze, sondern sie wird auch für dich von Vorteil sein.«

Er war verblüfft und beteuerte, er sei für eine solche Ehre

nicht der richtige. Einen Augenblick lang genoß ich sein Entsetzen und beeilte mich dann, ihn zu beruhigen. Er sei das Opfer bösartiger Gerüchte, sagte ich; es sei an der Zeit, sie zum Verstummen zu bringen. Meine Enkelin sei ein liebreizendes Mädchen, und ich sei sicher, er werde schon lernen, sie zu lieben. Ich sah, wie sein Mund bebte; dann lächelte er mit Mühe. Er sah aus wie meine Julia, wenn sie bei einer Lüge ertappt worden war. Ich küßte ihn. »Wir verstehen einander«, sagte ich.

Dieser Ehevorschlag verblüffte Agrippina. Sie konnte sich nicht dagegenstellen, aber sie befürchtete doch, daß es ich auf ganz unergründliche Weise um eine gegen sie gerichtete Verschwörung handele. Sie hatte recht. Es war meine Absicht, Nero ihrem bösartigen Einfluß zu entziehen.

In der Woche, als die Hochzeit zwischen Nero und Julia Livia gefeiert wurde, erkrankte meine Mutter, und Sejanus bat um meine Erlaubnis, sich von seiner Gattin Apicata scheiden zu lassen. »Wir finden keinen Gefallen mehr aneinander«, sagte er nur. »Das ist eine hinreichende Begründung.«

Ich besuchte meine Mutter. Sie sah mich an, als kenne sie mich nicht, und weigerte sich, zu sprechen. Ich beschwor sie, nicht im Zorn zu sterben, und brachte in ihrem Schlafgemach ein Opfer dar, damit die Götter ihr Gesundheit und Verstand wiedergäben. Aber noch während ich die Hände über dem Altar bewegte, wußte ich, daß ich mir ihren Tod wünschte. Tatsächlich wünschte ich ihn mir schon seit Jahren, wenngleich ich erst jetzt, da er unmittelbar bevorstand, in der Lage war, mir dies wenigstens in meinem eigenen Herzen einzugestehen.

Es regnete, als ich ihr Haus zum letztenmal verließ; ich blieb stehen und schaute hinunter auf das Getriebe des Forums.

Die Regentropfen fielen wie die Tränen meiner Kindheit, die ich geweint hatte, wann immer sie mir scheinbar ihre Liebe entzogen hatte. Nichts ist von Dauer – außer der Erinnerung mit ihren schattenhaften und gespenstischen Wahrheiten.

Agrippina tobte. Sie beschuldigte mich, ihr den Sohn zu stehlen und jede ihrer Unternehmungen zu durchkreuzen. Die Spitze ihrer langen Nase zitterte. Diese Nase, die jeden Anspruch auf Schönheit zunichte machte, die nicht einmal gebieterisch wirkte, durchdrang all meine Vorstellung. Ich sah sie beben über allem, was ich tat.

»Ist es meine Schuld«, hielt ich ihr entgegen, »daß du nicht Königin bist?«

»Königin?« wiederholte sie, ohne zu merken, daß ich Sophokles zitierte. »Wir haben keine Königinnen in Rom.«

»Mein lieber Bruder Nero könnte eine werden«, bemerkte Drusus.

»So redet man nicht. Er wird aus diesen Albernheiten hinauswachsen. Es steckt viel Gutes in dem Jungen. Komm, Agrippina, wir haben beide viel zu leiden gehabt. Es gibt keinen Grund, weshalb wir Feinde sein sollten. Laß uns wenigstens Waffenstillstand schließen. Komm morgen zum Essen zu mir.«

Sie willigte ein, aber bei Tisch, als ich ihr einen Apfel reichte, hielt sie ihn einen Moment lang in der Hand, betrachtete ihn blinzelnd und gab ihn mir dann zurück.

»Iß du ihn«, sagte sie. »Ich würde gern sehen, wie du ihn ißt. Du hast ihn so sorgfältig ausgewählt.«

»Ich habe ihn ausgesucht, weil er am schönsten ist«, antwortete ich und biß in die Frucht.

»Hast du verstanden, was das bedeuten sollte?« fragte ich Sejanus.

»Natürlich. Sie hat dich so gut wie bezichtigt, du wollest sie vergiften. Und mehr noch: Wenn sie die Geschichte weitererzählt, wird sie, da möchte ich wetten, nicht erwähnen, daß du den Apfel tatsächlich gegessen hast. Ich habe es dir schon früher gesagt, und ich sage es dir wieder: Die Frau scheut keine Mühe, dich zu verleumden. Selbstverständlich glaubt kein Mensch irgendeine einzelne Anschuldigung, aber wie sagt das Sprichwort? ›Steter Tropfen höhlt den Stein...‹ Die Summe ihrer Beschuldigungen bleibt nicht ohne Wirkung.«

Ich wandte mich niedergeschlagen ab und kehrte an mein Schreibpult und zu der niemals endenden Folge von Entscheidungen zurück, die getroffen werden mußten, zu den Fragen, die erörtert, den Problemen, die bedacht sein wollten.

»Arbeit«, hörte ich mir allzuoft murmeln, »ist das sicherste Schmerzmittel.«

Aber wenn ich zu Bett ging und der Schlaf sich nicht einstellen wollte, wie er sich mir so manche Nacht versagte, dann kehrten meine Gedanken zu meinem Landhaus und dem Garten auf Rhodos zurück. Mir schien – oder ich redete es mir doch ein –, daß ich der Zufriedenheit und der Einsicht in den Sinn des Lebens in meiner Zurückgezogenheit dort näher gekommen sei als irgendwann sonst, seit ich wieder in den Mahlstrom des Handelns zurückgestoßen worden war. Natürlich konnte ich mich nicht noch einmal zurückziehen. Wenn Drusus nicht gestorben wäre, hätte ich ihn vielleicht, wie es meine Absicht gewesen war, in der Regierung des Reiches an meine Seite stellen können, wie Augustus es in seinen letzten Lebensjahren mit mir getan hatte; dann, so hatte ich mir gelobt, würde ich mich auf meinen Sohn stützen können, ich würde Rom im Vertrauen auf seine Tugend hinter mir lassen und im Ruhestand allenfalls eine allgemeine Oberaufsicht üben können. Dieser Traum war verführerisch wie ein reifer Pfirsich gewesen. Jetzt war er vertrocknet.

Ich wandte mich dem Wein zu, doch ohne Erfolg; er spendete mir weder Freude noch Trost.

Und doch hörte ich, wie die See die Klippen umspülte, ich roch ihren salzigen Geruch, gemischt mit dem Duft von Rosen, Myrten und Geißblatt. Und ich erinnerte mich an eine Geschichte, die ein griechischer Gelehrter mir einst erzählt hatte.

Er hatte als Freigelassener zu Julias Haushalt gehört; sein Name war Philipp gewesen, und er hatte mit dem Segen seiner Herrin ein freigeborenes griechisches Mädchen von der Insel Capri geheiratet, wo Augustus ein Landhaus gehabt hatte. Er erzählte mir vom Onkel seiner Frau, einem unverheirateten Mann, gegen den nichtsdestoweniger niemals der Vorwurf des Lasters erhoben worden war. Er wurde in der Famile wegen seiner Weisheit und ruhigen Philosophie verehrt, wiewohl mein Erzähler lange Zeit nicht wußte, welches die Rechtfertigung für die Hochachtung sei, die diesem alten Mann entgegengebracht wurde.

»In der Tat erschien es mir seltsam«, meinte er, »denn Xenophon, wie man ihn nannte, schien mir in der Beziehung zu anderen Menschen der streitsüchtigste Rechthaber von allen zu sein. Bei Familientreffen sprach er selten, und wenn er es tat, dann zumeist, um seiner Mißbilligung gegenüber der jungen Generation Ausdruck zu verleihen. Ich kann mich heute nicht mehr darauf besinnen, was eigentlich geschehen war, das ihn ermutigt hatte, ein Interesse an mir zu fassen. Vielleicht hatte es gar kein solches Ereignis gegeben. Vielleicht hatte er nur ein gemeinschaftliches Empfinden in mir entdeckt. Ich kann es nicht sagen. Jedenfalls begab es sich, daß ich die Gewohnheit entwickelte, des Nachmittags, den er auf einer Terrasse in einer weinumrankten Laube verbrachte, während der restliche Haushalt seine Mittagsruhe hielt, mit dem Alten beisammenzusitzen. Dann tranken wir den gelben Wein aus dem Wingert der Familie, einen scharfen, säurehaltigen Stoff, gleichwohl mit einem pikanten und einprägsamen Aroma, an das ich mich mit Vergnügen gewöhnt hatte. Verzeih, aber ich führe alle diese Einzelheiten an, weil sie in mir eine so lebhafte Erinnerung an diese Nachmittage wecken, an denen mir eine absolute Stille bewußt war, eine Totenstille beinahe, gleichzeitig aber auch das Rauschen der Wellen weiter unten und das Rascheln der Eidechsen auf der alten Steinmauer rings um die Terrasse. Xenophon pflegte Seeigel zu verspeisen, die er ganz in den Mund steckte und geräuschvoll zerkaute, ohne dabei viel auszuspucken. Meistens schwieg er und starrte nur stundenlang auf das Meer hinaus. Endlich merkte ich, daß sein Blick auf ein paar Felsen gerichtet war, die dort aus dem Wasser ragten, wenig weiter vom Land entfernt, als ein Mann bequem schwimmen konnte.

›Hat es etwas auf sich mit diesen Felsen?‹ fragte ich ihn eines Nachmittags, als sein Blick starrer als gewöhnlich war.

›Spekulieren diese Dummköpfe da drinnen eigentlich je über die Gründe, weshalb ich nie geheiratet habe?‹ fragte er zurück.

Ich zögerte.

›Du bist doch ein vernünftiger Bursche‹, stellte er fest. ›Ekelt es dich nicht davor, mit menschlichen Wesen zu kopulieren?‹

Ich betete meine Frau an, und wenn ihr der geschlechtliche Verkehr am Nachmittag nicht mißfallen hätte, wäre ich mit Freuden in ihrem Bette gewesen.

›Aber andererseits, warum sollte es dich ekeln? Du bist genauso wie alle anderen. Du weißt es ja nicht besser.‹

Und er stopfte sich wieder einen Seeigel in den Mund und spuckte energisch aus.

›Aber du weißt es besser?‹ fragte ich.

Er kümmerte sich nicht um den unverschämten Ton meiner Frage, sondern lächelte. Ein solches Lächeln hatte ich noch nie gesehen, so zuversichtlich voller Seligkeit.

›Als ich ein junger Mann war – oh, jünger noch als du‹, sagte er, ›da wurde ich eines Besseren belehrt. Ich wurde einer Erfahrung gewürdigt, die ich nur als wundersam bezeichnen kann und die mein ganzes Leben veränderte. Du fragst mich, weshalb ich auf diese Felsen starre. Aus demselben Grunde habe ich unten in der Bucht ein Ruderboot angebunden. Ich war damals einer Base versprochen. Eines Nachmittags, als ich just an diesem Ort hier saß, war die Luft auf einmal von einer Musik erfüllt, wie ich sie noch nie gehört hatte. Es war eine melancholische und zugleich unheimliche Musik, gleichwohl mit einem Unterton von Freude, wie ein tiefes Wasser, das von einer Strömung durchzogen ist. Ich verließ die Terrasse, begab mich zu meinem Boot und steuerte auf die Klänge zu. So gelangte ich zu diesen Felsen, wo die Musik mir ganz nah zu sein schien, obwohl sie nicht lauter als aus der Ferne geworden war. Wie in Trance stieg ich den Felsen hinauf zu einem Mädchen, das dort lag und die Musik machte, obwohl sie kein Instrument hatte und die Lippen nicht bewegte. Es kam mir vor, als sei sie die Musik. Sie nahm mich in die Arme, und die Musik summte um uns herum, und ich erfuhr ein Entzücken, das die Grenzen aller Vorstellungskraft überschreitet. Ich wurde eins mit ihr und erlangte eine ätherische Vollkommenheit der Vereinigung, mit der verglichen jede menschliche Paarung eine obszöne, schattenhafte Wiedergabe der Wirklichkeit ist. Ich sage Mädchen, aber natürlich war sie kein Mensch, sondern ein Geist, eine Nymphe, die Vollkommenheit dessen, was man sich wünschen kann. Wir liebten uns, während die Sonne im Westen versank, die dunkle Nacht hindurch und noch, als sie am sternenfunkelnden Himmel hinter den Bergen von Campania wieder aufging. Und die Musik verließ uns nie. Dann verschloß sie mir die Augen mit einem Kuß und flüsterte mir zu, sie gehöre für alle Zeit zu meinem Leben, und wir würden wieder zueinanderfinden. Und als ich erwachte, brannte die Sonne auf die Felsen, und es war nichts zu hören außer dem Meer. Ich war allein. Diese Seeigel aber schmecken wie sie, denn sie gehörte dem Meer und kehrte zu ihm zurück, und eines Tages wird sie mich dorthin rufen. Wundert es dich also, junger Mann, daß ich eure Paarungen mit der gleichen Geringschätzung betrachte, die ihr vielleicht für die Hähne erübrigt, die im Hof die Hühner bespringen?‹«

Philipp hielt inne.

»Es war eine Sirene, die er gefunden und geliebt hatte. Eine andere Schlußfolgerung kann es nicht geben.«

»Du hast ihm geglaubt?« fragte ich.

»Lange Zeit nicht. Aber ich habe seine Worte nie vergessen.«

»Was für ein Lied hat die Sirene ihm gesungen?«

»Ein Lied, das sich nicht nachsingen läßt. Offenbar.«

»Lange Zeit hast du ihm nicht geglaubt?«

»So ist es.«

»Und dann? Was ist das Ende der Geschichte?«

»Oh, sie hat kein Ende. Weißt du das nicht, Kaiser? Keine Geschichte hat ein Ende. Jede Erzählung führt im Kreis herum. Anders geht es nicht. Aber ich kann dir von einem anderen Stadium der Reise erzählen. Eines Tages saß der alte Xenophon wie gewöhnlich auf der Terrasse, während die anderen Mitglieder der Familie ihren Nachmittagsschlaf hielten. Eine Woche lang hatte der Scirocco geweht, aber der Himmel war nun klar und die Luft mild. Als sie ihn verließen, saß er bei seiner Weinflasche und einem Korb Seeigel. Niemand hat ihn je wiedergesehen. Als sie aufwachten, war er verschwunden.«

»Und sein Boot? War es auch verschwunden?«

»Natürlich. Es herrschte Ratlosigkeit. Man nahm an, aus irgendeinem Grunde, den niemand sich denken konnte, sei er zum Strand hinuntergeklettert, habe sein kleines Boot bestiegen und sei – ja, wohin in See gestochen? Ins Nichts vielleicht?«

»Aber das glaubst du doch nicht?«

Philipp lächelte. »Ich war damals nicht da. Ich habe mit niemandem außer dir, Kaiser, je über diese Sache gesprochen. Es ist das erstemal, daß ich Xenophons Geschichte erzähle...«

»Also gibt es Sirenen – die Kalmen unter dem Wind...«

»Vielleicht war es eine Täuschung, Kaiser. Er war ein sehr alter Mann und vielleicht nicht mehr ganz richtig im Kopf.«

VII

Ungefähr drei Wochen nach dieser Unterhaltung saß ich in der kaiserlichen Loge bei den Spielen. Ich war wie immer widerwillig hingegangen. Ich glaube, kein Mensch mit Geschmack und Verstand kann an Gladiatorenkämpfen Gefallen finden. Zudem haben mich dreißig Jahre der Erfahrung im Kriegführen gelehrt, dieses künstliche Gemetzel mit Abscheu zu betrachten. Ich habe zuviel Mut und Leid und Grauen gesehen, als daß ich Freude an ihrer zwanghaften Zurschaustellung durch diese Bedauernswerten finden könnte, die dazu verurteilt sind, zur Belustigung des Pöbels miteinander zu kämpfen. Noch widerlicher ist es, mitanzusehen, wie gebildete Männer von tadelloser Herkunft – und sogar Frauen – bei diesen Darbietungen genußvoll hecheln. Weniges hat meine Hochachtung für Sejanus so bestärkt wie die Verachtung, die er jenen entgegenbrachte, die an solchen Wettkämpfen Gefallen fanden.

Die Pflicht jedoch nötigte mich, gelegentlich dabeizusein. Und an diesem Tag war fast die ganze Familie zugegen, vom unglückseligen, sabbernden Claudius, dem jüngeren Sohn meines armen Bruders Drusus, dessen unsteter Verstand und körperliche Behinderung vielleicht eine Entschuldigung für das morbide Vergnügen darstellen, das ihm die Schlachten in der Arena bereiteten – von Claudius also bis zu Agrippina mit ihrer Brut. Wie gewöhnlich trug Agrippina ein quasi-königliches Gehabe der Überlegenheit zur Schau; den Jubel, mit dem sie begrüßt wurde, würdigte sie kaum der Kenntnisnahme, doch vermittelte sie mit einem kaum merklichen Zucken ihrer Lippen und einer Neigung des Kopfes einen Eindruck ihres unermeßlichen Stolzes. Statt aber bei der Bevölkerung Anstoß zu erregen, beförderte ihr Hochmut noch die allgemeine Begeisterung. Es war schon merkwürdig. Ich habe immer gespürt, daß der Pöbel sich über das ärgerte, was er bei mir für das Bewußtsein meiner eigenen Überlegenheit hielt; aber die Verehrung der Massen für Agrippina schwoll im direkten Verhältnis zu der Distanz, die sie zwischen sich und das Volk setzte.

Der dritte Wettkampf dieses Nachmittags war der zwischen einem dunkelhäutigen anatolischen Bergbewohner, bewaffnet mit Netz und Speer, und einem flachsblonden Germanenjungen mit Schwert und Schild. Wenn der Germane vom Gladiatorenmeister ausgebildet worden war, so hatte Entsetzen oder Verzweiflung ihn aller Erinnerung an diese Ausbildung beraubt. Er lieferte eine Folge wilder Attacken auf seinen Gegner, doch dieser wich ihnen mit Leichtigkeit aus und führte dafür nur leichte Stöße mit seinem Speer gegen den fassungslosen Jungen; dessen Arme waren bald rot vom eigenen Blut. Als noch jeder seiner täppischen Angriffe ins Leere gegangen war, blieb er für einen Augenblick stehen; seine Brust hob und senkte sich, und seine Beine, die sich im Gegensatz zu der sehnigen Härte des Anatoliers noch die weiche Fleischigkeit der Jugend bewahrt hatten, zitterten. Dann strich er eine Haarlocke zurück, die ihm über das linke Auge gefallen war, und ging von neuem zum Angriff über. So ging es eine Weile, und es war offensichtlich, daß die beiden eine tadelnswerte Fehlpaarung waren. Der Anatolier spielte mit seinem Gegner und befolgte die Anweisung, die den Gladiatoren von ihren zynischen

Ausbildern erteilt wird: »Laßt die Leute sehen, wie sie schwitzen.« Dann erwischte der Knabe den Anatolier mit einem seiner wilden Schwinger bei der Schulter. Er traf ihn nur mit der flachen Seite der Klinge und schnitt ihn nicht, aber die Wucht des Schlages schleuderte den Mann in den Sand. Sein Speer und sein Netz flogen ihm davon. Er kauerte auf allen vieren und starrte den Jungen an, der – vielleicht ob seines Erfolges entsetzt, vielleicht auch bloß überrascht – reglos verharrte, unfähig, etwas zu tun. Der Anatolier schüttelte den Kopf hin und her. Die Menge verlangte heulend seinen Tod. Der Junge rührte sich nicht. Schließlich senkte er das Schwert und stieß die Spitze in den Sand; sein Gegner krabbelte wie ein Krebs, ohne den Blick von den Jungen zu lassen, auf Netz und Speer zu. Er nahm die Sachen an sich und stand auf. Noch immer rührte der Junge sich nicht von der Stelle. Und jetzt begann der Anatolier, als habe ihn die Schmach seines Sturzes aufgerührt, sein Spiel mit ihm zu treiben. Er ließ sein Netz um den Jungen sausen, so daß dieser Sprünge machte und albern aussah. Das Netz geschickt umherwirbelnd, hetzte er den Germanen durch die Arena. Einmal verließen den Jungen die Nerven: Er wandte dem Gegner den Rücken zu und wollte wegrennen. Aber vor dem wirbelnden Netz gab es kein Entkommen. Wie ein Gitter fuhr es vor ihm durch die Luft hernieder, und er drehte sich wieder um. Die Menge kreischte. Der Junge fuhr sich mit dem Unterarm über die Stirn, um den Schweiß abzuwischen, und hinterließ einen blutigen Streifen. Er blickte herauf. Mir war, als schaue er mir geradewegs in die Augen und flehe um Gnade, aber ich bezweifle, daß er außer einem Nebel aus Angst und Gefahr irgend etwas sah. Er raffte alles, was von seinem Mut noch übrig war, zusammen und stürzte sich mit wildem Schrei und erhobenem Schwert auf seinen Gegner. Aber es war niemand da. Der Anatolier sprang beiseite, streckte den Fuß aus und ließ den Jungen der Länge nach in den Sand stürzen. Im Handumdrehen war er in das Netz gewickelt, und die Speerspitze drückte gegen seine Kehle. Der Wettkampf war vorbei.

Neben mir sprang Gajus Caligula von seinem Platz und schrie: »Töte ihn, töte ihn...«

Die Menge brüllte Beifall.

Ich schaute an der Reihe entlang. Agrippina blieb ungerührt, als habe das, was in der Arena vorging, keinerlei Bedeutung für sie. Neros Lippen bebten; er teilte das Entsetzen des Jungen und konnte doch nicht verhindern, daß er auf die Grausamkeit des Spektakels reagierte. Claudius stieß Drusus in die Rippen und besprühte ihn aufgeregt mit Speichel, während er seine Begeisterung hervorplapperte und dabei vermutlich noch schlimmer stammelte als gewöhnlich. Drusus selbst nahm die Haltung eines siegreichen Generals ein; so mochte sein Vater an jenem schrecklichen Tag ausgesehen haben, als er den reumütigen Meuterern erlaubte, ihre Verbrechen zu sühnen, indem sie diejenigen, die sie zur Rebellion geführt hatten, rechtmäßig ermordeten.

Und ich schaute hinunter auf den blutigen Sand und sah, wie die Glieder des Jungen sich entspannten, als stimme er dem Tod zu, während seine Augen noch immer vom Grauen der Erkenntnis geweitet waren. Ich kannte diesen Blick. Ich hatte ihn oft in der Schlacht gesehen. Ich hatte gesehen, wie Männer und Knaben erstaunt in einem Augenblick der Offenbarung eben diese Entdeckung machten: Daß alles, was sie als wesentlich zu ihnen selbst gehörig kannten, alles, was sie mit ihren Sinnen erfaßten – was sie besser als alles andere kannten: ihr eigener Körper –, daß all das ausgelöscht werden konnte, als sei das Leben nicht mehr als ein Traum, der sich nun zu einem Alp gewandelt hatte. Seine Lippen bewegten sich, seine Zunge berührte seine Unterlippe, und ich richtete den Daumen empor und rettete ihm das Leben.

Ich rettete nicht nur ihn, sondern auch mich selbst und meinen Verstand. Ich hatte ohne Berechnung gehandelt, und jetzt verließ ich die Arena in einem Sturm von Buhgeschrei und Pfiffen; der Pöbel sah seine Blutgier enttäuscht und heulte. Ich zitterte und nahm mir einen Becher Wein, mich zu beruhigen.

»Die Meute wird dich dafür hassen«, bemerkte Sejanus.

»Sie hassen mich schon. Mögen sie mich hassen, solange sie mich fürchten.«

Ich zitierte den Satz leichthin. Aber er war nicht zutreffend, denn ich hatte nicht den Wunsch, gefürchtet zu werden; ich wollte nur Gehorsam. Nicht einmal das ist ein genauer Ausdruck meiner Empfindungen. Lieber wäre es mir gewesen, wenn es nicht einmal solchen Gehorsams bedurft hätte; ich hätte es vorgezogen, wenn die Menschen dem Diktat der Vernunft und der Tugend gehorcht hätten, nicht dem irgendeines anderen Menschen. Zutreffender hätte ich Horaz zitiert: *odi profanum vulgus et arceo* – ich hasse und meide das profane Gesindel... Die Worte klangen mir im Kopfe, aber ich behielt sie für mich. Dennoch war in diesem Augenblick meine Entscheidung, die in den halbdunklen Nischen meiner Entschlossenheit mählich Gestalt angenommen hatte, vollendet: Es war möglich, ihm für immer aus dem Weg zu gehen. Gleichwohl vertraute ich Sejanus auch jetzt meine Absicht nicht an. Statt dessen schickte ich ihn zurück in den Circus, damit er dort irgendeine beruhigende, heuchlerische Erklärung für mein Fortgehen ablieferte.

»Und meine Entschuldigung. Vergiß nicht, unseren Herrn, das Volk, um Entschuldigung zu bitten.«

»Selbstverständlich nicht.«

»Die Öffentlichkeit wünscht zum Narren gehalten zu werden«, sagte ich. »Also soll man sie zum Narren halten.«

»Das verstehe ich nicht.«

»Darauf kommt's nicht an. Auf nichts kommt es an.«

»Bist du sicher, daß dir nichts fehlt?«

»Ganz sicher«, sagte ich. »Ich habe die Erlösung gesehen.« Und mit diesen Worten entließ ich ihn.

Dann schickte ich einen meiner Freigelassenen in die Gladiatorenschule; er sollte den besiegten Germanen erwerben und zu mir bringen.

Mit geschwollenen Augen kam er herein, in einer kurzen Tunika aus grauer Wolle und mit Sandalen an den Füßen. Er warf sich flach vor mir auf den Boden. Ich befahl ihm in seiner eigenen Sprache, aufzustehen.

»Du bist ein freigeborener Germane«, sagte ich, »vielleicht aus guter Familie. Ich weiß, es ist bei deinem Volk nicht Brauch, sich in dieser Weise zu erniedrigen.«

»Ich bin den Bräuchen meines Volkes entrissen und gezwungen worden, andere Sitten zu üben.«

»Zu welchem Stamm gehörst du?«

»Zu einem Zweig der Cherusker.«

»Cherusker? Aber die liegen nicht mit uns im Krieg. Wie kommt es, daß du Gefangener und Sklave bist?«

Er erklärte, er sei der Sohn eines Häuptlings und nach Germanenart zu einem anderen Stamm geschickt worden, um dort seine Erziehung zu vervollständigen; dieser Stamm aber sei in einen Grenzkrieg mit den Legionen verwickelt gewesen, und in einem Scharmützel sei er in Gefangenschaft geraten.

»Und so gelangte ich durch eine Reihe von Zufällen hierher, wo ich mich nun befinde. Weshalb hast du mir das Leben gerettet?«

Er ahnte – ich sah es an der Art seines Blicks – eine Antwort auf diese Frage, aber es war nicht die ganze Antwort, und hätte ich nun eine vollständige Analyse der Gründe für mein Handeln begonnen, so wäre ich dabei in Bereiche vorgedrungen, die ich selber nicht verstand und auch nicht verstehen wollte. Also lächelte ich nur und sagte: »Ich fand, du seist zu jung zum Sterben.«

»Zu jung, oder...?«

»Zu jung jedenfalls, um auf diese Weise zu sterben...«

»Ich bin dir dankbar.«

»Vor langer Zeit«, sagte ich, »hat mir einmal ein junger Germane, der große Ähnlichkeit mit dir hatte, in der Schlacht das Leben gerettet. Vielleicht war das der Grund. Vielleicht solltest du jenem Jungen, der nun schon seit vielen Jahren tot ist, dankbar sein. Ich weiß es nicht. Ich fand heute nachmittag, es sei zuviel Blut geflossen. Ich habe mehr als genug davon. Hat man deine Wunden verbunden?«

»Die, die man verbinden kann – ja. Was wirst du jetzt mit mir tun?«

Ich konnte nicht antworten. Statt dessen reichte ich ihm einen Becher Wein. Er machte ein verblüfftes Gesicht und leerte den Becher dann in einem Zug, nach jener Germanenart, von der ich, wie ich mich erinnerte, den jungen Segestes und seinen Vater kuriert hatte.

»Einstweilen«, sagte ich, »bleibst du besser in meinem Haushalt.«

Ich sprach, ohne nachzudenken. Der Junge errötete.

»Natürlich«, fuhr ich fort, »möchte ich fast behaupten, du würdest lieber zu deinem Volk zurückkehren, aber das wäre vielleicht nicht dienlich. Ich habe gesehen, wie deine Leute zurückgekehrte Sklaven behandeln. In ihren Augen ist so jemand durch die Erfahrung erniedrigt. Nein, du wirst besser daran tun, bei mir zu bleiben.«

Als sich herumsprach, daß ich den Jungen, den ich in der

Arena gerettet hatte, in meinen Haushalt genommen hatte, legte man sich meine Handlung natürlich auf übelste Weise zurecht. Es hieß, der Junge sei mein Lustknabe, und beleidigende Graffiti erschienen überall in der Stadt, in denen behauptet wurde, nicht Menschlichkeit, sondern Wollust sei mein Beweggrund gewesen. Sejanus' Agenten berichteten, Agrippina habe ihrem Abscheu und ihrer Verachtung für meine »senile Verkommenheit« Ausdruck verliehen. »Wird das römische Volk sich darein fügen, daß es von einem alten Mann regiert wird, der es um seine Genugtuung bringt, um seine eigenen unmoralischen Impulse zu befriedigen?« hörte man sie sogar fragen.

Allein in sternenklarer Nacht, auf dem Feldbett ausgestreckt, das ich aus meinen Soldatentagen behalten hatte, wußte ich, daß diese Anschuldigungen wahr waren. Wer kann das Geflecht der Emotionen entwirren, die eine Handlung begründen? Meine Gedanken suchten vergeblich den Schlummer – denn schon lange war ich ein Opfer verzweifelter Schlaflosigkeit – und spielten mit Bildern, schmerzhaft und angenehm zugleich, mit Bildern von den Gliedmaßen des jungen Sigmund im blutigen Sand, von seinen bebenden Lippen, von der blonden Locke, die ihm über das linke Auge fiel. Vor mir selbst konnte ich nicht ableugnen, was ich fühlte, auch das Entzücken nicht, das es mir bereitete, den Knaben um mich zu haben. Aber ich war auch von seinem mannhaften Charakter beeindruckt, von seiner zurückhaltenden Würde. Die Umarmungen eines alten Mannes mit fauligem Atem und dürrem Hühnerhals mußten unweigerlich seinen Ekel erregen. Ich wollte ihn nicht zwingen, sich zu erniedrigen. Er besaß ein Gefühl von Anstand, das ich beinahe aus der Welt verschwunden geglaubt hatte. Es machte mir Freude, ihn in meinem Haushalt zu haben, Gespräche mit ihm zu führen, ihn in Tugend und

Weltkenntnis zu unterweisen und mich darauf zu verlassen, daß er mir kleine Dienste erwies, mit Sorgfalt und Respekt.

Ein paar kurze Monate lang war ich beinahe glücklich. Die einzige Störung war das gramvolle Bewußtsein von Livias Abgleiten in eine Art Wahnsinn, die oft mit hohem Alter einhergeht, wie das von Agrippinas Bosheit und unnachgiebiger Feindseligkeit. Kaum eine Woche verging, ohne daß Sejanus mir Beispiele für den Eifer brachte, mit dem sie die Herzen der Menschen wider mich vergiftete und sogar Verschwörungen gegen mein Leben beförderte. Eingedenk ihrer Popularität und des Respekts, der ihr als Julias Tochter und Germanicus' Witwe gebührte, verweigerte ich ihm die Erlaubnis, etwas gegen sie zu unternehmen; ich hoffte noch stets, sie werde schon mit der Zeit von ihrer bösartigen Narretei ablassen. Ich begriff nicht, daß es ihr im Blute lag, daß sie von dem gleichen selbstzerstörerischen Drang besessen war, der auch Julia so sehr aufgestachelt hatte.

Unterdessen setzte ich all mein Vertrauen in Sejanus. Er war der einzige lebende Mensch, der mich noch nie im Stich gelassen hatte. Dann nahte er sich eines Tages mit einer Bitte – ein beispielloser Akt, denn bis dahin hatte er sich stets damit begnügt, zu nehmen, was ich ihm bot, und niemals etwas für sich selbst erbeten. Aber diese Bitte war erstaunlich. Um ihrer Bedeutung Nachdruck zu verleihen, faßte er sie in Briefform, obgleich wir seit langem daran gewöhnt waren, alles frei und ohne Formalität zu erörtern.

Die vielen Freundlichkeiten deines Vaters Augustus und die noch zahlreicheren Zeichen der Gunst und Freundschaft, die ich von deiner Hand empfangen habe, haben es mir zur Gewohnheit werden lassen, meine Hoffnungen und Wünsche dem kaiserlichen Ohr ebenso bereitwillig zu offenba-

ren wie den Göttern. Nie habe ich dabei etwas für mich selbst erbeten, weder Geld noch hohe Ämter. Lieber möchte ich, wie jeder andere Soldat, für die Sicherheit des Kaisers arbeiten, für die ich mein eigenes Leben in die Bresche werfen würde. Doch ist mir nun zu meinem eigenen Erstaunen das größte aller Privilegien zugefallen: Eine gewisse große Dame erachtet mich würdig, durch eheliche Bande mit deiner Familie verbunden zu werden. Ich spreche von Julia Livilla, die Witwe deines betrauerten Sohnes. Das Bewußtsein dessen, was Rom durch seinen allzu zeitigen Tod verlor, hat uns zusammengezogen: Wir entdeckten ein gemeinsames Empfinden und trösteten einander in unserem Gram. Ihre Gefühle für mich haben mich ermutigt, zu erhoffen, was ich mir sonst im Reich des Möglichen nicht erträumt hätte. Zudem hat sie mich daran erinnert, daß Augustus selbst bei der Auswahl eines Gemahls für seine Tochter Männer meines ritterlichen Standes durchaus für erwägenswert gehalten hat.
Daher bitte ich dich in aller Demut: Solltest du an einen Gemahl für Julia Livilla denken, berücksichtige dabei auch deinen ergebenen Freund, der aus dieser Verbindung nichts als Ansehen gewinnen würde. Mehr erbitte ich nicht. Ich bin zufrieden mit den Aufgaben, die ich zu erfüllen habe, und beruhigt – um meiner Kinder willen –, wenn meine Familie vor der unbegründeten Bosheit und Feindseligkeit der Agrippina geschützt ist. Was mich selbst betrifft: Mein Leben unter einem so großen Kaiser beenden zu dürfen, ist der Gipfel meines Ehrgeizes...

Die Bitte war eine Überraschung für mich. Als ich aber darüber nachdachte, erschien es mir nur natürlich, daß Julia Livilla, vom grausamen Schicksal ihres Gatten beraubt, sich Trost suchend an den einzigen Mann von vergleichbarer Beschaffenheit gewandt hatte, den sie kannte – zumal da Sejanus' eigene Ehe mit Apicata zu seinem offenkundigen Bedauern gescheitert war. Aber neben dem persönlichen Glück gab es noch andere Dinge zu bedenken. Ich antwortete daher zurückhaltend und unverbindlich.

Mein lieber Sejanus,
es gibt niemanden, wie Du weißt, dem ich mehr Zuneigung entgegenbringe als Dir und in den ich größeres Vertrauen setze. Das habe ich wieder und wieder bewiesen. Wären wir lauter Privatpersonen, ich würde nicht zögern. Indes, während die Entscheidungen solcher Personen auf ihren eigenen Interessen und Vorlieben beruhen können, ist die Lage eines Herrschers anders, denn er muß in wichtigen Dingen die öffentliche Meinung befragen. Ich kann es mir mit der Antwort also nicht leichtmachen und einfach sagen, Julia Livilla könne selbst entscheiden, ob sie wieder heiraten will oder nicht. (Und wenn sie es will, könnte sie natürlich niemanden finden, der als Person geeigneter wäre als Du.) Ich werde nicht einmal sagen, daß sie eine vornehme Mutter hat – Antonia –, die sie in vertraulichen Dingen geziemender beraten wird als ich selbst. Nein, ich will offener zu Dir sein, wie Du es auch verdienst.
Erstens also: Agrippinas Unfreundlichkeit (um einen milden Ausdruck zu verwenden) würde sich arg vertiefen, wenn Julia Livilla, die ja – daran muß ich Dich nicht erinnern – ihre Schwägerin ist, mit Dir durch die Ehe verbunden würde. Die kaiserliche Familie würde buchstäblich in zwei Teile gespalten werden. (Wie Du weißt, ist der Ausdruck »kaiserliche Familie« mir ein Graus, denn er verträgt sich nicht mit unserem republikanischen Erbe, aber Tatsachen sind gleichwohl

Tatsachen, und dies ist eine, sei sie auch beklagenswert.)
Schon jetzt läßt sich die Rivalität zwischen den Frauen nicht unterdrücken, und meine Enkel sind zwischen ihnen hin und her gerissen. Was möchte es für Folgen haben, wenn die geplante Ehe diese Fehde noch verschlimmerte?
Zweitens: Du irrst, mein lieber Junge, wenn Du glaubst, daß Julia Livilla sich, nachdem sie erst mit Gajus Caesar und dann mit meinem geliebten Drusus verheiratet war, damit begnügen würde, als Gemahlin eines bloßen Ritters alt zu werden, oder daß Du diesen Status behalten könntest. Selbst wenn ich es zuließe – glaubst Du denn, diejenigen, die ihren Bruder und ihren Vater und auch unsere Vorfahren in den hohen Ämtern unseres Staates gesehen haben, würden es hinnehmen? Deine Adelung wäre notwendig. Du sagst, Du willst nicht über Deinen gegenwärtigen Rang hinaus aufsteigen. Ich ehre diese Einstellung, wenngleich Du nach allgemeiner Auffassung die anderen Ritter längst in den Schatten gestellt hast. Schon jetzt bist Du ein Gegenstand des Neides, und indem die Leute Dich beneiden, kritisieren sie mich. Schon jetzt kritisieren sie mich wegen der Vergünstigungen, die ich Dir gewährt habe. Siehst Du nicht, daß Neid und Kritik durch diese Ehe noch verstärkt werden würden?
Du merkst ganz richtig an, daß Augustus erwogen habe, seine Tochter mit einem Ritter zu verheiraten. Aber er sah voraus, daß jeder Mann, der durch eine solche Verbindung ausgezeichnet würde, eine gewaltige Erhöhung erfahren würde, und so waren die Männer, an die er dachte, solche wie Gajus Proculejus, einer seiner engen Freunde, der keinerlei Anteil am öffentlichen Leben hatte. Die beiden Positionen sind nicht vergleichbar. Zudem darfst Du nicht vergessen: Am Ende waren diejenigen, die er sich als Schwiegersöhne erwählte, erst Marcus Agrippa und dann ich.

Ich habe offen und als Dein Freund gesprochen. Letzten Endes werde ich mich keiner Entscheidung entgegenstellen, die Du und Julia Livilla trefft. Von gewissen eigenen Projekten und zusätzlichen Banden, mit denen ich Dich an mich zu knüpfen gedenke, werde ich jetzt nicht sprechen. Ich sage nur folgendes: Deine persönlichen Verdienste und mein Wissen um Deine tiefe Hingabe an meine Interessen und meine Person überzeugen mich davon, daß keine Erhöhung zu hoch sein kann. Wenn die Zeit reif ist, werde ich ein offenes Wort vor dem Senat sprechen...

Sejanus erklärte, mein Brief habe ihn tief gerührt. Er bekannte, daß meine Bemerkungen gerechtfertigt seien, und versprach, sie sorgsam zu bedenken.

»Nichts«, sagte er, »darf geschehen, was der niederträchtigen und ungerechtfertigten Kritik gegen dich weiteren Anlaß gäbe oder Agrippina in ihren aufrührerischen Manövern weiter ermutigte.«

Aber ich sah am Blick seiner Augen, daß er die Hoffnung nicht aufgegeben hatte. Das war natürlich, denn die Aussicht auf eine Ehe mit der Witwe meines Sohnes war verlokkend. Überdies brannte Julia Livilla selbst auf diese Verbindung, und sie hatte keine Angst davor, Agrippina weiter gegen sich aufzubringen. Im Gegenteil, die Aussicht war ihr willkommen.

Derselbe Herbst sah zwei bestürzende Prozesse, die zu dem Entschluß, der insgeheim bei mir Gestalt annahm, beitrugen.

Es wurde Anklage gegen einen Senator erhoben, Votienus Montanus: Man warf ihm vor, mich und die Verfassung, die Rom von Augustus geerbt hatte, verleumdet zu haben. In unglaublicher Torheit benannte er einen gemeinen Soldaten namens Aemilius als einen seiner Zeugen. Dieser Mann, der einige Zeit zuvor unehrenhaft aus dem Dienst entlassen worden war, war von seinem Groll anscheinend um den Verstand gebracht worden. Er spie einen Strom schmutziger Beschimpfungen hervor, überwiegend gegen mich gerichtet. Ich bringe es noch jetzt kaum über mich, seine Verleumdungen aufzuführen. Die geringste lautete auf gewohnheitsmäßige Unmoral. Ich wurde außerdem der Beihilfe zum Mord an Germanicus bezichtigt – zu einem Mord, der selbstverständlich ganz und gar ins Reich der Phantasie gehörte und im Verfahren gegen den armen Piso längst widerlegt worden war. Unfrömmigkeit wider die Götter und Augustus, Teilnahme an Orgien und magischen Riten, die die Prostitution freigeborener Jungfrauen und sogar die rituelle Opferung von Sklavenkindern einschlossen – solche Monstrositäten ragten aus dem Schmutzstrom heraus, der meine Ohren attackierte. Vielleicht hatte man den Irren zu solchen Reden ermuntert – wenngleich er wahrscheinlich kaum der Ermunterung bedurfte –, weil man hoffte, das Gericht so von der Betrachtung der Verbrechen abzulenken, die Votienus selbst zur Last gelegt wurden.

Der zweite Fall war noch ernster und bekümmernder. Sejanus machte mich darauf aufmerksam. Wie jeder Herrscher in unseren unglücklichen Zeiten dazu gezwungen, ein Überwachungssystem in Anwendung zu bringen, hatte ich diese Erfordernis nichtsdestominder so abscheulich gefunden, daß ich – anders als Augustus, der solchen Dingen stets selbst große Aufmerksamkeit widmete – Sejanus die volle Verantwortung dafür übertragen hatte, da er der einzige war, dessen Ehre und Gründlichkeit ich vertrauen konnte. Eines Morgens nahte er sich stirnrunzelnd, und seine Miene war eine Studie in Düsternis und Beunruhigung.

»Etwas über die Maßen Unangenehmes ist ans Licht gekommen«, sagte er. »Es betrifft eine vornehme Dame, nämlich Claudia Pulchra.«

Und er berichtete, wie diese Dame, eine Base von mir und Agrippina, mit der sie zudem eng befreundet war, ihr Haus auf dem Aventin zu einem Bienenstock des Aufruhrs gemacht habe. Die ersten Gerüchte hatte Sejanus von Gnaeus Domitius Afer überbracht bekommen, einem ehemaligen Prätor, den Claudia zu verführen versucht hatte.

»In der Tat«, meinte Sejanus mit jenem offenen und skeptischen Lächeln, mit dem er Geschichten von irgendwelchen Verderbtheiten stets zu begleiten pflegte, »möchte ich annehmen, daß sie damit Erfolg hatte und daß der bedauernswerte Afer sich für den Auserwählten des Glücks hielt. Jedenfalls fühlte er sich durch ihre Aufmerksamkeit sehr geschmeichelt. Aber dann entdeckte er, daß sie noch einer anderen unzüchtigen Beziehung frönte, mit Gajus Furnius nämlich, und das mißfiel ihm.«

»Furnius?« wiederholte ich. »Ein schwieriger und unangenehmer Bursche, aber nicht ganz unfähig.«

»Durchaus.«

Der Name erschreckte mich, aber ich zog es vor, Sejanus davon nichts merken zu lassen. Ich wußte, daß Furnius ein Unzufriedener war. Er war ein Mann von beträchtlichem Verdienst, dem ich aber wegen seines aufsässigen Charakters, seines unbeherrschten Temperaments und seiner verdächtigen Bekannten keine Verantwortung übertragen hatte. Sein Großvater war mit Marcus Antonius befreundet gewesen; sein Vater hatte Verstand genug besessen, sich auf die Seite Augustus' zu stellen, und hatte in den letzten Lebensjahren des Augustus sogar ein Konsulat innegehabt. Aber ich hatte mich außerstande gesehen, Furnius so zu ehren, wie er es sich gewünscht haben dürfte. Es konnte keinen Zweifel daran geben, daß er deshalb unzufrieden war.

»Als ich davon erfuhr«, berichtete Sejanus, »habe ich natürlich die nötigen Schritte zur Untersuchung der Angelegenheit unternommen. Ich plazierte einen vertrauenswürdigen Agenten in Claudias Haushalt. Seine Berichte überzeugten mich nicht nur von ihrer unbeherrschbaren oder doch wenigstens unbeherrschten Unmoral – die Unzucht, die sie gewohnheitsmäßig betreibt, setzt sie einer Bestrafung gemäß der *lex papia poppaea* aus –, sondern von noch abscheulicheren Verbrechen. Hier, möchtest du alle Berichte lesen, oder soll ich sie für dich zusammenfassen...?«

Ich schüttelte den Kopf. Düsterkeit durchdrang meinen Geist wie ein Nebel, der vom Meer her über das Land kriecht.

»Selbstverständlich verlasse ich mich nicht allein auf diese Berichte«, sagte Sejanus. »Wie du mir ja oft eingeschärft hast: Es besteht die Gefahr, daß Agenten einem sagen, was man ihrer Meinung nach hören will, obgleich ich mit der exemplarischen Bestrafung aller Falschinformanten alles in meiner Macht Stehende getan habe, um sie davon zu überzeugen, daß wir nichts als die Wahrheit wissen wollen. Jedenfalls bin ich sicher, daß das elende Weib sich gegen dein Leben verschworen hat, indem sie berufsmäßige Giftmischer anstiftete, aber auch Zauberer dafür bezahlte, daß sie ihre schwarzen Künste zu deinem Schaden ausübten. Hier zum Beispiel« – er wühlte in dem Stapel der Berichte, die vor ihm auf dem Tisch lagen – »habe ich eine vertrauliche Aussage von einer ihrer freigelassenen Frauen, die in allen Einzelheiten schildert, wie eine ägyptische Magierin beim letzten Vollmond... Aber es soll dir von all den Details nicht übel werden: Ich kann dir sagen, sie sind so abscheulich, daß ich eine ganze Nacht nicht habe schlafen können...«

»Nein«, sagte ich, »ich will auch nichts davon wissen. Sorge lieber dafür, daß das Gesetz seinen Lauf nimmt.«

»Ja«, sagte er. »Ich denke, ich kann Afer dafür gewinnen, daß er die Anklage übernimmt. Er hat ein Interesse daran, daß sie erfolgreich ist.«

»Ich fange an, euch Römer zu verstehen«, sagte Sigmund. »Als sie mich zum Gladiatoren machten, dachte ich, das ist alles falsch, und so ist das Leben nicht. Das dachte ich, weil alles ganz anders war als das Leben, das ich kannte. Aber heute weiß ich es besser. Ich kann mich nicht gut ausdrükken, deinen gütigen Versuchen, mich zu unterweisen, zum Trotz; aber mir scheint doch, die Arena ist eine Art Spiegelbild des Lebens, das ihr alle führt. Du bist der mächtigste Mann der Welt, aber du kannst dem Netz nicht entrinnen. Ich hoffe, ich habe dich nicht erzürnt.«

»Nein«, antwortete ich. »Die Wahrheit sollte niemals erzürnen. Und es freut mich, daß du verstehen lernst, wie die Dinge sich verhalten...«

Ich wandte den Blick von seinen offenen Augen und schaute hinaus über die Dächer der turbulenten Stadt. Ein roter Windvogel sauste in flachen Kreisen über den Tempeln des Capitols dahin.

Agrippina schrieb mir und protestierte gegen den Prozeß, der ihrer Freundin gemacht werden sollte:

Claudia Pulchra ist nichts als ein Vorwand. Ich weiß, daß die Anklage gegen sie eigentlich gegen mich gerichtet ist. Du opferst dem Augustus, wie das Gesetz es befiehlt, doch du verfolgst seine Nachkommen. Aber nicht in stummen Statuen hat sein göttlicher Geist Wohnung genommen – ich, geboren aus seinem heiligen Blute, bin seine Verkörperung. Nichts kann daran etwas ändern. Deshalb sehe ich, in welcher Gefahr ich schwebe. Claudia Pulchras einziges

Vergehen besteht darin, daß sie die Unbedachtheit hatte, sich die verfolgte Agrippina als Freundin zu erwählen.

Sejanus reichte mir den Brief zurück.

»Sie ist wirklich nicht mehr ganz gescheit, die arme Frau«, stellte er fest. »Wer weiß, was sie in ihrem Wahn noch alles anstellen wird? Ich bin nicht sicher, daß man sie gefahrlos frei herumlaufen lassen kann.«

Der Prozeß nahm seinen vorhersehbaren Lauf. Die Anklage gegen Claudia Pulchra war nicht zu widerlegen. Auf meinen Wunsch wurden bestimmte Artikel – bei denen es um die Verschwörung gegen mein Leben ging – getilgt. Die Unzucht genügte: Sie und ihr Liebhaber mußten auf Befehl des Senats ins Exil.

Agrippina wurde krank oder ließ verbreiten, sie sei krank. Es ist möglich, daß dieser Prozeß sie wenigstens für eine Weile hatte erkennen lassen, wie gefährlich der Weg war, den sie so gedankenlos und bösartig eingeschlagen hatte. Ich weiß es nicht; ich habe den Grund für ihren schrecklichen Zorn nie begriffen noch je die Tiefen ihres verdrießlichen Selbstmitleids erkundet. Sie verlangte mich zu sehen. Ich besuchte das Krankenzimmer, in dem sie lag, die Augen vom Weinen geschwollen; sie hielt sich eine kalte Kompresse an die Schläfen und unterbrach ihre ungeordnete Rede mit häufigen Schluchzanfällen. Ich hatte Mitleid mit ihr, und ich entsann mich, daß sie Julias Tochter war und daß ich in den ersten Jahren meiner Ehe mit ihrer Mutter an der kindlichen Eindringlichkeit ihrer Gefühle meine Freude gehabt hatte.

»Ich bin einsam«, schluchzte sie. »Meine Kinder, für die ich seit dem Tode meines Gemahls alles geopfert habe, sind fast erwachsen. Meine eigene Mutter wurde mir entrissen, als ich kaum mehr als ein Kind war. Du, der du mein Stiefvater warst, verfolgst mich jetzt. Warum tust du das, Tiberius? Was hätte ich dir je angetan? Du warst eifersüchtig auf Germanicus? Ist das ein Grund, mich zu verfolgen, wie du es tust?«

»Ich war niemals eifersüchtig auf Germanicus«, widersprach ich. »Er war der Sohn meines lieben Bruders, und ich habe ihn bewundert. Manchmal habe ich ihn für unüberlegt gehalten, und dann bin ich eingeschritten, aber nie habe ich ihm Schlimmeres vorgeworfen als Unerfahrenheit und das Ungestüm der Jugend. Agrippina, wir haben uns – vielleicht, ohne daß einer von uns beiden es wollte – in Mißverständnisse und Argwohn hineintreiben lassen. Dafür gibt es keinen Grund. Du weißt, das Gerede von der kaiserlichen Thronfolge ist mir zuwider, denn es ist Sache des Senats, wer den ersten Platz in der Republik innehaben soll. Aber ich weiß, daß es einen Princeps geben muß und daß er aus unserer Familie kommen muß. Siehst du denn nicht, daß ich deine Söhne, Nero und Drusus, als meine unmittelbaren Erben betrachte? Ich bin ein alter Mann von fast siebzig Jahren, und mir bleiben nur noch wenige Sommer. Können wir unsere Feindschaft nicht beiseite stellen und Freunde werden?«

Ich streckte ihr meine Hand entgegen, aber sie wich vor der Berührung zurück. Gleichwohl spürte ich, daß meine Worte sie bewegt hatten, und wartete auf eine Antwort. Sie schwieg lange. Dann sagte sie:

»Ich bin so bejammernswert, so allein, vernachlässigt und mißverstanden. Und ich bin einsam. Du kannst dir nicht vorstellen, wie einsam ich bin, seit mein Gemahl von mir gerissen wurde. Nicht eine Nacht vergeht, da ich nicht weine, wenn ich seinen leeren Platz neben mir fühle. Meine Jugend flieht dahin, und ich sehe nur eine dunkle Zukunft. Hilf mir,

Tiberius, und laß mich wieder heiraten. Ja, ich flehe dich an, suche mir einen Gemahl. Ich bin immer noch jung genug. Die Ehe – die Ehe ist der einzige achtbare Trost, der mir offensteht. Gewiß gibt es doch Männer in Rom, die stolz wären, die Witwe des Germanicus zu heiraten und Vater seiner Kinder zu werden...?«

»Siehst du nicht«, sagte Sejanus, »daß sie dir eine Falle stellt? Der Appell an dein Mitleid ist doch nur eine List! Wenn du einen Mann auswählst, der für sie annehmbar ist, erschaffst du dir damit sofort einen Rivalen. Fällt deine Wahl aber auf einen, den sie ablehnt, ist das ein weiterer Beweis dafür, daß du sie verfolgst. Sie wird dann sagen, du beleidigst ihr Gedenken an Germanicus, indem du ihr einen zum Gemahl vorschlägst, der ihres Ranges und seines Rufes unwürdig ist.«

Sejanus kannte Agrippina gut, besser als ich. Ich hatte ihre Bitte für aufrichtig gehalten. Noch jetzt frage ich mich manchmal, ob sie nicht wahrhaft aufrichtig war, als sie mich bat; mir schien ihre Trauer echt zu sein. Und tatsächlich glaube ich auch, sie war es. Aber sie war hin und her gerissen im Widerstreit ihrer Wünsche. Ich war bewegt von ihren Gefühlen, auf der Hut vor ihren unsteten Leidenschaften. Wir verstehen nur wenig vom unserer eigenen Natur, und das wenige zumeist nur im Rückblick; was wir spontan reden und tun, ist unserem Verständnis ein Rätsel. Es nimmt daher nicht wunder, daß uns andere Menschen in ihrer Widersprüchlichkeit so unergründlich erscheinen.

Ich traf Anstalten, zu tun, worum sie mich gebeten hatte. Ich erwählte zwei Kandidaten, beides würdige Männer aus guter Familie, beides ausgezeichnete Staatsdiener und vertrauenswürdig dazu. Jeder hätte einen ausgezeichneten Ehemann abgegeben, jeder hätte dem unvoreingenommenen Kritiker als akzeptabler Nachfolger für Germanicus erscheinen müssen. Ich werde ihre beiden Namen nicht nennen, denn ich habe nicht den Wunsch, zur künftigen Beschämung ihrer Familien zu enthüllen, wie verächtlich Agrippina auf sie reagierte. Der eine sei »ein Sack Dung«, der andere »ein knechtischer Feigling, mit dem Germanicus sich nicht einmal über die Tageszeit unterhalten hätte«. Beide Urteile waren absurd. Aber was konnte ich tun, vor allem, als sie mich dann bezichtigte – wie Sejanus es vorausgesagt hatte –, daß ich sie nur ausgesucht hätte, um sie zu beleidigen. Das war nicht meine Absicht gewesen; ich muß allerdings einräumen, daß es im Falle des zweiten Kandidaten den Anschein haben konnte, denn Sejanus erzählte mir später, der Mann sei einer der Liebhaber des jungen Nero. Aber das wußte ich nicht, als ich ihn empfahl...

VIII

In meinem neunundsechzigsten Jahr habe ich Rom verlassen. Ich hoffe, daß ich die Stadt nie wiedersehe. Für mich ist sie häßlich geworden. Ich konnte nicht mehr in den Senat kommen, ohne Übelkeit zu verspüren, hervorgerufen durch mein Bewußtsein von dem Verfall dieser Körperschaft. Verbrachte ich einen Tag dort – ach was, schon einen Vormittag –, so lastete hernach eine unerträgliche Schwere auf mir, eine Mattigkeit, das Empfinden, ich hätte alles Gefühl von Freiheit verloren und sei von schmerzhaft beeinträchtigenden, ja, lähmenden Krämpfen erfaßt. Der Geruch dort war mir schon zuwider; es stank nach Verwesung. Man überschwemmte mich mit Worten. In allem Reden, so sann ich, liegt ein Körnchen Verachtung. Wenn wir Worte für etwas haben, liegt es schon hinter uns. Die Sprache, selbst die Sprache der Dichter in der modernen Welt, taugt nur für das Durchschnittliche, Mittelmäßige, Mitteilbare. Ich fühlte ein tiefes Verlangen danach, all dem zu entfliehen und mit der Flucht meine vor langer Zeit aufgegebene Suche nach etwas jenseits des Alltagsdaseins, des bloßen Daseins, wieder aufzunehmen, die Suche nach etwas, das all die Mühsal rechtfertigen könnte.

Der Wert einer Sache liegt nicht in dem, was einer dafür bekommt, sondern in dem, was er dafür bezahlt – was sie uns kostet. Die Übernahme der kaiserlichen Rolle kostete mich das Glück, sogar die Selbstachtung, denn über den wechselhaften Manövern, die nötig waren, um meine Autorität zu erhalten, gab ich jedes Gefühl für meine eigene Tugend auf. Ich war der Sklave des augusteischen Vermächtnisses geworden. Vielleicht könnte ich wenigstens im hohen Alter die Freiheit erlangen.

Ich zog nach Capri. Warum auf dieses Eiland? Weil es mir gefiel. So einfach? Weil ich dort meinen Wohnsitz nehmen konnte, ohne die Qualen der Innensicht und Selbstrechtfertigung auf mich zu nehmen. Und wegen der Farbe des Meeres.

Sejanus billigte meine Wahl. »Du wirst dort in Sicherheit sein«, sagte er. »Es gibt nur einen Landungssteg.«

Ich teilte dem Senat mit, ich würde schriftlich mit ihm in Verbindung bleiben, und Sejanus solle mein Sprachrohr sein. Aber ich war nicht voreilig genug, ihm das *majus imperium* zu übertragen, das nur ich selbst besaß. Dieser Versuchung wollte ich ihn nicht aussetzen, und ich wollte ihn auch nicht zu einer Zielscheibe für den Neid der anderen machen. Er warf den Kopf in den Nacken und lachte, als ich ihm meine Gründe auseinandersetzte.

»Ist es da ein Wunder«, sagte er, »daß ich dir so lange und mit so großer Zufriedenheit gedient habe?«

Später sagte er: »Du alter Fuchs.«

Ich vertraute Sejanus, aber ich hatte keine Freude mehr an seiner Gesellschaft. Das war ein weiterer Grund, Rom zu verlassen. Seine Anwesenheit erfrischte mich nicht länger. Er war jetzt ein Mann in mittleren Jahren, der allmählich kahl und ein bißchen dick wurde, beherrscht von Ehrgeiz, ein berechnender Mann ohne das fröhliche Einverständnis mit dem Dasein, das mir so viel Freude gemacht hatte. Ich umarmte ihn, als ich mich einschiffte, und sagte mir: »Es ist vorbei. Ich brauche Sejanus nicht mehr, außer im politischen Sinn.« Da aber brauchte ich ihn – dank meiner Abdankung – mehr denn je.

Augustus hatte mir ein Landhaus hinterlassen, das ich zunächst bezog. Aber ich machte mich daran, eine neue Villa nach meinem eigenen Geschmack zu bauen, weiter oben auf dem Berg.

»Weshalb bist du hergekommen?« fragte Sigmund. »Ist es Ruhe, was du suchst, Herr?«

»Nein«, sagte ich, obgleich ich mich nach Ruhe sehnte. »Schönheit. Am Ende bietet nur Schönheit uns Trost. Die einzige Ruhe findet man im Erleben der Schönheit. Ich sage nicht, 'in der Betrachtung', denn die ist passiv. Schönheit muß man aktiv erleben.«

Der arme Junge sah mich an und schüttelte den Kopf.

Ich lud ein paar alte Freunde ein, mich zu begleiten: Marcus Coccejus Nerva, einen ehemaligen Konsul, Curtius Atticus, den ausgezeichneten Ritter, und meinen mathematischen Philosophen Thrasyllus. Auch den griechischen Freigelassenen Philipp nahm ich mit, und natürlich Sigmund. Es war ein kleiner Haushalt, und einer, wie ich hoffte, der mich nicht mit zudringlichen Forderungen langweilen würde. Es hatte keinen Sinn, meine Mutter zu besuchen, um ihr Lebewohl zu sagen; sie erkannte niemanden mehr, sondern saß nur noch da und schimpfte und weinte um den Tod. Ich betete, daß sie bald erlöst werden möge, und tatsächlich geschah dies auch sechs Monate nach meiner Abreise.

Diese ersten Monate waren die glücklichsten, die ich nach meinem Abschied von Rhodos erlebt hatte. Die Seeluft machte mir das Atmen leichter, und frühmorgens, bevor die

Hitze des Tages mich nötigte, die Terrasse den Eidechsen zu überlassen, fühlte ich mich zehn Jahre jünger. Das Beste war das Bewußtsein der Freiheit. Natürlich war ich immer noch an meine offiziellen Aufgaben gebunden. Kein Tag verging, an dem ich nicht zwanzig Entscheidungen zur Wohlfahrt des Imperiums treffen oder zwanzig Briefe schreiben mußte. Aber ich konnte es auch, in Ruhe und ohne die Aufwühlung des Geistes, die mich in Rom so sehr gestört hatte, ohne das drängende Bewußtsein einer gierigen und nicht vertrauenswürdigen Menschheit, ohne die Angst, daß ich vielleicht nicht mehr tun könnte, als eine Barriere gegen die Verderbtheit unseres Zeitalters aufzurichten: Denn, so seltsam es klingt, all dies Bedrückende und Beunruhigende war von mir genommen. Andere spürten meine ungewohnte Zufriedenheit.

»Es ist, als hörte die Welt am Rande des Wassers auf«, bemerkte Atticus, »und doch ist mir, als warte die Welt auf ein großes Zeichen, als hätten wir ein Stadium der Geschichte erreicht, das schwanger ist von lauter Möglichkeiten.«

»Das ist jetzt so wahr wie zu irgendeinem Zeitpunkt in der Geschichte unseres Volkes«, antwortete ich.

Spätnachmittags ließ ich mich zuweilen in die Bucht hinausrudern. Unablässig schaute ich zu jenen Felsen hinüber, auf denen Philipps angeheirateter Onkel seine Sirenen-Geliebte gefunden hatte. Aber die Felsen lagen verlassen da, und keine Musik drang an mein Ohr. Gleichwohl wußte ich, irgendwo ruhten die Sirenen und hegten Verheißungen der Seligkeit.

Eines Tages kam ein Wind auf, und das Boot kam nicht um eine Landzunge herum. Statt dessen sahen wir uns zum Strand zurückgetrieben. Eine Öffnung gähnte vor uns, und der Steuermann lenkte darauf zu. Mein Leibwächter legte die Hand für einen Augenblick auf den Schwertgriff, aber ich lächelte und sagte, es bestehe keine Gefahr.

»Wohin fahren wir?« fragte ich den Steuermann.

»Ich werde Caesar eines der Wunder dieser Insel zeigen«, sagte der und steuerte das kleine Boot unter einem Felsensims hindurch und in eine Höhle. Unvermittelt verschwanden die Welt und das Tageslicht, und wir befanden uns in einer Dämmerung von intensivem Blau. Das Wasser plätscherte gegen das Boot und schimmerte himmelblau, von violetten Streifen durchzogen. Die Wände glitzerten in tiefem Azurblau, und die Luftblasen im Wasser funkelten dunkler als Himmel oder Meer, das gleichwohl noch blau zu nennen war, leise durchglommen von Rubinrot und Smaragd. Das Boot hielt inmitten des violetten Wassers, das ruhig dalag wie ein Sommersee. Es war still. Ein Hauch der Freiheit von irdischen Sorgen umwehte mich.

»Das ist Friede.«

Seufzend verließ ich den zauberhaften Ort, doch als wir in die Welt der Menschen zurückkamen und ich am Landungssteg bronzebraune Knaben sah, nackt bis zu den Hüften, die Tuniken gerafft, wie sie bis an die Schenkel im Wasser wateten, um Netze voller Fische einzuziehen, als ich ihre Mädchen aufmunternd rufen hörte und die Augen der Mütter vor Stolz glänzen sah, da gab ich mich für ein Weilchen der Illusion hin, daß das Leben gut sei.

Natürlich ist das eine Illusion. Bestenfalls hat das Leben gute Augenblicke. Aber die Atmosphäre von Capri linderte den Schmerz und die Trauer in mir, wie nichts es getan hatte, seit meine Ehe mit Vipsania von der Politik zertrennt worden war.

An einem anderen Nachmittag schickte ich meine Diener fort und stieg den Hügel hinter meiner Villa hinauf. Ein schmaler Weg führte zu einem kleinen Tempel. Seine Wände waren von Efeu und wildem Geißblatt bedeckt, und als ich näher kam, erhob sich eine Eule auf lautlosen Schwingen von einer zerbrochenen Säule und flog zu einem Zypressenhain. Die Sonne schien noch heiß, und müde vom Aufstieg rastete ich dort, an die Tempelwand gelehnt, und schaute den Eidechsen zu, wie sie hin und her huschten. Tief unten murmelte das Meer, und kein Lüftchen regte sich. Finken zwitscherten in den nahen Kiefern, und sonst war nur das Zirpen der Grillen in der ruhigen Stille zu hören. Ich glaube, ich schlief ein.

Ein Knabe stand vor mir, seine goldenen Gliedmaßen geformt wie bei der feinsten Skulptur. Blumen waren in sein dunkles Haar geflochten, und seine Stirn war glatt wie bei jemandem, der nicht von Träumen geplagt wird oder dessen Träume nur von Freuden handeln. Ich merkte, daß ich nicht sprechen konnte.

»Was tust du hier?« fragte er.

Als ich nicht antwortete, berührte er meine Lippen mit einem Stab, den er bei sich trug, und wiederholte seine Frage.

»Die Menschen wagen es für gewöhnlich nicht, mir eine solche Frage zu stellen«, sagte ich.

Er lächelte.

»Ach, Menschen«, sagte er. »Sterbliche Menschen.«

»Bist du denn nicht sterblich, daß du so leichthin vom Menschen und vom Tode redest?«

»Nein, wie kommst du darauf?«

Er lächelte wieder.

»Was suchst du?« fragte er.

»Vergessen.«

»Dessen kannst du dich im Leben nicht erfreuen.«

»Frieden dann. Und das Erleben der Schönheit.«

»Du bist nicht bescheiden in deinen Wünschen.«

»Wer bist du«, fragte ich, »daß du so selbstbewußt sprichst, trotz deiner Jugend?«

»Jugendlich bin ich nur, weil ich es vorziehe, so zu erscheinen, weil ich es vorziehe, nicht zu altern. Ich bin der Genius dieses Ortes, und ich bin hier, weil du mich gerufen hast.«

»Das habe ich getan?«

»Gewiß.«

»Und du kannst mir gewähren, was ich suche?«

»Nur, wenn du bereit bist, den Preis zu zahlen.«

»Gibt es einen Preis?« fragte ich. »Aber natürlich, es muß einen geben. Nun, schöner Knabe, dann sage mir, was es ist...«

»Es ist ein Preis, den wenige bezahlen würden, und die meisten, wollten sie ihn bezahlen, würden sich dadurch entehrt glauben. Aber da ich weiß, daß dein Jammer groß ist, will ich dir ein Angebot machen.«

Sein Mund, geformt wie ein Bogen, kräuselte sich spöttisch, doch zugleich sah ich auch ein Mitgefühl, wie ich es nie gekannt und wie ich es zutiefst ersehnte.

»Diese schöne Insel«, sagte er, »ist dir zum Troste dein. Ist das nicht genug, ohne daß du mir meinen Preis entlockst und dich ihm fügst?«

»Sage mir, was es ist«, drängte ich.

»Nun gut: Du magst soviel Schönheit, Frieden und Vergessen genießen, wie es dir möglich ist, wenn du einwilligst, daß dein Name mit Schande gebrandmarkt werde für alle Zeit.«

»Soviel Schönheit, Frieden und Vergessen, wie mir möglich ist? Wieviel ist das?«

»Nicht soviel, wie du dir wünschen möchtest, und mehr, als du ohne meine Hilfe erlangen könntest.«

»Und mein Name soll berüchtigt sein?«

»Man wird dich als Monstrum und Mörder schmähen, als brutalen Satyr, als vergötzte Bestie...«

»Und wenn ich nein sage?«

»Dann wirst du mich nie wiedersehen. Ich gehe und überlasse dich deinen Aplträumen, deiner Angst und deinen Erinnerungen...«

Er lächelte – ein strahlendes Lächeln, mutwillig wie der Gott der Liebe...

»Gut«, sagte er. »Du nimmst mein Angebot an...«

»Das habe ich nicht gesagt...«

»Worte sind nicht nötig...«

Die Eule schrie. Der Vogel der Minerva, heißt es, fliegt nur bei Nacht; und dann sah ich, daß der Mond am Himmel stand, ein dünner, junger Mond, einem goldenen Horn gleich. Ich war allein und spürte die Kälte der Einsamkeit.

Und so schloß ich einen Handel, der mich in den Augen meiner Vorfahren entehren würde und meine Nachkommen, sollten sie mich lange überleben, erröten lassen wird, wenn sie nur meinen Namen nennen. Und getan habe ich es für eine Verheißung, die vielleicht niemals eingelöst werden wird und an die ich nicht wirklich glaube, denn ich kann nicht zugeben, daß es eine Macht gibt, die meine Erinnerung zum Schweigen bringen wird. Und schließlich bin ich ratlos in Anbetracht der Umstände, unter denen ich den Handel geschlossen: Es ist ja möglich, daß ich den Knaben nur im Traum gesehen habe. Doch wer wollte so kühn sein, zu bestreiten, daß das, was wir im Traum erleben, womöglich auch wahr und wirklich ist? Es gibt Philosophen, die behaupten, wir träumten dieses Leben. In manchen Augenblicken ist es jedenfalls so lebendig wie ein Traum.

Ich könnte der Vergangenheit entrinnen; der Gegenwart konnte ich nicht entrinnen. Jeder Kurier brachte mir neue

Kunde von Sittenverfall und Verschwörungen in Rom. Agrippina vergaß ihr Flehen und mein Versprechen und hatte sich in neuen Verleumdungstiraden gegen mich ergangen; sie wärmte die alte Lüge wieder auf, ich sei in den Mord an Germanicus eingeweiht gewesen. Sejanus berichtete, ihre Agenten seien beim Heer aktiv. »Es macht mir Sorgen, was sie da anzetteln«, sagte er. »Erlaube mir bitte, die nötigen Präventivmaßnahmen zu ergreifen.« Aber ich lehnte ab.

Dann kam er zur Insel herüber, um mir sein Material vorzulegen.

»Ich wage nicht, dies einem Kurier anzuvertrauen«, sagte er, »denn in der jetzigen von Argwohn und Verrat vergifteten Atmosphäre wüßte ich niemanden, auf den ich mich absolut verlassen könnte. Tatsache ist, Tiberius, daß dieses Weib und ihr Sohn die Legionen dermaßen korrumpiert haben, daß eine rigorose Untersuchung notwendig ist, ehe wir wissen können, wer vertrauenswürdig ist. Und ich muß dir sagen, daß selbst eine solche Untersuchung sich vielleicht als unzuverlässig erweisen wird, denn den Untersuchenden muß man ja vertrauen, und vielleicht sind auch sie unseres Vertrauens nicht würdig. Siehst du, durch welchen Morast ich wate?«

»Ihr Sohn, sagst du. Welcher Sohn?«

»Nero.«

»Nero – ich würde es bedauern, wenn ich ihn schuldig glaubte. Er ist ein Junge, den ich mit Freundlichkeiten überhäuft habe.«

»Gleichwohl hat man gehört, wie er sagte, es werde Zeit, daß der Alte stirbt. Das sind seine genauen Worte.«

»Ich finde, das klingt nicht so furchtbar. Ich habe es selbst schon oft gedacht.«

»Caesar«, sagte er, »du verstehst nicht.«

Er lehnte sich auf dem Stuhl zurück und klatschte in die

Hände, und dann befahl er einem Sklaven, Wein zu holen. Er war es seit langem gewöhnt, sich in meiner Gegenwart solche Freiheiten zu erlauben, und mir hatte es gefallen. Jetzt kam es mir zum erstenmal anmaßend vor; doch ich wußte, wie tief seine Loyalität gegen mich gründete. Er wartete schweigend auf den Wein, trank einen Becher und wischte sich die Lippen ab. Schweiß glitzerte auf seiner Stirn.

»Du mußt zuhören«, sagte er. »Ich weiß, das willst du nicht, aber du mußt, oder wir sind beide tot, und Rom ist in Aufruhr. Du bist Augustus' Erbe; das hast du mir selbst oft gesagt, und was immer du insgeheim von ihm denken magst, eine große Leistung hast du ihm doch stets zugestanden: Er hat die Bürgerkriege beendet. Willst du, daß sie wieder ausbrechen?«

Und dann breitete er seine Fakten oder Erkenntnisse vor mir aus. Es ging nicht bloß um lose oder aufrührerische Reden, obwohl das schon schlimm genug war. Aber Agrippina hatte Eßgelage veranstaltet und dazu Senatoren eingeladen, von denen sie wußte, daß sie unzufrieden waren; und schlimmer als das: Sie und Nero hatten Pläne ausgebrütet, sich aus Rom fortzuschleichen und sich zu den Legionen in Germanien zu gesellen, wo Germanicus' Andenken immer noch besonders verehrt wurde. Mit den germanischen Legionen hinter sich können sie gegen die Hauptstadt marschieren und ihre Bedingungen diktieren.

»So dicht stehen wir vor einem Bürgerkrieg.«

Ich zögerte.

»Deine Agenten«, sagte ich. »Du weißt, wie sehr ich dieser Spitzelei mißtraue, denn Agenten haben die Gewohnheit, ihren Herren zu erzählen, was denen ihrer Meinung nach gefallen wird.«

»Das stimmt, aber ich habe zwei Agenten, deren Beweismaterial, da wirst du mir beipflichten, unumstößlich ist.«

»Wenn das so ist, dann... Wer ist es denn?«

»Der erste ist Drusus.«

»Drusus? Warum sollte er seine Mutter und seinen Bruder denunzieren?«

Sejanus grinste wie eine große Katze, die mit der Maus spielt.

»Oh, er hat verschiedene Gründe. Zum einen ist er eifersüchtig, weil Nero der ältere ist. Zweitens haßt er seinen Bruder und sieht seine Neigung zum Laster mit Abscheu. Unser Drusus ist ein prüder kleiner Knilch, weißt du. Drittens: Er ist ehrgeizig. Er hofft, wenn er Nero aus dem Weg räumt, kann er selbst dein Nachfolger werden.«

»Lieber mache ich ein Schwein zu meinem Nachfolger als Drusus. Ich finde seine Aussage verdächtig, Sejanus, denn sie fußt auf Feindseligkeiten und stimmt zu gut mit dem überein, was er für seine eigenen Interessen hält.«

»Das mag sein. Und vielleicht wäre es verdächtig, wenn es nicht Bestätigungen gäbe.«

»Von wem?«

»Von seiner Schwägerin, Livia Julia, der Gemahlin des kleinen Nero. Ihr Mann liebt sie natürlich nicht, aber sie stehen auf freundschaftlichem Fuße. Ich sollte vielleicht sagen, sie stehen auf meine Anweisung hin, übermittelt durch meine geliebte Julia Livilla, des Mädchens Mutter, auf freundschaftlichem Fuße. Sie wußte nämlich schon früh, daß die kleine Livia von der Vorliebe ihres Gatten für Männer angewidert war und sie als Beleidigung für ihren eigenen Liebreiz empfand. Und welches Mädchen würde das nicht tun? Aber sie hat genug Verstand und Selbstbeherrschung, sich ihre Gefühle nicht anmerken zu lassen, und der kleine Nero ist ein Plappermäulchen und hat für Sicherheitsfragen so viel Gespür wie ein Singvogel. Sie weiß von seinen Verhandlungen mit den germanischen Truppen, und was immer sie erfährt, erzählt sie ihrer Mutter, und die gibt es an mich weiter. Du siehst also, Caesar, diesmal sind es nicht bloß bezahlte Informanten. Und vergiß nicht, wir haben zwar die Giftmordanklage gegen Agrippinas Freundin Claudia Pulchra fallengelassen, aber ich habe das immer als Fehler bezeichnet. Du ahnst nicht, was für eine Erleichterung es für mich bedeutet, dich hier auf dieser Insel zu wissen, aber selbst hier bist du vielleicht nicht vollständig sicher.«

»Was sollte mir an Sicherheit liegen, wenn ich mich nach dem Tode sehne?«

»Diese Frage stellst du seit zwanzig Jahren. Die Antwort ist immer noch dieselbe. Weil dir Rom am Herzen liegt.«

»Ein Stinkloch.«

»Zugegeben, das ist deine Meinung. Aber da ist noch ein Gedanke. Du willst nicht als der Mann in die Geschichte eingehen, in dessen Händen das Imperium zerfiel. Und Imperien sind leicht zerbrechlich. Denke daran, wie das Reich Alexanders sich nur wenige Jahre nach seinem Tod auflöste. Du willst nicht, daß die Historiker schreiben, Tiberius habe durch trägen Müßiggang und eine kraftlose Unentschlossenheit, die ihn im hohen Alter überkam und sein Urteil über Menschen und Sachverhalte trübte, zugelassen, daß das von Augustus ererbte Imperium in Bürgerkrieg und mörderischen Fehden zerstört wurde. Es ist besser, jetzt zuzuschlagen, um die Katastrophe abzuwenden. Manchmal muß man brutal sein, um Gutes zu bewirken...«

Aber ich zauderte. Ich hörte, wie die Wellen an den Felsen leckten, sah, wie der Mond auf den Wassern lag. Meine Urteilskraft war in Zweifel gezogen worden; aber ich dachte daran, wie der junge Nero mich nach dem Tode meines Sohnes umarmt und mir gesagt hatte, er wünsche, ich könne um meiner selbst willen weinen. Seine Gefühle hatten mich in Verlegenheit gesetzt, aber ich konnte nicht glauben, daß ein

Junge, der zu solchem Mitgefühl fähig war, auch imstande sein sollte, meinen Tod zu planen.

»Laß uns erst essen«, sagte ich.

Sejanus ließ sich auf seiner Couch nieder und brach eine Krebsschere auf.

»Natürlich«, sagte er, »ist der junge Nero ein unübertreffliche Heuchler.«

Am Ende schloß ich einen Kompromiß. Ich schloß einen Kompromiß, denn ich brachte es nicht über mich, zu glauben, was Sejanus mir berichtet hatte, konnte aber auch nicht einfach darüber hinweggehen. Also schickte ich ihn nach Rom zurück und gab ihm einen Brief an den Senat mit, in dem ich mich mit behutsamen Formulierungen und undurchsichtigen Begriffen über die aufrührerischen Implikationen von Agrippinas Feindseligkeit gegen mich beklagte; wenn eine Dame ihres Standes, bemerkte ich, mit der Freizügigkeit reden dürfe, die sie sich, wie man hörte, gewohnheitsmäßig herausnahm, dann würden andere, denen die vertrauliche Beziehung zu mir ermangele, bald glauben, es stehe ihnen frei, auch unbotmäßige und ungehorsame Ideen zu äußern. Nicht lange, und alle Autorität werde dann in Frage stehen, und ohne Autorität werde die Republik in Gefahr geraten. Auf Beleidigungen, die sich gegen meine Person richteten, komme es mir dabei nicht an; ich sei es seit langem gewohnt, sie zu ertragen. Aber der Senat habe mich mit Verantwortung betraut, und ich könne die Pflichten, die mir damit auferlegt seien, nicht ordnungsgemäß erfüllen, wenn meine Autorität dergestalt freimütig in Frage gestellt werde. Was Nero betraf, so begnügte ich mich damit, die Aufmerksamkeit des Senats auf die politischen Konsequenzen seiner sittenlosen Ausschweifungen zu lenken.

Wir werden nur geehrt, wenn wir uns ehrenhaft benehmen, und die Schicklichkeit des öffentlichen Lebens ist abhängig von der Schicklichkeit der privaten Führung derer, denen der Senat Autorität anvertraut hat, und derer, die sie umgeben, einschließlich der Mitglieder ihrer Familien. Ich habe es in der Vergangenheit in vertraulichen Gesprächen mit dem jungen Mann, zu dem ich große Zuneigung habe, unternommen, ihn zu einem schicklicheren Benehmen zu überreden. Ich habe dafür gesorgt, daß er meine liebe Enkelin heiratete, in der Hoffnung, ihr Zauber und ihre Tugenden möchten da Erfolg haben, wo meine vorherigen Beschwörungen versagt hatten. Nun höre ich zu meiner Betrübnis, daß die Erfahrung der Ehe ihn nicht bewogen hat, sich von der Ausübung seiner Laster abzuwenden, welche den jungen Mann, so er sich ihnen unter den Augen der Öffentlichkeit hingibt, unweigerlich der Verachtung anheimgeben müssen, welche wiederum ihrerseits auf andere Mitglieder meiner Familie, vielleicht auch auf mich selbst und in der Folge dann auf Euch, Väter und Beigeordnete des Senats, und somit auf die ganze Struktur der legitimen Staatsgewalt übertragen werden wird. Ich richte diesen Brief an Euch, weil ich hoffe, daß mein öffentlich ausgesprochener Tadel, unterstützt, so erwarte ich zuversichtlich, durch den einmütigen Ausdruck Eures höchst natürlichen und angebrachten Abscheus, da Erfolg haben wird, wo mein privates Drängen gescheitert ist, auf daß der junge Mann, der so viele Talente hat und in dem ich – dieser einen Angelegenheit einmal nicht geachtet – so viel natürliche Tugend erkenne, überredet werde, seine Lebensweise zu bessern, die Laster abzulegen, die seinen Charakter verderben und seinen Ruf bemakeln, und so auf eine Weise zu leben, die seinem Stand als römischer Edelmann und Urenkel des Göttlichen Augustus besser entspricht.

Sejanus war mit diesem Brief nicht zufrieden. Er beschwerte sich über meine Zurückhaltung, ja Schüchternheit. Er prophezeite mir, ich würde mir durch meine eigene Gutmütigkeit noch selbst den Untergang bereiten.

Ich weiß nicht mit Sicherheit, wie mein Brief aufgenommen wurde, denn ich erhielt widersprüchliche Berichte. Anscheinend stürzte er die Senatoren in Verwirrung. Sie wußten nicht, was ich von ihnen wollte, obwohl ich hätte meinen mögen, daß es doch klar war. Einer, Messalinus, sprang auf und forderte, Agrippina und Nero hinzurichten, unterließ es aber, zu sagen, aus welchem Grund. Julius Rusticus, ein Mann, den ich schon seit langem verehrte und den ich damit beauftragt hatte, in den Senatsverhandlungen Protokoll zu führen, versuchte die Versammlung zu beruhigen, indem er – ganz zu Recht, wie meine Darlegung doch deutlich gemacht haben mußte – dafür eintrat, diesen Antrag nicht zur Abstimmung zu stellen. Es sei unvorstellbar, sagte er, daß ich den Wunsch haben sollte, die Familie des Germanicus auszulöschen. Vom Senat werde nichts weiter verlangt, als daß er vom Erhalt des Briefes und von seinem Inhalt Kenntnis nehme, und zwar in der Hoffnung, daß die gemäßigte und würdevolle Sprache den beiden fehlgegangenen Mitgliedern der kaiserlichen Familie als öffentliche Warnung diene. Weiter wünsche der Kaiser nichts.

Die Kunde von dem Brief setzte den Pöbel in Aufruhr. Man drängte sich um das Haus des Senats und grölte Unterstützung für Agrippina und Nero. Das beunruhigte die Senatoren noch mehr. Ich bezweifle heute, daß das Erscheinen des Pöbels spontan zustandekam. Man berichtete, daß einige wohl brüllten, der Brief sei eine Fälschung – Tiberius könne doch nichts übrig haben für Pläne zur Vernichtung seiner Familie. Wenn dieser Bericht stimmte, hatte ich den

Eindruck, daß irgend jemandes Agenten ihnen diese Idee eingeflüstert haben müsse.

Aber wessen Agenten? Mir war schon bewußt, daß mein zurückgezogenes Leben auf Capri es mir schwieriger machte, zu wissen, was vor sich ging. Mehr denn je war ich auf Gedeih und Verderb den Informationen ausgeliefert, die ich erhielt.

Mein Brief erzielte nicht die gewünschte Wirkung, Agrippina und Nero zu einer Änderung ihres Verhaltens zu bewegen. Ja, vielleicht bewirkte er sogar das Gegenteil. Innerhalb eines Monats nach seiner Zustellung meldete Sejanus mir, daß das Paar von neuem mit den Legionen in Germanien Verbindung aufgenommen hatte.

Er erschien ohne Voranmeldung auf Capri; so etwas hatte er noch nie getan.

»Die Lage«, sagte er, »ist kritisch.«

Es war ein schöner Morgen. Ich hatte früh gebadet und saß jetzt mit Sigmund und anderen Mitgliedern meines Haushalts beim Frühstück, als die Nachricht kam, daß ein Schiff sich der Insel nähere. Unangemeldete Ankömmlinge waren immer etwas Aufregendes, und Sigmund bemühte sich, meinen Argwohn zu stillen. Es war aber eine Erleichterung, als ich erfuhr, daß Sejanus an Bord sei. Dennoch tadelte ich ihn, weil er mich überrascht habe.

»Die Lage ist kritisch«, wiederholte er. Er sprach ohne Freundlichkeit und hatte kein Empfinden für die Schönheit der Gegend und des Morgens. »Du verstehst nicht«, sagte er. »Du weigerst dich, zu verstehen, in welcher Gefahr wir sind. Rings um uns her sind Verschwörungen im Gange. Um ganz offen zu sprechen: Ich weiß nicht, ob ich der Sicherheit deines eigenen Haushaltes vertrauen kann. Wenn ich im voraus bekanntmache, was ich tun werde, wird es um so schwieriger, dich zu beschützen. Bedenke, in welcher Lage du wärest, wenn man mich ermordete. Und es gibt nichts, was ihnen besser gefallen würde. Ohne mich wärest du hier völlig hilflos. Du wärest ein regelrechter Gefangener. Es wäre gar nicht nötig, dich umzubringen oder auch nur zu verhaften, obwohl sie dich natürlich trotzdem beseitigen würden, sobald sie glauben, es gefahrlos tun zu können. Und das würde bald der Fall sein.«

Er saß schwitzend in der Sonne. Alle meine Diener hatte er weggeschickt, und dann hatte er Wachen an der Tür zur Terrasse postiert, und weitere im Vorraum, durch den man auf die Terrasse hinausgelangte.

»Ich bin ein Risiko eingegangen, als ich Rom verließ«, sagte er.

Ich antwortete, ich wisse nicht, weshalb er gekommen sei.

Er seufzte, stand auf und ging zur Ecke der Terrasse; dort starrte er hinunter auf die wunderschöne Bucht, aber ich bin sicher, er sah sie nicht. Er hatte mir den Rücken zugewandt; das Schweigen zog sich in die Länge. Schließlich drehte er sich stirnrunzelnd um.

»Es kann alles mögliche passieren, während ich weg bin«, sagte er. »Ich habe gute Männer in verantwortlicher Position zurückgelassen, aber auch gute Männer lassen sich verführen. Was sich da zusammenbraut, ist mehr als ein Komplott, mehr als eine Revolte. Es ist eine Revolution. Agrippina hat jeden Tag ein halbes Dutzend andere Senatoren zum Essen bei sich. Briefe fliegen hin und her zwischen ihr und den Legionen in Germanien. Hier ist einer.«

Der Brief, den er mir reichte, war offenkundig aufrührerisch. Er enthielt die Aufforderung an den Befehlshaber der dortigen Legionen, sich bereitzuhalten für den Tag, der bald nahen werde. »Sobald wir etwas gegen den Bullen unternehmen oder bereit sind, etwas gegen ihn zu unternehmen, werde ich es dich wissen lassen. Ich begreife natürlich, daß du nicht wagen kannst, dich auf irgend etwas einzulassen, solange du nicht sicher sein kannst, daß er aus dem Weg geräumt ist.«

Sejanus warf den Kopf in den Nacken; es war jene trotzige Gebärde, die ich einst geliebt hatte.

»Der Bulle bin ich«, sagte er.

»Und das ist echt?«

»Ja.«

»Du bist sicher?«

»Ja.«

Vier Wochen zuvor hatte einer von Agrippinas Freigelassenen, dem sie vertraute, ihr Haus in der Verkleidung eines ägyptischen Edelsteinhändlers verlassen. In Ostia war er Sejanus' Agenten entwischt, aber der Agent hatte noch festgestellt, daß er ein Schiff nach Marseille bestiegen habe. An den Gouverneur der Stadt war die Botschaft ergangen, er solle den Händler abfangen, aber die Botschaft traf nicht rechtzeitig ein, und Agrippinas Mann entkam aus der Stadt. Ein Trupp Kavallerie hatte die Verfolgung aufgenommen, und am Augustus-Tor von Lyon war er gefaßt worden. Der Brief war in seinem Besitz gewesen. Er war nicht adressiert, aber der Freigelassene war verhört worden und hatte in der Folter den Namen des Empfängers preisgegeben.

»Es ist unwahrscheinlich«, sagte Sejanus, »daß Agrippina etwas unternehmen wird, solange sie keine Antwort hat; aber wenn sie keine bekommt, wird sie vielleicht schon aus Angst, sie könnte entdeckt worden sein, handeln. Unter solchen Umständen wird sie nicht wagen, etwas gegen dich direkt zu unternehmen, aber bestimmt wird sie mich aufs Korn nehmen. Wie du einsehen wirst, ist sie dabei nicht darauf angewiesen, daß die germanischen Legionen ihr Hilfe zusagen. Aber hier ist das zweite Blatt des Briefes.«

Ich las:

Was den Alten selbst angeht, so ist, wenn wir erst die Staatsmaschinerie in unserer Gewalt haben, immer noch genug Zeit, um über sein Schicksal zu entscheiden. Ich weiß, daß Euch noch zarte Gefühle alter Gefolgschaftstreue geblieben sind, und diese sollen respektiert werden. Du magst daher im Gespräch mit meinem Sohn, der Eure Gefühle bis zu einem gewissen Grade teilt, entscheiden, ob er gefangengehalten werden soll, wo er jetzt ist, oder ob es eine weniger gesunde Insel sein soll – eine wie die, auf welche meine Mutter verbannt wurde –, oder auch, ob er auf endgültige Weise beseitigt werden soll. Ich muß sagen, daß ich um unserer allgemeinen Sicherheit willen für die letztgenannte Möglichkeit eintrete, denn wer kann sagen, wie viele Anhänger er vielleicht noch hat oder wie er, wenn er weiterlebt, einen Sammelpunkt für Unzufriedene bilden könnte?

Sejanus lächelte zum erstenmal an diesem Morgen. Ich hob den Blick vom Blatt, angezogen von seiner lächelnden Miene.

»Ich glaube, das ist nicht ihre Handschrift«, sagte ich.

»Nein. Sie hat es diktiert.«

»Würde sie einem Sklaven oder einem Freigelassenen eine solche Sache anvertrauen?«

»Offenbar. Sie hat es ja getan. Wer sonst könnte es verfaßt haben? Ich gebe zu, es war unklug...«

»Merkwürdig unklug...«

»Unklug, jawohl, aber nicht merkwürdig. Ich wußte schon immer, daß du Agrippina nie verstanden hast. Sie glaubt, die normalen Regeln gelten nicht für sie, und infolgedessen verschmäht sie Sicherheitsmaßnahmen, die jeder vernünftige Mensch ergreifen würde. Zudem ist sie so geschwollen vor Stolz auf ihre eigene Beliebtheit, daß sie sich überhaupt nicht vorstellen kann, wie jemand von ihrem eigenen Volk imstande sein sollte, etwas gegen sie zu unternehmen. Übrigens hatte sie in diesem Fall ja auch recht. Sie wurde nicht verraten...«

Seine Ungeduld wie seine Sicherheit störten mich. Schon frühzeitig in meiner militärischen Laufbahn habe ich gelernt, mißtrauisch gegen jeden Plan zu sein, der mit solcher Vehemenz vorgetragen wird. Wann immer ein Mann ungewöhnlich hitzig für eine bestimmte Politik eintritt, kann man sicher sein, daß irgendwo irgend etwas nicht stimmt. Sejanus hatte immer ein waches Gespür für meine Stimmungen gehabt; so merkte er auch jetzt meine Zweifel.

»Du zögerst«, sagte er, »weil du nicht willens bist, zu glauben, daß Agrippina deinen Tod will, obwohl du Beweise genug dafür hast, daß sie sich seit langem nichts auf der Welt so sehr ersehnt. Du hast nie akzeptiert, daß sie wirklich glaubt, Piso habe Germanicus umgebracht, und du seiest der Anstifter dieses Verbrechens. Seitdem lechzt sie nach Rache...«

Ich antwortete nicht. Ich fühlte die Kraft seines Blickes. Ich hatte Sejanus aus freien Stücken erschaffen, und jetzt kam es mir so vor, als sei er meinem Einfluß entglitten, als habe er eine autonome Macht entwickelt. Ich spürte mein Alter, und ich spürte die Schwäche und Unschlüssigkeit des Alters. Ich schaute auf das Meer hinunter. Die Sonne funkelte auf dem Wasser, und in den Untiefen am Strand spielten Kinder mit fröhlichem Geschrei. Sejanus schaute in die Richtung meines Blicks.

»Ich sehe ein, daß es eine Versuchung ist«, sagte er, »in diesem Inselparadies so zu tun, als seiest du der Welt entronnen.«

Er setzte sich auf die Terrassenmauer und zerbröselte Gesteinsbröckchen zwischen den Fingern. Eine Katze strich an meinen Beinen vorbei, und ich beugte mich nieder und fuhr mit der Hand über das weiche Fell. Sejanus warf Kiesel über die Mauer und schien nach einem Geräusch zu lauschen, das nicht kam.

»Aber ich habe die Welt nicht verlassen«, sagte er. »Ich sitze mitten im Zentrum dieses gräßlichen, schleimigen Schrekens. Du hast diesen Germanenbengel aus der Arena gerettet, aber mich hast du dagelassen, damit ich deine Schlachten für dich schlage. Nun, ich muß dir ein Geständnis machen: Ich habe Angst. So – das hättest du nicht gedacht, daß du so etwas einmal von mir hören würdest. Ich habe genausoviel Angst wie dieser Germanenjunge, als er da im weißen Sand lag, während die Welt ihm Hals über Kopf entglitt und er sich dem Tod gegenübersah. Mag sein, daß du dem Tod gleichgültig gegenüberstehst, und mir wäre ein Tod in der Schlacht gleichgültig, aber das hier ist eine andere Angst. Es ist das Grauen, das bei Nacht umherschleicht. Wann immer ein Bittsteller sich mir naht, frage ich mich, ob er wohl der Mörder ist, denn sie entsandt haben. Ich versuche mich zu beruhgen: 'Meine Wache hat ihn durchsucht', sage ich mir. Und dann frage ich mich, ob meine Wache vielleicht verleitet worden ist. Zu solchen Phantasien, eines Mannes ganz unwürdig, hat meine ergebene Hingabe an deine Person und deine Interessen mich verurteilt.«

»Also gut«, sagte ich. »Aber ich wünsche nicht, daß sie hingerichtet werden... Ich werde dem Senat in entsprechenden Worten schreiben.«

»Tu es gleich«, sagte er.

Ich sah seinem Boot nach, wie es zur Unsichtbarkeit schrumpfte. Rosarote Rosen standen auf meiner Terrasse. Ich rief nach Wein. Ich wartete.

Der Senat, meiner Absichten nunmehr sicher, befahl nur zu gern, daß man Agrippina und Nero verhaften möge. Es erging eine Danksagung für meine Errettung vor einer bösartigen Verschwörung. Ein paar Hitzköpfe riefen in der Hoffnung, mir zu gefallen, nach der Todesstrafe. Diesmal wogte der Pöbel nicht um das Haus des Senats. Rom war still wie das Grab. Agrippina wurde auf die Insel Pandateria geschickt, in die Villa, in der ihre Mutter, meine arme Julia, gewohnt hatte. Nero wurde auf die Insel Pontia verbannt, wo mehrere von Julias Liebhabern ihr Dasein gefristet hatten. Ich dankte dem Senat für seine wachsame Sorge um meine Person und empfahl ihm Sejanus als »Teilhaber meiner Mühen«. Als dieser mir noch einmal schrieb und seine Bitte um Erlaubnis zur Hochzeit mit meiner Schwiegertochter Julia Livilla erneuerte, erhob ich keinen Einwand mehr. Mochte er glücklich werden, wenn es die Dame noch glücklich machte. Ich bat ihn nur, weiter für die Kinder zu sorgen, die er mit Apicata hatte.

Ein paar Wochen nach der Verhaftung seiner Mutter besuchte Drusus mich auf Capri. Ich hatte ihn nicht eingeladen, denn mir war der Gedanke zuwider, daß dieser junge Mann, der so eifrig auf die Vernichtung seines Bruders Nero gesonnen hatte, von so vielen als mein mutmaßlicher Erbe angesehen wurde. Er wollte für seine Loyalität gelobt werden und bettelte gierig um eine Belohnung. Es sei Zeit, daß man ihm den Befehl über eine Armee anvertraue, sagte er. Ich erwiderte, daß ich ein militärisches Kommando nur einem erfahren und vertrauenswürdigen Soldaten zu übertragen pflegte, nicht aber einem unwissenden Knaben. Er errötete.

»Außerdem«, fügte ich hinzu, »finde ich deine Loyalitätsbekundungen mir gegenüber weniger fesselnd als deine Gleichgültigkeit gegenüber dem Schicksal deiner Mutter.

Wo natürliche Zuneigung welkt, ist es schwer, auf eine noble Einstellung zu vertrauen.«

»Du hast dir diesen jungen Mann zum Feind gemacht«, schrieb Sejanus. »Als er nach Rom zurückkehrte, war er erfüllt von Böswilligkeit gegen deine Person.«

Daran konnte ich nichts ändern. Ich sah in Drusus die inbrünstige und verschlagene Unterwürfigkeit, die der Fluch Roms geworden war. Heute haben wir die Iden des März, und der Mord an Caesar jährt sich. Der Verfall der Tugend ist dem freilich lange voraufgegangen; in der Tat war er ja ein vergeblicher Akt der Läuterung. Marcus Brutus zumindest, ein Mann, der die Bewunderung fast all derer errang, die gegen seine Tat sprachen, sah diesen Mord gewiß als notwendige reinigende Tat. Man hat mir erzählt, er habe auf Caesars zerstochenen Leichnam geblickt und gemurmelt: »O grausames Gebot.« Es gab eine Ausnahme von der allgemeinen Billigung, die Brutus fand: Mein Stiefvater schilderte ihn stets als hochnäsigen, undankbaren Trottel; die Verschwörung gegen Caesar nannte er den »verrückten Traum enttäuschter Karrieristen, mit einem Hauch von Achtbarkeit versehen durch Brutus, der keine Ahnung davon hatte, wie die Republik sich seit den Punischen Kriegen verändert hatte«.

Augustus hatte recht. Dennoch habe ich mich oft gefragt, ob nicht auch ich unter den selbsternannten »Liberatoren« gewesen wäre. In manchen Augenblicken bin ich sicher, daß ich dazugehört hätte, denn ich hätte das Regime einer einzelnen Person – ein Regime, das damals noch in den Kinderschuhen steckte – so abstoßend wie... wie ich es heute finde, da ich unversehens selbst diese Person bin. Doch andererseits – wenn ich eine konsequente Tugend besitze, dann ist es die Klarheit des Geistes, die man mir zugestehen muß. Hätte ich mich nicht auch damals im Senat umgeschaut und eine zur Sklaverei geschaffene Generation gesehen, nicht länger dazu fähig, jene Zurückhaltung der Leidenschaften zu üben, von der es abhängt, ob man sich wahrer Freiheit erfreuen kann?

Das ist nicht nur eine Frage der Moralität, wenngleich letzten Endes alle politischen Fragen als solche gesehen werden müssen. Es ist eine Frage konsequenter Autorität. Rom ist durch sein Imperium vernichtet worden; der Untergang der Republik stand geschrieben in der Eroberung Griechenlands, Asiens, Afrikas, Galliens und Spaniens. Mein ganzes Leben, beseelt von republikanischer Einstellung, war gleichwohl der Aufgabe gewidmet, die Wiedererrichtung der Republik unmöglich zu machen. Und Brutus und seinen Freunden ist es zu verdanken, daß das unvermeidliche Prinzipat und Kaisertum seine Ursprünge in Mord und Bürgerkrieg hat.

Diese Gedanken beschäftigen mich schon geraume Zeit. Wenn ich mich umsah, erblickte ich niemanden außer Sejanus, der fähig gewesen wäre, das Imperium zu führen. Drusus war ein Halunke. Am geistigen Gleichgewicht seines kleinen Bruders Gajus Caligula hatte ich meine Zweifel. Mein Enkel, Tiberius Gemellus, war ein süßes Kind, aber nichts in seiner Natur verhieß, daß er einmal ein Mann von Charakter werden würde. Vielleicht war es für ihn wirklich am sichersten, wenn Sejanus seine Mutter heiratete und ihn in seine Obhut nahm, wie Augustus mich mit der Erziehung von Gajus und Lucius betraut hatte. Gewiß konnte ich Sejanus doch trauen, dachte ich. Der Adel würde, eifersüchtigen Blicks auf seine vergleichsweise niedere Abkunft, rebellieren, wenn er ganz offen in die Stellung erhoben wurde, deren Augustus sich erfreut und die ich ertragen hatte; aber er konnte ja sozusagen die Macht hinter dem Thron sein, hinter dem Thron meines Enkels. Ich gab bekannt, daß ich ihn, da er schon seit langem der Teilhaber meiner Mühen sei, ehren wolle, indem ich ihn im folgenden Jahr zu meinem Teilhaber im Amt des Konsuls machen würde.

Diese Bekanntmachung bewies Drusus, daß er mit seinem Verrat an Mutter und Bruder nichts gewonnen hatte. So sammelte er eine Gruppe von wirrköpfigen, verkommenen und unzufriedenen Adeligen um sich. Ihre Tischgespräche drehten sich um nackten Aufruhr. Es wurde mir gemeldet; ich berichtete die Sache dem Senat, und der ließ Drusus verhaften. Vorbehaltlich einer umfassenden Untersuchung wurde er zunächst unter Hausarrest gestellt. Ich befahl, ihn streng zu bewachen und ihm jede Gesellschaft zu untersagen.

Als Agrippina die Nachricht hörte, begann sie einen Hungerstreik. Es erging der Befehl zur Zwangsernährung. Sie widersetzte sich den Versuchen. Im Handgemenge mit ihren Bewachern trug sie einen Schlag davon, der sie das rechte Auge kostete.

IX

Beherrscht der Zufall denn alles? Ich bekam einen Brief von Antonia, meines Bruders Witwe, Germanicus' Mutter: Sie hoffe mich besuchen zu können, für ein paar Tage vielleicht, während sie in ihrem Landhaus an der Bucht von Neapel Ferien macht. Ich hatte gute Lust, abzulehnen, obwohl ich Antonia immer gemocht und bewundert habe. Ich hatte Angst, sie würde für ihre Enkel Nero und Drusus bitten – nicht für ihre Schwiegertochter Agrippina, dessen war ich sicher, denn an der hatte ihr nie etwas gelegen. Es wäre mir peinlich gewesen, ihr Einschreiten um ihretwillen über mich ergehen zu lassen. Also schrieb ich einen Brief und teilte ihr mit, mir gehe es nicht gut und ich sei außerstande, Besucher zu empfangen.

Aber ich schickte ihn nicht ab. Ein zweiter Brief, den ich erhalten hatte, lenkte mich davon ab. Er war von Sejanus. Er bat mich, ihm die Tribunatsgewalt zu verleihen, jenen republikanischen Status, den Augustus als Mittel benutzt hatte, um in der Gesetzgebung die Intitiative ergreifen oder sein Veto einlegen zu können und die Unantastbarkeit seiner Person zu gewährleisten; diesen Status hatte er mir selbstverständlich auch verliehen. Tatsächlich hatte ich schon erwogen, ob Sejanus diese Würde nicht auch erhalten sollte; ich hatte gezögert, weil ich wußte, wie sehr eine solche Gunst Unzufriedenheit und Neid hervorrufen würde. Aber die Sache beschäftigte meine Gedanken. Nun hingegen war da etwas im Ton des Briefes, den Sejanus schrieb, was mir nicht gefiel – ein herrischer Unterton, als brauche er nur zu fordern, um zu bekommen, was er haben wollte. Es schwang die Andeutung mit, daß er, mit dieser Macht ausgestattet, von meiner Autorität frei sein würde. Ausgesprochen wurde nichts dergleichen. Vielleicht wußte Sejanus selbst nicht, daß es da war, aber ich verspürte einen Hauch von Arroganz und Ungeduld, und das beunruhigte mich.

In meiner Unruhe durchdrang mich Nostalgie. Ich dachte an Antonia und schob meine Befürchtungen hinsichtlich dessen, was sie vielleicht erbitten würde, beiseite. Es gelang mir, den Pfuhl des politischen Rom zu vergessen, mit all seinen privaten Spitzelbüros, dem Gestank der Verschwörungen, der von Mißtrauen und Furcht vergifteten Atmosphäre; statt dessen erwachte die Erinnerung an Gespräche unter Kastanienbäumen, Gespräche, die sich bis zum Sonnenuntergang erstreckten und sich in der allerfreundlichsten und aufrichtigsten Art mit dem ganzen Spektrum menschlicher Erfahrung befaßten. Im Gespräch mit Antonia, so überlegte ich, würde ich noch einmal in eine Art Kommunion mit meinem lange toten Bruder treten können. Und ich erinnerte mich, daß Antonia und ich in jenen fernen Tagen durch eine Zuneigung von der reinsten Sorte miteinander verbunden gewesen waren, eine Zuneigung zwischen Mann und Frau, in der nur der leiseste Hauch von geschlechtlichem Verlangen weht, einem Verlangen, welches aus unumstößlichen Gründen niemals in die Tat umgesetzt werden wird; eine solche Zuneigung schwimmt wie ein Floß auf einem See im Sonnenschein eines Sommernachmittags, der niemals enden kann.

Es sollte noch einen glücklichen Tag geben. Sigmund hatte sich in ein einheimisches Mädchen verliebt, eine Griechin namens Euphrosyne, deren Vater in Neapel als Arzt praktizierte, auf Capri aber ein kleines Landhaus besaß, das Augustus ihm als Lohn für geleistete Dienste geschenkt hatte. Es wäre eine ganz unpassende Ehe gewesen, wenn mein Patronat nicht gewesen wäre. Miltiades (der Vater) hätte niemals zugestimmt, daß seine angebetete Tochter einen so ungeeigneten Bräutigam wie einen germanischen Freigelassenen heiratete, der zu allem Überfluß noch Gladiator gewesen war, wenn dieser Freigelassene nicht auch mein Günstling gewesen wäre. Ich für meinen Teil war von der Verbindung entzückt. Euphrosyne war ein bezauberndes Mädchen mit schwarzen Augen und einer Unmenge dunkler Loken, ein Geschöpf, zum Vergnügen geschaffen und dennoch sanften Herzens und voller Witz. Sie zusammen zu sehen, war eine Rechtfertigung des Imperiums, denn was außer Rom hätte diese beiden vollkommenen, aber physisch gegensätzlichen Typen zusammenbringen können? Ihr Glück und die Freude, die sie aneinander fanden, umfing uns alle. Ich gab der Ehe meinen Segen und verlangte nur, daß die beiden in meinem Haushalt bleiben sollten.

Antonia kam zu früh; wir waren noch bei den Feierlichkeiten. Ihr Haar war jetzt weiß, aber sie hatte sich jene heitere Schönheit bewahrt, die sie von ihrer Mutter Octavia geerbt hatte.

»Du mußt mir verzeihen«, sagte sie. »Ich halte mich niemals genau an meine Pläne, aus Gründen, die ich dir noch erklären werde. Vorläufig aber, Tiberius: Wie köstlich ist es, dich wiederzusehen, da du so gesund und glücklich aussiehst.«

»Du kommst gerade zu einer glücklichen Gelegenheit«, sagte ich, »und deine Ankunft, Antonia, vergrößert nur die Freude.«

»Ach«, sagte sie, »wenn Rom dich jetzt sehen könnte, so unschuldig als eine Art Pate eingespannt – die Leute würden sich schämen über die obszönen Geschichten, die sie so gern verbreiten.«

»Du läufst Gefahr, mir meinen Spaß zu verderben, wenn du diesen Ort erwähnst.«

»Das wäre das letzte, was ich tun wollte«, antwortete sie, aber ihre Miene umwölkte sich.

»Es ist merkwürdig«, sagte sie, »wie wir doch Freunde geblieben sind.«

»Wir haben unseren lieben Drusus und viele Erinnerungen miteinander.«

»Und doch kann ich mich nirgends hinwenden, ohne daß man mir sagt, du seiest der Feind meiner Familie.«

»Wir könnten niemals Feinde sein, Antonia. Ich erinnere mich mit größter Dankbarkeit, wie du dich weigertest, den widerlichen Gerüchten über Germanicus' Tod Beachtung zu schenken.«

»Ich wußte, daß es lauter Lügen waren. Ich wußte, daß du beim Tode deines Brudersohns nicht die Hand im Spiel haben konntest. Jetzt aber sind zwei seiner Enkel auf deinen Befehl hin im Kerker.«

»Auf Befehl des Senats.«

»Auf deinen Wunsch...«

»Wenn du die Beweise gesehen hättest...«

Sie wandte den Blick, und ihre grauen Augen füllten sich mit Tränen. Ein leichter Wind wehte das Wispern des Ozeans zu uns herüber. Der blaugeäderte Marmor der Terrasse leuchtete wie ein matter Schild in der Mittagssonne. Wir saßen im Schatten einer Laube von Kletterrosen.

»Ich bin einen Tag früher gekommen«, sagte sie, »weil ich lieber nicht mehr exakt ankündige, was ich zu tun gedenke.

Mehr noch, ich wage es nicht. Und ich habe Gajus Caligula mitgebracht, weil ich...« Sie hielt inne und sah mir mit einem offenen Blick ins Auge, dem ich nur widerstrebend standhielt; aber ich kontne mich nicht abwenden. »Weil ich Angst vor dem habe, was ihm zustoßen könnte, wenn er nicht bei dir ist.«

Dann sprach sie von Gajus. Er sei ein ungefälliger Jüngling, launisch, wirr, mit der Neigung zu anscheinend grundlosen Ausbrüchen von gackerndem Gelächter und Tobsuchtsanfällen. Er habe, fürchte sie, eine grausame Ader. (Ich sah den Jungen vor mir, das wergfarbene Haar struppig wie das eines Gossenbengels, wie er von seinem Platz im Theater aufsprang und kreischte: »Töte ihn, töte ihn!«, während Sigmund hilflos und starr vor Angst im Sand lag.) Dennoch, und vielleicht gerade weil er schwierig und ungeschickt war und nachts zu nervösen Entsetzensanfällen neigte, liebte Antonia ihn; Agrippina, die ihn verabscheute, hatte seine Erziehung in ihre Obhut gegeben, und sie fühlte jene besondere Verantwortung für ihn, die große Frauen so oft für ihr am wenigsten zufriedenstellendes Kind empfinden. Und jetzt hatte sie Angst um ihn.

Er hatte Freunde, großenteils ein oder zwei Jahre älter als er, aus guten Familien, aber mit einer Neigung zur Liederlichkeit und zu wilden Reden. Sie mißbilligte ihren Einfluß, aber ihre Sorge reichte tiefer.

»Ich weiß nicht, wie ich es sagen soll«, zögerte sie, »ohne dich zu erzürnen.«

»Antonia, du wirst mich nicht erzürnen, weil ich weiß, daß du aus alter Freundschaft sprichst.«

Sie legte ihre Hand auf meine. Die Knochen des Alters berührten einander in gegenseitiger Beruhigung.

Sie war mißtrauisch gegen diese Freunde, von denen ein

paar ganz unvermittelt aufgetaucht waren – um so mißtrauischer, als sie erfahren hatte, daß bei ihren weinseligen Eßgelagen oft wüste Reden geführt wurden. Sie hatte deshalb Nachforschungen angestellt und erschrocken herausgefunden – sie zögerte bei dem Wort »erschrocken« –, daß zwei von ihnen auch vertraute Bekannte von Sejanus waren. »Man bezeichnete sie mir gegenüber als seine Protegés. Anders gesagt, als seine Kreaturen.« Und sie standen auch weiterhin in Kontakt mit ihm. Sie hatte einen von ihnen mehrmals morgens beschatten lassen, nachdem er mit Gajus gespeist hatte, entweder in ihrem Hause oder im Hause eines anderen Mitgliedes dieser Gruppe oder auch in einer Schänke. Jedesmal hatte er sich dann schnurstracks zu Sejanus' Haus auf dem Esquilin begeben und war lange Zeit dort geblieben. »Ich konnte daraus nur schließen, daß er Bericht erstattet hatte... Tiberius«, fuhr sie fort, »mein Junge ist wild und unbeherrscht in seinen Reden. Er ist leicht zu lenken, denn er hat kein Vertrauen in sich selbst und ist daher offen für alle Schmeichelei. Es wäre nicht schwierig, ihn dazu zu verleiten, daß er allerlei Törichtes redet und sich sogar in törichte – Verschwörungen verwickeln läßt. Ich habe Angst um ihn, weil ich glaube, daß Sejanus eines Tages in naher Zukunft mit Beweismaterial zu dir kommt und dir Zeugen bringt, die alles bestätigen: Daß er sich in aufrührerisches Treiben verwickelt hat. Deshalb möchte ich, daß du ihn in deinen Haushalt aufnimmst. Auf Dauer.«

Ich antwortete nicht.

»Tiberius, sind all die Beweise gegen seine Brüder, gegen Nero und Drusus, durch Sejanus zu deiner Kenntnis gekommen...?«

»Ich vertraue Sejanus...«

»Wo das Vertrauen am größten ist, ist auch der Verrat am größten.«

Sie räusperte sich, ein höfliches einleitendes Geräusch. Sie faltete die Hände im Schoß und setzte sich sehr gerade.

»Niemand sonst«, sagte sie, »wird es wagen, dir zu sagen, was ich dir jetzt sagen werde. Indem du diesem Manne ein so vollständiges Vertrauen geschenkt hast, hast du dich isoliert. Er hat dich in Rom zu einem Mysterium gemacht, und Mysterien werden stets gefürchtet. Du hast ihn zu dem gemacht, was er ist, aber bist du sicher, daß du ihn noch in deiner Gewalt hast? Wenn er behauptet, in deinem Interesse zu handeln, bist du dann immer sicher, daß er nicht in Wahrheit sein eigenes vorzieht? Agrippina ist deine Feindin gewesen, ohne Zweifel – sie ist eine törichte und verbitterte Frau –, aber bist du so sicher, daß ihre Söhne nicht nur in ein Licht gestellt wurden, das sie aussehen ließ wie deine Feinde – durch die Machenschaften dieses Mannes, ja geradezu auf seinen Befehl? Welchen Grund hast du, dem Beweismaterial zu glauben, das er dir bietet, wenn ich dir zeigen kann, wie dieses Beweismaterial zusammengebraut wurde?«

»Er hat mich noch nie belogen.«

»Er hat dich noch nie so belogen, daß du es gemerkt hättest. Mein armer Tiberius«, und wieder legte sie ihre Hand auf die meine, »dies ist nicht das erstemal, daß deine Zuneigung dich trügt und daß du über den Augenblick hinweg vertraust, da der Grund für dein Vertrauen verschwunden ist. Du hörst nicht gern, was ich sage, aber wenn diese Gedanken dir nicht in düsteren Momenten auch schon gekommen und gleich beiseite geschoben worden sind, weil du sie unerträglich findest, dann wirst du dich, uneingedenk unserer alten, langanhaltenden Freundschaft, gegen mich wenden. Auch ich werde den anderen Frauen deiner Familie auf die Gefängnisinsel folgen, und Sejanus wird das Feld und deinen Kopf beherrschen. Spreche ich dir aber von Zweifeln, die du selbst längst insgeheim im Herzen bewegst, dann wirst du wissen, daß sie nicht eitle und unwürdige Vorstellungen sind, denn es teilt sie jemand anderes. Du wirst dann wissen, daß du ebenso sein Opfer bist wie Nero und Drusus, oder wie mein armes Küken Gajus Caligula es werden könnte. Wenn du nicht überzeugt bist, bitte ihn um einen Bericht über den Jungen. Ich wette, er wird – unter mancherlei Ausdruck seiner Betrübnis – alles Material vorlegen, das er für nötig hält, um ihn zu vernichten. Ist dir nicht aufgefallen, daß der Hauptnutznießer der vorgeblichen Verschwörungen, an denen meine Enkel beteiligt waren, dieser Mann ist: Lucius Aelius Sejanus und kein anderer?«

Die Nacht senkte sich auf mich wie eine Decke aus nassem Nebel. Der Schlaf blieb mir versagt; in den finstersten Stunden plagten mich Fragen, Angst und Unschlüssigkeit wie Nägel, die mir ins Hirn gehämmert wurden. Im Morgengrauen verhöhnten die Seevögel, die über den Klippen kreisten, meine roten Augen der Ruhelosigkeit. Bevor wir auseinandergegangen waren, hatte Antonia gesagt: »In Rom spricht man jetzt von dir als einem Ungeheuer, welches namenlosen Lastern frönt, die doch jeder gleich bereitwillig beim Namen nennt. Diese Geschichten werden verbreitet und geglaubt. Bei einem Gastmahl neulich bemerkte jemand, du habest kürzlich beim Opfern Gefallen an einem Altardiener gefunden, der das Weihrauchfaß getragen habe, und du habest kaum das Ende der Zeremonie abwarten können, um sogleich mit dem Burschen zum Tempel hinauszuhasten und über ihn herzufallen; und dann habest du das gleiche mit seinem Bruder getrieben, dem heiligen Posaunenbläser... Wer verbreitet solche Geschichten?«

»Die Menschen von Rom«, sagte ich und wandte mich ab, um meine Gefühle zu verbergen, »waren schon immer obszön.«

»Das will ich zugeben.«

»Das sind die Geschichten, die die Leute gern über jemanden erfinden, der in einer Autoritätsposition ist, und die andere gern verbreiten. Sogar über Augustus selbst haben sie Geschichten erzählt, auch wenn niemand, der ihn kannte, sie glaubte.«

»Aber von dir belieben die Leute sie zu glauben. Wie kommt das?«

Für einen Augenblick war ich versucht, ihr von der Vision zu erzählen, die ich auf dem Berg gehabt hatte, und von der Verheißung, die der göttliche Knabe mir gemacht hatte. Aber diese Verheißung kam mir schon jetzt wie ein Betrug vor; ich war dem Seelenfrieden, den er mir für meinen Ruf geboten hatte, noch kein Stück näher gekommen. Außerdem hätte Antonia aber auch denken können, ich litte an Sinnestäuschungen des Alters, wie sie Livia befallen hatten.

»Vielleicht einfach, weil ich mich hierher zurückgezogen habe«, sagte ich.

»Das ist sicher ein Grund für mehr Glaubwürdigkeit. Aber es gibt noch einen. Als ich diese Geschichte das erstemal hörte, ließ ich es mir angelegen sein, aufzuspüren, woher sie stammte. Es hieß, sie komme von einem Quintus Junius Blaesus, und der ist, wie du weißt, Sejanus' Onkel. Glaubst du, ein solcher Mann – denn er ist ja von sehr geringem Verdienst und ein bekannter Feigling dazu – würde es wagen, eine solche Geschichte zu erfinden? Oder er wäre nicht, wenn er es täte, sicher, daß sein Neffe ihn schützen würde?«

»Aber ich sehe nicht ein, wieso es in Sejanus' Interesse sein sollte, meine Autorität in dieser Weise zu gefährden.«

Antonia seufzte. »Tiberius«, sagte sie, »du bist zu vernünftig. Das war schon immer dein Fehler. Du hast dir den Ruf der Doppelzüngigkeit erworben, einfach indem du die

Wahrheit gesagt hast. Siehst du nicht, daß du Sejanus für wahrheitsliebend hältst, weil er dich konsequent belogen hat? Was deine Frage angeht: Es ist in seinem Interesse, daß man dich für unausgeglichen, launenhaft und grausam, ja, dem Wahnsinn nahe hält. Auf diese Weise kann man alles Böse und Unpopuläre an deiner Schwelle ablegen, während Sejanus sich den Ruf erwirbt, er sei der einzige, der fähig ist, dich in deiner wilden Raserei zu zügeln.

So«, schloß sie. »Ich habe mein Vertrauen in deine fortbestehende Tugend unter Beweis gestellt, denn hätte ich in dieser Weise zu einem Mann gesprochen, der so ist, wie sie dich beschreiben, dann würde ich, so fürchte ich, die Morgensonne nicht mehr sehen.«

»Wenn du die Wahrheit gesagt hast, Antonia«, erwiderte ich, »wünschte ich, daß ich sie nicht mehr sähe.«

Ich blieb in unserem Gespräch unerschütterlich gegenüber ihrem Verdacht, und ich bemühte mich, in meinen schlaflosen Stunden unerschütterlich zu bleiben. War Sejanus falsch, so würde der Fels, auf den ich mein Leben gebaut hatte – nicht die Gewißheit seiner Loyalität, sondern mein eigener Glaube in meine Menschenkenntnis – zerbröckeln. Zwei Tage lang brachte ich es nicht über mich, irgend etwas zu unternehmen, um Antonias Anschuldigungen zu bestätigen oder zu widerlegen. Ich tat, als sei sie nur auf einem Freundschaftsbesuch, aber ich nutzte auch die Gelegenheit, Gajus Caligula aufmerksam zu beobachten. Die aufmerksame Prüfung vermochte mich nicht zu beruhigen. Abgesehen von allem anderen war der Junge offensichtlich unzuverlässig; heftig vertrat er irgendein Argument, nur um ein paar Stunden später – bei der nächsten Mahlzeit zum Beispiel – das genaue Gegenteil zu behaupten, anscheinend ohne sich irgendeines Widerspruchs bewußt zu sein. So zitierte er etwa zu Mittag Homer und bemerkte: »Nichts auf Erde ist schöner als homerische Verse oder ein homerischer Held«, und beim Abendessen erklärte er dann, das Beste, was er von Plato kenne, sei seine Entscheidung, Homer aus dem Staat zu verbannen, weil, wie der Junge sich ausdrückte, »Poeten Lügner sind, die uns erzählen wollen, das Leben sei edel«.

Vielleicht ist es das ja nicht, aber es ist besser, wenn junge Leute es dafür halten, und Gajus war sehr jung, gerade neunzehn.

Dann befand er, niemand solle jungfräulich in die Ehe gehen, und erklärte dann ein paar Stunden später mit ganz unnötiger Inbrunst: Sollte er entdecken, daß seine Braut keine Jungfrau sei, werde er sie mit dem Kopfkissen des Ehebettes ersticken.

Ich konnte Antonias Worte nicht ignorieren, einfach weil der junge Mann einen unangenehmen Charakter hatte. (Ein weiterer unerfreulicher Aspekt war, daß er infolge des Umstandes, daß er in Rom mit einer Anzahl thrakischer Prinzen erzogen worden war, allerlei Vorstellungen von einem Königsstaat und von dem, was der königlichen Majestät zustehe, in sich aufgenommen hatte, die meinen Anstoß erregten.) Dementsprechend schrieb ich in vorsichtigen Worten an Sejanus. Antonia habe Gajus zu einem Besuch mitgebracht, schrieb ich, und ich wäre dankbar, wenn Sejanus mir eine versiegelte Abschrift vom Dossier des Jungen schicken wollte. Er habe das eine oder andere an sich, das ich beunruhigend fände, erklärte ich.

Der Kurier kehrte postwendend zurück. Sejanus schrieb, er höre mit Schrecken von Gajus' Besuch. Ich würde sehen, daß man ihm nicht trauen könne. Er sei mir übel gesonnen und habe oft davon gesprochen, daß er sich meinen Tod wünsche. Ich solle vor einem Attentat auf der Hut sein.

Er nannte seine Zeugen. Es waren die jungen Adeligen, die er nach Antonias Worten beauftragt hatte, Gajus zu bespitzeln und ihn, wie sie unerschütterlich annahm, zu verräterischen Äußerungen zu provozieren. »Diese jungen Männer«, schrieb Sejanus, »waren so entsetzt ob der Reden des jungen Prinzen (als welcher er sich darzustellen beliebt), daß sie ohne irgendwelche Veranlassung meinerseits, aus freien Stücken, herkamen, um ihn anzuzeigen.«

Auf einem Feldzug in Illyrien stieß ich einmal auf ein Dorf, das eben von einem kleinen Erdbeben heimgesucht worden war. Es hatte nicht viele Tote gegeben, aber der Sachschaden war gleichwohl erstaunlich. Ich erinnere mich an ein altes Weib, das voller Verwunderung auf eine Spalte starrte, die sich im Fußboden ihrer Hütte aufgetan hatte. Die Wände standen noch, das Dach war an Ort und Stelle, aber da war diese Spalte, zwei Fuß breit und mehr als eine Speerlänge tief; ihre Hühner und ein Hahn waren von ihr verschlungen worden. Einige mochten erdrückt worden sein, aber andere gluckten und gackerten in empörter Verblüffung, die sich im Gesichtsausdruck der alten Frau gleichsam haargenau widerspiegelte. Jetzt konnte ich die Empfindungen der Alten und ihres Hähnchens nachfühlen; das Leben hatte sein Fundament verloren.

Ich erkannte, daß ich so isoliert war wie nie zuvor. Ich war selbst ein Gefangener, denn ich hatte mich in Sejanus' Gewalt begeben. Es gab keinen Offizier in meinem Stab, den er nicht ernannt hatte. Ich konnte nicht sicher sein, daß meine Korrespondenz mit den Provinzstatthaltern und Militärbefehlshabern nicht von Sejanus' Agenten begutachtet wurde. In der Tat konnte ich nicht einmal darauf vertrauen, daß alle Briefe, die an mich gerichtet waren, mich auch erreichten; es war möglich, daß alles, was Sejanus aus dem einen oder anderen Grund für ungeeignet hielt, abgefangen und vernichtet wurde. Fast alles, was ich wußte, waren Dinge, die er mir zu wissen erlaubt hatte, und meine Kenntnis der Welt war die seine.

Er hatte jedem Argwohn in mir Nahrung gegeben, und infolge der Erkenntnis, die Antonia mir aufgezwungen hatte, merkte ich jetzt, wie all mein Argwohn sich verdoppelte. Ich erkannte, daß ich in keiner Sache sicher sein konnte. Einige Monate zuvor zum Beispiel hatte ich einen alten Freund, Pomponius Flaccus, den ich früher einmal zum Statthalter in Syrien gemacht hatte, eingeladen, ein paar Wochen seines Ruhestandes als mein Gast zu verbringen. Die Einladung war abgelehnt worden: Flaccus sei zu krank zum Reisen. Jetzt fragte ich mich unversehens, ob die Einladung überhaupt angekommen oder ob die Antwort gefälscht worden war. Mein Mißtrauen mochte in diesem Fall ungerechtfertigt sein; die Tatsache, daß es vorhanden war, blieb davon unberührt.

Er hatte mich gelehrt, andere zu fürchten. Wir hatten in den letzten Jahren kaum ein Gespräch geführt, in dem er nicht das Problem meiner Sicherheit zur Sprache gebracht oder mir die Namen derer dargeboten hatte, die meine Ermordung planten. Jetzt lernte ich, ihn seinerseits zu fürchten.

Ich hatte nur einen Vorteil. Sejanus mußte glauben, daß ich ihm immer noch absolut vertraute. Es war nötig, ihn in dieser Zuversicht zu bestärken. Ich schrieb ihm daher meinen Dank für die Warnung vor Gajus und seinen Freunden und auch für seine fortgesetzten Bemühungen um meinetwillen. »Das einzige«, erklärte ich, »was mir ermöglicht, die Undankbarkeit und Unzuverlässigkeit der Menschen zu ertragen, ist das Vertrauen, welches ich in dich setze – den einzigen Menschen, der mich noch nie enttäuscht hat.« Im selben

Brief bestätigte ich, daß er im kommenden Jahr mein Partner im Kosulat sein werde, und erinnerte ihn daran, daß ich in der Übernahme dieser Würde sparsam gewesen sei: Ich hätte das Konsulat nur mit Germanicus und mit meinem Sohn Drusus geteilt. Das Unausgesprochene war, so hoffte ich, dennoch klar: Sie waren meine auserwählten, ja, designierten Nachfolger gewesen. Ich brauchte nun nicht zu buchstabieren, was diese Ehre für Sejanus bedeutete. Ich machte Andeutungen zur Tribunatsgewalt – »wenn die Zeit reif ist«. Ich fühlte mich versucht, seinen Wunsch nach ihrer Erlangung zu erfüllen, weil ich hoffte, daß eine solche Gabe ihn in dankbarer Sicherheit wiegen würde; aber ich zögerte, zurückgehalten von einer neuen Furcht. Sejanus hatte es darauf angelegt, mich zu isolieren und zu beherrschen; würde er da nicht, geschützt von dieser Macht und gesichert durch die dazugehörige Autorität, zu dem Schluß kommen könne, ich sei nun überflüssig und könne gefahrlos beseitigt werden? Also versprach ich mehr, als ich in die Tat umsetzte; sollte er nur, sagte ich mir, aus meiner Hand noch etwas zu erhoffen haben.

Es war nötig, die Unterstützung der Senatoren für meine Person mit neuem Leben zu erfüllen. Ich befahl deshalb, das Verfahren gegen Lucius Arruntius, der von Sejanus' Agenten des Verrats bezichtigt worden war, einzustellen. Es gebe, schrieb ich, kein hinreichendes Beweismaterial. Ich ging ein Risiko ein und ließ den Brief durch Sigmund nach Rom befördern und dem Konsul Memmius persönlich aushändigen. Da Memmius ein angeheirateter Vetter des Arruntius war, vertraute ich darauf, daß er meine Anweisungen durchführen würde, ohne zuvor Sejanus zu befragen. Aber ich lebte doch in tagelanger Unruhe, bis ich erfuhr, daß er es tatsächlich getan hatte, und noch länger – bis Sigmund unversehrt wieder auf Capri anlangte.

Ich will auch gestehen, daß ich gezaudert hatte, ehe ich Sigmund die Botschaft anvertraute. Ich empfand eine warme und zärtliche Liebe zu dem jungen Mann, dessen Ehe mir eine Freude war, und natürlich war ich sicher, daß mein Vertrauen in seine Tugend wohlbegründet sei. Und doch – zugleich konnte ich auch hier nicht sicher sein. Ich quälte mich damit, mir in allen Einzelheiten auszudenken, mit welchen Methoden, Schmeicheleien und Drohungen Sejanus es vermocht haben könnte, den Jungen für sich zu gewinnen. Als Sigmund zurückkehrte, ließ ich ihn zu mir kommen und hörte mir unter vier Augen an, was er zu berichten hatte, und ich umarmte ihn mit einer Wärme, die der Erleichterung ebenso wie liebevoller Zuneigung entsprang.

Ich schrieb an Sejanus: Ich hätte gerüchteweise vernommen, daß es unter den Offizieren ein Murren gegen meine Autorität, ja, sogar Verschwörungen gegen meine Person gebe. Ich wolle ihm dankbar sein, wenn er in dieser Frage ermitteln und mir, ehe er etwas unternähme, die Namen derer liefern würde, die er aus gutem Grund solcher Unbotmäßigkeiten verdächtige. Er antwortete mir, er hege absolutes Vertrauen zu beinahe all diesen Offizieren, die er ja, wie er mir in Erinnerung rief, persönlich und nach äußerst sorgfältiger Überprüfung berufen habe. Gleichwohl könne es in jedem Faß auch einen faulen Apfel geben, und er könne das Vorhandensein eines solchen nicht bestreiten. Sodann nannte er eine Reihe von Namen; der wichtigste davon, sagte er, sei ein gewisser Macro, ein Calabreser, »... einer von denen, die mit dem Leben unzufrieden sind, weil die Achtung, die man ihm entgegenbringt, unter keinen Umständen dem Vergleich mit der eigenen Einschätzung seiner Qualitäten standhält«. Zudem, fügte er hinzu, habe dieser Macro erst mit Nero und nun mit Gajus sehr vertraulichen Umgang gepflogen. Er sei bekannt mit einigen dieser unruhestiftenden jungen Männer, die Gajus zur Unzufriedenheit und zu jenem hochverräterischen Treiben angestachelt hätten, welchem er nachgegangen sei, bis meine Einladung nach Capri ihn zeitweilig solch üblem Einfluß entzogen habe.

»Sigmund«, sagte ich und stockte; ich brachte es nicht über mich, ihn zu fragen, ob er mich liebe, ob ich ihm vertrauen könne, ob er sein Leben für mich aufs Spiel setzen würde. Es hat nie in meiner Natur gelegen, den Menschen solche Fragen zu stellen, nicht, seit ich Vipsanias beraubt worden war.

»Meister«, antwortete er und wartete. Seine Lippen bogen sich zu einem Lächeln.

»Nicht ›Meister‹«, sagte ich. »Nenne niemanden deinen ›Meister‹, mein lieber Junge.«

Ich lag im Bett, schwach wie von einem Nervenfieber. Das Sonnenlicht strömte in meine Kammer. Es ließ den goldenen Flaum auf der Wange des Jungen leuchten. Ich sehnte mich nach seiner tröstenden Kraft, der Versicherung dessen, was ich niemals von ihm verlangen konnte. Ich klopfte mit der flachen Hand auf mein Bett und bedeutete ihm, sich dort hinzusetzen.

»Du bist besorgt«, stellte er fest. »Das weiß ich schon lange. Bedenke stets: Ich schulde dir alles, was ich habe, sogar mein Leben. Das kann ich niemals vergessen. Was immer du von mir verlangst, werde ich tun.«

Seine Worte beschämten mich. Ich glaube, ich weinte, als ich ihn so reden hörte. Jedenfalls füllten die rasch fließenden Tränen des Alters meine Augen. Für eine Weile konnte ich nichts sagen.

»Es ist dein Leben«, antwortete ich dann, »um das ich dich vielleicht wieder bitten werde. Aber es gibt sonst niemanden, dem ich zu vertrauen wage. Fürchtest du Sejanus?«

Ich sah ihn nicht an, als ich die Frage stellte, und so weiß ich nicht, ob sein Antlitz erbleichte oder sein Auge blitzte.

»Nein«, sagte er, »ich hasse ihn, aber das ist etwas anderes.«

»Du haßt ihn?«

»Er hat mich gewaltsam gefügig gemacht. Er hat mich gezwungen, Dinge zu tun, die mir widerlich sind.« Die Erinnerung ließ Sigmund erröten. »Er sagte mir, wenn ich es nicht täte, würde er dir Dinge berichten, die zwar nicht stimmten, die er dich aber glauben machen würde. Ich sagte, du würdest es nicht glauben, aber er versicherte mir, er könne dich jederzeit glauben machen, was er wolle, selbst wenn du es nicht wolltest. Und so – so machte er ein Weib aus mir, und Schlimmeres als ein Weib.«

Es gab nichts, was ich ihm zum Trost hätte sagen können. Solche Dinge bleiben in einem Menschen haften und lassen sich durch Worte nicht kurieren. Aber mein neuer Zorn auf Sejanus war wütender, und er war entfacht oder vergiftet durch Eifersucht oder Neid, denn er hatte getan, was ich mir selbst verwehrt hatte. Und so ließ ich alle Umsicht fahren und sagte Sigmund, was er für mich tun sollte.

Sigmund verließ die Insel am nächsten Tag und reiste nach Rom. Er fuhr allein und in Verkleidung. Ich hatte ihm einen kaiserlichen Paß zu seinem Schutz mitgegeben, ihm aber eingeschärft, er dürfe ihn nur in äußerster Not benutzen. Es sei besser, wenn niemand auf den Verdacht komme, er könnte in Beziehung zu mir stehen. Ich gab ihm auch meinen Siegelring und warnte ihn, daß er in Gefahr sein werde, wenn er in seinem Besitz gefunden werden sollte, denn es würde allzu leicht sein, ihn dann des Diebstahls zu beschuldigen.

Er grinste. »Ich stecke ihn mir in den Arsch«, sagte er.

Ich wünschte mir, ich hätte es über mich gebracht, zurückzulächeln.

In seiner Abwesenheit erhielt ich einen weiteren Brief von Sejanus. Er schnurrte vor Behagen ob der Ehren, mit denen ich ihn überhäuft hatte und deren jüngste die Berufung in die Priesterschaft der Arval-Brüder gewesen war. Er sagte, er sei überwältigt von der Ehre, die ich ihm erwiesen hätte, indem ich ihn zum Nachfolger des Germanicus und des Drusus im Amt des Konsuls gemacht hätte, und er deutete an, daß die Verleihung der Tribunatsgewalt seine Zufriedenheit vollkommen machen würde. Er sprach von den Freuden, die er in seiner Ehe mit Julia Livilla erlebe, und von dem Bewußtsein, daß er unwürdig sei, ein Mitglied der kaiserlichen Familie zu sein. Dann gab er bekannt, daß Nero tot sei:

Der elende Prinz verführte einen seiner Bewacher und überredete ihn, ihm die Flucht von Pontia zu ermöglichen. Die anderen Wärter indessen schöpften bei dieser Verbindung Verdacht und machten mir davon Meldung. Ich befahl, die Bewachung zu verschärfen, und das Paar wurde aufgegriffen, als es ein Boot besteigen wollte. Ein Kampf entspann sich, in dessen Verlauf beide getötet wurden. Es betrübt mich, Dir mitteilen zu müssen, daß Nero in seinen letzten Augenblicken beklagenswerte Feigheit an den Tag legte und um sein Leben bettelte wie ein Weib, als er starb.

Die Arroganz dieses Briefes widerte mich an.

»Mir scheint«, sagte ich zu Antonia, »daß er sich nicht einmal mehr die Mühe macht, seine Geschichte glaubhaft erscheinen zu lassen.«

»Drusus wird der nächste sein«, sagte sie. »Und dann kommt mein armer Gajus an die Reihe, wenn du nicht...«

»Was kann ich tun?« fragte ich; nicht einmal vor Antonia wagte ich meine Pläne zu offenbaren. Auch brachte ich es nicht über mich, ihr zu erzählen, daß es überflüssig sei, Drusus zu ermorden. Wenn die Berichte, die ich erhielt, glaubhaft waren, hatte ihn das, was er durchgemacht hatte, um den Verstand gebracht. Er wütete, spie die übelsten Reden hervor, hauptsächlich gegen mich, aber auch gegen seine Mutter Agrippina, und weigerte sich zu essen.

Als Sigmund in der Stadt angekommen war, begab er sich zu einer Taverne in der Suburra, die von einem Germanen seines Stammes geführt wurde; der Mann war einer meiner Sklaven gewesen, und ich hatte ihn in diesem Beruf untergebracht, nachdem er mir zwanzig Jahre lang gedient hatte – ehrlich, aber auch so dumm, daß es mich zur Raserei getrieben hatte. (Es ist übrigens nicht wahr, daß alle Germanen dumm sind; manche sind von langweiliger Verschlagenheit, und einige sind – wie Sigmund – tatsächlich intelligent, aber die Römer halten sie dennoch stets für dumm, weil sich selbst die intelligentesten eine Naivität bewahrt haben, die unserer Natur ganz fremdartig erscheint. Sie wurzelt, glaube ich, in der Unfähigkeit, die Komplexität zivilisierten Lebens und zivilisierter Lebewesen zu verstehen, und manifestiert sich in einer träumerischen Saumseligkeit, die jedenfalls aufreizend ist und von der selbst Sigmund nicht frei war.)

Sigmund erklärte Armin, dem Schankwirt, daß er sich vor der Polizei verstecken müsse. Er wußte, daß Armin dies als hinreichenden Grund für allerlei Ausflüchte betrachten würde, daß es ihn aber erschrecken würde, wenn Sigmund irgendeine Andeutung über die Bedeutung seiner Mission machen wollte. Sodann erklärte er, daß die Sache sich würde aufklären lassen, wenn Armin sich bereitfinden könnte, eine Botschaft in das Lager der Prätorianer zu bringen. Dies verwirrte Armin, der nicht begreifen konnte, weshalb ein Flüchtling vor dem Gesetz den Wunsch nach einem solchen

Kontakt haben sollte; aber als Sigmund sagte, sein ganzes Problem beruhe auf einem Mißverständnis, nickte Armin mit dem Kopf und erklärte sich bereit, einen Mittelsmann aufzutreiben – Mißverständnisse waren etwas, das Armin verstehen konnte. In der Tat kam es ihm so vor, als sei sein Leben stets von Mißverständnissen durchzogen gewesen.

So wurde die Botschaft zugestellt, und Sigmund wartete bange Stunden lang, ohne zu wissen, ob der Fisch anbeißen würde. Ich hatte ihn angewiesen, die Botschaft geheimnisvoll klingen zu lassen; sie war so formuliert, daß Macro den Eindruck haben würde, Gajus sei von Gefahr bedroht und würde ihn in seinem Entsetzen verraten, wenn er ihm nicht zu Hilfe käme. Ich trug ihm auf, es so zu formulieren, weil immer – dessen war ich sicher – ein Körnchen Wahrheit in den Anschuldigungen war, die Sejanus gegen jene erhob, die er zu vernichten entschlossen war, und ich nahm an, daß Macro es mit der Angst zu tun bekommen würde. Ich wollte, daß er Angst hatte. Er würde nicht wagen, sich zu meinem Werkzeug machen zu lassen, wenn er keine Angst hätte.

Am Abend erschien er in der Schenke, mißtrauisch, mit schweren Lidern, immer noch verkatert vom Trinkgelage des vergangenen Abends. Als er nur einen jungen Germanen vorfand, argwöhnte er eine Falle und rief nach seiner Garde. Sigmund aber zeigte ihm meinen Ring. Dies, so hatte ich ihn gewarnt, war der Augenblick der höchsten Gefahr für ihn, denn es konnte sein, daß Macro sich weigerte, zu bedenken, was es bedeutete, daß der Ring in seinem Besitz war. Macros erste Reaktion war tatsächlich, ihn wegen Diebstahls zu verhaften. Er begann von Hochverrat zu plappern.

»Wenn du so redest«, warnte Sigmund, »entblößt du deinen eigenen Hals für das Schwert. Setz dich.«

Der Subpräfekt der Prätorianer gehorchte.

»Wenn ich ihn gestohlen hätte«, sagte Sigmund, »dann wäre ich wohl nicht so töricht, dich hierherkommen zu lassen, oder?«

Macro kratzte sich am Kopf und verlangte nach Wein.

»Dies ist ein germanisches Gasthaus«, sagte Sigmund. »Du kannst einen Krug Bier bekommen.«

Dann erzählte er ihm, Sejanus habe mir geschrieben und ihn einer verräterischen Verschwörung bezichtigt: Er sei zusammen mit Gajus an einem Komplott gegen mein Leben beteiligt.

An der Sache war genug Wahres, um Macro zittern zu lassen.

»Der Kaiser hat mich angewiesen, dir mitzuteilen«, sagte Sigmund, »daß er nicht einmal die Hälfte von dem glaubt, was man ihm erzählt hat. Er hat mich beauftragt, dich zu holen, damit du Gelegenheit bekommst, dich zu rechtfertigen. Er sagt, du mußt dir unverzüglich Urlaub verschaffen und heimlich mit mir nach Capri kommen.«

»Heimlich?«

»Selbstverständlich...«

Macro kratzte sich an der Wange und nahm einen großen Schluck Bier.

»Hast du keinen Brief?«

»Das ist eine dumme Frage.«

»Woher weiß ich, daß ich nicht über den Leisten gezogen werde?«

»Das weißt du nicht, aber du wirst in größere Schwierigkeiten geraten, wenn du es glaubst. Wenn du beschließt, nicht mit mir zu kommen« – Sigmund spreizte die Hände –, »dann soll ich dir versichern, daß er Sejanus anweisen wird, dich einem Verhör zu unterziehen.«

»Als ich das vorgebracht hatte, war er wie Wachs in meinen Händen«, berichtete Sigmund mir später. »Der schwierige

Teil unseres Gesprächs bestand in den ersten fünf Minuten, wie du es vorhergesagt hast. Aber ich bin nicht sicher, ich bin überhaupt nicht sicher, daß er der richtige Mann für dich ist, denn er ist ein Großmaul und ein Feigling zugleich.«

»Es gibt keinen anderen«, antwortete ich.

Macro war ein hagerer, lockiger Bursche, mit Augen, dachte ich, die unter anderen Umständen vielleicht funkelten, und einem unzufrieden verzogenen Mund. Als er von Sejanus sprach, gelangte ein bitterer Unterton in seine Stimme, die übrigens ein bißchen zitterte – ob vor Angst oder vor Wut oder in einer Mischung aus diesen beiden eng miteinander verbundenen Empfindungen, vermochte ich nicht zu sagen. Aber ich sah, daß er auch vor mir Angst hatte, und das war gut so. Tatsächlich gab es für mich nur eine einzige Gefahr: Seine Angst vor Sejanus konnte so groß sein, daß er mich verraten würde, allen Aussichten auf Macht und Ruhm zum Trotz, die ich vor ihm ausbreitete.

Er versicherte mir, daß selbst unter den Prätorianern die Stimmung gegen Sejanus stark sei.

»Die Leute sagen: 'Weshalb wird er uns gegenüber begünstigt, obwohl er auch nicht von besserer Herkunft ist?' Andere – wie ich, wenn ich das sagen darf, o Herr ...«

»Rede mich nicht so an.«

»Verzeih, ich achte natürlich deine Einstellung. Nun, General – andere wie ich, die wir nach langem Dienst in den Legionen des Nordens zu den Prätorianern gekommen sind, vergessen nie, daß wir Kriegsorden und umfassende militärische Erfahrung haben und doch einem Mann unterworfen sind, dessen Laufbahn ihn kaum je an die Front geführt hat, der nie eine wirkliche Schlacht gesehen hat, aber der – wenn du mir verzeihen möchtest, o Herr – ich meine, General –, der seinen Aufstieg politischen Künsten verdankt.«

Und dann raffte ich meinen Mut zusammen – den zaudernden, von Selbstzweifeln behafteten Mut des Alters – und sagte ihm, was ich von ihm wollte.

Die Aussicht erregte und erschreckte ihn zugleich, und mir war zumute wie einem, der gleich beim ersten Versuch eine Sechs würfeln muß.

Als Macro die Insel verließ, mußte Sigmund mit dem Besitzer eines Fischerbootes vereinbaren, daß dieses für den Notfall in Bereitschaft gehalten werde; denn ich wußte, wenn Macro bei seinem Unterfangen scheiterte, würde ich aus meinem Heim fliehen und Zuflucht beim Heer suchen müssen, in der Hoffnung, daß ich dort noch einen genügenden Rest von Gefolgschaftstreue finden würde, um meine Stellung zu retten.

Es war ein schöner Oktober, mein Lieblingsmonat. Ich erwachte früh am vereinbarten Tag. Inzwischen sollte Macro Verbindung mit dem Hauptmann der Nachtgarde aufgenommen haben, einem gewissen Laco, dem er, wie er versichert hatte, sein Leben anvertrauen würde; aus diesem Grund hatten wir uns die Zeit ausgewählt, in der er Dienst hatte. Und natürlich vertraute er ihm jetzt tatsächlich sein Leben an. Ich konnte keinen Bissen essen. Die Sonne funkelte unten auf dem Wasser, und die Luft war frisch. Noch sangen die Vögel im Garten. Der Senat würde, wie ich wußte, im Tempel des Apollo auf dem Palatin zusammenkommen, weil das Haus des Senats renoviert wurde. Deutete dieser schöne Morgen darauf hin, daß Apollo unserem Unternehmen günstig gesonnen war?

Ich hatte Sejanus seit zehn Tagen nicht mehr geschrieben. Vielleicht beunruhigte ihn das. Ich hatte es nicht über mich gebracht, zu schreiben, obwohl es nötig war, ihn in Sicherheit zu wiegen. Ich konnte mir nicht zutrauen, zu schreiben, denn die Erinnerungen an das, was ich einst für ihn empfunden hatte, fielen dann über mich her, und der Zorn hätte meine Worte durchdrungen. Also ging ich dieses Risiko ein. Aber Macro würde ihm versichern, daß er einen Brief an den Konsul Memmius überbracht habe, der als Vorsitzender des Senats fungieren würde, und daß in diesem Brief die Verleihung der Tribunatsgewalt bekanntgegeben werde, nach der es ihn gelüstete. So würde er sich in glorreicher Erwartung auf den Weg in den Senat machen.

Sigmund erschien auf der Terrasse, um mir zu sagen, daß das Fischerboot von diesem Nachmittag an zur Verfügung stehe.

»Wie wirst du den Tag ausfüllen?« fragte er.

Darauf wußte ich keine Antwort, nicht für diesen und für keinen folgenden Tag.

Er befahl, eine Sänfte bereitzumachen, und sorgte dafür – ohne sich die Mühe zu machen, meine Zustimmung einzuholen –, daß der ganze Haushalt beim Tempel des Apollo oben auf dem Berggipfel zu einem Picknick zusammenkam. Die Luft dort oben ist süß und duftet nach Thymian, Myrte, Majoran und Kiefernnadeln. Ich ließ ihm seinen Willen, aber ich konnte nichts essen außer ein paar Oliven und etwas Käse. Wein zu trinken wagte ich nicht.

Memmius würde meinen Brief laut vorlesen. Würde er die Geistesgegenwart besitzen, ihn meiner Anweisung entsprechend der Stimmung im Senat anzupassen, wie er sie wahrnahm? Ich stellte mir vor, wie Sejanus sich auf seinem Sitz lümmelte, stolz und selbstbewußt wie ein Löwe, während meine Lobesworte seinen Kopf umsummten. Und dann seine Wachsamkeit, wenn meine erste Kritik laut wurde. Wie würden die Senatoren reagieren?

Gajus begann zu lachen, ein unkontrolliertes Gackern. Ich schaute zu ihm hinüber. Eine Eidechse war in einer kleinen Spalte gefangen. Sie war rückwärts hineingefallen, und ihre Vorderpfoten krallten jetzt verzweifelt nach der Kante. Gajus stocherte mit einem kleinen, juwelenbesetzten Dolch nach den Klauen und lachte immer weiter. Ich winkte Sigmund, und der faßte das Tier bei Kopf und Schultern und setzte es auf eine zerfallene Mauer; es schaute sich erschrokken um und huschte dann davon. Gajus zog ein finsteres Gesicht.

Nachdem er Sejanus in den Senat begleitet hätte, sollte Macro quer durch die Stadt zum Lager der Prätorianer in den alten Gärten des Lucullus eilen und dort seine Bestallung als neuer Oberbefehlshaber bekanntgeben. Auf dem Weg durch Rom würde er bei meinem Bankier eine Summe Goldes abholen, das als erste Rate einer Schenkung ausgegeben werden sollte. Er hatte sich deshalb nervös gezeigt, aber ich hatte darauf bestanden, daß es nötig sei, den Soldaten einen greifbaren Beweis dafür in die Hand zu geben, daß ich sie für ihre Loyalität belohnen würde. Überdies würde sich jeder, der das Gold annähme, sich damit gründlich kompromittieren und wissen, daß es nun keinen Weg zurück mehr gab.

Die Sonne kletterte in den Zenit. Die Luft schimmerte. Es war die letzte Hitze des Jahres. Ich pflückte eine Rose und stach mich an einem Dorn. Sigmund streckte sich neben mir im Schatten der Kiefern aus. Er lag auf dem Rücken und starrte in den von Zweigen durchflochtenen Himmel. Dann schloß er die Augen und schlief. Andere aus unserer Gruppe schliefen ebenfalls. Gajus wanderte davon, auf eine Schäferhütte zu. Ein Hund bellte in der Ferne, und ein Hahn krähte.

Jetzt würde es vorüber sein, so oder so. Mein Herz raste. Ich drückte die Finger gegeneinander und fühlte tiefe Genugtuung dabei, mein Skelett zu spüren.

Bis auf den letzten Mann ließen die Senatoren, die ihm fast alle irgendeinen Gefallen schuldeten und seiner Größe geschmeichelt hatten, meinen stürzenden, ehemaligen Freund im Stich. Sie wichen vor ihm zurück, als sähen sie in seinem Unglück ein Spiegelbild ihrer eigenen Schmach. Dennoch wagte Memmius es nicht, meine unvermittelte Anklage zur Abstimmung zu stellen. Er forderte Sejanus auf, sich zu erheben. Sejanus rührte sich nicht. Der Senat verharrte in stummem Entsetzen. Die Aufforderung wurde wiederholt. Sejanus blieb regungslos. Bei der dritten Aufforderung kam er stolpernd auf die Beine und sah Laco, den Hauptmann der Nachtwache, einsatzbereit an seiner Seite. Aber erst als Laco ihm zurückhaltend die Hand auf den Arm legte, brachen die Beschimpfungen los. Dann war der Bann gebrochen, und die Senatoren übertrafen einander in einem Geschnatter von Vorwürfen und Beleidigungen.

Ich möchte gern glauben, daß er nicht im vollen Umfang begriff, was hier vor sich ging, und daß der Schreck sein Fassungsvermögen betäubte.

Er wurde hinausgetrieben, den von Ilex gesäumten Clivus Palatinus hinunter, die Heilige Straße entlang, während der Pöbel schon Bescheid wußte, wie der Pöbel bei großen und schrecklichen Ereignissen immer schnell Bescheid weiß, und sie stießen ihn, verfluchten seine Tyrannei und frohlockten ob seiner Schmach. Weiber, berichtete man, spuckten ihn an, und Männer schleuderten Pferdeäpfel mit ihren Beleidigungen. In dieser Weise jagte man ihn in den Mamertinischen Kerker unter dem Kapitol und warf ihn die enge, gewundene Treppe hinunter in die uralte Hinrichtungskammer Roms.

Auf Befehl des Senats und nach einer Abstimmung wurde er zur vierten Stunde des Nachmittags erwürgt.

Aber das konnte ich nicht wissen, als die Sonne unterging

und die Luft kalt wurde und ich den Berg hinuntergeschaukelt wurde, den Blick starr auf das Meer und den kleinen Hafen gerichtet, wo die Fischerschmacken auf den Strand gezogen wurden.

Ich hatte verlangt, daß Sejanus verhaftet werde. Der Senat hatte sich ohne weitere Veranlassung in eine Orgie der Rache für die Würdelosigkeiten gestürzt, die sie von der Hand meines gestürzten Günstlings so mitfühlend ertragen hatten. Weder seine Familie noch seine nahen Bekannten waren jetzt sicher. Sogar seine Kinder wurden auf Anordnung des Senats getötet. Nach einer Debatte entschied man, daß seine dreizehnjährige Tochter zuvor vom Henker vergewaltigt werden solle, weil das Gesetz die Hinrichtung freigeborener Jungfrauen verbot und, so gab ein Senator zu bedenken – ein Nachkomme, wie man ohne Überraschung erfahren wird, jenes Pfeilers republikanischer Tugenden, des Marcus Porcius Cato –, weil der Verstoß gegen dieses Gesetz das Risiko mit sich bringen würde, Unglück über die Stadt zu beschwören. Als steckten wir nicht alle bis zum Hals im Unglück!

X

Am Tage, nachdem ich die Nachricht von Sejanus' Tod bekommen hatte, erstieg ich den kleinen Berg hinter meinem Landhaus und begab mich zu der Stelle, wo ich den gottähnlichen Knaben getroffen hatte, der mir im Tausch gegen meinen Ruf Seelenfrieden versprochen hatte. Ich wollte ihm Vorhaltungen machen, weil er mich betrogen hatte, denn ich hatte das eine geopfert, ohne das andere zu gewinnen. Aber diesmal machte er mir seine Aufwartung nicht. Statt dessen wehte ein kalter Wind vom Norden herab, und der Himmel wurde grau wie ein Taubenrücken.

Sejanus erschien mir im Traum; seine geschwollene Zunge ragte zwischen schwarzen Lippen hervor, und in seinen Augen lag ein Vorwurf, den er nicht aussprechen konnte. Ich erwachte weinend und zitternd. Der Halbschlaf, der mir gewährt wurde, war gestört und von Träumen geplagt, in denen die Schönheit grausam gefoltert wurde und Männer und Frauen mir Anklagen entgegenkreischten. Ich kauerte in einer Ecke und zog mir eine Decke über den Kopf, während das wütende Getrampel vieler Füße ringsum dröhnte und Stimmen meinen qualvollen und schändlichen Tod verlangten.

Sejanus' Leichnam war drei Tage lang auf der Gemonischen Treppe zur Schau gestellt und den Schmähungen des Pöbels ausgesetzt worden, und derselbe Pöbel hätte am liebsten den meinen daneben gesehen. Und ein Teil meiner selbst rief, daß ich kein besseres Schicksal verdient hätte. »In den Tiber mit Tiberius!« schrie die Meute.

Ich schrieb dem Senat:

Wenn ich weiß, was ich Euch, Senatoren, diesmal schreiben soll, oder wie ich es schreiben soll, oder was ich nicht schreiben soll, so mögen die Götter mich in schlimmeres Verderben stürzen, als mich schon jetzt jeden Tag heimsucht...

Als sie mir eine Abordnung schickten, die mich trösten sollte, weigerte ich mich, sie zu empfangen.

Schlimmeres, noch Schlimmeres folgte. Als ich bereit war, zu erklären, daß ich das Schlimmste hinter mir hätte, mußte ich erfahren, daß es nicht stimmte. Apicata, Sejanus' verstoßene Ehefrau, schrieb mir einen Brief.

... den zu schreiben ich bis jetzt nicht hätte wagen können, Tiberius. Ich lebe nunmehr seit etlichen Jahren mit einem furchtbaren Wissen, und es ist nur recht und billig, daß ich es jetzt mit dir teile. Sei bereit für einen Gram, den nicht einmal Du bis jetzt gekannt hast und der wahrhaftig das Äußerste an Gram und Schmerz sein muß. Du glaubst, dein Sohn Drusus sei eines natürlichen, wenn auch beklagenswerten Todes gestorben. So ist es nicht. Er wurde ermordet, durch die Anstiftung seiner Gemahlin Julia Livilla und durch die Hand meines falschen Gatten Sejanus, den jenes Weib verhext hatte. Du wirst es nicht glauben wollen, aber weshalb soll Dir dieses schreckliche Wissen erspart bleiben, das so viele Jahre lang in mir verschlossen war...? Suchst Du Beweise, so befrage die Sklaven, die ihn auf seinem Sterbebett pflegten.

Ich wollte keine Beweise. Dennoch suchte ich sie. Die Elenden wurden vernommen und gestanden. Als Julia Livilla, die ich bisher höchstens der Wollust und Verkommenheit für schuldig gehalten hatte, die Nachricht erhielt, erkannte sie gleich, in welch gefährlicher Lage sie war, und nahm Gift. So starb diese Frau, die Tochter meines geliebten Bruders Drusus und der Antonia, die ich immer verehrt hatte; so starb die Frau, die ich so stolz mit meinem Sohn Drusus verheiratet gesehen hatte, in Schmach und Schande. Diese Enthüllungen und der Selbstmord betrübten mich so sehr, daß ich es seither nicht mehr über mich gebracht habe, mit Antonia zu sprechen. Alles, was ich in Ehren gehalten hatte, war jetzt besudelt und sah schmutzig und ekelhaft aus.

In der Stadt, diesem Pfuhl der Schlechtigkeit, beschäftigten die Senatoren sich mit gegenseitigen Beschuldigungen und Rache. Mich kümmerte es kaum noch, welche Vorwürfe gegen wen erhoben wurden. Mochten sie einander umbringen wie verhungernde Ratten in einer Falle, dachte ich.

Agrippina starb in Raserei, auf den Tag genau zwei Jahre nach Sejanus' Hinrichtung. Ihr Sohn Drusus, geistig noch schlimmer umnachtet, starb, während er mich verfluchte und mich der ungeheuerlichsten Verbrechen bezichtigte. Ich befahl, einen Bericht über die letzten Monate seines Lebens im Senat zu verlesen. Es hieß, viele hätten geweint, während andere sich vor Abscheu geschüttelt hätten. Mir war es gleich. Sollten sie nur sehen, was sie aus Rom gemacht hatten. Sollten sie erkennen, zu was für einem Imperium sie mich verdammt hatten.

Zwei oder dreimal machte ich mich auf, Rom zu besuchen. Jedesmal überkam mich Übelkeit, und ich kehrte um. Einmal stellte ich fest, daß meine zahme Schlange, ein Haustier, das ich zu mir genommen hatte, weil Schlangen bei den meisten Männern und Frauen Ekel hervorrufen, gestorben war und von Ameisen gefressen wurde. Ein Wahrsager deutete mir dies hilfreich als Warnung: Ich solle mich vor dem Pöbel hüten. Ich antwortete, daß ich eine solche Warnung nicht nötig hätte.

Arbeit war das einzige Mittel gegen den Schmerz, denn selbst die Schönheit der Insel erschien mir jetzt als Verhöhnung dessen, was ich erlebt hatte. Deshalb brütete ich stundenlang über den Büchern, die das Schatzamt mir schickte; ich studierte die Berichte der Statthalter, überprüfte den Nachschub für die Armeen, begutachtete Bauprojekte, korrigierte Fehler der Beamten. Eine Finanzkrise entstand; ich behob sie, indem ich zinsfreie Darlehen verfügbar machte. Ich ergriff Maßnahmen zur Beruhigung von Unruhen an der Ostgrenze. Ich arbeitete täglich viele Stunden lang, als wäre das alles von Bedeutung gewesen, aber ich glaubte nicht mehr, daß noch irgend etwas von Bedeutung sein könne.

Manchmal, nachmittags, erhasche ich einen Blick auf das Glück, wenn ich über die Wipfel der schimmernden Olivenbäume zum Meer hinüberschaue oder wenn das kleine Kind von Sigmund und Euphrosyne über die Terrasse gekrabbelt kommt und am Saum meiner Toga zupft. Aber wenn die Sonne sinkt, schaue ich über die Bucht hinweg zu den Felsen der Sirene und weine, weil ich den Gesang der Sirene nie gehört habe und niemals hören werde.

Erinnerungen flackern wie Schatten, die das Feuer wirft. Maecenas, der mir erzählt, wie er mit der Zeit und der Welt gemeinsam daran arbeitete, den Knaben zu vernichten, den er liebte... Agrippa, wie er den Kopf in den Nacken wirft und flucht, und wie er mir dann auf die Schulter klopft und sagt, ich sei doch wenigstens ein Mann... Vipsanias kühle

Augen und ihre sanfte Stimme... Julia, wie sie die langen Konturen ihres Schenkels streichelt und mich einlädt, ihn zu bewundern... Augustus mit seinen verlogenen und schmeichlerischen Reden... Livia, wie sie mich peitscht, bis ich gestehe, daß ich ihr gehöre... der junge Segestes und Sigmund und die Verheißung der Erlösung... Sejanus, ja, sogar Sejanus, wie er war, als er das erste Mal bei mir auf Rhodos erschien, wie er den Kopf in den Nacken warf und seine glatte Kehle darbot, wie er über Schwierigkeiten lachte und sich seines Daseins freute...

In der Nacht lausche ich auf die Eule, den Vogel der Minerva, aber statt dessen höre ich die Hähne krähen und die Hunde bellen.

Mein Leben ist jetzt der Pflicht geweiht.

»Warum das Leben verlängern, wenn nicht, um das Vergnügen zu verlängern?« pflegte mein armer Vater zu seufzen, während ihm die Tränen über die fette Wange rannen.

Pflicht... und was ist das Ende? Gajus wird an meiner Statt in Rom regieren. Wenn mir an Rom etwas läge, würde ich ihn beseitigen lassen. Aber sie haben ihn verdient. Neulich fand ich ihn kreischend vor Wut bei meinem Enkel, dem kleinen Tiberius Gemellus, der allerdings auch nicht mehr klein ist, sondern ein hochgewachsener, gertenschlanker, hübscher Knabe von fünfzehn Jahren.

»Bezähme dich«, sagte ich zu Gajus. »Ich werde bald tot sein, und dann steht es dir frei, ihn umzubringen. Und jemand anderes wird dich umbringen. Das ist der Lauf der Welt...«

In Rom beschuldigt dieser Mann jenen Mann des Hochverrats, und so geht es immer weiter. Wenn wir die Republik wirklich wiederhergestellt hätten, dann hätten wir das Imperium verloren, aber vielleicht hätten wir...

Ein trivialer Gedanke. Es hat keinen Sinn, mit diesem Bericht über mein Leben fortzufahren; es endet, wie es begann, in Furcht, Verrat, Elend und Verachtung.

Noch eine Flasche Wein. Vielleicht singt die Nachtigall, ehe ich mich zurückziehe – mich zurückziehe, um meinen Körper auszuruhen, aber nichts sonst.

Ich habe seit Monaten nichts mehr geschrieben, aber jetzt tue ich es wieder, und sei es nur, um für die Nachwelt den Grund für meine letzte Tat aufzuzeichnen, welche die Nachwelt sonst (daran zweifle ich nicht) als den letzten Akt meines langgezogenen Rachefeldzugs gegen die Familie des Germanicus betrachten wird.

Heute abend kam Sigmund zu mir. Er zitterte. Ich fragte ihn, was ihm fehle, und er zögerte nicht.

Gestern hat mein Großneffe und mutmaßlicher Nachfolger in der Regierung dieses Höllenreiches, Gajus Caligula, Sohn des Helden Germanicus, Euphrosyne vergewaltigt, die im sechsten Monat schwanger ist. Heute morgen hat sie ihr Kind verloren. Sigmund fiel vor mir auf die Knie, nahm meine Hände in die seinen und flehte mich an, Rache zu nehmen. Ich sah ihm in die Augen. Sein Gesicht, das inzwischen fett geworden und nicht mehr schön ist, war tränennaß und haltlos vor Schmerz. Seine Stimme zitterte, als er sprach.

»Euphrosyne«, sagte er, »erschauert, wenn ich sie nur berühre. Ich weiß nicht, ob je wieder alles gut werden kann. Ich weiß nicht, ob das, was zerbrach, wieder heil werden kann. Ich flehe dich an, Meister.«

Mein Leben lang habe ich dieses Wort zurückgewiesen, aber als ich ihn ansah und seinen Jammer erkannte, da wies ich es nicht zurück, sondern legte den Arm um ihn und zog ihn an mich.

Ich habe Befehl gegeben, daß Gajus morgen früh vor mir erscheine, und unterdessen habe ich mit Macro vereinbart, daß die Garde bei der Hand sein wird, um ihn zu verhaften.

POSTSCRIPTUM

Diese Niederschrift wurde verfaßt von Stephan, ehedem bekannt als Sigismund, zuerst freigeborener germanischer Prinz, dann als Gefangener zum Kampf als Gladiator gezwungen, vor einem schändlichen Tod errettet durch den Kaiser Tiberius und im folgenden sein Diener als Sklave, Freigelassener und Freund, für Timotheus, Pastor der Christlichen Kirche zu Korinth, dem ich dieses Manuskript anvertraue, auf daß er es dauerhaft und sicher aufbewahre.

Ich tue dies in dem Wissen, daß mein irdischer Meister, der Kaiser Tiberius, von den Anhängern meines himmlischen Meisters, des Königs der Könige, aufgrund der Tatsache verunglimpft wird, daß Jesus Christus unter seiner Herrschaft und mit Billigung des Prokurators von Judäa, Pontius Pilatus, in Jerusalem gekreuzigt wurde. Gleichwohl ergreife ich diese Gelegenheit, um zu bekräftigen, daß der Kaiser keinerlei Verantwortung für dieses Verbrechen trug und in der Tat in seiner Unschuld auch völlig ahnungslos war. Ich kann mich nicht erinnern, daß der Tod des Erlösers von Pontius Pilatus in seinen Berichten einmal erwähnt wurde, und da ich häufig als Sekretär des Kaisers tätig war, ist es wahrscheinlich, daß meine Erinnerung zutreffend ist.

Überdies ergreife ich die Gelegenheit, eine Verleumdung meiner Person zur Strecke zu bringen, die mir das Leben selbst unter Christen schwermacht, die doch die Lehre von der Reue und Vergebung der Sünden predigen und in solchem Wissen getröstet sind. Denn es ist unrecht, Sünden zu bereuen, die man nicht begangen hat, wiewohl man mich oft gedrängt hat. Daher möchte ich in aller Offenheit feststellen, daß ich niemals der Lustknabe des Kaisers war, auch wenn er mich liebte: Denn seine Liebe war rein und väterlich, und ich schulde ihm viel.

Aus diesem Grunde habe ich diese Handschrift gehütet, welche seine Erinnerungen enthält; ich habe sie seit seinem vorzeitigen Tode, da ich sie, wie ich bekenne, stahl. Das aber tat ich aus höchst ehrenwerten Gründen um sie zu bewahren. Und ich beschwöre den genannten Timotheus, dem ich diese Niederschrift übergebe, sie in gleicher Weise zu hüten, wie ich es getan habe, um meinetwillen und um der Wahrheit willen, auf daß auch der Ruf meines irdischen Meisters von jenen Schmähungen gereinigt werde, mit denen er so leichthin bedeckt wurde.

Es betrifft die Umstände seines Todes, wovon ich sprechen möchte.

Am Schluß seines Lebensberichtes ist verzeichnet, wie ich selbst mit einer Anklage gegen den zukünftigen Kaiser, Gajus, an ihn herantrat, gegen einen Mann, der berüchtigt ist für die Bösartigkeit und Verkommenheit seines Lebenswandels.

Der Vorwurf, er habe mein Weib Euphrosyne gegen ihren Willen und gegen ihre Versuche, dies zu verhindern, fleischlich erkannt, entsprach der Wahrheit. Tiberius glaubte mir auch und versprach zu handeln.

Vielleicht versetzte ihn die Kunde in Aufruhr, denn er hatte Euphrosyne in sein Herz geschlossen wie mich selbst, und da er ein alter Mann war, erkrankte er daraufhin. Aber schon bald zeigte er Anzeichen der Genesung, und er versicherte mir, er sei entschlossen, für Gerechtigkeit zu sorgen.

Das aber war unser letztes Gespräch, und ich bestehe darauf, daß Tiberius in jenem Moment seine Kräfte wiedergewann.

Zwei Stunden später war er tot.

Es geschah folgendes.

Gajus war erschrocken über den Befehl, vor dem Kaiser zu erscheinen, denn er wußte, wessen er sich schuldig gemacht hatte, und fürchtete, daß der Kaiser ihn bestrafen werde. Daher frohlockte er, als er die Nachricht von der Erkrankung des Kaisers erhielt, die Macro ihm überbrachte, der Prätorianerpräfekt, ein Genosse, wie ich zu meinem Bedauern sagen muß, des Gajus in der Sünde. Macro versicherte ihm nun, daß er infolge der Krankheit des Kaisers nichts zu befürchten habe, und beide gaben sich für den Abend heftigem Trunke hin. Irgendwann in der Nacht kam die Kunde, Tiberius sei gestorben, und Gajus ward trunken zum Kaiser ausgerufen.

Man stelle sich ihr Entsetzen vor, als sie hörten, daß Tiberius genesen sei und Macro zu sehen verlange. Beide waren jetzt von Schuld überwältigt und hatten sich aus einem weiteren Grunde zu fürchten. Macro indessen gehorchte dem Befehl und schickte die Wachen weg, die den Kaiser umgaben. Etwa eine Stunde lang war er mit ihm allein. (Als ich das erfuhr, bereitete ich mich darauf vor, den Palast zu verlassen, denn ich fürchtete das Schlimmste.) Endlich kam Macro mit lächelndem Gesicht aus dem Gemach des Kaisers und gab bekannt, daß der alte Mann nicht mehr sei und daß sich nun alle weiterhin der Regentschaft Gajus' erfreuen könnten.

Tiberius war also am Leben und auf dem Wege der Besserung, als Macro zu ihm hineinging, und tot, als er herauskam. Ich habe immer geglaubt, daß Macro ihn ermordete, wahrscheinlich indem er ihn mit einem Kissen erstickte.

Was mich angeht, so hatte ich in der Erwartung, daß mein lieber Meister vielleicht nicht mehr lange leben würde, schon einige Zeit zuvor Fluchtpläne geschmiedet, da mir klar war, daß ich als Günstling des alten Kaisers dem neuen Regime zuwider sein würde; außerdem verabscheute Macro mich sowieso schon lange – aus Gründen, die jedem klar sein dürften, der die Erinnerungen des Kaisers liest.

Mein Schwiegervater, ein würdiger griechischer Arzt, half mir bei meiner Flucht, und wir zogen von einer freundlichen Gastgeberschaft zur nächsten, bis wir hier in Korinth eintrafen, wo ich seither bin. Die ersten Jahre hielt ich mich verborgen, bis die Nachricht von der Ermordung Gajus' nach kurzer, von Lastern und allerlei unsagbaren Grausamkeiten besudelter Regentschaft mich von meiner Furcht befreite.

Es war mein Glück, daß mir ein paar Jahre später die Gnade zuteil ward, das Evangelium Jesu Christi zu hören und in die Schar seiner Jünger aufgenommen zu werden. Einige meiner Gefährten in Christu Jeso, die von meiner Verbindung zu Tiberius wissen, drängen mich immer wieder, dieses Leben ganz und gar zu bereuen. Ich bringe es aber nicht über mich, denn es ist mir bewußt, daß ihm eine Tugend, sei es auch eine heidnische Tugend, innewohnte. Und ich habe dieses Manuskript aus den oben genannten Gründen aufbewahrt.

Gegeben zu Korinth im Jahr Unseres Herrn 60 und in der Hoffnung auf die Erlösung durch die Auferstehung des Fleisches und den Glauben an unseren Herrn Jesus Christus.

ALLAN MASSIE
Thirladean House
Selkirk
März 1990